光文社古典新訳文庫

アンクル・トムの小屋（下）

ハリエット・ビーチャー・ストウ

土屋京子訳

光文社

Title : UNCLE TOM'S CABIN
1852
Author : Harriet Beecher Stowe

アンクル・トムの小屋◎下巻目次

アンクル・トムの小屋——蔑まれた人々の暮らし（承前）

第19章　オフィーリア嬢の経験と見解（続き）

「トム、ポニーはもういいわ。わたし、行きたくない」エヴァが言った。

「どうしてですか、エヴァ嬢様?」

「いまのお話が心に沁みたの」エヴァが言った。「心に沁みたの」エヴァは真剣にそうくりかえし、「わたし、行きたくなくなったの」と言って、くるりとトムに背を向けて家にはいってしまった。

数日後のこと、プルーとは別の女奴隷がラスクを売りにきた。オフィーリア嬢が調理場に居合わせたときだった。

「おや!　プルーはどうしたんだい?」ダイナ婆さんが言った。

「プルーはもう来ねえよ」女がいわくありげな口調で言った。

「なんで?」ダイナ婆さんが言った。「死んだわけじゃねえんだろ?」

「はっきりとはわからねえだ。地下室に連れていかれてさ」女がちらりとオフィーリア嬢に目をやりながら答えた。

　オフィーリア嬢がラスクを買い上げたあと、ダイナ婆さんが戸口まで女を送って出た。

「いったい何があったんだい、プルーに？」

　女は話したくてうずうずしているように見えて、一方で、話すのを憚るようなそぶりも見せながら、低くもったいぶった声で答えた。

「あのさ、誰にも言わねえどくれよ。プルーったらさ、また飲んだくれたんだよ。そんで、地下室に連れてかれた。そんで、一日じゅうそのまんま放っとかれた。そしたらハエがたかった、って話さ。死んだってことだろ！」

　ダイナ婆さんが両手を上げ、くるりとふりかえると、すぐそばに精霊のようにエヴァンジェリンが立っていた。大きく神秘的な瞳が恐怖に見開かれ、唇からも頬からもすっかり血の気が引いている。

「たいへんだ！　エヴァ嬢様が気絶する！　なんてこったい、こんな話をお嬢様に聞かせるなんて。旦那様がカンカンに怒るよ」

「気絶なんかしないわ、ダイナ」エヴァがしっかりした口調で言った。「なぜ、わたしが聞いてはいけないの？　聞くことぐらい、たいしたことではないわ。実際にそういう目に遭ったプルーに比べたら」

「とんでもねえですよ！　お嬢様のようなお優しくて繊細な若いレディに聞かせるもんじゃねえですだ、こんな話。死んじまいますよ！」

エヴァはまたため息をつき、沈んだ足取りでのろのろと階段を上がっていった。

オフィーリア嬢は気づかわしそうにプルーのことを尋ねた。ダイナ婆さんが細大漏らさず説明し、トムが本人から聞いた話をところどころで補った。

「言語道断だわ！　なんて恐ろしいことを！」と声をあげながら、オフィーリア嬢はサンクレア氏がソファに寝そべって新聞を読んでいる部屋にはいってきた。

「こんどは何を見つけたんだい？」サンクレア氏が聞いた。

「何を、ですって？　プルーが鞭で打たれて死んだんだそうですよ！」オフィーリア嬢は聞いてきた話を細々と、とくにショッキングな部分を強調しながら、サンクレア氏に語って聞かせた。

「いつかそうなるだろうと思ってたよ」サンクレア氏は、かまわず新聞を読みつづけている。

「思ってた、ですって⁉　何もせずに放っておくつもり？」オフィーリア嬢が言った。

「行政委員か誰か、こういう事案に介入して処断する人間はいないの？」

「こういうケースでは、私有財産の問題だと言われると、それ以上はどうにも手の出しようがないんでね。自分の所有物を殴り殺そうとどうしようと、ぼくには何ともしようがない。その気の毒な女奴隷は盗みを働いたうえに大酒飲みだったそうじゃないか。それでは同情してくれる者もあるまい」

「こんなことは許しがたいわ。恐ろしいことよ、オーガスティン！　こんなことして、かならずあなたの身にも天罰として返ってくるわよ」

「従姉（ねえ）さん、これはぼくがやったことではないし、ぼくにはどうにもしようのないことだ。ぼくに何とかできるものなら、何とかしていたよ。だけど、下劣で残忍な連中がその本性をむき出しにしたら、ぼくに何ができる？　彼らには絶対的な支配権があるんだ。彼らは誰からも責任を問われることのない暴君だ。介入しても無駄だよ。こういうケースについて多少なりとも実効性のある法律なんて、存在しないんだから。ぼくらにできるのは、せいぜいが目を閉じて、耳をふさいで、知らん顔しておくことくらいだ。それくらいしか手がないんだよ」

1　アメリカのニューイングランド地方（ロードアイランド州を除く）には、都市単位で選出される行政官がいた。

「よくも目を閉じて耳をふさいでおくなんてことができるわね。よくも放っておくなんてことができるわね」

「ぼくにどうしろと言うんだい？　下等で教育もなく怠惰でいまいましい黒人奴隷という社会階層がいる。その黒人たちが、いっさいの契約も条件もなしに、われわれの世界の大半を占める下卑た連中の手にゆだねられている。黒人に対して思いやりもなければ、自制心もなく、自分たちにとって何が得かさえわかっていないような下卑た連中に。だって、人類の大半はそういう人間どもなんだからね。そういう社会において、名誉と人間性を重んじる者に何ができる？　できるだけ何も見ないようにして、心を非情にするしかないじゃないか。かわいそうな黒人を片っ端からみんな買い取ってやることなんて、できやしない。こんな大きな街だもの、いちいち不正を目にするたびにドン・キホーテ張りの義俠心(ぎきょうしん)を発揮して不当なおこないに鉄槌(てっつい)を下すことなんか、できやしないよ。ぼくにできるのは、せいぜい関わらないようにすることぐらいさ」

　サンクレア氏のハンサムな顔が一瞬曇ったように見えた。しかし、心を悩ませているように見えた表情をすぐに陽気な笑顔に変えて、サンクレア氏は言った。

「さ、従姉(ねえ)さん、そんなとこに突っ立って運命の女神みたいな顔してないで。今回のことなんて、カーテンの陰からちらりと現実が見えただけのことさ。形こそちがえ、世界じゅうでおこなわれていることのほんの一例だ。人生の悲惨な面ばかりそうやってのぞき見して掘りかえしていた日にゃ、とても耐えられないよ。ダイナの調理場を隅から隅まで細かくチェックするのと同じことさ」そう言ってサンクレア氏はソファに寝そべり、また新聞を読みはじめた。

オフィーリア嬢は椅子に腰をおろし、編み物を取り出して、怒りに燃えた険しい顔つきで手を動かしはじめた。せっせと編み針を動かしながら黙っているあいだにも、頭の中では怒りの炎が渦巻いていた。とうとう、オフィーリア嬢が口を開いた。

「ねえ、オーガスティン、あなたは平気かもしれないけれど、わたしは簡単に見過ごすわけにはいかないわ。あなた、こんな制度を擁護するなんて、醜悪きわまりないと思うわ。それがわたしの考えです！」

「何だい？」サンクレア氏が顔を上げた。「また、その話かい？」

「あなたがこんな制度を擁護するなんて醜悪きわまりない、と言っているの！」オフィーリア嬢は怒りでますます熱くなっていた。

「このぼくが制度を擁護している、って？　ぼくが擁護してるなんて、誰が言った？」

「あなたが擁護していることに変わりはないわ。あなたも、ほかの人たちも。南部の人たちみんな。そうでなかったら、なぜ奴隷を所有しているの？」

「世の中の人たち全員が、正しくないと思うことはぜったいにしないと考えるほど、従姉さんはうぶなのか？　従姉さんは、これまで、正しくないと思うことをやってしまった経験はひとつもないの？」

「もしそういうことがあったら、わたしはきちんと悔い改めるつもりよ」オフィーリア嬢がカチカチと編み針を鳴らしながら答えた。

「ぼくだって同じさ」サンクレア氏がオレンジの皮をむきながら言った。「ぼくなんか、しょっちゅう悔い改めてるよ」

「何のために？」

「悔い改めてもやっぱりよくないことを続けちゃう、って経験はない？」

「それはまあ、どうしても誘惑をがまんできないときは……」オフィーリア嬢が言った。

「ぼくも、誘惑をがまんできないんだよ。そこが難しいところなんだよね」サンクレア氏が言った。

「でも、わたしはいつだって、もう二度としないって決心するわ。そして、やめようと努力します」

「ぼくだって、もうやめようと決意してるよ。そのたびにくじけてるけど。ここ一〇年くらい」サンクレア氏が言った。「でも、どういうわけか、きっぱりやめられずにいる。従姉（ねえ）さんは、罪なこと、ぜんぶやめられた？」

「あのね、オーガスティン」オフィーリア嬢が編み物を置き、真剣な表情になった。「わたしの至らない点に関する非難は甘んじて受けるわ。あなたの言うことは、たしかにそのとおりだと思う。誰よりも痛切に、そう思うわ。だけど、結局のところ、あなたとわたしとでは、やっぱりちがうところがあると思うのよ。わたしだったら、毎日毎日よくないことだと思いながら続けるくらいなら、自分の右手を切り落としたほうがましだと思うもの。そうは言っても、わたしの行動と発言とはあまりに矛盾しているから、あなたに非難されるのも無理はないと思うけど」

「あのさ、従姉（ねえ）さん」オーガスティンは床に腰をおろし、椅子にすわっているオフィーリア嬢のひざに仰向けに頭を預けた。「そんなに真剣に考えこまないほうがいいよ！　ぼくが小さいころからどんなに役立たずで生意気なやつだったか、知ってるでしょう？　ぼく、従姉（ねえ）さんをちょっとからかいたかっただけさ、むきになるところが見たくて。従姉（ねえ）さんて人はね、めちゃくちゃ、嫌になるくらい、善人だと思う。考えるだけでうんざりするくらいにね」

「だけど、これは真面目な話なのよ、オーガスト」オフィーリア嬢がサンクレア氏の額に手を置いて言った。

「憂鬱になるくらいにね」サンクレア氏が言った。「ただ、ぼくはね、こんな暑い気候だと真剣な議論をする気になれないんだ。蚊や何かが邪魔をしてね、高尚な倫理の話にはとても向き合えそうにない。それに――」言いかけて、サンクレア氏は突然からだを起こした。「いい学説が見つかった！　どうして北方の諸君のほうが南部の人間よりつねに道徳的なのか。いまやっと、わかってきたぞ」

「オーガストったら、お調子者なんだから！」

「そう？　まあ、そうなんだろうね。だけど、今回だけは真剣に話すよ。あ、そこのオレンジを盛ったバスケットを取ってくれる？　真剣に話すには、『干しぶどうの菓子で私を力づけてください。／りんごで私を元気づけてください。』[2]って性分なんでね。さて、と」オーガスティンはバスケットを引き寄せて、口を開いた。「まず最初に、こういうことさ――いやしくも人類の歴史において、ある男が、二、三ダースの仲間のウジ虫どもを束縛状態におくことが必要となったとき、社会の意見を真摯に尊重するならば――[3]」

「真剣に話しているようには聞こえませんけれど」オフィーリア嬢が言った。

「ちょっと待って、いま本気になるから。要するにね、従姉さん」サンクレア氏のハンサムな顔がさっと真剣な表情に変わった。「この奴隷制度という難題については、ぼくが考えるに、見方はひとつしかないと思う。奴隷制度によって利益をあげているプランテーションの所有者がいて、プランテーション所有者の機嫌を取らなくちゃならない聖職者がいて、奴隷制度を利して政権を握りたい政治家がいる。そういう連中が言葉と倫理をきわめて巧妙に歪曲して、世界があんぐり口を開けるような詭弁を思いつくかもしれない。連中は自然の摂理だの聖書だのその他諸々を無理やり自分に都合よく利用するかもしれない。だけど、結局のところ、連中だって、世界だって、これっぽっちもそんなこと本気で信じちゃいない。奴隷制度は悪魔の所産だ。身も蓋もないけどね。ぼくの考えでは、奴隷制度は悪魔の悪知恵でどこまでむごいことを実現できるかを如実に示していると思うね」

オフィーリア嬢は編み物の手を止め、驚いた表情を見せた。サンクレア氏は、相手

2　「雅歌」第二章第五節。聖書からの引用は、特記なき限り『聖書　聖書協会共同訳』（日本聖書協会）を使用した。

3　アメリカ独立宣言（一七七六年）のパロディ。

の驚いた表情を楽しんでいるようだった。

「意外に思ったのかもしれないけれど、ぼくをその気にさせたら、胸の内を残らず披瀝(ひれき)するよ。この極悪な制度、神から見ても人間から見ても忌(い)まわしい制度、これは何なのだ？　うわべを引っぺがして、根本の核心のところまで掘り下げたとしたら、これはいったい何なのだ？　つまり、こういうことです――ぼくの兄弟のクワーシ[4]が無知で弱くて、そしてぼくが聡明で強いからといって、ぼくに知恵と力があるからといって、ぼくがクワーシの持っているものをすべて奪い取っていいという理屈になるか？　何もかも自分のものにして、クワーシにはぼくのお情けでほんの少しだけ分けてやれば、それでいいのか？　ぼくにとってきつすぎる仕事、汚すぎる仕事、やる気になれない仕事は、ぜんぶクワーシにやらせて、それでいいのか？　ぼくが自分で働きたくないから、クワーシに働かせる。ぼくが日に焼けたくないから、クワーシに太陽の下で働かせる。金を稼ぐのはクワーシにやらせて、ぼくがそれを使う。水たまりがあるたびにクワーシがそこに身を横たえて、ぼくはその上を靴を濡らさずに歩く。生まれてから死ぬまで、クワーシは自分のしたいことではなくぼくが望むことをして、最後に天国へいけるかどうかもぼくの胸ひとつ――それでいいのか？　奴隷制度というのはそういうものだと、ぼくは思っている。誰であろうと、奴隷法を――わが国の法典に書かれている奴隷法を盾に都合のいい理屈をでっちあげる輩（やから）を、ぼくは糾弾する。奴隷制度の虐待的側面について議論する、だって？ くだらない！ 奴隷制度そのものがあらゆる虐待の本質なのに！ この国が奴隷制度のせいでソドムやゴモラ[5]のように滅ぼされないのは、ひとえに、法律の文言が許すよりはるかにましなやり方で運用されているからに尽きる。憐れみの情に免じてなのか、あるいは恥の自覚があるのか、はたまた、ぼくらが野蛮な獣（けだもの）の仔ではなく女の腹から生まれた人間だからなのか知らないけれど、ぼくらの多くは最悪の虐待まではしない。敢えてしない。この野蛮な法律がわれわれに与えている権能を目一杯ふりまわすようなことをすれば、軽蔑されるんだ。いちばん野蛮で残忍なことをする連中でさえ、法律で認められた範囲内のことをしているにすぎない」

サンクレア氏は立ち上がり、興奮したときの癖で、部屋の中を行ったり来たりせかせかと歩きまわった。ギリシア彫刻のように美しい顔は、感情のたかぶりで熱く燃えているように見えた。大きな青い瞳をぎらぎら光らせ、夢中になって我を忘れて身ぶ

4 Quashy または Quashi(e)――黒人の蔑称。
5 旧約聖書「創世記」に登場する悪徳と廃退の都市。神の怒りにふれて滅ぼされた。

りをまじえながら、サンクレア氏は話しつづけた。オフィーリア嬢はこんなオーガスティンを見たことがなかったので、ひとことも口をはさまず黙って聞いていた。

「ぼくははっきりと宣言する」突然オフィーリア嬢の前で立ち止まって、サンクレア氏が言った。「この問題に関しては議論も共感も意味がないけれど、ぼくははっきりと宣言する。これまで何度も、ぼくは考えたことがある――この国全体が地の底に沈んでしまい、この不正と悲惨が闇の底に葬られるならば、ぼくも喜んでこの国と一緒に地底に沈んでやるさ、と。船でミシシッピ川を上ったり下ったりした旅行のあいだに、あるいは、集金のためにあちこちに出張したときに、何度目にしたことか。野蛮で不快で下劣でさもしい連中が、ペテンを働いたり盗んだり博打で儲けたりした金で何百人という黒人の男や女や子供たちを買い取って絶対的な暴君としてふるまうことが、この国の法律のもとで許されているという現実を。あるいは、そういう連中が実際に無力な子供たちや若い女性たちを所有財産として扱ったりする現場を。そんなとき、ぼくはこの国を呪いたいと思ったよ。人間というものを呪いたい、と！」

「オーガスティン、オーガスティンったら！」オフィーリア嬢が口をはさんだ。「もう、そのくらいで十分だわ。わたし、生まれてからこれまで、そんな話は聞いたことがなかったわ。北部の州でも」

「北部でも、だって⁉」サンクレア氏の表情がさっと変わり、いつものどこか投げやりな口調に戻った。「ふん、きみたち北部の人間は冷血なんだよ。きみたち北部人は何に対しても冷淡だからね！　ぼくたちが本気になったときみたいに徹底的に悪態をつくなんて、きみたちには遠く及ばない芸当だろうよ」

「でも、要するに、問題は――」と、オフィーリア嬢が口を開きかけた。

「そうさ、これこそが問題なんだよ。しかも厄介な問題だ！　つまり、あなたはどうしてこんな罪深い悲惨な状況に陥ったの、ってことだろう？　従姉さんが昔、日曜ごとにぼくに教えてくれた慎み深い言葉でお答えするよ。いわゆる生物の世代交代ってやつのせいで、こうなったのさ。ぼくの使用人たちは、もともと父の使用人だった。母の使用人たちもいた。そして、いまはぼくの使用人たちだ。先代から受け継いだ使用人たちと、そのあと増えた子供たちと。かなりの資産価値になるかな。従姉さんも知ってのとおり、ぼくの父はニューイングランド地方の出身だ。従姉さんのお父上と同じで、ローマ人の末裔だ。真面目で、精力的で、高潔で、鋼の意志の持ち主だった。従姉さんのお父上はニューイングランド地方に入植して、岩や石ころを支配し、母なる自然から生存の糧を引き出した。ぼくの父はルイジアナに入植して、黒人の男や女を支配し、彼らから生存の糧を引き出した。ぼくの母は――」サンクレア氏は立ち上がり、部屋のむこうの壁にかかっている肖像画の前まで歩いていき、熱い崇敬の念をこめて見上げた。「母は聖女のような人だった！　そんな目でぼくを見ないでよ！　わかってるでしょう？　母は人間から生まれたかもしれないけど、ぼくが見るかぎり、母には人間の弱さとか過ちとかがまったくなかった。母のことをおぼえている人なら、奴隷だろうと自由人だろうと、使用人だろうと知人だろうと親戚だろうと、みんな同じことを言うよ。母はね、何年ものあいだ、まったくの無神論に陥ろうとしていたぼくをつなぎとめておいてくれた唯一の絆だった。母は『新約聖書』をそのまま人間にしたような人だった。聖書の生きた証（あかし）であり、何よりも真実が、聖書の真実がそれを裏付けている。ああ、お母さま、お母さま！」サンクレア氏は両手をぎゅっと握りあわせて忘我の境にあるように見えたが、ふと我に返り、戻ってきて足のせ台に腰をおろすと、話を続けた。

「兄とぼくは双子だった。双子はよく似てるものだって言われるけれど、ぼくたちはあらゆる点で対照的だった。兄は情熱的な黒い瞳に漆黒の髪を持ち、力強く整ったローマ風の顔立ちで、深みのある褐色の肌をしていた。ぼくは青い瞳に金髪で、ギリシア風の顔立ちで、肌が白かった。兄は行動的で観察力が鋭く、ぼくは夢見がちであまり活発ではなかった。兄は友人や同格の相手には寛大だったが、自分より下の者に対しては高慢で支配的で尊大だったし、自分に刃向かう者に対しては容赦のかけらもなかった。ぼくらは二人とも正直な人間ではあったけれど、兄のほうは自尊心と勇気ゆえに正直であったのに対して、ぼくは抽象的な理想論ゆえに正直だった、というところかな。ぼくたちはふつうの兄弟並みには仲が良かったよ。たまにけんかもしたけどね。兄は父のお気に入りで、ぼくは母のお気に入りだった。

ぼくは何に対しても病的なくらい繊細で敏感だったんだけど、兄と父はそういう感性はまるっきり理解できなくて、だから共感もまったくしてもらえなかった。でも、母はわかってくれた。それで、ぼくはアルフレッドとけんかして父に睨まれたりすると、母の部屋へ逃げこんで、母のそばにすわってたものさ。母の面影は、いまでもはっきりと目に浮かぶよ。青白い頬をして、深く優しく真剣な眼差しで、白いドレスを着て——母はいつも白いドレスを着ていた。『ヨハネの黙示録（もくしろく）』に出てくる天の軍勢が白く清い亜麻布（あまぬの）をまとっている場面を読むと[6]、きまって母のことを思ったものだった。母は多才な人だったけれど、とくに音楽の才能はすばらしかった。よくオルガンの前にすわって、カトリックの古い荘厳な曲を弾いて、人間の声というより天使

6　新約聖書「ヨハネの黙示録」第一九章第一四節。

のような美しい声で歌っていた。ぼくは母の膝にもたれて、涙を浮かべ、心に夢を描き、言葉にできない思いを抱いたものだった。ああ、どれほど果てしない思いだったか！

　その当時は、この奴隷制度という問題は、今日（こんにち）のように議論の対象にはなっていなかった。誰も、奴隷制度が悪だなんて思いもしなかった。

　ぼくの父は、生まれながらにして貴族の気質を持っていた。たぶん、霊魂が肉体に宿る前の世界で、父は上流の霊魂だったんだと思う。それで、貴族のプライドを持って生まれてきたんだね。父は骨の髄まで貴族性が染みこんでいた。生まれは貧しい一族で、貴族の血筋なんかじゃなかったけれど。兄は父にそっくりだった。

　貴族というものはね、従姉（ねえ）さんもご存じのとおり、世界じゅうどこでも、社会の一定の線より下にいる相手に対しては人間らしい共感はいっさい示さない。イギリスでも一定のところに線が引かれているし、ビルマ[7]でもそうだし、アメリカでもそうだ。どの社会でも、貴族はけっしてその一線を越えない。自分の属する階級で起こったことならば苦難だとか心痛だとか不正などと見なすことも、別の階級で起こったのであれば当然のこと、どうでもいい他人（ひと）ごとと見なす。父にとって、その一線とは、肌の色だった。自分と同等の人間に対しては、父ほど公正で寛大な男はいない。だけど、黒人に対しては、黒い色が濃かろうと薄かろうと、人間と動物の中間程度のものと見なしていたし、正義も寛容もすべてこの前提に立って判断していた。もし、誰かが正面切って『彼らにも人間の不滅の魂があるのでしょうか？』と尋ねたら、おそらく父は、『えー』とか『はー』とか口ごもりながらも『イエス』と答えたかもしれない。ただ、父は魂の問題についてはたいして関心のない人間だった。上流階級の頂点に立つ存在としての神を敬うという程度以上の宗教心はまるっきり持ち合わせない人だったからね。

父は五〇〇人くらいの黒人奴隷を使っていた。父は頑固で、人使いの荒い、とても厳格な経営者だった。あらゆることが決めたとおりに運ばなくてはいけなくて、とことん正確で几帳面に処理されなくては気がすまない、という人だった。一方の働き手ときたら、そろいもそろって怠け者で、無駄口ばかりたたくだらしない連中で、生まれて以来ずっと、ヴァーモント流に言えば『ずるける』こと以外に何ひとつ学ばずに育ってきた連中とくれば、当然、父のプランテーションでは、ぼくのような繊細な子供から見れば恐ろしいことや心を痛めるようなことがいっぱい起こっていたわけだよ。

7　現在のミャンマー。

何より、父の下には農園の監督がいた。やたら背の高い大男で、けんかっ早いヴァーモント生まれの罰当たりな男さ——失礼。無慈悲で野蛮な親方の下で年季奉公を積んだあと、一人前と認められて独立した男だった。母はこの男がどうしても苦手でね、ぼくも同じだった。だけど、父はこの男に全幅の信頼を寄せていた。この男こそが、うちの農園における絶対的な暴君だった。

当時、ぼくはまだ小さかったけれど、いまと同じで、人間に関することなら何にでも頭を突っこみたい質だった。形はちがえど、人道主義の方面に強い興味があったんだね。ぼくは奴隷たちの小屋に入りびたりだったし、農場で働く黒人たちのところにもしょっちゅう顔を出した。もちろん、黒人たちからは大人気の坊っちゃまだったよ。そういう場所で、黒人たちからいろんな不満や苦情を聞かされた。ぼくはそれを母に伝えて、母とぼくの二人でいわば苦情処理委員会みたいなものを作っていた。母とぼくは残虐な罰をずいぶんたくさん防いだし、いっぱい善行を積んだことを二人で喜びあっていたんだけど、そのうちに、例によってぼくがちょっとやりすぎたんだよね。奴隷監督のスタブズが父のところへ来て、こんな状態じゃ農園の労働者たちを管理しきれませんから辞めさせてもらいます、って言ったんだ。父は母に対して甘くて優しい夫だったけれど、必要だと思うことについてはいっさい躊躇しない人だった。それで、父は、ぼくらと農園で働く奴隷たちのあいだに割ってはいった。母に対して、とことん丁重で慇懃(いんぎん)だけれど、きわめて明瞭な表現で、屋敷で働く使用人たちに関しては母に完全に裁量を任すけれども、農園で働く奴隷たちに関してはいっさい干渉は許さない、と言い渡したんだ。父は母を誰よりも崇敬し尊重していたけれど、それでも結果は同じだ。父の構築した体制の邪魔をするとなれば、相手が聖母マリア様だったとしても、父は同じことを言っただろうと思うよ。

ぼくは、母がいろんな個別の案件で父を説得しようとしているのを耳にしたものだった。父の憐憫(れんびん)の情に訴えようとしてね。でも、母がどんなに涙ながらに訴えても、父は慇懃に落ち着きはらっていっさい耳を貸そうとしなかった。『要するに、こういうことだ』と、父はよく言っていた。『スタブズを手放すか、使いつづけるか。スタブズはとことん几帳面だし、正直だし、有能だ。文句のつけようのない仕事をするし、とおりいっぺんの情けは持ち合わせている。完全無欠ということは無理だ。スタブズを雇いつづけるなら、あいつのやり方を包括的に認めてやるしかない。ときに行き過ぎがあったとしても。農場の運営は、ある程度の厳しさがなくてはなりたたんのだ。一つひとつの案件を見れば、厳しく思われる場合があるかもしれんが』と。父にとっては、この決まり文句が、ほとんどの場合、残酷すぎると申し立てられた案件に対する最終判断の基準だった。この決まり文句を口にしたあと、父はたいてい一件落着といった感じで両足をソファに上げて、そのまま昼寝するか、あるいは気が向けば新聞を読むか、そんな態度だった。

要するに、父はまさに政治家向きの人間だった、ってことさ。ポーランド分割なんか、オレンジを割るくらい簡単にやってのけただろうし、アイルランド侵攻だって、人が呆れるほど粛々とやってみせただろうね。最後には母も絶望して諦めたよ。母のような高尚で繊細な心がこれをどう受け止めたか、最後の審判の日までわからないだろうね。母にとっては、まったくなすすべもなしに不正と残虐の極みに投げこまれたようなものだったからね。しかも、誰ひとり共感してくれない。こんな地獄の再現みたいな世界は、母のような感性の持ち主には長く悲しい一生だっただろうね。母に残された最後の手段といえば、子供たちに自分の考え方や感じ方を教えこむことぐらいしかなかった。だけど、子供に教えこむといったって、子供は結局のところ生まれついたようにしか育たない。赤ん坊のころから、アルフレッドは貴族の気質だった。成長しても、アルフレッドが示す同情心や理屈は本能的にすべてその傾向で、母が熱心に説いて聞かせても、みんなどこ吹く風だった。ぼくには、母の言葉は深く心に沁みた。母は、表立ってはけっして父に口答えしなかったし、正面から異議を唱えることもしなかった。でも、母は深く真剣な思いのすべてを傾けて、ぼくのこの魂にしっかりと焼き付けたんだ——どんなに卑しい人間の魂にも尊厳や価値があるのだ、と。夜、母が高い星空を指さして、『ごらんなさい、オーガスト！　うちの農場でいちばん貧しくて卑しい魂でさえ、あの星たちが永久に消えたあとも、生きつづけるのですよ。神様がおわしますかぎり、ずっと生きつづけるのです！』と話して聞かせてくれるとき、ぼくは厳粛な思いをこめて母の顔を見上げたものだった。

　母は古い高価な絵を何枚も持っていた。とくにおぼえているのは、イエス様が盲人を癒しておられる絵だった。すごくいい絵で、ぼくは見るたびに心を揺さぶられたものだった。『ごらんなさい、オーガスト』と母は言ったものさ。『この盲人は、貧しくて誰も近寄りたがらないような物乞いだったの。だからこそ、イエス様は遠く離れたところから癒そうとはなさらなかったの。イエス様は物乞いをそばへ呼び寄せて、物乞いに手で触れて癒されたのよ！[8]　そのことをおぼえておきなさいね』と。もしぼくが母のもとで母の薫陶を受けて育てられたら、どれだけ敬虔な信者になったことだろう。聖人とか、宗教改革者とか、殉教者とかになったかもしれない。だけど悲しいか

8　新約聖書「ヨハネによる福音書」第九章。

な！　悲しいかな！　ぼくはわずか一三歳で母のもとを離れて、二度と母には会えなかったんだ！」

サンクレア氏は両手で頭を抱えて、しばらくのあいだ無言だった。それから顔を上げ、また話しだした。

「人間の美徳なんて、くだらないものさ！　大部分は、緯度と経度と地理的条件が、生まれもっての性格と反応しあった結果だ。ほとんどは単なる偶然の産物でしかない！　たとえば、従姉（ねえ）さんのお父上はヴァーモントに入植した。事実上すべての人間が自由で平等な土地に。そして教会の信徒になり、役員になり、やがて奴隷制廃止を標榜する団体に加わり、ぼくら南部人のことを罰当（ばち）たりな人間と見なすようになった。だけど、お父上は、どこから見ても、気質も性格も、ぼくの父とそっくりだ。五〇の例を挙げろと言われたって、苦もないさ。強靭で高圧的で支配的な性格なんか、そっくりだ。従姉（ねえ）さんもよくご承知だろうけれど、あの村で、サンクレアの旦那様は他人に対して優越感を抱くような人ではない、とどんなに説いてみたところで同感しない人は何人もいるだろう？　要は、従姉（ねえ）さんのお父上は民主主義の時代に生まれて、民主主義を信奉してはいるけれど、ほんとうは骨の髄まで貴族主義者なんだ。五〇〇人も六〇〇人もの奴隷を支配していたぼくの父親と同じでね」

オフィーリア嬢はオーガスティンの長広舌に異議を唱えたい気分になって、編み物を置いて口を開こうとしたのだが、サンクレア氏がそれを制した。

「従姉さんが言おうとしていることは、みんなわかっている。実際、ヴァーモントのお父上とぼくの父親がそっくりだったと言うつもりはない。一方はあらゆることが生まれ持っての気性と逆行する環境に身を投じ、もう一方はあらゆることが生まれ持っての気性に沿う環境に身を投じた。その結果、一方はきわめて頑固で強靭で支配的な民主主義者になり、もう一方は頑固で強靭な奴隷支配者になった。でも、もし二人ともルイジアナでプランテーションの所有主になっていたとしたら、同じ鋳型で作った二個の銃弾みたいにそっくりになっていただろうよ」

「あなた、なんて親不孝なことを言うの！」オフィーリア嬢が言った。

「いや、なにも失礼なことを言うつもりはないんだよ」サンクレア氏が言った。「敬意を表するのがそんなに得意じゃないだけで。とにかく、ぼくの生い立ちに話を戻すと――

父が亡くなったとき、ぼくたち双子に全財産が残されて、二人で相談して分けることになった。自分と対等な立場の人間に対しては、アルフレッドほど高尚で寛容な精神を持つ男は、この世界広しといえども、そうはいないだろうね。ぼくたちはこの相続問題に関して、いっさい衝突することなしに解決した。兄弟げんかも反目も、ひとつもなかった。ぼくたちはプランテーションを共同で経営することにした。渉外能力に関してはアルフレッドのほうがぼくの倍もましだったから、アルフレッドはプランテーションの経営に心血を注いで、立派な農園経営者になった。

　ところが、二年ほどやってみてわかったんだが、ぼくは農園経営ではアルフレッドのパートナーにはとてもなれなかった。一人ひとりがどういう人間だかわからない、親近感も抱きようのない七〇〇人もの奴隷が買われてきて、働かされて、住む場所と食べる物をあてがわれて、角の生えた家畜同然に扱われて、軍隊のような規律のもとでとことん酷使される。人生のありふれた楽しみを奴隷からどのくらい取り上げても文句を言わずに働くか——そんなことばかりがくりかえし問題になる。奴隷監督もどうしても置かなくちゃならないし、奴隷を従わせるには一にも二にも鞭打ちばかり。そういったことの何もかもが、ぼくにとっては耐えられないくらいに嫌で嫌でしかたなかった。哀れな人間の魂が最後にどうなるのか母に聞いた話を思い出すたびに、ぼくは恐ろしくさえなった！

　奴隷たちはみんなこれで喜んでいるんです、なんて話は聞きたくないね！　今日(こんにち)に至るまで、きみたち北部の人間が、南部の罪を代わって謝罪しようというつもりなのか、偉そうに笑止千万の屁理屈をこねるのを聞くたびに、胸糞が悪くなる。ぼくらはそんなに馬鹿じゃない。毎日毎日、夜明けから暗くなるまで、四六時中監督に見張られながら、ほんの思いつきの気まぐれさえ許されずに、退屈で単調な重労働なんか、誰が続けたいと思うものか。労働の代償といったら、年に二本のズボンと一足の靴、働き続けるのに必要な最低限の食料と小屋が与えられるだけ！　それで人間が満足して暮らせると思うやつがいるなら、自分で試してみてほしいね。ぼくなら犬を買ってそいつを働かせたほうが、よっぽど心が痛まずにすむよ！」

「わたし、これまでずっと、あなたたち南部の人はみんな、こういうことを是としているんだと思っていたわ。聖書の教えに照らして正しい、と」

「ばかばかしい！　ぼくらはまだそこまで堕ちてはいないよ。アルフレッドは誰にも引けを取らない暴君だけど、そんな言い訳なんかしないよ。傲然と胸を張って、昔ながらの強者の権利という言い分を振りかざすだろう。そして、アメリカのプランテーション経営者は『イギリスの貴族や資本家たちが下層階級に対してやっていることを別の形で実行しているにすぎない』と言うだろう。なるほどそのとおりだと、ぼくも思う。それはすなわち、自分の利益と便宜のために彼らを骨の髄まで、霊魂のかけらも残らないくらいに搾取することだとぼくは思う。アルフレッドは、その理屈を両方とも主張するだろう。それは少なくとも首尾一貫していると、ぼくは思う。アルフレッドは、名目的か実質的かにかかわらず、大衆の奴隷化なくして高度な文明は存在しえない、と言う。肉体的な重労働に従事させられ動物に近い状態に置かれる下層階級が絶対に必要なのだ、それによって上流階級は余暇と富を手にして知性を養い向上をはかることが可能になるのだ、そのようにして上流階級は下層階級を導く原動力となるのだ、と。アルフレッドがこういう考え方を口にするのは、さっきも言ったように、彼が生まれながらの貴族だからだ。そして、ぼくがそうは思わないのは、ぼくが生まれながらの民主主義者だからだ」

「そんなものが、いったいどうやって比較できるというの？」オフィーリア嬢が言った。「イギリスの労働者は売られたり買われたりしないし、家族と引き離されたり鞭で打たれたりもしないわ」

「雇用主の意向ひとつという点では、買われたのとたいして違いないさ。奴隷所有者は言うことをきかない奴隷を死ぬまで鞭打つことができるけど、資本家だって死ぬまで飢えさせることができるからね。家族の絆に関してだって、どっちのほうがむごいか、そう簡単には言えないよ。自分の子供たちが売り払われていくのを見るのと、家の中で自分の子供たちが飢えて死んでいくのを見るのと」

「でも、ほかの制度よりひどくないからって、奴隷制度が許されるわけではないわ」

「そういう意味で言ったわけじゃないよ。いや、むしろそれ以上に、われわれの制度は人権侵害という点では、ほかの制度よりもっと明々白々だと思う。実際、あんなふうに人間を買うなんて――まるで馬でも買うみたいに歯を見て、関節を曲げ伸ばしさせて、歩かせてみて、金を払って――相場師だの繁殖家だの奴隷商人だの仲買人だのが人間の肉体と魂を商売の種にして――そういう場面が文明社会の目によりわかりやすい形で見えるという点でね。まあ、やってることといえば、本質的にはどっちも同じだけど。つまり、ある階層の人間を別の階層の人間が自分たちの利便と利益のために搾取して、搾取される側の福利はまったく考慮しない、という意味ではね」

「この問題をそういうふうに考えてみたことはなかったわ」オフィーリア嬢が言った。

「ぼくはイギリスを旅行したこともあるからね。そのときに、イギリスの下層階級の実情をまとめた文書をかなりたくさん調べたんだ。うちの奴隷たちはイギリスの下層階級の多くよりましな扱いを受けている、というアルフレッドの言い分を頭から否定することはできないと思う。だからといって、ぼくの話から、アルフレッドのことをいわゆる苛酷な奴隷所有者だとは思わないでほしい。そうじゃないから。アルフレッドは専制的だし、反抗する奴隷には容赦しない。言うことをきかない奴隷がいれば、シカを撃つのと同じように撃ち殺しても良心の呵責を感じないだろう。でも、ふだんは、自分の所有する奴隷たちを衣食住に不自由のないように扱うことに誇りを持っている人間だよ。

一緒にプランテーションを経営していたころ、奴隷にもなんらかの教育を施してやるべきだと、ぼくは主張した。ぼくがそう言うなら、と、アルフレッドは専任の牧師を雇って、日曜ごとに奴隷たちにキリスト教の教理問答を教えた。アルフレッドにしてみたら、内心は、犬や馬を相手に教理問答を聞かせても無駄だと思っていただろうけどね。それで結局は、生まれたときからありとあらゆる悪い影響を受けて蒙昧な動物に近いものになってしまっているうえに、来る日も来る日も頭を使わない重労働に従事している者たちの精神にとっては、日曜日に二、三時間ばかり教育を受けたところでどうにかなるものではない、ってことがわかっただけだった。イギリスで工場労働者を教える日曜学校の教師に聞いても、この国のプランテーションで働く奴隷たちを教える日曜学校の教師に聞いても、おそらく同じ答えが返ってくるだろうね。それでも、たまに驚くような例外もある。黒人は白人より宗教的感化を受けやすいという事実があるからね」

「それで」オフィーリア嬢が口を開いた。「どうしてあなたはプランテーション経営を諦めることになったの？」

「ぼくらはしばらくのあいだ、二人で一緒にプランテーションを経営していた。そのうち、アルフレッドのほうが、相棒はプランテーション経営に向いていない、とはっきり見切りをつけたというわけ。ぼくがあれこれ意見するのを聞いてあちこち改革したり変更したり改善したりしたあげくに、それでもぼくが満足しないのを見て、馬鹿らしくなったんだね。つまるところ、問題は、ぼくが奴隷制度そのものを嫌悪していた、ってことだったんだ。黒人たちを酷使し、あらゆる無知や残虐行為や悪習を延々と続けていく——それも、ただぼくの金儲けのためだけに！

　それに、ぼくがしょっちゅう細かいことにまで口を出したのも原因だった。ぼく自身がこんなふうに怠惰きわまりない人間だから、怠惰な連中についつい共感してしまうんだ。哀れで不埒（ふらち）な奴隷どもが棉花摘みのカゴの底に石を入れて目方を多く見せようとしたり、袋に土をいっぱい入れて上だけ棉花を乗っけたり、どれもこれも、ぼくが連中の立場だったらいかにもやりそうなことに思えてしまってね、どうしても鞭打ちの罰を与える気になれなかった。もちろん、それではプランテーションの規律も何もあったもんじゃない。それで、アルフとぼくは、何年も前に父とぼくが出した結論と同じところにたどりついた。アルフはぼくのことを女々しいセンチメンタリストだと言い、実業家としてやっていくのは無理だろう、と言った。そして、銀行株とニューオーリンズの屋敷を譲るから、詩でも書いて暮らしたらいいだろう、プランテーションのほうは自分が経営する、と言った。そういうわけで、ぼくらは共同経営を解消して、ぼくはここに移ってきたんだ」

「なのに、なぜ、あなたは自分の奴隷たちを解放しなかったの？」

「うーん、そこまではできなかった。金儲けの道具として奴隷を所有することはしたくなかったけど、金を使うほうの手伝いをさせるのなら、そんなにひどいことでもないかと思ったんだ。古くからうちに仕えてきた奴隷たちにはぼくも愛着があったし、若い奴隷たちは古株の奴隷たちの子供だったから。みんな現状に満足していた」サンクレア氏はいったん口を閉じ、何か考えこみながら部屋の中を行ったり来たりした。「たしかに、こんなぼくだって、浮き草みたいな毎日を送るよりも何かましなことを人生でなしとげたい、と思ったときもあった。ぼんやりとではあったが、ある種の奴隷解放者になりたいという思いもないわけではなかった――わが母国をこの汚点から解放したい、と。みんな若いころにはそういう熱に浮かされたようなことを考える時期があるんだろうね。でも――」

「なぜ実行しなかったの？」オフィーリア嬢が聞いた。「鋤(すき)に手をかけてから後ろを振り返ってはいけない、と言うでしょう？」[9]

「それがね、いろいろと思ったようには行かなくて、ソロモンと同じく生きることに絶望したのさ。ソロモン王にとっても、ぼくにとっても、叡智（えいち）に至るために必要な過程だったんだろうね。だが、どういうわけか、ぼくは社会に働きかけて変革をもたらす人間ではなく、ただの流木になってしまった。それ以来、波に身を任せて生きる毎日さ。アルフレッドは、顔を合わせるたびに、ぼくを叱る。ぼくは言われるがままに認めるしかない。だって、アルフレッドは実際に何ごとかを為しているわけだからね。彼の人生は、自説にもとづいた論理的帰結だ。それに比べて、ぼくの人生は、くだらない論理矛盾だらけだ」

「ねえオーガスティン、だいじな人生をそんなふうにどっちつかずに生きて、満足できるの？」

「満足⁉　いまさっき、自分で自分を嫌悪している、って言わなかった？　それはともかく――さっきまで話していた奴隷解放の話だけど。奴隷制度に対するぼくの思いは、それほど風変わりじゃないと思うよ。内心ではぼくと同じように考えている人は

9　新約聖書「ルカによる福音書」第九章第六二節にそのような記述がある。

少なくない。奴隷制度に対する批判はまさに噴き出そうとしている。しかも、奴隷制度は奴隷たちにとって悪いだけでなく、所有者側にとってはもっと都合が悪いのだ。誰だって、見ればわかるさ。社会の中に、不埒で行き当たりばったりで低級な人間が大量にいることは、彼ら自身のみならず、われわれにとっても忌むべきことだ。イギリスの資本家や貴族には、この感覚はわからない。なぜなら、彼らは低級な人種と交わらずにすむからだ。だが、ぼくらの場合には、その低級な人種が家庭の中に存在する。子供たちの遊び相手になって、親よりも先に子供たちの心に影響を及ぼす。子供たちはしょっちゅう黒人にくっついて歩き、感化されてしまう。エヴァだって、あれほど天使のような子でなかったら、とっくの昔にだめにされていたところだ。黒人を教育も受けさせず不道徳なまま放ったらかしておいても自分の子供だけは悪影響を受けないだろうと楽観するなんて、黒人のあいだに天然痘をはやらせといて自分の子供だけはかからないだろうと都合よく考えるようなものさ。にもかかわらず、この国の法律は、黒人にちゃんとした基礎教育を受けさせる制度を断固として完全に禁じている。まあ、それも賢明なのかもしれない。だって、黒人の一世代をきちんと教育したら最後、奴隷制度全体が吹っ飛ぶだろうからね。黒人に自由を与えなければ、彼らのほうから取りにくるだろうさ」

「それじゃ、最後にはどうなると思うの？」オフィーリア嬢が聞いた。

「わからない。ただひとつ確かなことは、世界じゅうで下層民が集結しつつあるということ、そして、遅かれ早かれ〈最後の審判の日〉が来るということだ。ヨーロッパでも、イギリスでも、そしてこの国でも、同じことが起ころうとしている。母が昔よく話してくれたものだ。いずれ〈ミレニアム〉がやってくる、キリストが再臨して、すべての人間が自由で幸福になる至福の千年期がやってくる、と。[10] 子供のころ、ぼくは母から、『御国（みくに）を来たらせたまえ』と祈りなさいと教えられた。ときどき、思うんだ。虐げられた人たちのため息やうめき声やうごめきは、母がいずれやってくると話してくれた時代を予言しているんじゃないか、と。だけど、主の再臨を誰が見られるのだろう？」

「オーガスティン、わたし、ときどき、あなたが主の御国から遠くはないんじゃないかと思えてしかたないわ」オフィーリア嬢が編み物を置き、心配そうな目でサンクレア氏を見つめた。

10　一九世紀のアメリカでは、多くの人が一〇〇〇年後に世界が終わってキリストが再臨するという至福千年説を信じていた。

「貴重なご意見をありがとう。ぼくの場合、上へ行くのか下へ行くのか、微妙だけどね。理屈だけなら天国行きだけど、実践を問われたら塵芥の中へ堕ちる身だから。おや、ベルが鳴っている。お茶の時間だ。さあ、行こう。いいかい、今後はぼくがまじめな話をはぐらかすなんて言わないでよね。今回はちゃんと話したんだから」

お茶の席で、マリーはプルーの事件にさりげなく触れた。「お従姉さま、あたくしたちのことを野蛮な連中だと思っていらっしゃるでしょうね」

「あれはたしかに野蛮なことだと思いますけれど」と、オフィーリア嬢は返事をした。「あなたがた全員が野蛮人だとは思っておりませんわ」

「そうですの」マリーが言った。「黒人の中にはどうにも扱いきれない者たちがおりますわ。質の悪すぎる者は生きている値打ちがありません。ああいうケースには、あたくし、かけらも同情は感じませんわ。ちゃんとしていれば、あんなことは起こりませんのに」

「でもね、ママ」エヴァが口を開いた。「あの気の毒なお婆さんは不幸せだったのよ。だからお酒を飲んだの」

「まあ、くだらない！　そんなことが言い訳になるものですか！　あたくしなど、しょっちゅう不幸せだわ。あたくしが思うに」と、マリーは自己憐憫をにじませた。

「あの女より、あたくしのほうが、これまではるかに多くの試練にあってきているわ。こうなったのは、あの者たちがあまりに悪いからにほかなりません。なかには、どれだけ厳しくしても言うことをきかない者だっているのですから。父の奴隷でひどい怠け者がいたのを、あたくし、おぼえておりますもの。その奴隷は働きたくないから、しょっちゅう逃亡していました。それで沼地にひそんで、盗みを働いたり、それはいろいろと恐ろしい事件を起こしたのです。その男は何度も何度も捕まって、鞭打ちされたのだけれど、それでもちっとも直りませんでした。最後には這って逃げ出しました。動くのがやっとだったくせに。そして、沼地で死にましたわ。何ひとつ正当性はありません、だって父の使用人たちはいつもちゃんと扱われていたんですもの」

「ぼくは、前に一度、奴隷を手なずけたことがあるよ」サンクレア氏が口を開いた。

「奴隷監督や所有主たちが寄ってたかって矯正しようとしてもできなかった奴隷をね」

「あなたが⁉」マリーが声をあげた。「あなたがそんなことをしたなんて、ぜひお話をうかがいたいものだわ」

「その奴隷は、ものすごい巨体で怪力の持ち主だった。アフリカ生まれでね。本能的に自由を渇望しているようなところがあった。いわゆるアフリカのライオン、というやつだね。スキピオと呼ばれていた。スキピオは手のつけられないやつだった。奴隷監督の手から手へ売り渡されて、とうとう最後にアルフレッドがそいつを買うことになった。自分ならなんとかできると思ったんだろうね。ところが、ある日、スキピオは奴隷監督を殴り倒して、首尾よく沼地へ逃げこんだ。ちょうどぼくがアルフのプランテーションを訪ねてたときだった。もう共同経営は解消したあとだったからね。アルフレッドはカンカンに怒り狂っていた。だけど、ぼくは、こうなったのはほかでもないアルフの責任だ、ぼくならその男を手なずけることができる、賭けてもいいよ、と言ったんだ。それで結局、もしその男を捕まえたら、ぼくが手なずけられるかどうか実験させてもらえるということで話がついた。そこで、銃を持った人間が六、七人で猟犬を使って奴隷狩りが始まった。人間ってのは、獲物がシカでも人間でも、やってるうちに同じように狩りに熱中するようになるもんだね。実際、ぼく自身もちょっと興奮した。もっとも、ぼくは奴隷が捕まった場合にそなえて、ただの仲裁役みたいな形で参加しただけだったけどね。

猟犬たちはうなったり遠吠えしたりしながら獲物を追いかけて、人間は馬を駆って走りまわった。そして、ついに、やつを狩り出した。やつは雄ジカみたいに走ったり跳びはねたりして逃げまわって、追い詰めるのにけっこう手を焼いた。だけど、とうとう、サトウキビが密生して通り抜けられないところに追い詰められた。そしたら、やつは向かってきた。猟犬どもを相手に、みごとな戦いっぷりだったよ。犬たちを右へ左へ投げ飛ばして、素手で三匹も殴り殺したんだからね。だが、そこで銃弾に当たって、やつは倒れた。傷口から血を流して。ぼくのすぐ足もとで。そいつは男らしさと絶望の入りまじった眼差しでぼくを見上げた。ぼくは迫ってくる猟犬や駆けつけた人間たちを遠ざけて、この男はぼくがもらう、と宣言した。獲物を仕留めた興奮でとどめを刺したがる連中を止めるのは、一苦労だったよ。でも、ぼくはそいつを買い取る約束を譲らなかったので、アルフレッドはぼくにそいつを売ってくれた。ぼくはそいつを引き取って、たった二週間で手なずけて、思いどおりの従順でおとなしい男に変身させたよ」

「いったいどうやって？」マリーが聞いた。

「簡単なことさ。やつをぼくの部屋へ運んで、気持ちのいいベッドに寝かせてやって、傷の手当てをして、ふつうに歩きまわれるようになるまで、ぼくが自分で世話をしてやったのさ。そのあいだに、やつの解放証書を作成してもらって、どこへでも好きなところへ行っていいよ、って言ってやったんだ」

「それで、出ていったの？」オフィーリア嬢が聞いた。

「いや。馬鹿なやつさ。解放証書を破り捨てて、何があってもぼくのそばから離れない、って言うんだ。あれほど勇敢であれほどいいやつは、いなかったね。鋼(はがね)のように信頼できて忠実なやつだった。その後、キリスト教も信仰するようになって、子供のように穏やかになった。湖畔の別荘の管理を任せておいたんだけど、文句のつけようのない仕事ぶりだった。でも、コレラが流行した最初の年[11]に亡くした。実際、ぼくのために命を投げ出してくれたようなものだった。ぼくは自分がコレラにかかって死にかけたんだ。ほかの使用人たちはみんなパニックになって逃げ出したのに、スキピオだけはびくともせずにぼくの看病をしてくれて、ぼくの命を救ってくれた。ところが、かわいそうに！　直後にスキピオがコレラにかかってしまって、どうにも助けようがなかった。あれほど人に死なれてつらかったことはないよ」

エヴァは、さっきから一歩二歩と父親のそばへ寄ってきていた。父親の話を聞きながら、エヴァは小さな口を開け、夢中になって眼(まなこ)を見開いていた。

父親が話しおわったとたん、エヴァは両腕で父親の首に抱きつき、激しく泣きじゃくりだした。

「エヴァ、どうした⁉」サンクレア氏が話しかけたが、エヴァは激しい感情に小さな全身を震わせている。「この子にあんな話を聞かせたのがいけなかったな。神経質な子なのに」

「いいえ、パパ、わたしは神経質なんかじゃないわ」エヴァがキッと涙をこらえて言った。こんな子供にはめずらしいほどの意志の力が見えた。「わたし、神経質じゃないの。でも、お話が心に沁みたの」

「どういう意味なんだい、エヴァ？」

「うまく言えないの、パパ。いろんな考えが頭の中にいっぱいで。きっといつか、説明できると思うけど」

「じゃあ、いっぱい考えるといいよ。ただし、泣いたりしてパパを心配させないでおくれ」サンクレア氏が言った。「ごらん。エヴァのために、とってもきれいな桃を取り寄せたよ！」

　エヴァは桃を受け取り、口の端はまだヒクヒクひきつっていたけれども、にっこり笑ってみせた。

「おいで。金魚を見にいこう」サンクレア氏はエヴァの手を取って、ベランダへ出ていった。まもなく、絹のカーテンのむこうから、陽気な笑い声が聞こえてきた。エヴァとサンクレア氏はバラの花を投げつけあってふざけ、中庭の小径で追いかけっこ

11　一八三二年。

をしていた。

上流の人々の話にかまけて、われらが友アンクル・トムのことをしばし忘れていたが、厩舎の上にある小さな屋根裏部屋をのぞいてみれば、トムの消息も少しはわかるかもしれない。そこはそれなりのこざっぱりとした部屋で、ベッドがあり、椅子があり、小さく粗末なテーブルがあり、そこにトムの聖書と讃美歌の本が置いてあった。いま、トムはその小さなテーブルに向かって腰をおろし、石盤を前に置いて、一心に知恵をしぼっている。

じつは、トムは望郷の念が抑えがたくなり、エヴァ嬢様から紙を一枚もらって、ジョージ坊っちゃまに教えてもらった習字の怪しげな実力を総動員して、なんと、手紙を書こうとしているのであった。いま、トムは石盤に手紙の下書きを一所懸命に書いているところだった。かなり苦戦気味なのは、形をすっかり忘れてしまった字がいくつもあるからだった。なんとか思い出せた字も、どれを使えばいいのか、よくわからなかった。息を荒くして真剣に手紙を書こうとしているところへ、エヴァが小鳥のように椅子の後ろから近づいて、椅子の横木に足をかけ、トムの肩越しに石盤をのぞいた。

「あら、アンクル・トム！　なんてへんてこな字を書いてるの⁉」

「カミさんに手紙を書こうとしてるんですよ、エヴァ嬢様。それと、小さい子供たちにも」トムは手の甲で両目をこすりながら言った。「だけど、このぶんだと、うまくねえです」

「わたしがお手伝いしてあげられたらいいのにね、トム！　わたし、ちょっとだけ字の書き方を習ったことがあるのよ。去年はぜんぶの字が書けたけど、忘れちゃったみたい」

そんなわけで、エヴァは金髪の頭をトムの頭にくっつけるようにして、二人は真剣に難しい議論を始めた。どちらも熱心さでは引けをとらなかったが、字を知らないことにかけても五十歩百歩だった。一語ごとに相談したり意見を述べあったりするうちに、石盤の上の文章は、楽観的な二人の目には、だんだんとそれなりの形になってきたように見えた。

「ねえ、アンクル・トム、すごくよくなってきたわ」エヴァが石盤を満足そうに眺めながら言った。「奥さん、きっと喜ぶわよ。それに、かわいそうな子供たちも！　家族と別れなくちゃならなかったなんて、ほんとうにひどい話だわ！　わたし、あなたをいつか帰してあげて、ってパパにお願いするつもりよ」

「前の奥様は、お金ができ次第、わしを買い戻すために送金すると言ってくださったですよ」トムが言った。「きっとお金を送ってくださると思っとります。若旦那様のジョージ坊っちゃまは、わしを迎えに来ると言ってくだすった。そんで、そのしるしに、この一ドル銀貨をくだすったです」トムは服の下から大切な一ドル銀貨を引っぱり出して見せた。

「まあ、それなら、きっと来てくれるわ！　よかったわね！」エヴァが言った。

「そんで、わし、手紙を送りたかったです。わしがどこにおるか知らせるために。かわいそうなクロウィにも、わしは息災(そくさい)だと知らしてやりたいし。別れるとき、クロウィはものすごく悲しがっとったから。かわいそうに！」

「おーい、トム！」そのとき、厩舎にはいってくるサンクレア氏の声がした。

トムもエヴァもびくっとした。

「何をやっているんだい？」屋根裏へ上がってきたサンクレア氏が石盤を見て、尋ねた。

「これはね、トムのお手紙なの。わたし、書くのを手伝ってるの」エヴァが言った。

「上手に書けているでしょ？」

「お二人の心意気をくじくつもりはないけどね」サンクレア氏が言った。「トム、わたしが代わりに手紙を書いてやったほうがよさそうだね。あとで書いてやるよ、馬でひとっ走りしてきたら」

「だいじなお手紙なの」エヴァが言った。「だってね、パパ、トムの前の奥様はトムを買い戻すためにお金を送ってくれるつもりなんですって。そう約束してもらった、ってトムから聞いたの」

サンクレア氏は、内心、そういうのは売られていく奴隷の恐怖心をなだめるために悪気のない所有主が口にする気休めにすぎず、売られていく者がその言葉に期待をつないだところで、主人の側では実際にそうするつもりはないのだろうとわかっていたが、口に出しては何も言わず、ただトムに馬を用意するよう命じただけだった。

トムの手紙は、その晩、約束どおりに書かれ、無事に郵便局に届けられた。

オフィーリア嬢はあいかわらず家政全般の改革に励んでいた。上はダイナ婆さんから下は最年少のわんぱく小僧まで、屋敷に仕える使用人たちのあいだで、オフィーリア嬢はまちがいなく「変わり者」である、という認識が広まった。それは、南部の召使いたちのあいだでは、このご主人とはそりが合わない、という意味である。

使用人のうちで上流の者たち――すなわち、アドルフ、ジェーン、ローザ――のあいだでは、オフィーリア嬢はとてもレディとは呼べない、という認識だった。レディは、オフィーリア嬢のようにのべつ働きまくりはしないし、それにオフィーリア嬢には淑女らしいたおやかさがまるっきりないではないか、と。あの人がサンクレア家の血筋だとは驚き桃の木である、と。マリーでさえも、オフィーリア嬢がいつも忙しそうにしているのを見るだけでどっと疲れる、と口にするくらいだった。実際、オフィーリア嬢の勤勉さはとどまるところを知らず、苦情の声があがるのも無理からぬものがあった。オフィーリア嬢は、まるで何かが差し迫っているかのような勢いで朝から晩までせっせと縫い物に励み、日が落ちて暗くなり針仕事ができなくなると、こんどは例によって編みかけの物を取り出して、またせかせかと編み針を動かす、という具合なのである。ほんとうに、オフィーリア嬢を見ていると、それだけで気疲れしてしまうのであった。

第20章　トプシー

ある朝、オフィーリア嬢が家事に勤しんでいたとき、階段の下からサンクレア氏の呼ぶ声がした。

「下りておいでよ、従姉(ねえ)さん。見せたいものがあるんだ」

「何ですか？」と言いながら、オフィーリア嬢は針仕事を手に持ったまま階段を下りていった。

「従姉(ねえ)さんにいいものを買ってきたよ。ほら、見て」そう言って、サンクレア氏は小さな黒人の女の子を前に引っぱり出した。八歳か九歳くらいだろうか。

その子は、黒人の中でもとりわけ真っ黒な肌をしていた。ガラス玉のように輝く丸い目で、キョロキョロと落ち着きなく部屋の中を見まわしている。口は新しいご主人様の居間の豪華さを見て驚きのあまり半開きになっており、白く輝く歯がのぞいている。頭の縮れ毛はいくつもの小さな束にねじり上げられ、思い思いの方向に突き立っている。顔はというと、利口さと狡さがいりまじったような顔つきで、それを覆い隠すかのように、やけにまじめくさったしおらしい表情を貼りつけている。着ているものは一枚きりの汚いぼろで、麻の大袋を仕立て直したものだ。両手は行儀よくからだの前に重ねている。全体として、その子にはどことなく風変わりで邪鬼のような雰囲気があった。のちになって、オフィーリア嬢はそれを「とても非キリスト教的」と形容したが、善良なオフィーリア嬢はこの女の子を見てかなり動揺し、サンクレア氏に向かってこう言った。

「オーガスティン、いったい何のために、こんなものを買ったの？」

「もちろん、従姉さんにしつけてもらおうと思ったのさ。歩むべき道に応じて訓練し[1]てもらおうと思って。ジム・クロウの系統でもかなり面白そうな標本に見えたのでね。ほら、トプシー」サンクレア氏は犬を呼ぶときのように口笛を吹き、「歌を歌って、おまえの得意なダンスを踊ってみせてごらん」と言った。

黒いガラス玉のような瞳がいたずらっぽく剽軽に光り、女の子はよく通る甲高い声で奇妙な黒人の歌を歌いだした。そして、歌に合わせて手足を揺らし、くるくるターンし、手拍子を打ち、両膝を打ち合わせ、野性的で風変わりなリズムを刻み、のどを鳴らすような黒人音楽特有の音を出した。そして最後に一つ二つとんぼ返りを決め、汽笛のような異様で奇っ怪な声を長々と伸ばして一連のパフォーマンスを締めくくり、さっとカーペットの上に立つと、最前のように両手をからだの前で重ね、このうえなく殊勝でまじめくさった表情に戻った。ただし、目だけは横目でチラチラとあちこちを盗み見ている。

オフィーリア嬢は度肝を抜かれ、言葉を失ったまま立ちつくしていた。

サンクレア氏は、いたずら心が満足したといった表情で、驚いているオフィーリア嬢を楽しそうに眺め、黒人の女の子にまた声をかけた。

「トプシー、こちらがおまえの新しい奥様だ。おまえをこの人に預けることにする。いい子にするんだぞ」

「はい、旦那様」トプシーは顔だけは殊勝だが、いたずらっぽい目をキラキラさせながら返事をした。

「いい子にしろよ、トプシー、わかったな」サンクレア氏が言った。

「はい、もちろんです、旦那様」トプシーはふたたび目をキラキラ輝かせた。両手は、いぜんとして行儀よく前で組んだままである。

1　旧約聖書「箴言(しんげん)」第二二章第六節。

「オーガスティン、これはいったいどういうことなの?」オフィーリア嬢が言った。「ただでさえ、このお屋敷には厄介な子供たちがいっぱいで、足の踏み場もないくらいなのに。朝起きれば、誰かがドアのむこうに寝てるし、テーブルの下からは黒い頭がのぞいているし、ドアマットの上に寝転んでる子もいるし。手すりのあいだからは一つ残らず黒い顔がのぞいて、しかめ面したり笑ったりしてるし、調理場の床にも転がってるし! いったい、どうしてまたこんな子を連れてきたの?」

「従姉(ねえ)さんに教育してもらいたいからさ、さっきも言ったとおり。従姉(ねえ)さんはいつも教育の必要性に関してご高説を宣(のたま)うから、獲りたての標本をプレゼントしようと思ってさ。ひとつお手並み拝見、と。歩むべき道へ導いてやっていただきたい」

「そんなことは御免こうむります。ただでさえ、子供たちには嫌になるほど手を焼いているというのに」

「ほら、やっぱりクリスチャンはそうくるんだ! ナントカ協会なんてのを作って、気の毒な宣教師をこういう不信心者たちの中に放りこんで、来る日も来る日も難行苦行の努力をさせる。だったら、自分だって実際に自分の家にそういう不信心者を受け入れて、自分の手で回心させる苦労を味わってもらいたいもんだね! でも、それは嫌だって言うんだろう? 黒人は汚くて好きになれないし、手がかかりすぎるし、とかなんとか」

「オーガスティン、わたし、そんなふうに思ったわけではないのよ」オフィーリア嬢があきらかに態度を軟化させた。「たしかに、これは宣教師の活動に匹敵するかもしれないわね」オフィーリア嬢の女の子に注ぐ眼差しがいくらか優しくなった。

　サンクレア氏はオフィーリア嬢の痛いところを突いたわけだ。「でもね」オフィーリア嬢はどんなときも良心の声に逆らうことのできない人間だった。「正直、この子を買わなくちゃならない理由がわからなかったの。ここのお屋敷には、ただでさえ、わたしの時間と手間を最大限に注いでも追いつかないくらいに問題児がいっぱいなのに」

「そういうことなら」サンクレア氏はオフィーリア嬢を脇へ連れていって話した。「つまらない説教などして、悪かったね。やっぱり従姉(ねえ)さんは善人だ、いらぬお世話だった。ほんとうのことを言うとね、この子は酒浸りの夫婦がやってる汚い料理屋で使われていたんだ。ぼくは毎日その前を通らなくちゃならないんだけど、この子の悲鳴だの、酒浸りの夫婦がこの子を殴ったり罵倒したりする声だのを毎日聞くのがいやになってさ。それに、この子は利口でおもしろそうに見えたんだよ。それで何とかなるんじゃないかと思って、買ったんだ。そして、従姉(ねえ)さんに預けることにした。この子にニューイングランド伝統のちゃんとしたしつけをしてやってくれないか？　どんな子になるか、見てみたいんだ。ぼくはそっちの方面にはとんと才能がないけど、従姉（ねえ）さんならできるんじゃないかと思って」

「できるだけのことはしてみますけれど」オフィーリア嬢はそう言って、つとめて善意を抱いて黒クモに近づいていく人間のような物腰で、新しい女の子にこわごわと近づいた。

「ずいぶん汚いわねえ。それに、裸も同然じゃないの」オフィーリア嬢は言った。「階下（した）へ連れていって、誰かにからだを洗わせてちゃんとしたものを着せてもらえば」

オフィーリア嬢は女の子を調理場へ連れていった。

「また黒んぼかい！　まったく、旦那様は何を考えておいでだか！」新入りを情け容赦のない目つきでチェックしながら、ダイナ婆さんが言った。「あたしのそばには置けないよ、お断りだね！」

「うへっ！」ローザとジェーンが最大級の嫌悪を口にした。「こっちに近寄らないでよね！　いったいなんで旦那様はこんなクズみたいな黒んぼを買ったのか、わからないわ！」

「いいかげんにしな！　あんただって同じ黒んぼだろうが、ローザさんよ」小間使いたちの発言を自分への当てつけと感じたダイナ婆さんがどやしつけた。「あんたら、すっかり白人気取りだけどさ、とんでもない、あんたらなんぞ黒でもなけりゃ白でもないさ。あたしゃ、黒か白かどっちかのほうがありがたいね」

どうやらここには新入りを洗って服を着せる世話をしてくれそうな者がいないと見て取ったオフィーリア嬢は、いやがるジェーンを説き伏せて手伝わせ、自分で新入りを洗うことにした。

それまで誰からも世話されたことがなく虐待を受けつづけてきた子供を初めてきれいに洗ってやる作業の逐一は、聞いて気持ちのいい話ではない。しかし、実際には、聞くもおぞましい状態で生き、そして死んでいかなければならない人間が、この世には数えきれないほど存在するのだ。オフィーリア嬢は、ちょっとやそっとのことでは怯まない強固な意志の持ち主だった。そして、嫌悪をもよおすような細部にわたる洗浄作業を英雄的な覚悟をもって徹底的に実行した。正直なところ、けっして楽しい仕事ではなかったのだが、とにかく、オフィーリア嬢は持ち前の忍耐強さを最大限に発揮してこの作業をやりぬいた。女の子の背中や肩に大きな鞭打ちの傷痕やたこ――トプシーがこれまでにどういう仕打ちを受けてきたかを物語る消えることのない痕跡——があるのを見たとき、オフィーリア嬢の心に憐れみの情が生まれた。

「ほら、見てごらんよ！」ジェーンが女の子の背中の傷痕を指さして言った。「この子が悪タレだって証拠だよ！　こりゃ、きっと手こずらされるわ。黒んぼのガキなんて、最悪よ！　嫌になるわ、まったく！　なんで旦那様はこんなもんを買ったのかしらね！」

「黒んぼのガキ」は、誰に何を言われても、おとなしくしおらしい顔で聞いていた。こんなことは慣れっこらしい。ただ、視線だけはチラチラと人目を盗んでジェーンの耳にぶらさがっているイヤリングに熱心に注がれていた。奮闘の末に女の子がちゃんとした衣服を着せられ、髪を丸刈りにされた姿を見て、オフィーリア嬢はやっと満足そうに、これで少しはクリスチャンらしく見えるようになったと感想をもらし、頭の中でこの子の指導計画を練りはじめた。

女の子の正面に腰をおろして、オフィーリア嬢は質問を始めた。

「トプシー、おまえ、何歳なの？」

「知らねえす、奥様」歯をむき出してニッと笑いながら、トプシーが答えた。

「自分が何歳なのか、知らないの？　誰かに言われたことはないの？　お母さんは誰なの？」

「そんなもん、ねえす！」トプシーはまたニッと笑って答えた。

「お母さんがいないの？　どういう意味？　あなた、どこで生まれたの？」

「生まれたことなんか、ねえす！」トプシーがまたニッと笑って、同じ答えをくりかえした。その顔が小さな悪魔そっくりに見えたので、オフィーリア嬢が少しでも臆病なタイプだったならば、自分の目の前にいるのは魔界からやってきた真っ黒な〈地の精〉ではないかと思っておじけづいたかもしれないが、オフィーリア嬢は臆病なタイプではなく、率直で現実的なタイプだったので、少しきつめの口調でこう言った。

「そういう返事は許しませんよ。これは遊びではないのです。どこで生まれたのか、お父さんとお母さんは誰なのか、ちゃんと答えなさい」

「生まれたことなんか、ねえっす！」女の子はさっきより声に力をこめて、同じことをくりかえした。「父親とか、母親とか、なんもねえっす。あちしは奴隷の相場師に育てられたんす、ほかの子供ら何人も一緒に。スー婆さんが世話してくれて」

トプシーはどうやらほんとうのことを言っているようだった。ジェーンがフンと笑って口をはさんだ。

「奥様、こんな子はいくらでもいますよ。相場師がこういう子たちを小さいうちに安く買って、大きくして、市場に出すんです」

「前の旦那様や奥様とは何年くらい一緒に暮らしたの？」

「わかんねえす、奥様」

「一年？　もっと長く？　もっと短く？」

「わかんねえす、奥様」

「あのね、奥様、こういう下等な連中は、わからないんです。時間なんてもの、ぜんぜんわかってないんですから」ジェーンが言った。「一年がどのくらいの長さかも知らないし。自分の歳も知らないし」

「トプシー、神様の話は聞いたことがありますか？」

トプシーは困ったような顔で、またニッと笑った。

「おまえをお造りになったのはどんなお方なのか、知っているのですか？」

「そんなん、聞いたことねえす」トプシーがちょっと笑った。

どうやら、いまの質問をおもしろいと思ったようで、トプシーは目をキラキラさせながら、こう付け加えた。

「あちし、生えて出ただと思うです。誰かに造ってもらったおぼえはねえす」

「お針仕事はできるの？」オフィーリア嬢はもう少し実際的な質問に転じてみることにした。

「できねえす、奥様」

「それじゃ、何ができるの？　前の旦那様と奥様のところでは、何をしていたの？」

「水くんだり、皿洗ったり、ナイフ磨いたり、給仕したり」

「旦那様と奥様には、良くしてもらってたの？」

「だと思うです」トプシーはオフィーリア嬢の顔色をうかがいながら答えた。

　オフィーリア嬢は実りのない会話を切り上げて、席を立った。サンクレア氏が椅子の背によりかかって聞いていた。

「未開の土地を手に入れたというわけだね、従姉さん。思うとおりにやってみるといいよ。たいした収穫は期待できないが」

　教育に関するオフィーリア嬢の考え方は、ほかのさまざまなことについての考え方と同様に、きわめて硬直的で厳格なものだった。それは、一世紀前にニューイングランド地方で広くおこなわれていた教育法で、現在でも鉄道の通っていないような辺鄙な田舎には残っている。その教育法は、しいて表現するならば、ほんの数行で足りるような内容である。すなわち、話しかけられたら、きちんと聴くよう教えること。キリスト教の教理問答と、裁縫と、文字の読み方を教えること。嘘をついたら鞭打ちの罰を与えること。以上。言うまでもなく、今日では教育に関してさまざまな新しい知見が登場し、このような教育方針は旧弊とみなされるようになったが、われわれの祖母たちの世代がこうした教育方法でそれなりに立派な男女を育てあげてきたことは議論を俟(ま)たぬ事実であり、そうした記憶の証人も少なくないだろう。いずれにせよ、オフィーリア嬢はこうした教育方針しか知らず、したがって、信仰も知らぬトプシーを相手に全力をあげてこの方針で教育にとりかかったのである。

　トプシーは、サンクレアの屋敷においてはオフィーリア嬢のものとして扱われることになった。調理場では歓迎されそうになかったので、オフィーリア嬢はトプシーの訓練と教育の場をおもに自分の部屋に限定することにした。読者諸氏が聞いたら感涙(かんるい)まちがいなしの尊い自己犠牲の精神をもって、オフィーリア嬢は、これまで屋敷の小間使いたちがどんなに手伝うと言ってもいっさい手を触れさせなかったベッドメイキングと居室の掃除を自分ですることを諦め、その仕事をトプシーに教えこむという、殉教者も顔色(がんしょく)を失うほどの覚悟を固めたのである——まことにオフィーリア嬢にとっては嘆かわしい記念日であった！　読者諸氏が同じことを実行してみたとしたら、オフィーリア嬢の自己犠牲がいかに尊いものであったかを実感できることであろう。

　第一日目の朝、オフィーリア嬢はトプシーを自分の居室に連れていき、ベッドメイキングの秘技について、おごそかに指導を開始した。

全身を清潔に磨きあげられ、自慢だった短めのドレッドヘアもぜんぶ刈り上げられて、清潔なドレスを着せられ、バリッと糊のきいたエプロンをつけたトプシーは、かしこまったようすでオフィーリア嬢の前に立ち、葬式かと思うくらいに厳粛な表情をしていた。

「トプシー、これから、わたくしのベッドの整え方を教えます。わたくしはベッドメイキングについては、とてもうるさいのです。やり方をきっちり正確におぼえるのですよ」

「はい、奥様」トプシーは深いため息をつき、しょんぼりとした真顔で返事をした。

「いいですか、トプシー。よく見なさい。ここがシーツの縁（へり）です。こっち側がシーツの表、こっちが裏。わかりますか？」

「はい、奥様」トプシーは答え、またため息をついた。

「下のシーツは、ボルスター[2]にかぶせて――こういうふうに――そして、マットレスの下にしっかりと、きちんと平らにたくしこむのです――こういうふうに。わかりましたか？」

2　長枕。背中を支えたり、抱き枕に使ったりする。

「はい、奥様」トプシーは一心に集中して聞いている。

「で、上のシーツは――」と、オフィーリア嬢は続けた。「こういうふうにかぶせるのです。そして、足元できっちり平らにたくしこむ――こういうふうに。縫い目の狭い縁のほうが足元にくるように」

「はい、奥様」さっきと同様に、トプシーが返事をした。しかし、オフィーリア嬢が背中を向けて熱心に手本を見せているあいだ、目を離した隙に、背後の小さな弟子は手袋とリボンにさっと手を伸ばし、器用に袖の奥に押しこんで、またさっきまでと同じようにかしこまって両手をからだの前に重ねたのである。

「さあ、トプシー、こんどはおまえがやってみなさい」オフィーリア嬢はシーツ類をはがし、椅子に腰をおろした。

　トプシーはしごくまじめに、そして器用に、オフィーリア嬢を完璧に満足させる手並みを見せた。シーツを平らに広げ、しわひとつ残らないよう撫でつけ、最初から最後まで、まじめで真剣にベッドメイキングをやって見せたので、見守るオフィーリア嬢もおおいに意を強くした。ところが、不運なことに、まさにベッドメイキングを仕上げようとしたところで、トプシーの袖口からひらひらとリボンの端が顔をのぞかせた。オフィーリア嬢はそれに気づき、即座に反応した。「これは何ですか！　もう悪さを働いて！　盗んだのですね！」

　袖口からリボンが引っぱり出されても、トプシーはいっこうに悪びれるようすも見せず、なんとまあ驚いた、ちっとも知らなかった、という無邪気な顔をしてみせた。

「あれぇ！　こりゃ、フィーリー奥様のリボンでねえすか？　なんで、あちしの袖にはいっちまったんだろ？」

「トプシー、悪い子ですね。嘘をつくのはやめなさい。おまえがリボンを盗んだのでしょう！」

「奥様、誓って言うけど、あちし、盗んでねえす。いまのいままで、こんなもん、見たこともねえす」

「トプシー、嘘をつくのはいけないことなのですよ、わからないの？」

「あちし、嘘なんかひとつもつかねえす、フィーリー奥様」トプシーは真顔で潔白を主張した。「あちしが言っとるんは、まるっきしほんとのこってす。ほんとのことばっかで」

「トプシー、そんなに嘘をつくと、鞭で打たなくてはなりませんよ」

「けど、奥様、一日（いちんち）じゅう鞭でぶたれたって、これよか答えようがねえす」そう言って、トプシーはおいおい泣きだした。「そんなん、見たことねえす。あちしの袖に勝手にはいったにちがいねえす。フィーリー奥様がきっとベッドの上に置きっぱなしになさったで、あちしの服にくっついて、袖ん中にはいっちまっただ」

あまりにも白々しい嘘にオフィーリア嬢は激怒し、トプシーの両肩をつかんで激しく揺さぶった。

「わたくしに向かって二度と嘘をつくんじゃありません！」

揺さぶられた拍子に、もう一方の袖から手袋が落ちた。

「ごらんなさい！」オフィーリア嬢が言った。「これでもまだ、リボンを盗まなかったと言うのですか?」

トプシーは手袋を盗んだことは認めたものの、リボンは盗んでいないと言い張った。

「いいこと、トプシー。ぜんぶ正直に白状したら、今回は鞭打ちはしません」ここまで言われて、ようやく、トプシーはリボンと手袋を盗んだと認め、哀れっぽい声で改悛の情を口にした。

「よろしい、では正直に白状なさい。ほかにも、このお屋敷に来てから盗んだものがあるでしょう。きのう一日、自由にさせておいたから。ほかにも盗ったものがあるなら、言いなさい。鞭打ちはしませんから」

「ああ、奥様！　あちし、エヴァ嬢様が首につけとる赤いやつを盗りました」

「そうなの、悪い子ですね！　で、ほかには？」

「ローザの耳飾りも。赤いやつです」

「いますぐ、ここへ持ってきなさい。二つとも」

「ああ、奥様！　それはできねえす。燃しちまったから！」

「燃やした⁉　とんでもない作り話ね！　ここへ持ってきなさい、持ってこないと鞭を使いますよ」

　トプシーは大声で訴え、涙を流し、うめき声をあげ、どうしてもそれはできない、と言い張った。「燃しちまったんす、ほんとに」

「なぜ燃やしたりなどしたのですか？」オフィーリア嬢が聞いた。

「あちしが罰当(ばち)たりだからす、そうっす、あちしはすんげえ罰当たりす。どうしようもねえんす」

　ちょうどそのとき、何も知らないエヴァが部屋にはいってきた。首にはトプシーが燃やしたと言ったのと同じ赤いサンゴのネックレスをつけている。

「あら、エヴァ、そのネックレス、どこにあったの？」オフィーリア嬢が聞いた。

「どこにあった、って？　わたし、朝からずっとつけてるわよ」エヴァが言った。

「きのうは？」

「ええ、きのうもつけていたわ。あのね、おばさま、おかしいのよ、わたしったら夜中じゅうこのネックレスをつけていたの。きのう寝るときに、はずすのを忘れちゃって」

オフィーリア嬢は、何が何だかわからなくなった。さらに不思議なことには、ちょうどそのとき、ローザがアイロンがけの終わったリネン類を入れたカゴを頭に載せて部屋にはいってきたのだが、その耳には赤いサンゴのイヤリングが揺れていたのである！

「おまえのような子はどうしたらいいのか、わからないわ！」絶望したオフィーリア嬢が言った。「トプシー、いったいなぜ、盗ったなんて言ったのです？」

「だって、奥様がはくじょしろって言うから。ほかにはくじょすること思いつかんかっただもの」トプシーが涙を拭いながら言った。

「やっていないことまで白状しろとは言いませんよ」オフィーリア嬢が言った。「それも嘘をつくことです、最初に嘘をついたのと同じように悪いことです」

「そうなんすか？」トプシーが、ちっとも知らなかった、という顔で言った。

「この悪ガキの言うことにほんとうのことなんか、ひとつだってありゃしませんよ」ローザがいまいましそうにトプシーを睨みつけた。「あたしがサンクレアの旦那様だったら、血が流れるまでこいつを鞭打ってやるとこですよ。そうよ、思い知らせてやったらいいんだわ！」

「いいえ、だめよ、ローザ」エヴァが強い口調で言った。エヴァはときどきそんな物言いをする。「ローザ、そんな言い方はやめなさい。とても聞いていられないわ」

「あら、エヴァ嬢様！　お嬢様はいい人すぎて、黒んぼの扱い方を何もご存じないからですよ。いいですか、ああいう連中は思いっきり痛い目に遭わせてやる以外にないんです」

「ローザ！　お黙りなさい！」エヴァが言った。「二度とそんな言葉は口にしないでちょうだい！」エヴァの瞳には炎が燃え、頬は紅潮していた。

ローザは縮みあがった。

「エヴァ嬢様にはサンクレアの血が流れてるわ、まちがいなく。お父様とそっくりの話し方をなさる」部屋を出ていきながら、ローザがつぶやいた。

エヴァはトプシーを見つめたまま、その場に立ちつくしていた。

そこに向き合って立っている二人の子供は、社会の両極端を象徴する存在だった。片方は、肌が白く、育ちがよく、髪は金色で、深みをたたえた瞳を持ち、ひいでた額は高貴な精神性を感じさせ、身のこなしには公女のような気品がある。もう一方は肌が黒く、抜け目なく狡猾そうで、卑屈な表情を浮かべ、そのくせ油断のならぬ緊張感を漂わせている。二人は、それぞれの人種を代表する存在だった。何世紀にもわたる洗練、支配、教育、身体と倫理の両面にわたる卓越が作りあげたサクソン人の姿と、長年にわたる迫害、屈従、無知、苦役、堕落がもたらしたアフリカ民族の姿である！

エヴァの心に波風を立てたのは、おそらくそのような考えだったのだろう。しかし、子供の思考は曖昧で漠然とした直感でしかない。エヴァの気高い心の中にはそうしたさまざまな思考が醸成されつつあったものの、まだそれを言葉にするには能力が及ばなかった。オフィーリア嬢がトプシーの邪悪な行動を詳しく説明して聞かせたとき、エヴァは困惑と悲しみの表情を見せ、優しい口調でトプシーに話しかけた。

「トプシー、かわいそうな子。なぜ盗もうなんて思ったの？　ここへ来たからには、これからはちゃんと面倒を見てもらえるのよ。盗むくらいなら、わたし、自分のものを何でも喜んであなたにあげるわ」

トプシーにしてみれば、こんな優しい言葉をかけられたのは生まれて初めての経験だった。エヴァの優しい口調や態度にはトプシーの野蛮で粗野な心に不思議に響くものがあり、その抜け目なく光る丸い眼（まなこ）が一瞬涙ぐんだように見えた。しかし、すぐにトプシーは短い笑い声をあげ、いつもの顔でニッと笑った。そんな馬鹿な！と。罵倒の言葉しか聞いたことのない耳には、優しい言葉という天国のようにすばらしいものを信じることはとうてい無理だった。トプシーには、エヴァの言葉は奇妙で訳のわからないものにしか聞こえなかった――エヴァの言葉を信じることはできなかったのである。

それにしても、トプシーのような子はどうすればいいのだろう？　オフィーリア嬢には、これは難問だった。持論の教育方法では太刀打ちできそうになかった。ここはひとつ、じっくりと考えてみる必要がある、とオフィーリア嬢は思った。そして、考える時間をかせぐために、また、真っ暗な押入れに備わっていると思われる漠然たる矯正効果に望みをかけて、オフィーリア嬢はトプシーを押入れに閉じこめ、この件についてもう少しよく考えてみることにした。

「あの子をどうすればいいのかしら。鞭打ちなしでは難しいわ」オフィーリア嬢はサンクレア氏に言った。

「じゃあ、鞭打ちをしたらいい。存分にどうぞ。従姉(ねえ)さんの考えたやり方を全面的に支持するよ」

「子供には鞭打ちが必要と決まったものだわ、昔から」オフィーリア嬢が言った。

「鞭打ちなしで子供を育てたなんて、聞いたことがありません」

「そうだね、もちろんだ」サンクレア氏が言った。「従姉さんがいちばんいいと思うようにやってくれたらいいよ。ただし、ひとつだけ言っておきたいことがある。ぼくはあの子が鞭のかわりに火かき棒でぶたれるのを見た。ショベルでも、火ばしでも、とりあえず手近にあるものでぶん殴られてるのも見た。そういう扱いに慣れてる子だから、鞭打ちを効かせようと思うんだったら、かなり力いっぱいやらないとだめだろうね」

「それじゃ、どうすればいいの？」

「それは難しい話だね。従姉さんに答えを見つけてほしいものだが。鞭打ちでしか言うことを聞かせられない人間を——いや、鞭打ちでさえ効果のない人間を——どうすべきか。南部ではどこでも共通の困った問題さ！」

「わたしには、どうすればいいかわからないわ。あんな子供、見たことがありませんし」

「ああいう子供は、南部にはいくらでもいるよ。子供だけじゃない、大人の男や女でもね。それをどう扱ったものか？」サンクレア氏が言った。

「わたしにはとても答えが出せないわ」オフィーリア嬢が言った。

「ぼくもだよ」サンクレア氏が言った。「たまに、恐ろしく残酷な事件や虐待が新聞記事になったりするが――プルーの場合みたいにね――どうしてああいうことになるのか？　多くの場合、やるほうもやられるほうも双方がエスカレートしていくからだ。奴隷の所有者のほうはどんどん残酷になっていくし、やられる奴隷の側はどんどん暴力に鈍麻していく。鞭打ちや虐待は、アヘンみたいなものだ。慣れるにつれて、量を増やさないと効かなくなる。ぼくは奴隷を所有するようになってすぐに、そのことに気づいた。そして、ぜったいに自分からはこの悪循環に陥るまいと決心した。いったん始めてしまったら、やめられなくなるからだ。ぼくは少なくとも自分の道徳観だけは守ろうと決めた。その結果として、うちの使用人どもは甘やかされ放題の子供みたいになってしまった。だけど、ぼくは連中と挑発しあって残忍な仕打ちにはまりこむよりはましだと思っている。従姉（ねえ）さんは教育に関するぼくらの責任について、いろいろ言っていたよね。だから、ためしに、奴隷たちの典型的な一例といえるあの子を教育してみてほしいと心から思ったんだ」

「あんな子供たちを作ったのは、あなたがたの奴隷制度が原因だわ」オフィーリア嬢が言った。

「わかってる。でも、できてしまったものは、仕方がない。現実に存在するわけだから。それをどうしてやるかが問題だ」

「実験のチャンスを与えてくれてありがとう、と言う気にはなれないわね。でも、どうやらこれは義務のようだから、がんばってベストを尽くしてみます」オフィーリア嬢が言った。そして、このあと、オフィーリア嬢は宣言どおり、賞賛に値する熱意と精力を注いでこの新しい課題に取り組んだ。オフィーリア嬢はトプシーのために日々の時間割を決め、読み方と裁縫を教えた。

読み方については、トプシーはおぼえが早かった。まるで魔法のようにすらすらと文字をおぼえ、すぐに簡単な文章が読めるようになった。しかし、裁縫についてはまったく別の話だった。トプシーはネコのように自由気ままで、サルのようにすばしこくて、じっとすわって針仕事に励むようなことは大嫌いだった。それで、わざと針を折ったり、オフィーリア嬢の目を盗んで針を窓の外に捨てたり、壁の隙間に突っこんだりした。糸はもつれさせるし、切るし、汚くするし、こっそり糸巻きごと投げ捨ててしまうこともあった。トプシーの動きは腕のいい手品師も顔負けの素早さで、それを顔色ひとつ変えずにやってみせる。オフィーリア嬢は、こんなにたてつづけに妙なことが起こるのは偶然のはずがないと思いながらも、ほかの仕事をすべてやめて見張っているわけにもいかないので、犯行現場を押さえることができなかった。

トプシーはすぐに屋敷内で注目の存在になった。道化も、百面相も、ものまねも、ダンスにしろ、とんぼ返りにしろ、高いところに登ることにかけても、歌でも口笛でも、おもしろいと思った物音を再現してみせる芸でも、トプシーの才能は無尽蔵だった。遊びの時間になると屋敷じゅうの子供たちがトプシーについてまわり、みんな口をぽかんと開けてトプシーの芸に感心したり驚いたりするのだった。エヴァ嬢様も例外ではなかった。エヴァは、まるでハトが極彩色の毒蛇に魅入られるように、トプシーの突拍子もない魔法に心を奪われたように見えた。エヴァがトプシーに近づきすぎることを、オフィーリア嬢は危惧した。そして、そういうことを禁じるようサンクレア氏に訴えた。

「ぷっ！　放っておけばいいんだよ」サンクレア氏は言った。「エヴァはトプシーを面白がっているんだから」

「でも、あんな不良を――エヴァに悪いことを教えやしないか、心配じゃないの？」

「エヴァに悪いことなんて教えられないよ。ほかの子供が相手ならどうか知らないが、エヴァの心には邪悪なことは沁みていかない。露の玉がキャベツの葉っぱにははじかれるようにね。一滴だって、沁みこむ心配はないよ」

「油断しないほうがいいんじゃないの」オフィーリア嬢が言った。「わたし、自分の子だったら、ぜったいにトプシーなんかとは遊ばせないわ」

「従姉さんの子供は、そうすればいいよ」サンクレア氏が言った。「だけど、エヴァはかまわない。そんなことで悪くなるくらいだったら、エヴァはとっくの昔に悪くなっているさ」

はじめのうち、トプシーは上級の使用人たちからは軽蔑され見下されていた。しかし、ほどなく、みんな「ちょっと待てよ」と気づきはじめた。トプシーを侮辱した者はさほど間をおかずして災難に見舞われる、という現象がたび重なったのだ。イヤリングだとか大切にしていた小物類が紛失したり、ドレスがある日ふと見ると派手に破れていたり、つまずいた拍子に熱湯のはいったバケツに足を突っこんでしまったり、晴れ着で着飾っているところへなぜか頭上から大量の汚水が降ってきたり。どれもこれも、どんなに調べてみても犯人を特定できたためしがなかった。何度もトプシーが怪しいと疑われ、皆から問い詰められた。けれども、トプシーはいつも真顔で一貫して身の潔白を主張した。誰のしわざか明々白々だと、誰もが思っていた。しかし、疑いを裏付ける決定的な証拠が何ひとつ見つからないので、正義感の強いオフィーリア嬢としては、あてずっぽうで裁断を下すことはできかねたのだった。

加えて、いたずらは毎回タイミングも絶妙で、それがますます犯人探しを阻んでいた。たとえば、小間使いのローザとジェーンに対する仕返しは、きまって二人が女主人の機嫌を損ねたタイミング（よくあること）を選んで実行されるので、二人が女主人に何を訴えても取り合ってもらえないのだった。そんなわけで、屋敷の使用人たちはトプシーにはかかわらないほうが身のためだということを、ほどなく理解した。そして、トプシーは誰からもいじめられなくなった。

肉体労働においては、トプシーはとても頭がよくて精力的で、教えられたことをあっという間におぼえた。オフィーリア嬢の居室を整える仕事に関しては、二、三回教えただけで、仕上がりにうるさいオフィーリア嬢でさえ文句の一つもつけようがないほど完璧にこなすようになった。ベッドカバーをしわ一つなく広げる手並みといったら人間わざとは思えないくらいみごとだったし、枕の並べ方も完璧、掃除や整理整頓も完璧だった。ただし、それはトプシーがその気になったときの話で、いつもその気になるわけではないところが問題だった。オフィーリア嬢が三、四日ほど続けてじっくりと監督指導をおこない、おおいに満足して、これでやっとトプシーも見張りなしで仕事ができるようになったにちがいないと思い、ほかの用事にちょっと精を出していると、その一時間か二時間のあいだに、トプシーは狼藉（ろうぜき）のかぎりをつくすのである。ベッドメイキングに励むどころか、枕という枕のカバーをぜんぶはがして裸にした枕の山に縮れ毛の頭をバンバン押しつけて遊び、最後には頭のあちこちから羽毛がツンツン突き出たグロテスクな姿になって発見される。かと思えば、ベッドの四方に立っている支柱によじのぼって、上から逆さまにぶら下がる。シーツ類やベッドカバーを部屋じゅうで振り回す。棒状の長枕にオフィーリア嬢のネグリジェを着せて、それを相手に芝居をする——歌を歌い、口笛を吹き、鏡をのぞいて百面相の稽古に励む。要するに、オフィーリア嬢の言葉を借りるならば、「ばか騒ぎのかぎりを尽くす」のである。

あるときなど、トプシーはオフィーリア嬢のいちばん上等な深紅のインド製カントン・クレープ[3]のショールをターバンのように頭に巻き付けて、鏡の前で思いっきり気取って芝居のポーズを取っている現場を見つかった。オフィーリア嬢にしてはまことに珍しい不注意だったのだが、このときにかぎって引き出しに鍵を入れたままにして部屋を離れた結果だった。

「トプシー!」堪忍袋の緒が切れるたびに、オフィーリア嬢はトプシーを問い詰めた。「どうして、こんなことをするのです?」

「わかんねえす、奥様。たぶん、あちしがすっげえ罰当たりだからだと思うです!」

「おまえのような子はどうしたらいいのかわからないわ、トプシー」

「ああ、奥様、あちしは鞭でぶたれねえとダメなんす。前の奥様は、しょっちゅう鞭をくれたです。鞭でぶたれねえとちゃんとできねえ質なんで」

「でもね、トプシー、わたくしは鞭打ちなんてしたくないの。おまえはその気になれば、ちゃんとできるじゃないの。どうしてやる気になれないの？」

「ああ、奥様、あちし、鞭でぶたれるのに慣れちまってるんす。鞭がよく効くんだと思うです」

オフィーリア嬢は試しにその手も使ってみた。トプシーはお決まりのように絶叫し、わめき声をあげ、許しを乞い、大騒ぎを繰りひろげた。しかし、三〇分後にはバルコニーの高くなったところに乗っかって、「チビども」から賞賛の眼差しを浴びながら、さきほどの騒ぎを小馬鹿にした口調でこう話して聞かせるのだった。

「まったく、フィーリー奥様の鞭打ちときたら！　あれじゃ蚊一匹殺せやしねえさ。前のご主人様の鞭打ちなんか、肉が吹っ飛ぶくれえ強烈だった。見してやりてえな。あれが鞭打ちってもんさ！」

トプシーは自分の罪や悪さをいつも自慢げに吹聴し、そのことを特別な取り柄のように思っているふしがあった。

3　中国広東省産の絹糸で織った、インド製の柔らかな縮織の生地。

「あんたら黒んぼはよ」と、トプシーは聴衆を前に弁じるのだった。「あんたらみんな罪人なんだとさ。わかってんのかい？　ああ、そうさ。みんな罪人なんだ。白人さんたちも罪人さ——フィーリー奥様が言ってた。けど、あちしの考えじゃ、黒人こそとびっきりの罪人さ。けど、あんたらだって、あちしにゃかなわねえだろうな。あちしはあんまし罰当たりだもんで、誰にもどうしようもねえんだ。前の奥様にはしょっちゅうどやしつけられたもんさ。あちしは世界でいちばんの罰当たりだと思うよ」そう言って、トプシーはトンボを切り、すばやく一段高いところへのぼって得意げな顔になり、そんじょそこらに例のない自分の悪さを自慢するのだった。

日曜日には、オフィーリア嬢はことに熱心にトプシーの宗教教育に力を注いだ。トプシーは言葉に関して特筆すべき記憶力を持っていて、教えた文章をすらすらと暗唱してみせるので、オフィーリア嬢もおおいに心強く思っていた。

「そんなこと教えて、あの子にどんなご利益があると思っているわけ？」サンクレア氏が聞いた。

「あら、昔から子供には教理問答が役に立ってきたのよ。子供にはかならず教えなくてはならないことだわ」オフィーリア嬢が言った。

「理解できても、できなくても？」

「まあ、教わった当初には理解できなくても、大きくなってからわかってくるのよ」

「ぼくはいまだにわかってこないけどな」サンクレア氏が言った。「ぼくが小さかったころ、従姉(ねえ)さんが徹底的に教えこんでくれたことはまちがいないけど」

「あなた、ほんとうに物おぼえが良かったものね、オーガスティン。あなたにはずいぶん期待していたのよ」オフィーリア嬢が言った。

「いまは期待していない、と？」

「昔みたいな良い子のままだったらよかったのにと思うわ、オーガスティン」

「ぼくも同感だよ、そのとおりだ」サンクレア氏が言った。「さ、どうぞ、トプシーに教理問答を教えてやっておくれ。たぶん、まだ何かの役には立つかもしれない」

　オフィーリア嬢とサンクレア氏が話しているあいだ、手をからだの前で行儀よく重ねて黒い彫像のようにじっと立っていたトプシーは、オフィーリア嬢に促されて暗唱の続きを始めた。

「われらが太初の父と母は、おのが自由意志に任された結果、創造されたるときの境遇(ステート)から転落せり[4]」

　トプシーが目を輝かせて、何か聞きたそうな顔をした。

「何ですか、トプシー？」オフィーリア嬢が聞いた。

「すんません、奥様、その『ステート』っちゅうのは、キンタックの州（ステート）[5]のことっすかね？」

「何の『ステート』ですって、トプシー？」

「そっから転落せり、っつう『ステート』のこってす。昔の旦那様があちしらキンタックから下ってきたってな話をしとったのを聞いたことがあるもんで」

　サンクレア氏が大笑いした。

「意味を教えてやらないと、その子、自分で勝手に意味を作っちゃうよ」サンクレア氏が言った。「どうやら、この教理問答は移住の理論に言及しているらしい」

「オーガスティンったら、黙っててちょうだい！」オフィーリア嬢が言った。「あなたがそこで大笑いしてたら、ちゃんと教えられないじゃありませんか」

「わかったよ、もう勉強の邪魔はしないよ、誓って」サンクレア氏はそう言うと、新聞を持って居間へ行って腰をおろし、トプシーが暗唱を終えるまでおとなしくしていた。暗唱はたいへんいい出来だったが、ところどころでトプシーが重要な単語を珍妙な別の単語に言い換えてしまい、何度やり直させても、その部分だけはちっとも直らなかった。サンクレア氏は邪魔しないと誓ったものの、いたずら心からトプシーの言いまちがいをおもしろがり、気が向くとトプシーをそばへ呼び寄せて、オフィーリア嬢の抗議にもかかわらず、珍妙なまちがいをちりばめた教理問答を何度でも暗唱させてはおもしろがっていた。

「オーガスティン、あなたがそういうことをやめないなら、どうやってあの子を教育できるのよ?」と、オフィーリア嬢は抗議した。

「いや、悪かったね。もうしないよ。だけど、あの素っ頓狂(すっとんきょう)なチビがしかつめらしい文句に四苦八苦するのが面白くてね!」

「でも、それでは誤りを強化するばかりだわ」

「だから? あの子にとっては、どっちの単語でも大差はないだろうよ」

「あの子をちゃんとまっすぐに教育してほしいと言ったのは、あなたよ。ちゃんと理屈のわかる子だということを忘れないで。あの子に悪い影響を与えないようにしていただきたいわ」

4　ニューイングランド地方で一六九〇年ごろに発行された子供用の初等読本に出てくる教理問答。オフィーリア嬢の教育方針は、前出(六三ページ)のとおり、ニューイングランド地方で一世紀前に広くおこなわれていた教育法を踏襲するものであったことがわかる。

5　「ケンタッキー」の黒人訛り。

「ちぇっ！　わかったよ。だけど、ぼくも、トプシーじゃないけど『すっげえ罰当たり』だもんでね」

こんな調子でトプシーの教育が一、二年ほど続いた。オフィーリア嬢にとっては日々トプシーのことが悩みの種で、言ってみれば慢性の悪い病気にとりつかれたようなものだったが、それも神経痛や偏頭痛に慣れっこになってしまう人がいるように、月日がたつにつれてだんだんと慣れていった。

サンクレア氏は、オウムやポインター[6]の芸を面白がるのと同じような感覚でトプシーをからかった。トプシーも、屋敷のどこかで悪さをして叱られたりすると、いつもサンクレア氏の椅子の後ろに逃げこんだ。そうすれば、サンクレア氏がなんとかとりなしてくれるからだ。トプシーはサンクレア氏のポケットに残っていたピカユーン銅貨[7]をたびたびもらい、それでナッツやキャンディを買って、屋敷の子供たちに惜しげもなくばらまいた。トプシーの名誉のために付け加えておくが、トプシーはもともとお人好しな気前のいい子で、自衛の必要に迫られたときだけ悪意に満ちた仕返しに出るのである。さて、本章で物語の〈バレエ群舞〉の一人として紹介されたトプシーであるが、このあともさまざまな人物との絡みでときどき登場してもらうことになるだろう。

6 猟犬。

7 昔、ルイジアナ州やフロリダ州で使われた小額の銅貨。

第21章　ケンタック

ここでしばしケンタッキーの農園に話を戻し、アンクル・トムの小屋に残された人々のあいだでどんなことが起こっていたか、のぞいてみよう。

夏の夕方のことだった。お屋敷の広い応接間兼ダイニング・ルームのドアや窓は、ときおり気まぐれに吹く風が通り抜けるようにすべて開け放たれていた。シェルビー氏は応接間のすぐ外、家の両端にあるバルコニーまでひと続きになった広々とした廊下で涼んでいた。ゆったりと椅子の背にからだを預け、もうひとつの椅子に両足を乗せて、ディナーのあとの葉巻をくゆらせている。シェルビー夫人は応接間の戸口に椅子を持ち出して、せっせと細かい針仕事に手を動かしていた。が、心に何か思うところがある顔つきで、言いだすタイミングを見計らっているようだった。

「ねえ、あなた」シェルビー夫人が夫に話しかけた。「クロウィのところにトムから手紙が届いたんだそうですよ」

「ああ、そう！　トムもむこうで友だちができたんだな。で、どんな調子だって？」

「どうやら、とても立派なお屋敷に買われていったようですわ」シェルビー夫人が言った。「よくしてもらっていて、仕事はそんなにきつくないんですって」

「ほう！　それはよかった。うん、よかった」シェルビー氏は心からうれしそうに言った。「これでトムも南部の屋敷に腰を据える気になるだろうよ。もう、こっちに戻ってくる気はなくなっただろうな」

「とんでもない。それどころか、ずいぶん気にかけているようですよ。いつになったら買い戻してくれるお金ができるのか、と」シェルビー夫人が言った。

「わたしに言われてもなあ」シェルビー氏が言った。「事業ってやつは、いったん傾きかけると、きりがない。沼から抜けたと思ったらまた次の沼に飛びこむようなものだ。どこかから借りて借金を払って、その借りた金を返すためにまた別のところから借りる。いまいましい約束手形の期日が次から次へとやってきて、葉巻を吸う暇もなけりゃ、ふりむく暇もない。督促状だの督促通知だの、ろくでもない連中がやいのやいのと責めたてる」

「でもね、あなた、立て直すためにできることが何かあるんじゃありませんの？　たとえば、うちの馬たちをぜんぶ売って、農場のうちどれか一つを売って、それで借金をきれいに返したら？」

「ああ、馬鹿げたことを言わないでくれよ、エミリー！　きみはケンタッキーいちばんの優秀な女性だが、それでも事業については素人だという現実が理解できていないようだね。女の人には事業はわからないよ、ぜったいに」

「でも、せめて」と、シェルビー夫人は食い下がった。「どうなっているのか、少しでも教えていただけないかしら？　せめて、借りの一覧とか、貸しの一覧とか。どこか節約できる部分がないか、わたくしにも考えさせてくだされば」

「うるさいなあ！　そうそう責めたてないでくれよ、エミリー！　わたしにも正確な数字はわからないんだから。だいたいのことはわかっているが。あっちを切り取って、こっちを清算してって、そんな簡単な話じゃないんだよ。クロウィがパイの余り皮を切り落とすのとは訳がちがうんだからね。言わせてもらうがね、きみには事業のことなどいっさいわかっちゃいないんだ」

シェルビー氏は自分の考えを押し通す手段をほかに知らないので、声を大きくした。紳士がビジネスに関して妻と議論する際には、たいへん便利で効果的な方法だ。

シェルビー夫人は小さなため息をついて、口をつぐんだ。実際には、夫からは「たかが女」扱いされていたものの、シェルビー夫人は明晰で旺盛で実務的な知性の持ち主であり、いかなる点から見ても夫よりもしっかりした人物だった。だから、夫人を農園の経営に参加させるという考えは、シェルビー氏が思ったほど突拍子もない提案ではなかったのである。シェルビー夫人には、何としてもアンクル・トムとアント・クロウィに約束したことを守りたいという思いがあったので、どうやらそれがうまく行きそうもないと知って、ため息をついたのだった。

「何とかしてお金を工面できませんの？　アント・クロウィが気の毒で！　そのことばかり考えているんですもの！」

「それは気の毒だが、約束したのは少し早まったと思っているんだ。たぶん、クロウィにちゃんと話をして諦めてもらうのがいちばんいいような気がする。もう一、二年もすれば、トムもむこうで別のカミさんをもらうだろうよ。クロウィも誰か別の相手と一緒になったほうがいい」

「何をおっしゃるの、あなた。わたくしはうちの使用人たちに、彼らの結婚もわたくしたちの結婚と同じように神聖なものであると教えてきました。そんなこと、とてもクロウィには言えませんわ」

「きみが使用人たちに不相応な道徳観念を教えこんで重荷を負わせたのは、まずかったね。前からそう思っていた」

「でも、あなた、わたくしはお聖書に書いてある道徳を教えただけですわ」

「まあまあ、エミリー、わたしはきみの宗教観にけちをつけるつもりはないよ。ただ、ああいう状況に置かれている使用人たちにとっては、そのような道徳観はまるっきり当てはまらない、と言っているのだ」

「たしかに、そのとおりです」シェルビー夫人が言った。「だからこそ、わたくしは心の底から、この奴隷制度というものを嫌悪しているのです。あなたに申し上げておきますけれど、わたくしは無力な人々との約束を反故にすることはできません。ほかにお金を工面する方法がないのなら、わたくし、音楽でお弟子さんを取ります。きっと、お弟子さんになりたい人たちが集まると思いますわ。そうすれば、自分でお金を稼ぐことができますもの」

「エミリー、そんな卑しい真似はしないでくれ。とうてい許すことはできないよ」

「卑しい真似ですって⁉　無力な者たちとの約束を破るほうが、よほど卑しいことです。ほんとうに！」

「いやいや、きみは昔から高潔で高尚な人だったからね」シェルビー氏が言った。「だが、そんなドン・キホーテ的発想に走る前に、よく考えたほうがいいと思うよ」

ここで会話が中断された。バルコニーの下にアント・クロウィが姿を見せたのである。

「あのう、奥様」

「あら、クロウィ、どうしたの?」シェルビー夫人が立ち上がり、バルコニーの端まで出ていった。

「あの、奥様、このポエトリーを見てもらえませんかね」

クロウィには鳥肉類（ポウルトリー）を「ポエトリー」と呼ぶ癖があった。[1] 若い者たちからしょっちゅう直されても、アント・クロウィはこの言葉づかいを頑として改めないのである。

「かまうもんかね!」アント・クロウィは言うのだった。「あたしにゃわからんよ。どっちだって同じさ、ポエトリーで上等じゃないか」そう言って、クロウィはあいかわらず鳥肉のことを「ポエトリー」と呼んでいた。

地面にぐったりしたニワトリやアヒルを並べて、その前でひどく深刻な思案顔をしているクロウィを見て、シェルビー夫人はにっこり笑った。

「奥様、これをチキンパイにしたらどうかと思ったもんで」

「何でもいいのよ、アント・クロウィ。おまえの好きなように料理してくれたら」

クロウィは心ここにあらずの態（てい）でニワトリやアヒルをいじりながらぐずぐずしてい

1　「ポエトリー」はpoetryで「詩」の意味。鳥肉はpoultry（ポウルトリー）。

る。頭の中にあるのが鶏の料理でないことは、あきらかだ。そのうち、黒人が聞いてもらえるかどうか確信のないことをお願いするときによくしてみせる短い笑い声をもらして、アント・クロウィは言った。

「あの、奥様！　なんで旦那様と奥様はお金のことでもめとるのに、いまここに手の中にあるもんを使わねえんですか？」そう言って、クロウィはまた笑い声をあげてみせた。

「どういうことなの、クロウィ？」シェルビー夫人が尋ねた。クロウィの性分(しょうぶん)を知りつくしているシェルビー夫人には、さっきの夫婦の会話をクロウィが残らず聞いていたことは疑いようがなかった。

「だって、奥様！」クロウィはまた笑い声をまじえながら言った。「よそのお屋敷じゃ、黒んぼを貸し出してお金を儲けとるですよ！　こんなたくさんの食いぶちをただ抱えとくことはねえですよ」

「クロウィ、いったい誰を貸し出せと言うの？」

「いや！　何も、そうしろと言っとるわけじゃねえんです。ただ、サムが聞いてきたことにゃ、ルイヴィルでパ、ー、フ、ェ、ク、シ、ョ、ナ、ーとかいう店がケーキやパイ作りのうまい職人を探しとるっちゅう話で。そんで、週に四ドルくれるって話で」

「まあ、クロウィ」

「そんだで、あたしゃ考えたですよ、奥様。そろそろサリーも役に立つようになってきたし。ここんとこずっと、あたしが仕込んできましたで、まあまあ、あたしと同じにできるようになってきましたです。奥様があたしを出稼ぎに行かしてくれたら、お金をためる手伝いができるかと思って。あたしのケーキでも、パイでも、どこのパ、ー、フ、ェ、ク、シ、ョ、ナ、ー、[2]に出しても恥ずかしくねえで」

「コンフェクショナーね、クロウィ」

「あれま、奥様！　同じようなもんさね。言葉っちゃ、ややこしいもんだ。ちっともおぼえられんですわ！」

「だけど、クロウィ、子供たちを残していって平気なの？」

「だいじょうぶですだ、奥様！　坊主どもはもう大きいで、いっぱしの仕事ができるし、赤子の世話はサリーが引き受けてくれるだろうし。元気のええ赤子だで、手はかからんと思いますだ」

「ルイヴィルはずいぶん遠いのよ」

2　confectioner（菓子屋）。

「そんなの、へっちゃらです。川を下ってった先でしょう？　うちの人のおるとこに近いかも？」クロウィは最後の言葉の語尾を上げて、シェルビー夫人の顔を見た。

「いいえ、クロウィ、まだ何百キロも離れているわ」シェルビー夫人が答えた。

　クロウィががっかりした顔を見せた。

「まあ、いいわ。ルイヴィルに行けば、ここよりは近くなるのですからね、クロウィ。いいですよ、出稼ぎに行ってよろしい。おまえのお給金は一セント残らずトムを買い戻すためのお金として別に貯めておきますからね」

　明るい陽光がどす黒い雲を銀色に変えるように、クロウィの黒い顔がさっと明るくなり、文字どおり輝いて見えた。

「ああ！　ありがとごぜえます、奥様！　あたしもちょうど同じことを思っとったです。あたしゃ着る物もいらんし、靴もいらん、何もいらんです。一セント残らず、貯めときます。奥様、一年は何週間あるだね？」

「五二週間よ」シェルビー夫人が答えた。

「ほう！　そうですか！　そんで、週ごとに四ドルもらえる。とすると、一年でどんだけになりますかね？」

「二〇八ドルよ」シェルビー夫人が答えた。

「おやまあ！」クロウィが驚きと喜びのまじった声をあげた。「そしたら、奥様、ぜんぶのお金を貯めるのには、どんくらいかかるかね？」

「四年か五年くらいね、クロウィ。でも、そんなに長くはかからないわ。わたくしも少しは援助しますから」

「奥様、お弟子を取って音楽を教えるなんて言わんでくだせえよ。そこんとこは、旦那様のおっしゃるとおりだ。そんなことは、ぜったいにだめです。あたしの手が動くうちは、お屋敷の人には誰ひとりそんなことはさせねえから」

「心配ご無用よ、クロウィ。家の名誉はわたくしがちゃんと守りますからね」シェルビー夫人がにっこり笑いながら言った。「それで、いつ行くつもりなの？」

「まだ何も決めちゃいねえですけど、ただ、サムが仔馬たちを連れて川まで行くって言っとって、一緒に行ってもええと言うもんで、荷物だけはまとめたとこで。奥様がええとおっしゃるなら、あしたの朝、サムと一緒に出発しますで。奥様が通行証と紹介状を書いてくだすったら」

「わかったわ、クロウィ。書いてあげましょう、主人が異存なければね。主人と話をしないと」

シェルビー夫人は二階へ上がっていき、アント・クロウィは喜び勇んで小屋に戻って旅立ちの準備にとりかかった。

「あれまあ、ジョージ坊っちゃま！　あたしゃ、あしたルイヴィルへ行くことになったですよ！」小屋にやってきたジョージ坊っちゃまに、アント・クロウィが話しかけた。アント・クロウィはせっせと赤ん坊の衣類を整理していた。「この子のもんをきちんと片付けとこうと思ってね。とにかく、あたしゃ行くんですよ、ジョージ坊っちゃま。週に四ドル稼ぎに行くだ。そんで、奥様がそれをぜんぶ貯めといてくれて、うちの人を買い戻すだよ！」

「ヒューッ！　いいこと考えたね！　どうやって行くの？」ジョージが聞いた。

「あした、サムと一緒に。ねえ、ジョージ坊っちゃま、そこにすわって、うちの人に手紙を書いてやってくだせえな。このことを、ぜんぶ知らしてやってくだせえよ」

「もちろんさ」ジョージが言った。「手紙をもらったら、きっとアンクル・トムが大喜びするよ。いますぐお屋敷へ行って、紙とインクを取ってくるよ。それからさ、ねえアント・クロウィ、ぼく、新しい仔馬の話やなんかも書いてやろうかな」

「そうさ、そうさね、ジョージ坊っちゃま。さ、行ってきておくれ。わし、これから坊っちゃまに何かチキンの料理をこさえるで。クロウィばあちゃんの夕めしを食べることも、しばらくはなくなるでなあ」

第22章「草は枯れ、花はしぼむ」[1]

　誰の上にも、人生は日一日と過ぎていく。トムの上にも日々は流れて、二年の歳月がたった。心から愛する者たちと引き裂かれ、かなたに残してきたものへ思いを馳せることもたびたびあったが、トムはひどく身にしみてみじめに感じることはなかった。人の心の竪琴に張られた弦は強く、すべての弦が断ち切られてしまうほどの大事件でなければ、心の調和がさほどまでにひどく乱されることはない。そして、ふりかえれば喪失と試練のときに見えたとしても、刻々と過ぎていく時間はそれなりに気晴らしや苦痛の緩和をもたらしてくれるものであり、欠けるところなく幸福ではなかったにせよ、救いがたくみじめだったとも思われないのである。

　トムは所有するただ一冊の本の中で、「自分の置かれた境遇に満足することを学」[2]

1　旧約聖書「イザヤ書」第四〇章第八節。

んだ人のことを読んだ。それはトムのためになる理にかなった考え方であるように思われたし、その本を読むことによって身についた心を落ち着けてじっくりと考える習慣にもよく調和した。

トムが家に宛てた手紙には、前の章でも触れたとおり、しばらくしてジョージ坊っちゃまからの返事が届いた。お手本どおりの丸っこい子供っぽい字で、トムの言葉を借りれば「部屋の反対側からでも読めるくらい」はっきりと書けていた。これまでの章で読者諸氏がすでにご存じのケンタッキーでのできごとがあれこれ書いてあり、アント・クロウィがルイヴィルの菓子屋に出稼ぎに行く話がまとまったこと、その店で菓子作りの腕をふるって立派にお金を稼いでいること、そのお金はすべて貯めておいてトムを買い戻すための資金にすること、などが書いてあった。モーズとピートはぐんぐん大きくなっていること、赤ん坊は家の中をよちよち歩きはじめて、サリーをはじめ家族のみんなが世話をしていること、なども書かれていた。

アンクル・トムの小屋は当面のあいだ閉めることになったが、トムが戻ってきたあかつきにはいろいろな装飾や調度を整えるつもりだ、とジョージ坊っちゃまの言葉で生き生きとつづってあった。

そのほかには、ジョージが学校で勉強している科目が、ひとつひとつ流麗な大文字から始まるリストで紹介してあり、トムが旅立ったあとに新しくお屋敷で生まれた仔馬四頭の名前も並べてあった。それから、ついでに、両親も元気でやっている、と書いてあった。手紙はきわめて簡潔でそっけないくらいだったが、トムはその手紙を現代文の傑作だと思った。トムはジョージ坊っちゃまからの手紙を飽かず読みかえし、エヴァと二人でその手紙を額装して部屋に飾る案について相談したほどだった。ただ、残念ながら、手紙の表と裏の両面が一度に見えるように額装するのは不可能だということで、この話はお流れになった。

エヴァの成長につれて、トムとエヴァのあいだの友情もまた育っていった。忠実な従僕アンクル・トムの優しく感受性豊かな心の中でエヴァがどんな位置を占めていたのか、言葉にするのは難しい。トムはエヴァを繊細な現し身として愛するのと同時に、天上の神々しい存在として崇拝するような思いも抱いていた。トムがエヴァを見る目は、イタリア人の船乗りが幼子イエスの像を見つめる目にも似た崇敬と情愛のいりまじったものだった。エヴァの優雅な気まぐれに応え、子供時代を美しい虹のように彩る何千もの他愛ない要求をかなえることは、トムにとってこれ以上ない歓びだった。

2　新約聖書「フィリピの信徒への手紙」第四章第一一節。

朝、市場へ行くたびに、トムは珍しい花束を求めて花売りの屋台に目を向け、屋敷に帰ってエヴァにあげるために極上の桃やオレンジをポケットに入れるのだった。トムが何よりうれしく思うのは、市場から帰ってくる自分の姿を遠くから門のところで待っていてくれる金髪の頭と、「アンクル・トム、きょうは何を買ってきてくれたの?」という子供らしい問いかけだった。

エヴァのほうも劣らずトムに親愛の情を抱いていた。年端はいかぬものの、エヴァは朗読がすばらしく上手だった。音楽的な耳に優れ、詩情が豊かで、壮麗で崇高なものに直感的に心を寄せる感性に恵まれていたエヴァは、トムが聞いたこともないほどみごとに聖書を朗読できるのだった。初めのうち、エヴァは慎み深い友を喜ばせるために聖書を読んで聞かせていた。だが、すぐに、エヴァの持って生まれた敬虔な心が植物が蔓(つる)を伸ばすように育ち、聖なる書物を抱くように巻きついた。エヴァは聖書の朗読を心から楽しんだ。聖書を朗読するうちに、エヴァの心の中で、情感と想像力の豊かな子供が好むような不思議な憧れや言うに言われぬ強い感動が目ざめていったからである。

エヴァが最も好んだのは、「ヨハネの黙示録」と「預言書」[3]だった。こうした巻に書かれている漠然とした不思議な心象や熱烈な語句がエヴァの心にいやがうえにも強く訴えかけ、エヴァは理解できないながらもその意味を自問してみるのだった。エヴァとその純真な友人、すなわち年若い子供と年老いた子供の二人は、聖書に対する感じ方がそっくり同じだった。二人にわかるのは、ただ、そこに書かれているのがやがて明らかになる栄光の物語である、ということだけだった。これから起ころうとしている驚くべき物語。それが実現したとき、なぜかはわからないけれども、二人の魂が歓喜に包まれるであろうこと。自然科学の世界ではともかく、精神世界においては、理解できないものもかならずしも無益ではないのである。なぜなら、魂は、二つの茫漠たる永遠——永遠の過去と、永遠の未来——のあいだに、さまよい人のように打ち震えつつ目ざめるものだからである。光が届くのは、周囲のわずかな部分でしかない。それゆえ、[4]魂は未知のものへの必然的な憧れに導かれて進むほかない。雲の柱としてあらわれる霊感から下される声や揺れる影の一つひとつが、答えを求めるエヴァの心

3　前預言書すなわち旧約聖書の「ヨシュア記」「士師記」「サムエル記」「列王記」と、後預言書すなわち旧約聖書の「イザヤ書」「エレミヤ書」「エゼキエル書」「ホセア書」「ヨエル書」「アモス書」「オバデヤ書」「ヨナ書」「ミカ書」「ナホム書」「ハバクク書」「ゼファニヤ書」「ハガイ書」「ゼカリヤ書」「マラキ書」をさす。

と呼応しあう。その神秘的な心象は、読み方のわからない象形文字が刻まれたお守りのようでもあり、宝石のようでもあった。エヴァはそれらを胸の奥にたたみ、天国の帷（とばり）のむこうへ歩を進めたときに読もうと思っているのだった。

物語のこの時期、サンクレア一家はしばらくのあいだポンチャトレイン湖のほとりに建つ別荘に居を移していた。暑さの厳しいこの季節には、蒸し暑くて不健康な都会を離れる余裕のある人々は湖畔に逃れ、涼しい海風を求めるのである。

サンクレア家の別荘は東インド風の平屋建てで、竹を組んだ華奢（きゃしゃ）なベランダが建物の周囲をぐるりと囲み、その外側は庭園や遊園地になっていた。家の中心にある居間の正面には大きな庭園が広がっていて、熱帯のさまざまな植物や鮮やかな花々が芳香を放ち、曲がりくねった小径が湖の波打ち際まで続いている。湖は銀色の水をたたえ、日の光を受けて穏やかにうねっている。一時（いっとき）とて同じ景色が続くことはなく、しかも刻一刻とその美しさは増していく。

いましも黄金色（こがねいろ）の燃えあがるような光が水平線にあふれ、湖面までも空のように染めあげる日没の時刻を迎えようとしていた。湖はバラ色と金色の縞模様に照らしだされ、その中を白い帆をかけた船があちらへこちらへ精霊のように行き来し、夕映えを透（とお）して小さな金色の星たちがまたたいて、水面で揺れる自らの星影を見下ろしていた。

トムとエヴァは、庭を下ったところにある四阿の小さな苔むしたベンチに腰をおろしていた。日曜日の夕方で、エヴァは膝の上に開いた聖書を置いていた。エヴァが聖書を朗読する。「また私は、火の混じったガラスの海のようなものを見た。[5]」

「トム」突然エヴァが朗読をやめ、湖を指さした。「あそこにあるわ」

「何がですか、エヴァ嬢様？」

「見えない？　あそこよ」エヴァが指さした先にガラスの海のような水面が広がり、ゆっくりとうねりながら、空から降りそそぐ金色の光を反射している。「あそこに『火の混じったガラスの海』があるわ」

「ほんとうにそうですね、エヴァ嬢様」トムはそう言って、歌を口ずさんだ。

ああ、われに朝の翼あらば
カナンの岸辺に飛びゆくものを
輝ける天使、われをいざなう

4　旧約聖書「出エジプト記」第一三章第二一節、第一四章第一九節〜第二〇節、など。

5　新約聖書「ヨハネの黙示録」第一五章第二節。

新たなるエルサレムへ[6]

「アンクル・トム、新たなるエルサレムってどこだと思う?」エヴァが言った。

「それは空の雲の上ですよ、エヴァ嬢様」

「じゃあ、わたし、見える気がするわ」エヴァが言った。「あの雲を見て！　真珠でできた大きな門[7]のように見えるでしょう?　その先も見えるわ。ずっと、ずっと、遠くまで。何もかもが金色なの。トム、『まばゆき精霊』を歌って」

トムは有名なメソジスト派の讃美歌を歌った。

見よ、まばゆき精霊は
天(あめ)なる栄(は)えにあずかれり
真白き衣　身にまとい
勝利の棕櫚(シュロ)の葉　打ち揺らし[8]

「アンクル・トム、わたし、その精霊たちを見たの」エヴァが言った。

トムはエヴァの言葉をみじんも疑わなかったし、エヴァの言葉を聞いても少しも驚かなかった。もし、エヴァが天国に行ってきたと話したら、それもまったくありうることだと思っただろう。

「ときどきね、眠っているあいだにやってくるの、精霊たちが」エヴァは夢見るような眼差しになり、小さな声でハミングした。

　真白き衣　身にまとい
　勝利の棕櫚の葉　打ち揺らし

「ねえ、アンクル・トム、わたし、あそこへ行くのよ」

「どこへですか、エヴァ嬢様？」

エヴァは立ち上がり、小さな手で空を指さした。金色の髪が夕映えに燃え、紅潮した頬がこの世ならぬ輝きを放ち、その目は一心に空のかなたを見つめている。

6　霊歌 "Wings of the Morning" の一節。
7　新約聖書「ヨハネの黙示録」第二一章第二一節に言及している。
8　新約聖書「ヨハネの黙示録」第七章第九節に言及している。

「わたしね、あそこへ行くの。まばゆき精霊たちのところへ行くのよ、トム。もうすぐ」

誠実なトムの心にズキンと衝撃が走った。そして、トムは思いあたった。この半年のあいだに、何度も気になっていたことがあったのだ。エヴァの小さな手はだんだんと痩せ細り、肌はますます透き通るように白くなり、息も切れやすくなっていた。庭で走りまわったり遊んだりすることも、昔は何時間でも平気だったのに、最近はすぐに疲れて気だるそうにする。オフィーリア嬢がエヴァの咳のことを心配するのを何度も聞いたし、どんな薬を使っても咳がおさまらないと言っているのも聞いた。いまも、上気した頬と小さな手は消耗熱[9]でほてっている。それなのに、エヴァの言葉が示唆する意味が、いまのいままで、トムにはピンときていなかったのである。

これまでにも、エヴァのような子供はいたのだろうか？　そう、エヴァのような子供たちは存在した。ただし、その名はきまって墓石に刻まれており、その子たちのかわいらしい笑顔、天使のような眼差し、子供ばなれした言葉やしぐさは、切ない記憶の宝箱に深く埋められているのである。どれほど多くの家庭で、いまは亡きあの子の特別な魅力に比べたら、生きている者たちの善良さや気高さなど取るに足らぬものだ、という語り草を耳にすることだろう。それはまるで、天国に特別な天使たちの群れがあり、その天使たちの役割は地上におりてしばらくの時を過ごし、気まぐれな人間たちの心を虜にしたあと、その心もろとも天上へ帰ってしまうことだと言わんばかりである。あの深遠なる霊性に満ちた眼差しを見たら、あるいは、ふつうの子供とはちがう優しく聡明な言葉を発する幼き魂に気づいたら、その子をいつまでもわが手もとに置けると思わぬがよい。その子にはすでに天国のしるしがついているのだ。そして、その目はすでにこの世のものではない光を放っているのだ。

それでも、これほど愛されているエヴァが！　一家の希望の星が！　エヴァよ、あなたはまもなく天に召されようとしている。それなのに、あなたをこれほど愛する者たちは、そのことに気づいていないのだ。

トムとエヴァの会話は、オフィーリア嬢のあわてた呼び声で中断された。

「エヴァ！　エヴァ！　まあ、あなた、もう夜露が降りる時刻なのに。いつまでも外に出ていてはだめよ！」

エヴァとトムは急いで家に戻った。

オフィーリア嬢は年齢を重ねていたし、看護にも詳しかった。ニューイングランド

9　体温の上下が一日に一度以上におよび、体力が消耗していく発熱。

出身のオフィーリア嬢は、このひそやかに潜行する病の初期の狡猾な足音をよく知っていた。この病は幾多の美しく愛らしい命に取りつき、命の糸がどこかで切れかけているとも気づかないうちに、後戻りできない死出の旅路に連れこんでしまうのだ。オフィーリア嬢は、軽い空咳（からせき）に気づいていた。日に日に赤みを増していく頰の色にも気づいていた。うるんだ瞳の輝きも、発熱がもたらすうわずった空元気（から）も、オフィーリア嬢の目をあざむくことはなかった。

オフィーリア嬢は、危惧していることをサンクレア氏に伝えようとした。しかし、サンクレア氏は、いつもの気楽な上機嫌とは打ってかわって、いらいらと癇癪（かんしゃく）ぎみにオフィーリア嬢の助言をはねつけた。

「不吉なことを言わないでくれよ、従姉（ねえ）さん。聞きたくもない！」と、サンクレア氏は言った。「わからないかな、ただの成長期だよ。急激に成長する時期には子供はみんな弱ったりするものさ」

「でも、あの咳が！」

「咳がどうした！　何でもないさ。ちょっと風邪をひいただけだろうよ」

「でも、イライザ・ジェーンのときも、エレンとマリア・サンダーズ姉妹のときも、そっくりあんなふうだったわ」

「もう！　縁起でもない看病の思い出話はやめてくれないか。そうやっていちいち気を回されたら、子供は咳やくしゃみひとつできないじゃないか。そのたびに絶望的で破滅的な見通しばかり口にされたら。とにかく、ふつうに世話してやってくれたらいいよ。夜の冷たい風に当てないようにして、あまり激しい遊びをさせないようにすれば、問題ないさ」

そうは言ったものの、サンクレア氏もだんだんと心配で落ち着かなくなってきた。サンクレア氏は毎日のように張りつめた眼差しでエヴァを見守るようになった。それは、「あの子には何の問題もない」と再三くりかえすサンクレア氏の口ぶりにも、はっきりとあらわれていた。あんな咳は何でもない、ちょっとお腹をこわしただけだ、子供にはよくあることさ――サンクレア氏はいたずらにくりかえした。しかし、サンクレア氏は以前よりもエヴァのそばで過ごす時間を増やし、以前よりも頻繁に馬車で連れ出し、数日おきに薬や強壮剤を買って帰ってきた。「べつにあの子に必要というわけでもないのだが、まあ、害にはならないだろうと思ってね」と、サンクレア氏は言うのだった。

10　肺結核。

しいて言うならば、サンクレア氏が何よりも心を痛めていたのは、エヴァの頭と心が日ごとに大人びていくことだった。子供特有の気まぐれはまだまだ残しているものの、エヴァはたびたび、無意識のうちに、とほうもなく深い考えやこの世のものとは思えぬ不思議な叡智（えいち）のひそむ言葉を口にしたので、これはもしや霊感が言わせているのではないかと思われるのだった。そんなとき、サンクレア氏はぞっと震えを感じ、エヴァを両腕で抱きしめた。愛情にまかせて抱きしめれば子供を救えるとでもいうかのように。そして、ぜったいにこの子を手放してなるものか、逝かせてなるものか、という思いをいっそう強めるのだった。

エヴァは、身も心も捧げて愛情と優しさのなせる行為に打ちこんでいるように見えた。誰にでも惜しみなく与える性格は以前と変わらなかったが、最近はさらに心を打つ女性らしい思いやりが加わったことが誰の目にもあきらかだった。いまでもエヴァはトプシーと遊ぶのが大好きだったし、ほかの黒人の子供たちともよく遊んだが、最近は一緒になって遊ぶよりもむしろ見ている側に回ることが多くなり、すわりこんでトプシーの滑稽な芸に笑い声をあげていた。しかし三〇分もすると表情が曇り、目がうつろになり、心がどこか遠くへ行ってしまう。

「ねえ、ママ」ある日唐突に、エヴァは母親に話しかけた。「どうして、うちは使用人たちに字の読み方を教えないの？」

「まあ、何てことを聞くの！　そんなこと、誰もしやしませんよ」

「どうしてしないの？」エヴァが言った。

「読み方なんかおぼえたって、使用人には何の役にも立たないからです。字が読めるようになったところで仕事が上手になるわけでもなし。使用人は働くためだけにいるんですからね」

「でもね、ママ、使用人だってお聖書は読まなくちゃいけないでしょう？　神様の御(み)心(こころ)を知るために」

「あら！　それなら好きなだけ誰かに読んでもらえばいいじゃないの」

「だけどね、ママ、わたし思うの、お聖書はみんな自分で読めるご本でなくちゃならない、って。読んでくれる人がすぐそばにいないときだって、お聖書が必要なときはいっぱいあるでしょう？」

「エヴァ、あなたって変な子ね」母親が言った。

「オフィーリアおばさまはトプシーに字の読み方を教えたわ」エヴァが食い下がった。

「そうね。それが何の役に立ったの？　トプシーみたいに悪い子は見たことがないわ！」

「それに、かわいそうなマミーも！」エヴァが言った。「マミーはお聖書が大好きで、自分で読めたらいいのにと思ってるのよ！　わたしが読んであげられなくなったら、マミーはどうすればいいの？」

　マリー・サンクレアは忙しかった。さっきから引き出しの中を整理しているのだ。マリーは娘に答えた。

「もちろん、エヴァ、あなただってそのうちにいろいろなことに関心が移って、使用人たちにお聖書を読んでやる暇もなくなるでしょうよ。まあ、それもしかたないけれど。あたくしもお聖書は読んであげていたわ、元気だったころはね。でも、ドレスアップして社交の場に出るようになったら、そんな暇はなくなるわ。これをご覧なさいな！　この宝石類、あなたが社交界にデビューする歳になったら、譲ってあげるわ。あたくしね、初めての舞踏会にこれを着けていったのよ、エヴァ。あたくし、それはもう注目の的だったわ」

　エヴァは宝石箱を受け取り、ダイヤモンドのネックレスを手に取った。エヴァは大きな思慮深い眼差しで宝石類を眺めていたが、頭の中でほかのことを考えているのはあきらかだった。

「あなた、なぜそんなにまじめくさった顔をしているの⁉」マリーが言った。

「ママ、これってすごく高いの？」

「ええ、もちろんよ。あたくしのお父さまがフランスから取り寄せてくださったんですもの。ちょっとした財産だわ」

「これがわたしのものだったらいいのに」エヴァが言った。「自分の好きなように使えたらいいのに！」

「これをどうしたいの？」

「これを売って、そのお金で自由州に土地を買って、うちの使用人たちをみんなそこへ連れていって、先生を雇って、読み書きを教えてあげるの」

エヴァの話は母親の笑い声にさえぎられた。

「寄宿学校でも作るつもりなの⁉　ついでにピアノを教えたり、黒いベルベットに油絵を描いたりするのも教えるのかしら？」

「自分でお聖書を読めるように教えてあげるの。それに、自分でお手紙を書けるように、それから、自分あてに届いたお手紙を読めるように」エヴァはひるまず答えた。「ママ、こういうことができないのは、とってもつらいことなのよ。トムもそう思ってるし、マミーもそう。たくさんの使用人たちがそう感じているわ。それではいけないと、わたしは思うの」

「いいかげんにしてちょうだい、エヴァ。あなた、まだほんの子供じゃないの！　何もわかっていないくせに」マリーが言った。「それに、あなたのおしゃべりを聞いていると、あたくし、頭が痛くなるわ」

マリーは、いつでも会話が気に入らないと、都合よく頭痛になるのだ。

エヴァはそっとその場を離れた。しかし、そのあと、熱心にマミーに文字の読み方を教えた。

第23章　ヘンリーク

ちょうどそのころ、オーガスティン・サンクレアの兄アルフレッドが一二歳になる長男を伴って湖畔の別荘を訪れ、一日二日滞在したことがあった。

この双子の兄弟ほどきわだって美しい眺めはなかった。母なる自然は双子を似せて造ることを選ばず、二人をあらゆる点で対照的に造った。にもかかわらず、二人のあいだには神秘的な絆が存在し、ふつうの兄弟よりも親密に映った。

昔、二人はよく腕を組んで庭の小径や遊歩道を散歩したものだった。青い瞳に金髪、空気のように軽やかな身のこなしで快活な容貌のオーガスティン。黒い瞳に尊大なローマ風の容貌、がっしりした体格に毅然たる態度のアルフレッド。二人はいつもたがいの意見や習慣を酷評しあっていたが、そのくせ、すこぶる仲が良かった。実際、これほどまで異質なゆえに、二人は磁石の両極のように引きつけあっていたのであろう。

アルフレッドの長男ヘンリークは、黒い瞳の印象的な、高貴で威厳あふれる心身ともに元気いっぱいの少年だった。そして、初めて紹介された瞬間から、従妹（いとこ）のエヴァンジェリンの優雅な気品にすっかり魅せられてしまったようだった。

エヴァは雪のように白い小さなポニーをかわいがっていた。ゆりかごのように扱いやすく、小さな女主人に似て穏やかな性質の馬だった。このポニーがいましがたトムに引かれて裏手のベランダに連れてこられ、それと一緒に一三歳くらいのムラートの少年が小ぶりな黒いアラブ馬を引いてきた。この馬は、ヘンリークのために大金を払って輸入されたばかりの若駒だった。

ヘンリークは少年らしく新しい馬がおおいに自慢だった。馬に歩み寄って黒人少年の馬丁から手綱（たづな）を受け取り、自慢の黒馬を仔細に点検したヘンリークが、不機嫌な表情になった。

「なんだこれは、ドードー！　この怠け者めが！　けさ、馬にちゃんとブラシをかけなかっただろう」

「かけました、坊っちゃま」ドードーは恭順な態度で答えた。「馬が自分で土ぼこりをつけたんです」

「このろくでなし、黙れ！」ヘンリークが乗馬鞭を振り上げてどなった。「よくもそんな口がきけるな」

ムラートの少年はヘンリークとちょうど同じくらいの体格の、澄んだ目をしたハンサムな少年で、高く秀でた額に黒い巻き毛がこぼれかかっていた。少年の中の白人の血が反発したのか、ムラートの馬丁はさっと頰を赤らめ、瞳を光らせて、むきになって弁解しようとした。

「ヘンリーク坊っちゃま——！」と少年が口を開きかけたとき、ヘンリークが少年の顔をぴしゃりと乗馬鞭で殴った。そして少年の片腕をむんずとつかみ、無理やりにひざまずかせて、息が切れるまで少年を鞭で打ちのめした。

「わかったか、この生意気な犬めが！　二度とぼくに口答えしようと思うな！　馬を戻して、ちゃんときれいにしてこい。身のほどをわきまえろ！」

「若様」トムが口を開いた。「この者が言いたかったのは、厩(うまや)からここへ連れてくるあいだに馬が自分で寝転がっちまった、っちゅうことだと思うです。元気いっぱいの馬だもんで。それで土ぼこりがついたです。わし、馬のブラシがけは見とりましたで」

「勝手に口をきくんじゃない！」ヘンリークはトムをどなりつけると、くるりと向きを変えてベランダへのステップをのぼり、乗馬服を着て立っているエヴァのところへ行って話しかけた。

「すまないね、あの馬鹿者のせいできみを待たせることになってしまって。馬が戻ってくるまで、ここにすわって待とうか。え、どうしたの？　そんな浮かない顔をして」

「なぜ、ドードーにあんな残酷で意地悪なことをするの？　かわいそうに」エヴァが言った。

「残酷⁉　意地悪⁉」少年は心底びっくりした表情を見せた。「どういう意味なの、エヴァちゃん？」

「あんなことする人に『エヴァちゃん』なんて呼ばれたくないわ」

「エヴァ、きみはドードーを知らないんだよ。あいつはああするしかないんだ、しょっちゅう嘘をついたり言い訳ばかりするやつだから。その場ですぐに仕置きをするのがいちばんなんだ。口をきく暇を与えずに。父さんはそうやって奴隷を扱う」

「でも、アンクル・トムが、あれはしかたのないことだったのだと言ったわ。アンクル・トムはけっして嘘を言わない人よ」

「それじゃ、よっぽど珍しい老いぼれなんだな！」ヘンリークが言った。「ドードーは、口を開けば嘘ばっかりだから」

「あんなふうに扱えば、怖がって嘘をつくしかなくなるでしょう」

「おや、エヴァ、ずいぶんドードーの肩を持つね、妬けちゃうな」

「だって、あなた、ドードーを鞭で打ったわ。あんなにすることなかったのに」

「まあいいさ、そのうち殴られるようなことをしたときに目こぼししてやれば帳消しになる。ドードーのやつは鞭で二つ三つひっぱたかれたって、どうってことないさ。丈夫なやつだから。でも、きみが嫌がるなら、きみの目の前では二度と殴らないよ」

エヴァは納得していなかったが、このハンサムな従兄に自分の心情をわかってもらうのは無理だろうと諦めた。

まもなく、ドードーが二頭の馬を連れて戻ってきた。

「ドードー、こんどはちゃんとできたな」若き主人は前よりはいくらか愛想のいい口調で話しかけた。「さ、エヴァ嬢様の馬を押さえておけ、ぼくがお嬢様を鞍に乗せるから」

ドードーはエヴァのポニーの傍らに立った。顔にはまだ動揺が残り、泣いていたような目をしている。

レディに対する紳士的マナーに関して自信満々のヘンリークは、美しい従妹をさっと馬の鞍に上げ、手綱をまとめてエヴァの手に持たせた。

しかし、エヴァは馬の反対側に身をかがめ、手綱を手放そうとしているドードーに声をかけた。「いい子ね、ドードー。ありがとう！」

ドードーは驚いたように優しい少女の顔を見上げた。頬に赤みがさし、目に涙がこみあげた。

「来い、ドードー」若い主人が横柄な態度で呼びつけた。

ドードーは急いで主人のところへ行き、主人が騎乗するあいだ馬を押さえていた。

「ピカユーンをやるよ、ドードー、キャンディでも買うといい」ヘンリークが言った。

そして、ヘンリークはエヴァのあとから馬を緩く駆けさせ、散歩道を下っていった。

ドードーはその場に立って、二人の子供の後ろ姿を見送った。一人はお金をくれた。もう一人はもっとほしかったものをくれた――優しい態度で優しい言葉をかけてくれたのだ。ドードーはほんの数カ月前に母親のもとから引き離されてきたばかりだった。主人が奴隷倉庫でドードーのハンサムな顔に目をとめて、立派なポニーによく釣り合うから、と買い上げたのだ。そして、いま、ドードーは若い主人のもとで調教されているところなのだった。

サンクレアの双子兄弟は、ヘンリークが奴隷を鞭打つ場面を庭の離れたところから見ていた。

オーガスティンは頰を紅潮させたが、いつもの皮肉っぽい無頓着を装って、「あれがいわゆる共和主義的教育というやつかな、アルフレッド?」と言っただけだった。

「ヘンリークは血の気が多くてね。カッとなると手がつけられん」アルフレッドがとくに気にするようすもなく言った。

「これも実践教育というやつかな」オーガスティンが冷ややかに言った。

「そうでないとしても、止めようがないからね。ヘンリークはまったく気性が激しくてね。母親もわたしも、とうの昔に匙を投げた。だが、あのドードーはなかなか根性のあるやつで、どれだけ鞭でひっぱたかれても平気なんだ」

「ああいうやり方でヘンリークに共和党精神の第一節を教えるわけかい?『すべての人間は生まれながらにして自由で平等である!』[1]ってやつを?」

「ふん!」アルフレッドが言った。「あんなものはフランスかぶれのトム・ジェファソン[2]のたわごとさ。いまだに人口(じんこう)に膾炙(かいしゃ)しておるとは、まったく噴飯物(ふんぱんもの)だ」

「たしかに」オーガスティンが意味ありげに言った。

1　アメリカ合衆国の「独立宣言」(一七七六年)や「マサチューセッツ州憲法」(一七八〇年)に言及している。

「なぜなら、すべての人間は生まれながらにして自由でもなければ平等でもないことはあきらかだからだ。とんでもない。わたしとしては、こんな共和主義の御託は、半分はくだらんたわごとだと思っている。平等な権利を与えられるべきは、教育を受け、知性があり、富もあり、洗練された人間たちなのであって、クズどもではない」

「しかし、クズどもがそれに納得するかね」オーガスティンが言った。「フランスじゃ、そのクズどもが一度は政権を奪い取った」

「もちろん、クズどもは抑えつけておかねばならん。つねに、油断なく。わたしのように」アルフレッドはそう言うと、まるで誰かを踏みつけるように、足もとをぎゅっと踏みしめた。

「連中が蜂起したら、大ごとになる。サントドミンゴみたいに[3]」オーガスティンが言った。

「ふん！」アルフレッドが言った。「この国ではそんなことは起こさせん。近ごろ広まっておる教育だの向上だのという話には、強硬に反対しなくてはならん。下層階級は教育してはならん」

「それは手遅れじゃないかな」オーガスティンが言った。「教育は進むと思うよ。ぼくらに決められるのは、どう教育するかということだけだ。南部の制度では、もっぱら野蛮で残忍な人間になるように黒人を教育している。人間らしく生きるための絆をことごとく断ち切って、野蛮な獣（けだもの）に近い生き物に貶（おとし）めている。もし連中が優位に立つような状況になったら、そういう野蛮な人間どもの支配する社会になるということだ」

「連中が優位に立つことなど、ありえん！」アルフレッドが言った。

「そうだな」オーガスティンが言った。「ボイラーの圧力を上げて、安全弁を固く締めて、その上に腰をおろして、さて、どこへ飛んでいくか、ってやつだ」

「それは見てのお楽しみだ」アルフレッドが言った。「わたしは安全弁の上に腰をおろすことを恐れない。ボイラーが強度を保ち、機械類が順調に作動していさえすればな」

「ルイ一六世時代の貴族たちも、まさにそういう考えだった。いまだって、オースト

2　トマス・ジェファソン（一七四三年〜一八二六年）。アメリカ合衆国第三代大統領。「独立宣言」の起草者の一人。

3　フランス植民地サン＝ドマング（現在のハイチ）で黒人奴隷が蜂起し、自由黒人の共和国を樹立した（ハイチ革命、一八〇四年）。

リアやピウス九世は、そういう考えでいる。[4]そして、ある晴れた朝、みんな空の高いところに噴き上げられてご対面、てなことになる。ボイラーが爆発したらね」

「*Dies declarabit*（時が明らかにするであろう）」とラテン語で応じて、アルフレッドが笑った。

「いいかい」オーガスティンが言った。「いまの時代、神の掟（おきて）の力によって明白になりつつあることといったら、それは大衆が蜂起するであろうということ、下層階級が上流階級に取って代わることになるだろうということさ」

「そんなものは急進的な共和主義者のたわごとに過ぎん！　オーガスティン、おまえ、遊説にでも出たらよかったのに。たいした民衆煽動家になれただろうよ。わたしは、そのうさん臭い下層階級どもが天下を取るミレニアムがやってくる前にこの世からおさらばしたいものだ」

「うさん臭いかどうかは別として、連中が世の中を支配するようになるさ、いずれ時が来たら」オーガスティンが言った。「そして、われわれが育てたとおりの統治者となるだろう。フランスの貴族たちは民衆を『サン＝キュロット』[5]状態にしておいた。その結果、『サン＝キュロット』の連中に嫌というほど首根っこを押さえられることになった。ハイチの民衆は――」

「やめろ、オーガスティン！　ハイチの話は聞きあきた。けがらわしい、見下げはてた連中め。ハイチ人はアングロ・サクソンではない。アングロ・サクソンだったら、話はちがっただろうよ。アングロ・サクソンは世界の支配的民族だ。そうあらねばならない」

「まあ、いまじゃ南部の奴隷たちのあいだにもずいぶんアングロ・サクソンの血が流れこんでいるけどね」オーガスティンが言った。「アングロ・サクソンの計算高い意志の強さや先見の明がすっかり身についちゃって、アフリカの血なんて少しばかりトロピカルな情熱が残ってるだけ、って連中もけっこうたくさんいるからね。もし万が一サントドミンゴのような危機が起こったら、先頭に立つのはアングロ・サクソンの血だろうね。白人の父親の血を引く息子たちの血管には、われわれとそっくり同じ尊

4　一八四八年、オーストリア帝国はウィーン、イタリア、ハンガリー、ボヘミアの革命で動揺していた。ピウス九世（ローマ教皇在位一八四六年～一八七八年）は、イタリアの市民勢力によりローマから追放された。

5　フランス革命期の民衆のこと。貴族が着用するキュロット（半ズボン）をはいていない（＝サン）という意味。

大な血がたぎっている。いつまでもおとなしく売り買いされるような立場には甘んじないだろうよ。連中は立ち上がる。それと一緒に、母方の人種も目ざめるさ」

「馬鹿な！　くだらん！」

「そうかな」オーガスティンが言った。「こういう言葉があるじゃないか――ノアの時と同じことになろう。彼らは食べ、飲み、種を蒔き、家を建て、洪水が襲ってきて一人残らずさらうまで、何も気づかなかった、ってね」[6]

「オーガスティン、おまえの才能は巡回牧師[7]に向いているようだな」アルフレッドが笑いながら言った。「心配はご無用だ。占有は九分の強みと言うじゃないか。こちらには力がある。被支配階級は――」と言って、アルフレッドは地面を思いきり踏みつけた。「被支配階級は下積みなのだ。この先も下積みのままだ！　われわれには万全の体制で火薬を管理する力がある」

「おたくのヘンリークのように育てられた子供がいれば、火薬庫の管理もさぞ心強いことだろうね」オーガスティンが言った。「冷静にして沈着、と！　『己を支配できぬ者に他人は支配できぬ』[8]という金言もあるし」

「そこは、ちょっと頭が痛い」アルフレッドが考えこむように言った。「われわれの制度のもとでは子供を適切に訓育できないことはあきらかだ。総じて、子供の激情を野放しにしすぎる。南部の風土では、それでなくても血が熱すぎるのに。ヘンリークにも困ったものだ。あの子は寛大で思いやりのある子なのだが、激するとすぐに癇癪を爆発させる。いずれ教育のためにあの子を北部へやろうと思っているんだ。従順な精神をたたきこんでくれるところへね。それに、目下の者ばかりに囲まれている生活より、対等な人間たちとつきあうようにさせたい」

「子供の訓育は人類にとってゆるがせにできない課題だからね」と、オーガスティンが口を開いた。「それが南部の制度でうまくいかないとなると、よくよく考えてみる必要がありそうだ」

「うまくいく部分もあれば、いかない部分もある」アルフレッドが言った。「南部では男の子は男らしく勇敢に育つ。それに、卑しい連中の悪徳がかえってわれわれの子

6　新約聖書「マタイによる福音書」第二四章第三七節〜第三九節にもとづいている。

7　開拓時代に馬に乗って教区を巡回した牧師のこと。

8　イギリスの劇作家フィリップ・マッシンジャー（一五八三年〜一六四〇年）の戯曲 *The Bondsman*（保証人）の一節「他人を支配しようと思うなら、まず自分自身を支配すべきである」を言い換えたもの。

供の美徳を強化するという一面もある。おかげで、ヘンリークは真実の美徳をより真摯に理解するようになったと思う。奴隷につきものの嘘やごまかしを見て育ったおかげでね」

「なかなかキリスト教的な見解だね！」オーガスティンが言った。

「これが真実だよ、キリスト教的であろうとなかろうと。キリスト教的ということにかけては、世の中の諸々とそう変わらないさ」アルフレッドが言った。

「まあ、そうかもね」オーガスティンが言った。

「こんな議論ばかりしていても無意味だな、オーガスティン。昔からもう五〇〇回もぐるぐると同じ議論をくりかえしている気がする。どうだい、バックギャモンでもやらないか？」

二人の兄弟はベランダのステップを駆け上がり、華奢な竹細工の小テーブルに置いたバックギャモンのゲーム盤をはさんで腰をおろした。駒を並べながら、アルフレッドが言った。

「なあ、オーガスティン、おまえみたいな考え方をするのであれば、おれなら何かやってみるけどな」

「そうだろうね、兄さんはいつも行動派だったから。で、何をやるの？」

「自分のところの使用人たちを向上させてみるのさ、試験標本として」アルフレッドが馬鹿にしたような笑いを浮かべて言った。

「そんなの、連中の上にエトナ山をかぶせておいて、さあ立ってみろ、と命ずるに等しいよ。これだけ社会に踏みつけにされている状態で使用人たちを向上させるなんて。地域全体の圧力に対抗して一人の人間ができることなんて、何もないよ。教育は、何であれ、国家レベルでなければだめだ。あるいは、時流を作るだけの合意がないと」

「おまえから先にサイコロを振れよ」アルフレッドが言った。そして兄弟はすぐにゲームに夢中になり、会話は途絶えた。やがて、ベランダの下に馬の蹄(ひづめ)の音が聞こえてきた。

「子供たちが戻ってきたかな」立ち上がりながら、オーガスティンが言った。「見てごらんよ、アルフ！　あんな美しいもの、見たことあるかい?」実際、それは美しい光景だった。ヘンリークの力強い眉に艶やかな黒髪がカールして落ちかかり、少年は頰を紅潮させて、楽しげに笑いながら美しい従妹(いとこ)に身を寄せて何か話しかけている。エヴァはブルーの乗馬服におそろいのブルーの乗馬帽をかぶり、運動したせいで頰に

9　二人で遊ぶ西洋すごろく。

強い赤みがさし、異様なほど白く透きとおった肌と金色の髪がいっそうきわだって見えた。

「驚いたね！　目がくらみそうな美人じゃないか！」アルフレッドが言った。「なあ、オーガスティン、そのうち、あの子のせいで心に痛手を負う男どもが続出しそうだな」

「ああ、そのとおりさ——本気で心配だよ！」オーガスティンは急に苦々しい口調になり、娘を馬から下ろしてやるためにベランダの下へ急いだ。

「エヴァ！　だいじょうぶか、疲れたんじゃないか？」両腕で娘を抱き下ろしながら、サンクレア氏が言った。

「いいえ、パパ」と言ったものの、エヴァの呼吸は激しく乱れ、父親をどきりとさせた。

「なぜ、そんな早駆けをさせたのだ？　からだに悪いとわかっていただろうに」

「調子がよかったんですもの、パパ。それに、とっても楽しかったから、わたし、うっかりしてしまったの」

サンクレア氏は娘を両腕に抱いて居間へ運び、ソファに寝かせた。

「ヘンリーク、エヴァには気をつけてもらわないと。早駆けはだめだよ」

「ぼくに看病させてください」と言うと、ヘンリークはソファの横に腰をおろし、エヴァの手を握った。

エヴァはすぐに元気を回復した。父親と伯父はバックギャモンのゲームに戻り、子供たちは二人きりになった。

「ねえ、エヴァ、父さんがここに二日しか泊まらないのが、ぼくはとっても残念だよ。また長いこときみに会えなくなってしまうからね！　ぼく、もしきみのそばにいられたら、いい子になるよ。ドードーにも優しくするし。ぼく、ドードーにつらく当たろうと思っているわけじゃないんだ。ただ、ほら、ぼく、すごく気が短くてね。でも、ドードーにとっては、そんなに悪い主人じゃないんだよ。ときどきピカユーン銅貨もやるし。それに、きみも見たとおり、ちゃんとした服を着せてるし。まあ、ドードーは幸せなほうだと思うよ」

「あなた、もし、自分を愛してくれる人がそばに一人もいなかったとしたら、それでも幸せだと思えるの？」

「ぼくが？　いいや、もちろん思わないよ」

「でも、あなたがドードーを友だちぜんぶから引き離して連れてきてしまったから、ドードーには愛してくれる人が一人もいなくなってしまったのよ。そんな状態では、誰だって幸せとは言えないわ」

「それは、ぼくにはどうにもしようがないよ。母親を連れてきてやるわけにはいかないし、ぼくが自分でドードーを愛するわけにはいかないし、ほかに愛してくれそうな人もいないし」

「なぜ、あなたが愛してあげられないの？」エヴァが言った。

「ドードーを愛するだって？　エヴァ、それは無理だよ！　好きになるくらいならできるかもしれないけど、使用人を愛するなんてありえないよ」

「あら、わたしは愛しているわ」

「ずいぶん変わってるね！」

「お聖書には、すべての人を愛しなさい、って書いてない？」

「ああ、聖書ね！　たしかに、そういうことはいっぱい書いてあるけど、誰も本気でそのとおりにしようなんて思わないよ。ねえ、エヴァ、そんな人はいないよ」

エヴァは返事をしなかった。その目は思いつめたように一点に注がれていた。

「とにかく、ヘンリーク、お願いだからかわいそうなドードーを愛してあげて。そして、優しくしてあげて。わたしに免じて！」

「きみに免じてと言うなら、誰だって愛してみせるよ、エヴァ。だって、きみみたいにすばらしい人は見たことないんだもの！」ヘンリークはハンサムな顔を紅潮させて熱っぽく語りかけた。エヴァはそれを顔色ひとつ変えずに聞き流し、「そう思ってくれるならうれしいわ、ヘンリーク。忘れないでね」と言っただけだった。

ディナーを知らせるベルが二人の会話に終止符を打った。

第24章　前ぶれ

それから二日後、アルフレッド・サンクレアは帰っていった。従兄との付き合いではしゃいで無理をしたせいで、エヴァの体調は急速に悪化した。サンクレア氏もとうとう医者を呼ぶことに同意した。医者を呼ぶことは直視したくない事実を認めることになるので、これまでサンクレア氏は頑迷に医者を拒んできたのだが、一日か二日ほどエヴァの体調があまりに悪化して家から出ることさえできなくなったので、医者に往診を頼むことになったのである。

マリー・サンクレアは、娘の健康と体力が衰えつつあることには、まったく関心を示さなかった。自分がかかっていると思いこんでいる二つ、三つの新しい病気のことで頭がいっぱいだったからである。マリーはともかく、自分ほど大きな苦しみにさいなまれている人間はほかにいない、いるはずもない、と信じこんでいた。それゆえ、自分の周囲の人間が病気かもしれないと聞かされると、いつもひどく腹を立てて、そうした話をはねつけた。そんなものは、ただの怠け心か、さもなければ気力が足りないだけに決まっている、とマリーは思っていた。そして、もし自分のような苦しみを味わったならば、すぐにそのちがいがわかるはずなのに、と思っていた。

オフィーリア嬢は何度もエヴァの健康について母親としての危機感を喚起しようとつとめたが、無駄だった。

「あの子はどこも悪くありませんわ」マリーは言うのだった。「走りまわっているし、遊んでいるじゃないですか」

「でも、咳が」

「咳ですって！　咳のことなら、あたくし、誰よりもわかっておりますわ。だって、生まれてこのかたずっと、あたくし、咳に苦しめられてきたんですもの。あたくしがエヴァくらいの歳だったころには、肺病じゃないかと言われたくらいですのよ。毎夜、毎夜、マミーが寝ずの看病をしてくれたものですわ。ええ、エヴァの咳なんて何でもありませんことよ」

「でも、からだも弱ってきているし、息も切れやすくなっています」

「まあ、そんなこと、あたくしはずっと昔からそうですわ。ただの気の病でしょうよ」

「でも、寝汗もかくんです。毎夜、毎夜！」

「あら、あたくしだって、ここ一〇年ほど、そんなものですわ。しょっちゅう、毎晩のように、ネグリジェが絞れるくらいに濡れますもの。乾いた繊維が一本もないくらいにびしょ濡れになりますのよ。シーツもびしょ濡れで、マミーが干して乾かさなくてはならないくらい！　それに比べれば、エヴァの汗なんて、たいしたことありませんわ！」

オフィーリア嬢はもう黙ってしまった。しかし、いま、エヴァが目に見えて衰弱し、医者が呼ばれるに至って、マリーの態度が手のひらを返したように変わった。

「わかっておりましたわ」マリーは言った。「ずっと、そうではないかと感じておりましたの。あたくしがこれ以上なく惨めな運命に泣く母親になる、ということが。ただでさえ自分の健康がひどくすぐれないのに、そのうえ、たった一人の大切な娘までが自分の目の前でお墓にはいろうとしているなんて！」マリーは夜な夜なマミーをたたき起こし、昼は昼で、この新しい悲劇に力を得たのか、これまでになく精力的に騒ぎたててマミーを叱りとばした。

「なあ、マリー、頼むからそんな言い方はしないでくれ！」サンクレア氏は言った。「そんなに簡単に諦めちゃだめだよ」

「あなたには母親の気持ちがわからないのですわ！　あたくしの気持ちなんて、これっぽっちもわかってくださったことがないじゃないの！　いまだって、そうよ」

「でも、そんな言い方はしないでくれ。まるでもう望みがないみたいじゃないか！」

「あたくし、あなたみたいに冷淡ではいられませんから。たった一人の子供がこんなに危険な状態になっていること、あなたは気づかないとしても、あたくしは気づいています。こんなの、あんまりですわ、これまでだって耐えに耐えてきましたのに」

「たしかに、エヴァは非常に難しい状態ではある」サンクレア氏は言った。「わたしも前からわかっていた。成長が早すぎて体力を消耗したこともわかっていた。そして、この状況が危機的であることもわかっている。でも、いまは、この暑さで衰弱しているだけだ。それと、従兄（いとこ）が来てはしゃぎすぎたせいもある。お医者様は、まだ望みはあるとおっしゃっている」

「ええ、もちろん、希望的観測をお持ちになれるのなら、そうなさったらよろしいわ。神経が繊細でない人は楽に生きられて幸せね。あたくしも、こんなに心を痛めずにすんだら、どんなに楽なことでしょう。ああ、もう、惨めで惨めで、どうしようもありませんわ！　ほかの人たちみたいに気楽でいられたらいいのに！」

「ほかの人たち」にしても、思いは同じだった。というのも、マリーは新たに持ちあがった不幸をこれでもかと理由や言い訳にして、周囲の人間に片っ端から当たりちらしたからである。他人が口にした言葉の一つひとつ、他人がしたことやしなかったことの一つひとつをあげつらっては、これもまた周囲の人間が無慈悲で思いやりに欠ける者ばかりであたくしの大きな悲しみを気にもとめてくれないからですわ、と手あたり次第に非難した。こうした母親の声はかわいそうなエヴァの耳にも届き、エヴァ自身も目を泣きはらしていた。母親がかわいそうだという思いから。そして、母親にそんな悲しい思いをさせてしまう自分が情けないという思いから。

一、二週間すると、エヴァの病状はめざましく改善した。しかし、それは一時的な病気の中休みにすぎなかった。実際には重篤な病状が死の淵まで進んでいるのに、周囲で心配する者たちをあざむくように病状が持ち直しただけだったのである。エヴァはふたたび庭を歩きまわるようになり、バルコニーに出るようになった。そして、遊んだり笑ったりするようにもなった。父親は有頂天で、娘はじきにほかの子たちと同じように元気いっぱいになるだろう、と宣言した。この小康状態にいささかも安堵していなかったのは、オフィーリア嬢と医者だけだった。そして、同じような確信をもってこの先を見通していたのは、エヴァ自身の小さな心であった。この世に残された時間のいくばくもないことを、魂に向かってこんなにも穏やかに、こんなにも明瞭に告げるもの――それはいったい何なのだろう？　生命力の衰えをひそやかに直感する本能なのか、それとも、永遠の世界が近づいてくるにつれて魂が衝動的にうずくのか。いずれにせよ、エヴァの心の中には、天国が近いという穏やかで甘美な予言的確信があった。夕映えのように穏やかで、秋の明るい静けさのように甘美な確信の中に、エヴァの小さな心は静かに横たわり、その静謐を乱すのは、自分を深く愛してくれる者たちへの悲しみだけだった。

　このうえなく手厚い看護を受け、愛情と富が与えうるあらゆる輝かしい未来が待っているにもかかわらず、エヴァは自分が死ぬことを惜しいとは思っていなかった。

　誠実な老いた友人と二人であれほどくりかえし読んだ書物から、エヴァは、幼な心に、小さな子供を愛してくださるお方の姿を思い描いていた。そして、その姿を見つめ瞑想するうちに、そのお方は遠い過去の絵や偶像ではなくなり、エヴァを包みこむ生身の存在であるように見えてきた。そのお方の愛情は、幼いエヴァの心を人間の優しさを超える慈愛で包んでくれた。自分はあのお方のもとへ行くのだ、あのお方の家へ行くのだ、とエヴァは言った。

　しかし、残していく人たちのことを思うと、エヴァの心は悲しく切ない気持ちでいっぱいになった。誰よりも、父親のことが心残りだった。エヴァ自身がはっきり自覚していたわけではないが、自分を誰よりも愛しんでくれるのが父親であることを、エヴァは直感的に理解していた。愛情深い子供だったから、母親のことも愛していたが、自分本位な母親の姿を見るたびにエヴァの心は悲しく困惑するばかりだった。子供とは、母親がまちがったことをするはずがないという絶対的な信頼を寄せているものである。母親については、エヴァにはどうしても理解しがたいところがあったが、結局いつも、それがママという人なのだ、そして自分がママをとても愛していることには変わりない、と考えて自分の心を納得させてきたのだった。

エヴァは自分に忠実に仕えてくれる使用人たちにも思いを残していた。使用人たちにとって、エヴァは明るい太陽のような存在だった。子供はふつう、ものごとを一般化して考えることはしないが、エヴァはとびぬけて早熟な子供だったので、日常に存在する奴隷制度の邪悪な側面を一つひとつ目にするたびに、それが思慮深いエヴァの心の深いところに重くしこっていった。そして、漠然とではあるが、奴隷たちのために何かしてやりたいと思うようになった。屋敷に仕える奴隷たちのために神の恵みや救いを祈るだけでなく、すべての奴隷たちが置かれた状況を何とかしてやりたいと思っていた。しかし、あまりにも大きな課題の前に、エヴァの小さな存在は悲しいほど非力だった。

「ねえ、アンクル・トム」ある日、トムのために聖書を朗読していたとき、エヴァが言った。「なぜイエス様がわたしたちのために死を望まれたのか、わたし、わかるわ」

「どうしてなんです、エヴァ嬢様？」

「わたしも同じ気持ちだから」

「どういうことです、エヴァ嬢様？　わしにはわかりませんが」

「うまく言えないけれど……。あの船に乗ってたとき、アンクル・トムに出会ったときね――あのときにかわいそうな人たちを見て――母親を奪われた人もいたし、夫を奪われた人もいたし、小さな子供を取られて泣いていたお母さんたちもいたし――それと、あと、かわいそうなプルーの話を聞いたときも――あれはひどい話だったわよね！――そういう話をいっぱいいっぱい聞いたとき、わたし、もし自分が死ぬことによってそういう哀れなことがぜんぶ止められるのなら、わたしは喜んで死のうと思ったの。わたし、あの人たちのために死んでいきたいのよ、トム、もしできることなら」エヴァは痩せた小さな手をトムの手に重ねて、真剣な顔つきで話した。

トムは畏怖の念に打たれてエヴァを見つめた。父親の声に呼ばれてエヴァがその場を離れていったあと、後ろ姿を見送りながら、トムは何度も手で目もとを拭った。

「エヴァ嬢様を引きとめておくのは無理かもしれんね」そのあとすぐにマミーと顔を

合わせたとき、トムは言った。「エヴァ嬢様の額には主に選ばれたおしるしがついとる」

「ああ、わかるよ、そうなんだよ」マミーが両手を上げて言った。「あたしゃ、いっつもそう言ってきただよ。ああいう子は、生きる子じゃない。あの子の目には、いっつも何かしら深いもんが見える。奥様にも何べんもそう申し上げただよ。いよいよだね――あたしらには、みんなわかっとる。ああ、神の仔羊のようなお嬢様だ！」

エヴァはベランダの階段を軽やかにのぼって父親のもとへやってきた。もう午後の遅い時刻で、夕陽を背後から浴びたエヴァは逆光を光背のように背負い、白いドレスに金色の髪をなびかせ、頬を上気させて、微熱のせいで瞳をあやしくきらめかせながら近づいてくる。

サンクレア氏は娘のために取り寄せた小さな彫像を見せようと思ってエヴァを呼んだのだったが、自分のもとへやってくる娘の姿を見て胸がいきなり締めつけられるように痛んだ。娘の姿は切ないほど美しく、あまりに脆く、見るのがつらいほどだった。父親は娘を両腕でひしと抱きしめ、何を言おうと思ったのか忘れてしまいそうになった。

「エヴァ、このごろは具合が良さそうだね」

「パパ」エヴァが突然、きっぱりした口調で言った。「ずっと前からパパにお話ししたいことがあったんだけど、それをいま、お話ししたいの。具合がもっと悪くならないうちに」

サンクレア氏は膝の上にエヴァを抱き上げながら、わなわなと身を震わせた。エヴァは父親の胸に頭をもたせかけ、話しはじめた。

「あのね、パパ、わたし、もう黙っておけないの。行かなければならないときが迫っているから。わたし、もうすぐ行くのよ。そして、二度と戻ってこないの！」エヴァがすすり泣いた。

「ああ、かわいいエヴァ！」サンクレア氏は震えながらも、つとめて明るい声で話そうとした。「ちょっと心配で、気分が沈んでいるんだね。そんな暗いことを考えちゃだめだよ。ごらん、おまえのためにこの像を買ったんだ！」

「ううん、パパ」エヴァが彫像をそっと脇へ押しやった。「自分をごまかすのはやめて！　わたし、少しも良くなんかなっていないの。自分がいちばんよくわかっているわ。わたし、もうすぐ行くのよ。心配なんかしていないし、気分が沈んでいるわけでもないの。パパのことがなかったら、それにお友だちみんなのことがなかったら、わたし、心残りなんてひとつもないわ。わたし、行きたいの。行かせてほしいの！」

「なぜなんだい、エヴァ？　なぜ、そんな悲しいことを考える？　ほしいものは何でも与えた、おまえが喜ぶものは何でも与えたのに」

「わたし、それよりも天国に行きたいの。でも、お友だちみんなのために、生きていられたらと思うけれど。この世には悲しくなることがすごくいっぱいあるわ。とてもひどいことがいっぱい。わたし、むしろ天国にいるほうがいいの。でも、パパとはお別れしたくない――それを考えると胸が張り裂けそうなの！」

「悲しいことって何だい、エヴァ？　ひどいことって？」

「まわりで起こっていること。毎日のように起こっていること。哀れな使用人たちのことを考えると、悲しいの。みんな、わたしをとても愛してくれてるわ。みんな、わたしに良くしてくれるし、優しくしてくれるわ。わたしね、パパ、使用人たちがみんな自由だったらいいのにと思うの」

「だけど、エヴァ、使用人たちはいまだって十分に幸せだとは思わないかい？」

「でもね、パパ、もしパパの身に何かあったら、使用人たちはどうなるの？　パパみたいな人は、ほとんどいないわ。アルフレッド伯父さまはパパみたいじゃないし、ママだってパパみたいじゃない。それに、プルーの所有者みたいなひどい人たちもいるでしょう？　人間って、なんて恐ろしいことをするの！　なんて恐ろしいことができるものなの！」エヴァは身を震わせた。

「エヴァ、おまえは感じすぎるんだね。あんな話を聞かせたりして、パパが悪かった」

「そこが問題なのよ、パパ。パパはわたしにただ幸せに暮らしてほしいと思ってる、つらいことなんてひとつもなしに、苦しみなんてひとつもなしに、悲しいお話を耳にすることさえなくて。哀れな人たちが苦痛と悲しみばかりの中で一生を送っているのに。そんなのって、自分勝手すぎると思うの。わたしもそういうことを知るべきだし、共感してあげるべきだと思うの！　そういう考えが、ずっと前からわたしの心に溜まっているの、心の深いところに。わたし、そういうことを考えて、考えて、考えぬいたの。パパ、奴隷たちをみんな自由にしてあげる方法はないの？」

「それは難しい質問だね、エヴァ。いまのやり方は、とても悪い。それはまちがいない。すごくたくさんの人たちが、そう思っている。パパもそう思う。奴隷なんてこの国に一人もいなければいいのに、と心から思うよ。でも、どうすればいいのか、パパにもわからないんだよ！」

「パパはとってもいい人だし、気高いし、親切で、お話も上手だから、パパがいろんな人にお話をして、この制度を正しく直しましょう、って説得できないの？　わたしが死んだらね、パパ、わたしのことを思って、わたしのためにそうして。わたし、自分でできるのなら自分でしたいけれど」

「おまえが死んだら、だって！」サンクレア氏は取り乱した。「ああ、エヴァ、そんなことを言わないでおくれ！　パパにはこの世でおまえただ一人が生きがいなんだから」

「哀れなプルーだって同じよ、赤ちゃんがこの世でたったひとつの生きがいだったの。それなのに、その子の泣き声を聞きながら、どうにもしてあげられなかったのよ！　パパ、奴隷たちだって、パパがわたしを愛するのと同じように子供たちを愛しているわ。お願い、何とかしてあげて！　マミーだってかわいそうよ、愛する子供たちがいるのに。子供たちの話をするとき、マミーは泣いていたわ。トムだって、自分の子供たちを愛しているわ。こんなことがしょっちゅう続いているなんて、ひどいことでしょう、パパ！」

「わかった、わかったよ、エヴァ」サンクレア氏は娘をなだめた。「そんなに自分を責めないで。死ぬなんて言わないで。そしたら、おまえの望むことは何でもしてあげるから！」

「約束して、パパ。わたしが」――そこでエヴァは一瞬ためらった――「わたしがこの世からいなくなったら、すぐにトムを自由にしてあげる、って」

「わかったよ、エヴァ。何でもするよ。おまえが望むことなら、何でも」

「ああ、パパ」エヴァは燃えるように熱い頬を父親の頬に押しつけた。「パパと一緒に行けたらいいのに！」

「どこへ行くんだい、エヴァ？」

「救い主のお家(うち)へ。とてもすてきで心安らかな場所なの。何もかもが愛に包まれているのよ！」エヴァは、まるで何度も行ったことがある場所のことを語るように、さらりと言った。「パパも行きたくない？」

サンクレア氏は娘をきつく抱きしめたが、言葉を発しなかった。

「あとから来てくれるわね？」エヴァは無意識によく口にする穏やかな確信に満ちた口調で言った。

「ああ、きっと行くよ。おまえのことは忘れないよ」

厳粛な宵闇が二人の周囲に次第に濃くなっていった。サンクレア氏は愛する娘の壊れそうなからだを胸に抱きしめたまま黙ってすわっていた。エヴァの深い眼差しはもう見えなかったけれども、その声は精霊の声のごとく耳の奥に残り、まるで最後の審判の場に立ったかのように、サンクレア氏の目の前を生涯のすべてのできごとが一瞬にして通り過ぎた。母親の祈りと讃美歌の声。善なるものへの憧れと大志を抱いていた若かりし日の自分。当時から現在までを埋める、世俗と懐疑にまみれた歳月。いわゆる上流の生活。人間というものは、一瞬のあいだに、どれほど多くのことを考えられるものか。サンクレア氏はたくさんのことを思いうかべ心を痛めたが、ひとことも言葉には出さなかった。やがて、あたりは暗くなり、サンクレア氏は愛娘を寝室に運んでいった。寝間の準備が整ったあと、娘が寝入るまでのあいだ、サンクレア氏は付き添いの者たちを下がらせ、腕に抱いた娘を優しく揺らしながら歌を歌って寝かしつけた。

第25章　小さな福音伝道者（エヴァンジェリスト）

日曜日の午後。サンクレア氏は広いベランダで竹を編んだ寝椅子に寝そべり、気晴らしに葉巻をくゆらせていた。マリーはベランダに向かって開いた窓を正面に見ながら、部屋の奥でソファにもたれて横になっていた。ソファは上から吊るしたガーゼの蚊帳（かや）で覆われ、しつこい蚊を閉め出している。マリーの手から、上等な装丁をほどこした祈禱（きとう）書が落ちそうになっていた。祈禱書を手にしているのはきょうが日曜日だからであり、本人はそれを読んでいるつもりになっていたが、実際には祈禱書を開いたままうつらうつらと居眠りをくりかえしているだけだった。

オフィーリア嬢は、いろいろと探しまわったあげくに馬車で行ける場所でメソジスト派の小さな礼拝集会が開かれるのを見つけ、トムに馭者（ぎょしゃ）を頼み、エヴァを連れて出かけていた。

「ねえ、オーガスティン」居眠りからさめたマリーが夫に話しかけた。「街へ使いをやって、主治医のポージー先生に往診をお願いしようと思うの。心臓の具合が悪いみたいなのよ」

「どうして往診が要るんだい？　エヴァを診てくれている先生も腕が良さそうじゃないか」

「難しいケースは任せられないわ」マリーが言った。「あたくしのケースは難しいことになってきていると思うの！　ここ二晩三晩ほど考えていたんだけど。ひどく痛むし、とっても変な感じがするんですもの」

「マリー、それは気がふさいでいるんだよ。心臓じゃないだろう」

「あなたはそう思うかもしれませんけれど」マリーが言った。「どうせそんなお返事だろうと思っていましたわ。エヴァなら咳ひとつするだけでも、何かちょっとあっただけでも、大騒ぎなさるくせに、あたくしのことは気にもかけてくださらないのね」

「心臓病がそんなにお気に召しているのなら、ぼくも心配するように心がけるとしますよ」サンクレア氏が言った。「そうとは知らなかったものでね」

「あとで悔やんだって手遅れですからね！」マリーが言った。「それにしても、あなたは信じないかもしれないけれど、あたくし、このところエヴァのことで心を痛めているのと、エヴァのためにあれこれ骨折りしているのとで、ずっと前から悪いんじゃないかと心配していた病状が進んだのだと思いますわ」

マリーが口にした「骨折り」とはいったい何をさすのか理解しかねるところだったが、サンクレア氏はそうした感想は胸の内におさめておいて、葉巻をくゆらせたまま薄情な夫を演じつづけた。そのうちにベランダの下に馬車が着き、エヴァとオフィーリア嬢が降りてきた。

オフィーリア嬢は礼拝についての見解を口にするより先に、いつものようにまずボンネットとショールを片付けようとまっすぐ自室に向かった。エヴァのほうは父親に呼ばれてベランダに上がり、父親の膝に抱かれて、その日のお説教のようすなどを話していた。

そこへ、オフィーリア嬢の部屋から大きな叫び声が響いた。オフィーリア嬢の部屋は、サンクレア夫妻がくつろいでいる部屋と同じくベランダに向かって開けた造りで、聞こえてきたのは誰かを激しく叱りつける声だった。

「トプスのやつ、こんどはどんな悪さをやらかしたんだ？」サンクレア氏がつぶやいた。「あの騒ぎはトプシーが原因にちがいない！」

直後に、カンカンに怒ったオフィーリア嬢が犯人を引きずって現れた。

「こっちへ来なさい！　ご主人様に言いつけますからね！」

「何をしたんだい？」オーガスティンが聞いた。

「もう、これ以上この子にかかわるのはごめんです！　がまんの限界ですわ、生身の人間にはとても耐えられません！　わたくし、きょうはこの子を部屋に閉じこめて出かけたのです。讃美歌集をお勉強するように与えて。そうしたら、留守中に何をしたと思います⁉　わたくしが鍵をしまっておいた場所を探りあてて、たんすを開けて、わたくしのボンネットのリボンを切り刻んで人形の上着を作ったんです！　こんな悪さは見たことがありませんわ！」

「あたくし、申しましたでしょう、お従姉（ねえ）さま」と、マリーが口を開いた。「こういう黒人どもは厳しくしなければまともにはならない、って。もし、あたくしの思うようにさせてもらえるものなら」――と言って、マリーは非難がましい目つきでサンクレア氏を見た――「そんな子は鞭打ち場へやって、とことん鞭打ちしてもらいますけれどね。足腰が立たなくなるほど鞭打ちさせたらよろしいのよ！」

「なるほどね」サンクレア氏が言った。「女性が支配すれば万事うまく収まる、というわけですな！　思いどおりにお任せしたら、馬だって、使用人だって、まして男だって半殺しにしかねないご婦人方には当節事欠（とうせつことか）きませんからな！」

「あなたのように優柔不断では何ともなりませんわ！」マリーが言った。「お従姉（ねえ）さまは分別のある方ですもの、あたくしと同じように現状をはっきり理解されたと思いますわ」

　オフィーリア嬢も、家政を取りしきる女主人の一人として、怒りを爆発させる気性の激しさにかけては人後に落ちぬ自信があったし、今回はトプシーがずる賢く立ち回ってボンネットを台無しにしてしまったのだから、激怒したのももっともなことだった。実際、女性読者の皆様も、オフィーリア嬢の立場だったら同じように怒るにちがいないと共感する方々が多いと思う。しかし、マリーのコメントははるかに度を越していて、さすがにオフィーリア嬢の怒りもいくぶん冷めた。

「子供にそこまでの仕打ちはできませんわ、どうあっても」オフィーリア嬢は言った。「でもね、オーガスティン、わたし、もう、どうすればいいのかわからなくなりました。これまでさんざん教えてきて、嫌になるほど言って聞かせて。鞭だって使ってみましたし、考えうるあらゆる方法で罰を与えたんです。なのに、この子は最初と少しも変わらないんです」

「おいで、トプス、しょうのないやつだ！」サンクレア氏がトプシーをそばに呼び寄せた。

　やってきたトプシーは、ちょっと不安そうに、しかしいつもの剽軽（ひょうきん）な顔つきで、まん丸な目をキョロキョロさせながら瞬きしている。

「おまえは、なんでそういうことをするんだね？」と言いながら、サンクレア氏は内心トプシーの表情がおもしろくてしかたなかった。

「あちしが罰当たりだからだと思うです」トプシーは殊勝な顔つきで言った。「フィーリー奥様がそう言うです」

「オフィーリア奥様がおまえのためにどれほど努力してくれたか、わかっているのか？　考えられることはすべてやってみた、と言っておられるんだぞ？」

「はい、わかっとります、旦那様！　前の奥様にも同じこと言われたです。前の奥様はもっときつく鞭くれたし、あちしの髪の毛を引っ張って、頭をドアにぶちつけたけど、そんでもあちしはちっとも良くならんかったです！　きっと、あちしの髪の毛をぜんぶ引っこ抜いたって、ちっとも良くならねえだろうと思うです。あちしはほんとに罰当たりなんです！　それに、どうせ黒んぼだし！」

「この子には、もうお手上げですわ」オフィーリア嬢が言った。「これ以上の厄介ごとには耐えられません」

「ひとつだけ質問があるんだけどね」サンクレア氏が言った。

「何ですの？」

「こうやって自分の手もとに置いて全面的にしつけようとしてさえ、従姉さんの言う福音でたった一人の不信心な子供を救うことすらできないのに、何千人もの不信心者のところへ一人や二人の気の毒な宣教師を送りこんで福音を説いたところで、いったい何の役に立つと思う？　この子は、何千人という不信心者の、まさに見本だと思うんだが」

オフィーリア嬢はすぐには返答しなかった。それまでこの場面をじっと見ていたエヴァが、黙ったままトプシーについてくるよう合図をして、その場をはずした。ベランダの片隅に、サンクレア氏がよく読書室として使っているガラス張りの小さなサンルームがあった。エヴァとトプシーはサンルームの中へ姿を消した。

「エヴァは何をするつもりなんだろう？　見てこよう」サンクレア氏がつぶやいた。

足音を忍ばせて近づいていったサンクレア氏は、ガラスのドアにかかっているカーテンを持ち上げて、中をのぞいた。そして、一本の指を唇に当てて、オフィーリア嬢に、来てごらん、と合図した。サンルームの中に、床にすわりこんだ二人の子供の横顔が見えた。トプシーは、いつもの剽軽でなげやりな雰囲気を漂わせている。しかし、向かいあっているエヴァは激しい感情に顔全体を紅潮させ、大きな瞳に涙を浮かべていた。

「なぜ、あなたはそんなに悪い子なの、トプシー？　なぜ、いい子になろうと思わないの？　あなたには愛する人が誰もいないの、トプシー？」

「愛するって、わかんねえす。あちし、キャンディとかなら愛すけども、そんだけで」トプシーが言った。

「でも、お父さんやお母さんのことは愛しているでしょう？」

「そんなもん、ねえす。前に言ったとおりだよ、エヴァ嬢様」

「ああ、そうだったわね」エヴァが悲しそうに言った。「それじゃ、兄弟は？　姉妹は？　おばさま、とかは？」

「ねえです、何もねえ。そんなもん、誰もおったことねえす」

「でも、トプシー、いい子になろうとすれば、きっと――」

「どうせ、ただの黒んぼだし。いい子になったって」トプシーが言った。「もし、この皮を一枚ひんむいて白くなったら、そんときはやってみるよ」

「でもね、トプシー、黒くたって、愛してもらうことはできるわ。オフィーリアさんだって、あなたがいい子になったら愛してくださるわ」

トプシーは短く無愛想な笑いをもらした。まさか、と言いたいときの癖だ。

「そうは思わないの？」エヴァが聞いた。

「思わねえす。フィーリー奥様は、あちしのことがまんならねえんだ、あちしが黒んぼだから！　あちしに触られるくれえならヒキガエルに触られるほうがましだと思ってっから！　黒んぼを愛せる人なんかいねえし、黒んぼなんかどうしようもねえんだ！　あちしにはどうだっていいけどさ」そう言って、トプシーは口笛を吹きはじめた。

「ああ、トプシー、かわいそうに。わたしはあなたを愛しているわよ！」エヴァが感情を一気に吐露し、痩せた小さな白い手をトプシーの肩に置いた。「あなたにはこれまでお父さんもお母さんもお友だちもいなかった――だから、わたしはあなたを愛するわ。あなたがひどい目に遭わされてきたかわいそうな子供だから、わたしはあなたを愛するわ！　わたしはあなたを愛しているわ、そして、あなたにいい子になってほしいと思っているの。わたしね、とても具合が悪いのよ、トプシー。もうあまり長くは生きられないと思うの。だから、とっても悲しいのよ、あなたがこんなに悪い子でいることが。あなたがいい子になろうと努力してくれたら、と思うわ。わたしのために。あなたと一緒にいられる時間はあと少ししか残っていないんですもの」

黒い子供の丸く見開いた目に涙が浮かんだ。そして大粒の涙がぽろぽろこぼれ、小さな白い手を濡らした。まさにこの瞬間、本物の信仰が放つ光、天国の愛の放つ光が、神を信じぬ魂の闇に差しこんだのだった！　トプシーは両膝のあいだに頭(こうべ)を垂れ、涙を流して泣きじゃくった。その上にかがみこむ美しいエヴァの姿は、罪人(つみびと)を回心させるために身をかがめた光り輝く天使のように見えた。

「トプシー。かわいそうに！」エヴァは言った。「イエス様はね、すべての人間を分けへだてなく愛してくださるのよ。わたしを愛するのと同じように、あなたも愛してくださるの。わたしがあなたを愛するように、イエス様はあなたを愛してくださるわ。ただ、もっといっぱい愛してくださるの、だってイエス様はわたしよりもっとすばらしい方だから。イエス様は、あなたがいい子になれるように助けてくださるわ。そして、最後には、あなたも天国に行けるのよ、永遠の天使になれるの、白人でも、黒人でも。ねえ、考えてみて、トプシー！　あなたもアンクル・トムが歌う〈まばゆき精霊〉の一人になれるのよ！」

「ああ、嬢様、エヴァ嬢様！」トプシーが言葉をしぼりだした。「あちし、やります！　やってみます！　いままでは、どうだってかまやしねえと思っとったけど」

　ここで、サンクレア氏はカーテンを下ろした。「母のことを思い出すよ」サンクレア氏はオフィーリア嬢に言った。「母が教えてくれたとおりだ。目の見えない人を見えるようにしてあげたいならば、キリストのようにやらなくてはいけない、と。彼らを呼び寄せ、彼らに手を触れなさい、と」

「わたし、これまでずっと黒人に対して偏見を抱いていたわ」オフィーリア嬢が言った。「たしかに、わたしはあの子に触られることが耐えられなかった。でも、あの子がそれを知っていたとは……」

「子供の目は聡（さと）いものさ」サンクレア氏が言った。「子供の目はごまかせない。どれほど子供によかれと思ってしてやろうとも、物質的にどれほど恵んでやろうとも、心の中にそういう嫌悪の気持ちがあるかぎり、感謝の情が生まれることはないだろう。不思議なことだけど、それが事実なんだ」

「わたし、どうしたらそれを克服できるか、わからないわ」オフィーリア嬢が言った。「黒人に対して、どうしても嫌悪感を抱いてしまうの。とくにトプシーには。どうやったら、そう感じないようにできるのかしら？」

「エヴァにはできるみたいだね」

「あの子はほんとうに愛情深いわ！　でも、つまるところ、あの子だって、キリストのような心を持ってはいるものの、一人の人間にすぎないんですものね」オフィーリア嬢が言った。「わたしもあの子のようになりたいと思うわ。あの子からは教えられるものがありそうね」

「だとしても驚かないよ。年寄りの弟子が小さな子供のおかげで悟りを開いたという例は、ほかにもたくさんあるからね」サンクレア氏が言った。

第26章　エヴァの死

嘆きたもうな、人生の朝まだきに
墓の帷に隠されし者を[1]

エヴァの寝室は広い部屋で、この別荘のほかの部屋と同じく、広いベランダに向かって開けている造りだった。部屋は一方でエヴァの両親の部屋とつながっており、反対側でオフィーリア嬢に割り当てられた部屋と行き来できるようになっていた。エヴァの寝室の内装は、サンクレア氏が独自の美意識に飽かして部屋の主にふさわしく調度をととのえたもので、窓にはバラ色と白のモスリンのカーテンがかかり、床には

1　アイルランドの国民的詩人トーマス・ムーア（一七七九年～一八五二年）の詩 "Weep Not for Those" より、冒頭の一部を書きかえて引用してある。

サンクレア氏がデザインしてパリで作らせた敷物が敷いてあった。それは周囲にバラの蕾（つぼみ）と葉を散らし、中央に満開のバラの花束を配したデザインだった。ベッドと椅子と寝椅子はとくに優美な珍しい編み方で竹を編んだもので、ベッドの頭側の上のほうにはアラバスター[2]のブラケット[3]がつけられ、その上には美しい天使の像が翼をたたんで立ち、ギンバイカ[4]の葉の冠を差し出している。このブラケットからベッド全体を覆うようにバラ色に銀のストライプがはいったガーゼの薄いカーテンが垂れ下がり、蚊帳（かや）の役割を果たしている。このあたりの気候では、寝室の必需品である。優美な竹製の寝椅子にはバラ色のダマスク織のクッションがたくさん並べられ、その上方からも、壁にとりつけられた彫像の両腕が抱く形で、ベッドと同じようなガーゼの蚊帳が垂れ下がっていた。部屋の中央にはしゃれた華奢（きゃしゃ）な竹細工のテーブルがあり、蕾をつけた白ユリをかたどったパリアン磁器[5]の花瓶が置かれ、いつも花がいっぱいに活けられていた。テーブルの上にはエヴァの本や細々とした装身具が置かれ、優美な装飾のほどこされたアラバスターの筆記台もあった。エヴァがお習字の練習をしているのを見た父親が取り寄せたものである。部屋には暖炉もあった。大理石の炉棚の上には小さな子供たちを迎えるキリストのみごとな彫像が置かれ、その両脇に配された大理石の花瓶に毎朝花を活けるのはトムの誇りであり喜びであった。壁にはさまざまな姿の子供たちを描いた美しい絵が飾られ、要するに、どこへ視線を向けても幸せな子供の姿と美しいものと心なごむものが目にはいるようになっていた。朝の光で目ざめたエヴァがその瞬間から心の癒される美しいものに囲まれているように、と心くばりされた部屋だった。

少しのあいだ元気を回復したように見えていたエヴァだったが、それは見かけだけのことで、いまやエヴァは急速に衰弱しはじめていた。ベランダに軽やかな足音が響くことは少なくなり、開いた窓辺に置かれた小さな寝椅子に横になっている時間が長くなった。エヴァは大きく深遠な瞳で湖の波が上下にうねるのをじっと見つめていた。

そんなある日、午後も半ば近くなったころ、寝椅子に横たわって聖書を開き、透きとおるように白い指で所在なげにページをめくっていたエヴァの耳に、突然ベランダから母親の激しく叱責する声が聞こえてきた。

2　雪花石膏。白く美しい石。
3　壁から張り出した棚。
4　香りのある白い花をつける常緑低木で、ヴィーナスの神木、愛の象徴とされる。
5　白い大理石のような質感の高級磁器。

「何をしてるの、この性悪め！　またいたずらを考えついたの！　ちょっと、それ、花を摘んでいたのね？」ピシッと頬を平手打ちする音が響いた。

「あの、奥様！　これはエヴァ嬢様にあげるんです」返事をしているのはトプシーの声だった。

「エヴァ嬢様だって！　調子のいい言い訳をして！　おまえの花なんか、エヴァが喜ぶと思っているの、このろくでなしの黒んぼが！　あっちへお行き！」

エヴァはさっと寝椅子から下りて、ベランダに出た。

「ああ、お母さま、やめて！　わたし、その花をもらいたいわ。わたしにちょうだい。そのお花がほしいの！」

「あら、エヴァ、あなたの部屋はお花でいっぱいじゃないの」

「お花はいくらあってもいいわ」エヴァが言った。「トプシー、お花をここへ持ってきて」

その場でふくれて下を向いていたトプシーが、エヴァのところへやってきて花束を差し出した。どことなく遠慮がちではにかんだような表情は、いつもの不敵で元気いっぱいのトプシーとはちがっていた。

「きれいな花束ね！」エヴァが言った。

それはちょっと風変わりな花束で、真っ赤なゼラニウムに白いツバキを一輪だけ合わせ、緑色のつややかなツバキの葉が添えてあった。あきらかに色彩のコントラストを狙った組み合わせで、葉の一枚一枚の向きまでよく考えられていた。

エヴァから「トプシー、あなた花束を作るのがとても上手ね」と声をかけられて、トプシーはうれしそうな顔を見せた。「ここに使ってない花瓶があるから、毎日この花瓶に花を活けてちょうだいな」

「まあ、変なことを言うのね！　いったいなぜそんなものがほしいの？」マリーが言った。

「いいのよ、ママ。トプシーにお花を活けてもらっても、いけなくはないでしょ？」

「もちろん、あなたがそうしたいならいいけれど！　トプシー、お嬢様のお言葉を聞いたわね。ちゃんとやるのよ」

トプシーは下を向いたまま、ちょこんと膝を折ってお辞儀をした。くるりと向きを変えて下がっていくトプシーの黒い頬に涙が伝わるのを、エヴァは見た。

「ねえ、ママ、トプシーはわたしのために何かしたかったのよ」エヴァが母親に言った。

「まあ、くだらない！　ただ悪さをしたいだけでしょう。花を摘んじゃいけないと言われてるから、花を摘んだのよ。それだけのこと。でも、あなたがトプシーに花を摘ませたいのなら、それでいいわ」

「ママ、トプシーはいままでとはちがう子になったんだと、わたしは思うの。トプシーはいい子になろうとしているのよ」

「よほど努力しなくちゃ無理でしょうね」マリーがぞんざいな笑い方をした。

「でもね、ママ、トプシーはかわいそうなの！　これまで、つらいことだらけだったんだもの」

「この家に来てからは、そうではないでしょう。これまでさんざん言って聞かせて、お説教もして、ありとあらゆる手をつくしてやったのに、あいかわらず悪さばかり働いて、これからだって変わりはしないでしょうよ。あんなもの、どうしようもないわよ！」

「でも、ママ、わたしとはまるでちがう育てられ方をしたんだもの。わたしはお友だちもたくさんいて、何でも恵まれてきたから、良い子になれたのはあたりまえだけれど、トプシーみたいにこの家に来るまでずっとあんなひどい育てられ方をしたら！」

「そうかしらね！　ああ、暑いこと！」マリーがあくびをした。

「ママも信じてるでしょ？　トプシーだって、わたしたちと同じように天使になれる、って？　クリスチャンだったら？」

「トプシーが⁉　とんでもない！　そんなことを考えるのは、あなたくらいのものよ。まあ、なれないことはないとも思うけれど」

「だって、ママ、神様はわたしたちのお父さまだから、トプシーにとってもお父さまでしょう？　イエス様はトプシーにとっても救い主でしょう？」

「まあ、そうかもしれないわね。神様がすべての人間をお造りになったのだから」マリーが言った。「あたくしの気付け薬はどこかしら？」

「かわいそうすぎる――ああ、かわいそうすぎるわ！」エヴァは遠くの湖面を見つめて、なかば独り言のようにつぶやいた。

「何がかわいそうなの？」マリーが聞いた。

「だって、ほんとうなら輝く天使になれて、ほかの天使たちと一緒に暮らせるはずの人が、どんどんどんどん堕ちていって、それなのに誰も助けてあげないなんて。かわいそうに！」

「助けようがないんだから、くよくよ考えてもしかたないわよ、エヴァ。どうすればいいのか、あたくしにはわからないわ。自分たちが恵まれていることに感謝しないとね」

「とてもそんな気にはなれないわ」エヴァが言った。「何ひとつ恵まれていない哀れな人たちのことを考えると、かわいそうで」

「まあ、変わった子ね」マリーが言った。「あたくしは、クリスチャンの教えに従って、自分が恵まれていることに感謝しているわ」

「ママ、あのね」エヴァが言った。「わたし、髪を切ってもらいたいの。たくさん」

「何のために?」マリーが聞いた。

「お友だちみんなに分けてあげたいの。自分で渡してあげられるうちに。オフィーリアおばさまにお願いして、わたしの髪を切ってもらえないかしら?」

マリーが声を大きくして、別の部屋にいたオフィーリア嬢を呼んだ。

エヴァはオフィーリア嬢が部屋にはいってきたのを見て寝椅子の上でからだを起こし、長い金色の巻き毛を揺らして、おどけた口調で「さあ、おばさま、羊の毛刈りをお願いね!」と言った。

「何が始まるんだい?」エヴァのために出かけて果物を買ってきたサンクレア氏が、ちょうど部屋にはいってきた。

「パパ、わたしね、おばさまに髪を切ってもらおうと思って。髪が多すぎて暑苦しいし、それに、髪をみんなに分けてあげたいの」

オフィーリア嬢がはさみを手に戻ってきた。

「気をつけて、みっともなくならないように頼むよ！」父親が言った。「下のほうの目立たないところだけにしてくれ。エヴァの巻き毛はわたしの自慢なんだから」

「ああ、パパ！」エヴァが悲しそうに言った。

「そうさ、こんど伯父さんのプランテーションに行くときまで、髪をきれいにしておかないと。従兄(いとこ)のヘンリークに会いに行くんだからね」陽気な口調でサンクレア氏が言った。

「無理だと思うわ、パパ。わたし、もっといいところへ行くの。お願い、信じて！わからないの、パパ、わたし、毎日どんどん弱ってきているでしょう？」

「なぜそんなことを言うんだい、エヴァ。そんな残酷なことが信じられるものか」父親が言った。

「でも、ほんとうのことなのよ、パパ。それを信じてくれたら、たぶんわたしと同じ気持ちになってもらえると思うの」

　サンクレア氏は黙りこみ、長く美しい巻き毛が切り取られて一束ずつエヴァの膝に並べて置かれるのを暗い眼差しで見守っていた。エヴァは切り取られた髪を持ち上げ、じっと見つめたあと、痩せほそった指に巻きつけながら、ときおり心配そうに父親を見やった。

「やっぱり、あたくしの予感したとおりになったわ！」マリーが言った。「毎日毎日、このことがあたくしの健康を蝕んで、あたくしをお墓に引きずりこもうとしているのよ。誰も心配してくれないけれど。ずっと前からこうなるとわかっていたわ。あなた、そのうちあなたにもわかるわ、あたくしが言っていたとおりだった、と」

「そうなったら、さぞご満悦だろうね！」サンクレア氏が冷たく苦々しい口調で言った。

マリーは寝椅子に倒れこみ、キャンブリックのハンカチーフで顔を覆った。

エヴァは澄んだ青い瞳で父親と母親を交互に見つめた。それは、この世のしがらみから半ば解き放たれた魂が穏やかに本質を見透す眼差しだった。父親と母親のちがいを、エヴァは見て取り、感じ取り、本質的に理解した。

エヴァは手招きして父親をそばへ呼び寄せた。サンクレア氏はエヴァのところへ来て、並んで腰をおろした。

「パパ、わたし、日ごとに弱ってきている……もうすぐ行かなくてはならないわ。わたし、言っておきたいことがあるの。しておきたいことがあるの。しなければならないことが。でも、パパは、このことについてわたしが話そうとすると、いやがるでしょう？　でもね、これは避けられないことなの。先へ延ばすこともできないの。お願いだから、わたしの話を聞いて！」

「エヴァ、わかったよ」サンクレア氏は片手で目もとを覆い、もう一方の手でエヴァの手を握りしめた。

「そしたらね、家じゅうの人たちを集めてほしいの。みんなに言っておかなくちゃならないことがあるの」エヴァが言った。

「わかった」サンクレア氏が涙をこらえて答えた。

オフィーリア嬢が使いを出し、まもなく家じゅうの使用人たちがエヴァの部屋に集まった。

エヴァはクッションにもたれてすわっていた。顔のまわりに髪が乱れかかり、血の気のない青白い肌と痩せ細ってしまった顔や手足に対比して、頬だけが痛々しいほどに紅潮している。エヴァは、魂までのぞきこめそうな大きな瞳で、集まった者たちをじっと見つめた。

使用人たちは胸を突かれた。この世の生を超越したようなエヴァの顔。切り取られて並べられたエヴァの長い髪。顔をそむける父親。すすり泣く母親。それらの光景が感じやすい黒人たちの胸を打った。黒人たちは顔を見合わせながら部屋にはいってきて、ため息をつき、首を左右に振った。部屋の中は葬式のように静まりかえった。

エヴァはからだを起こし、長いことじっと一人ひとりの顔を見つめた。誰もが悲しく心配そうな表情をしていた。女たちの多くはエプロンに顔をうずめていた。

「わたしの大切なお友だちのみんな……集まってもらったのはね——」と、エヴァが口を開いた。「みんなのことを愛しているからなの。一人ひとり、みんな愛しているわ。みんなにお話ししておきたいことがあるの。ずっとおぼえておいてほしいの……わたしは、もうすぐ、この世からいなくなります。あと何週間かすれば、みんなとは会えなくなるでしょう……」

使用人たちのあいだからうめき声や泣き声や嘆き声が上がって、エヴァの細い声はすっかりかき消された。エヴァは少しのあいだ待ってから、使用人たちのすすり泣きを制するようにして話を再開した。

「みんな、わたしを愛しているのなら、泣いたりしないで聞いてほしいの。わたしの言うことをよく聞いて。みんなに魂のお話をしたいの……あなたたちの多くは、残念なことに、あまり深く考えずに生きていると思います。この世のことしか考えていない。でもね、この世のほかに美しい世界があることを、忘れないでほしいの。イエス様がいらっしゃる世界よ。わたしはそこへ行こうとしているの。みんなも、そこへ行くことができるのよ。その世界はわたしだけのための場所ではなく、みんなのための場所でもあるのだから。でも、そこへ行きたいと思うなら、何も考えないいいかげんな怠けた暮らし方をしていては、だめなの。そこへ行くには、クリスチャンでなくてはならないの。忘れないで――みんな誰でも天使になれるし、永遠に天使でいられるの。クリスチャンになりたければ、イエス様がお力を貸してくださるわ。イエス様にお祈りをして、お聖書を読んで――」

ここでエヴァはハッと口をつぐんだ。そして使用人たちを哀れむ眼差しで見つめ、悲しそうに言った。

「そうだったわ！　みんな、字が読めないのね。かわいそうに！」エヴァはクッションに顔を押し当ててすすり泣いた。床にひざまずいて話を聞いていた使用人たちのあいだからも、押し殺したすすり泣きの声があがった。それを聞いて、エヴァは心を奮い立たせた。

「だいじょうぶよ」エヴァは顔を上げ、涙に濡れた顔で晴れやかに笑ってみせた。「わたし、みんなのためにお祈りしておいたから。字が読めなくても、イエス様は助けてくださるわ。できるだけの努力をするのよ。毎日お祈りをして。イエス様に、お力をお貸しください、ってお願いするの。誰かに頼めるときは、お聖書を読んでもらって。わたし、きっと、みんなと天国でまた会えるわ」

「アーメン」という小さな声がトムやマミーをはじめとする年配の使用人たちの口か

らもれた。彼らはメソジスト教会の信徒だった。若くて無分別な者たちも、しばらくのあいだ感きわまって、うなだれて泣くばかりだった。

「みんながわたしを愛してくれていること、わたし、わかっているわ」エヴァが言った。

「もちろん！　そのとおりです！　お嬢様に祝福を！」使用人たちはみな思わずそう答えた。

「ええ、わかっているわ！　みんな、いつも、わたしにとても優しくしてくれたもの。わたし、みんなにあげたいものがあるの。それを見て、わたしを思い出してほしいの。みんなにわたしの髪をひと房ずつあげるわ。それを見たら、わたしがみんなを愛していたことを思い出してね。わたしが天国へ行ったことを思い出してね。わたしが天国で待っていることを、忘れないでね」

その場の愁嘆は筆舌に尽くしがたいものだった。使用人たちは涙を流して泣きじゃくりながら小さなエヴァのまわりに集まり、エヴァの手から最後の愛のしるしとして髪をひと房ずつ受け取った。そして膝からくずおれ、泣きじゃくり、祈り、エヴァのドレスの裾にキスをした。年配の使用人たちは、感情の高ぶりやすい黒人らしく、愛情あふれる言葉とも祈りとも祝福ともとれる言葉をエヴァに贈った。

形見の髪を受け取った使用人たちは、この場の興奮が患者に及ぼす負担を心配するオフィーリア嬢にうながされて、一人また一人と部屋から退出していった。

　最後に残ったのは、トムとマミーだった。

「はい、アンクル・トム」エヴァが言った。「きれいなのをあげるわ。わたし、とってもうれしいのよ、アンクル・トム、天国でまた会えると思うと。わたし、きっと天国に行けると思うもの。それから、マミー、大好きな優しいマミー！」エヴァは愛情をこめて両腕で年老いた乳母に抱きついた。「マミーにも、きっと天国で会えるわね」

「ああ、エヴァ嬢様、嬢様がいなけりゃ、どうやって生きていきゃいいだね！」献身的な乳母が嘆いた。「このお屋敷が空っぽになっちまう気がするだよ！」そう言って、マミーは泣き崩れた。

　オフィーリア嬢はマミーとトムをそっと部屋から送り出して、これで使用人たちは全員がいなくなったと思った。ところが、ふりかえると、そこにトプシーが立っていた。

「あなた、どこから湧いてきたの⁉」思わず、オフィーリア嬢の口をついて言葉が出た。

「ずっとここにおったです」トプシーが涙を拭きながら言った。「ああ、エヴァ嬢様、あちし、悪い子だったよ。けど、あちしにも、それ、ひとつもらえねえですか？」

「ええ、もちろんよ、トプシー！　あなたにもあげるわ。ほら。これを見るたびに、わたしがあなたを愛していることを思い出して。そして、あなたにいい子になってほしいと願っていたことも！」

「ああ、エヴァ嬢様、あちし、がんばっとるだよ！」トプシーが懸命に訴えた。「けど、いい子になるのはすっげえたいへんで！　あちし、そういうのにまるっきし慣れてねえから！」

「イエス様はわかってくださっているわ、トプシー。あなたのことを憐れんでくださっているわ。きっとお力を貸してくださるわよ」

トプシーはエプロンで顔を覆ったまま、オフィーリア嬢の手で部屋からそっと出された。部屋を出ていきながら、トプシーは大切な形見の髪束を胸元に隠した。

全員が退出したあと、オフィーリア嬢はドアを閉めた。有能なオフィーリア嬢でさえ、使用人たちとの別れの場面で何度も涙を拭っていたが、このような興奮がエヴァの体調にさわるのではないかということを何よりも心配していた。

別れの儀式のあいだじゅう、サンクレア氏は片手で目もとを覆ったまま、ずっと同じ姿勢を崩さなかった。使用人たちが退出したあとも、あいかわらず同じ姿勢で固まっていた。

「パパ！」エヴァが自分の手を父親の手に重ねながら、そっと声をかけた。

サンクレア氏はびくっと身を震わせたが、返事をしなかった。

「ねえ、パパってば！」エヴァが言った。

「無理だ」サンクレア氏が立ち上がりながら言った。「こんなことは無理だ！　全能の神はあまりに無慈悲ではないか！」サンクレア氏は苦々しい思いをこめて吐き捨てた。

「オーガスティン！　神様には自らの民をいかようにもする権限があるのではなくて？」オフィーリア嬢が言った。

「そうかもしれない。でも、だからといって、わたしの心が楽になるわけではない」サンクレア氏は涙を見せず冷たく厳しい口調でそう言うと、顔をそむけた。

「パパ、そんな悲しいこと言わないで！」エヴァが立ち上がり、父親の腕の中に飛びこんだ。「そんなふうに思っちゃ、だめ！」エヴァが激しく泣きだしたので、みんな心配になり、父親もすぐに心を改めた。

「さあさあ、わかったよ、エヴァ。しいっ、泣かないで。パパがまちがっていた。パパが悪かった。エヴァが言うように考えるよ、エヴァの言うとおりにするよ。だから、そんなに悲しまないで。そんなに泣かないで。わかったから。あんなことを言って、パパが悪かった」

弱りきったハトのようにぐったりしたエヴァを腕に抱いた父親は、愛する娘の上にかがみこむようにして、考えうるかぎりの優しい言葉で娘をなだめた。

マリーは立ち上がって自分の部屋へ駆けこみ、猛烈なヒステリー発作を起こした。

「パパには髪をくれなかったね、エヴァ」サンクレア氏は悲しい笑顔で娘に話しかけた。

「わたしの髪はぜんぶパパのものよ」エヴァがにっこり笑って答えた。「パパとママのものよ。それから、おばさまにも、ほしいだけあげて。かわいそうな使用人たちには自分で髪を分けてあげたのはね、パパ、わたしが死んだときにはあの人たちのことは忘れられてしまうかもしれないと思ったからなの。わたしの髪を見て思い出してくれたら、と思って……。パパはクリスチャンよね？」エヴァが疑わしそうに聞いた。

「どうして聞くんだい？」

「わからない。でも、パパはとってもいい人だから、クリスチャンでないはずがないと思って」

「クリスチャンって、どういうことだと思う、エヴァ？」

「誰よりもイエス様を愛することだと思うわ」エヴァが言った。

「エヴァはそうなのかい?」

「もちろんよ」

「でも、姿を見たこともないんだろう?」サンクレア氏が言った。

「それはどうでもいいことなの」エヴァが言った。「わたしはイエス様を信じているし、あと何日かすれば会えるんだもの」エヴァの幼い顔が熱をおび、歓喜に輝いた。

サンクレア氏はそれ以上何も言わなかった。以前にこれと同じ感情を母親に見たのを思い出したが、心の琴線は揺れなかった。

これ以降、エヴァは急速に弱っていった。もはや疑いようもなかった。どれほどひいき目に見ても、現実をごまかすことはできなかった。エヴァの美しい部屋は、まさに病める部屋となった。オフィーリア嬢は夜となく昼となくエヴァの看護にあたった。これほど皆がオフィーリア嬢の存在を頼もしく感じたことはなかった。熟練した技量と観察眼、患者を清潔で快適に保つあらゆる手際の良さ、病気の不快な側面を人目に触れさせない心づかい。完璧にタイミングを見はからう感覚、明晰で迷いのない気働き、医者の処方や指示を正確に記憶しておく能力。オフィーリア嬢こそは、この家で唯一の頼みの綱だった。オフィーリア嬢が少し変わっているからとか、堅苦しいからとか、南部の貴婦人たちのように鷹揚(おうよう)でないからとかいう理由で肩をすくめる人たちがいたとしても、いまやオフィーリア嬢がなくてはならない存在だと認めないわけにはいかなかった。

アンクル・トムはエヴァの部屋にしょっちゅう出入りしていた。エヴァは不安から神経がたかぶることが多く、トムに抱きあげてもらうと安心するのだった。トムにとっても、エヴァの弱々しい小さなからだを腕に抱いてあちこちへ連れ歩くのは無上の喜びであり、枕に頭を預けたエヴァを抱いて部屋の中を歩きまわったり、ときにはベランダに出ることもあった。湖から気持ちのいい風が吹いてくるときは――エヴァは午前中のほうが具合がよかった――トムはときどきエヴァを抱いて庭のオレンジの木蔭を歩いたり、二人でよく通ったベンチに腰をおろしてお気に入りの古い讃美歌をエヴァに歌って聞かせたりした。

エヴァの父親も同じようにたびたびエヴァを抱いて歩きまわったが、父親はトムほどがっしりした体格ではなく、父親が疲れてくると、エヴァはいつもこんなふうに言うのだった。

「パパ、トムにさせてあげて。かわいそうに！　トムはこのお仕事が好きなのよ。いまトムにできることはこれしかないでしょ、トムは何か役に立ちたいのよ！」

「パパも同じだよ、エヴァ！」

「ええ、でもパパは何でもできるし、わたしにはパパがすべてだもの。パパはご本を読んでくれるし、夜も起きていてくれるし。でも、トムにはこれしかないの。あと、讃美歌を歌ってくれることしか。それに、トムはわたしを楽々と運べるわ。パパよりもっと楽々と。トムは力持ちなんだもの！」

何かしたいという思いは、トムに限ったことではなかった。屋敷の使用人たちはみな同じ気持ちで、それぞれの立場でできることをしていた。

哀れなマミーはかわいいエヴァのために尽くしたい思いでいっぱいだったのだが、思いをかなえる機会がなかった。夜といわず昼といわず、マリーが神経衰弱で一睡もできないと訴えてマミーを休ませなかったのだ。言うまでもなく、自分以外の人間を休ませるのはマリーの主義からしてありえないことだった。一晩に二〇回も、マミーは奥様に起こされて足をさすり、頭を水で冷やし、ハンカチーフを探し、エヴァの部屋から聞こえた物音が何なのか確かめにいき、明るすぎると言われてカーテンを下ろし、暗すぎると言われてカーテンを上げた。しかも、昼間にエヴァ嬢様のお世話をしにいこうとすると、マリーが不思議なくらいあれこれと用事を思いついて、家のあちらこちらで仕事を言いつけたり、マリー自身の身の回りの用事を言いつけたりした。おかげで、マミーはほんの少しの暇を盗んでエヴァの顔を見にいったり言葉を交わしたりするのが精一杯だった。

「こういうときは、とりわけ自分の体調には気をつけておくことが母親としてのつとめだと思いますわ」と、マリーは言うのだった。「こんなにか弱い身ではありますけれど、あの子の看病がすべてあたくしの肩にかかっているのですから」

「そうかい」サンクレア氏が言った。「従姉(ねえ)さんがすっかり引き受けてくれていると思っていたけどね」

「男の人って、おわかりじゃないのね。あんな状態の子供の看病を母親がせずにいられるなんて、ありえまして？　まあ、言っても詮(せん)ないことですわね。誰もあたくしの気持ちなんてわかってくれないんですもの！　あたくし、あなたみたいにものごとを投げ出すなんて、できませんから」

　サンクレア氏は苦笑した。読者諸氏、サンクレア氏を責めてはいけない、笑うしかなかったのだ。それに、まだ、サンクレア氏には笑う余裕があった。小さな魂の別れの船出は、それほどまでに明るく穏やかなものだった。小舟を天国の岸辺へと運ぶそよ風は、それほどまでに甘美でかぐわしいものだった。だから、近づきつつあるものが死であることを実感できなかったのである。エヴァは苦痛を訴えることはなかった。ただ静かに少しずつ弱っていき、日ごとに、ほんとうにわずかずつ、病状は進んでいった。エヴァはあいかわらず美しく、愛情と信頼に満ち、幸福そうで、その周囲にたゆたうあどけなく安らかな空気にみな思わず警戒を緩めてしまうのだった。サンクレア氏は、不思議と穏やかな心持ちになっていた。それは希望というものではなかった——希望を抱くことは、もはや不可能だった。しかし、それは諦めでもなかった。ただ端然として現状を受け止めること——それがあまりに美しかったので、サンクレア氏は先のことなど考えたいとは思わなかった。秋の明るく穏やかな林の中にたたずむとき、あでやかな紅葉に彩られた木々の下で、小川のほとりに咲き残った最後の花々を目にして魂が言葉を失う——そんな瞬間のように感じられた。じきにすべて過ぎ去ってしまうとわかっているからこそ、その歓びがいっそう痛いほどに感じられるのである。

エヴァの想像していることや予感していることを誰よりもよく知っていたのは、エヴァを抱いて歩きまわる忠実な従僕トムであった。エヴァは、父親を悲しませるのを心配して口に出さないようなことも、トムには話して聞かせた。魂が肉体を永遠に去る直前、紐帯（ちゅうたい）がほどけはじめるときに魂が感じとる不思議な予兆の感覚を、エヴァはトムに語って聞かせた。

トムはとうとう自分の部屋に戻って寝ることをやめ、一晩じゅう、いつでも対応できるように、エヴァの部屋の外のベランダで寝るようになった。

「アンクル・トム、いったいなぜ、犬みたいにどこでも寝るようになってしまったの？」オフィーリア嬢が言った。「クリスチャンらしくベッドで寝る習慣のきちんとした人だと思っていたのに」

「そうです、フィーリー奥様」トムが意味ありげに答えた。「でも、いまは――」

「いまは、何？」

「大きい声じゃ言えねえです。旦那様のお耳にはいると悪いで。けど、フィーリー奥様、花婿が来るのを誰かが見張ってねえと」

「どういう意味なの、トム？」

「お聖書にあるでしょう――真夜中に『そら、花婿だ。迎えに出よ』と叫ぶ声がした、[6]ちゅうとこが。わし、毎晩、もうすぐそうなるんじゃないかと思っとるです、フィーリー奥様。だから、声の届かんところでは寝られんのです」

「なぜなの、アンクル・トム？　なぜ、そんなふうに思うの？」

「エヴァ嬢様がそうおっしゃるです。主は魂に伝令をつかわされるです。だから、わし、その場におらんとならんのです、フィーリー奥様。エヴァ嬢様が晴れて御国にはいられるとき、天国の門が大きく開いて、わしらにも栄光が見えるかもしれんのです、フィーリー奥様」

「アンクル・トム、エヴァ嬢様は今夜はいつもより具合が悪いと言っていたの？」

「いんや。でも、けさ、もうすぐのとこまで来とると言っとられました。エヴァ嬢様には聞こえるですよ、フィーリー奥様。天使たちの声です。『夜明け前に響きわたる角笛よ』[7]と言うでしょう」トムは大好きな讃美歌の一節を口にした。

オフィーリア嬢とトムのあいだでこの会話が交わされたのは、ある晩、一〇時を過ぎて一一時になろうとするころだった。オフィーリア嬢は寝じたくをすっかり整え、部屋の外へ開く扉にかんぬきを掛けようとして、外のベランダに寝ているトムを見かけたのだった。

オフィーリア嬢は心配性ではなかったし、不安にかられやすい性分でもなかった。しかし、トムの厳粛で真情あふれる言い方には、強く心に響くものがあった。その日の午後、エヴァはいつになくはつらつとして元気そうで、ベッドの上でからだを起こし、アクセサリー類や大切な宝物を一つひとつ手に取っては、これは誰それにあげる

6　新約聖書「マタイによる福音書」第二五章第六節。

7　讃美歌 “O, Thou Almighty Father” の一節。

わ、などと話していた。そのしぐさはここ何週間も見なかったほど生き生きとして、声もとても自然だった。夕方には父親もエヴァの部屋へ顔を出し、病気になって以来こんなに元気な娘を見るのは初めてだ、と言った。愛する娘におやすみのキスをしたあと、サンクレア氏はオフィーリア嬢に「これなら助かるかもしれないね。たしかに良くなっている」と言って、何週間かぶりに明るい気分で寝室に下がったのだった。

しかし、真夜中——不可思議で神秘的な時刻！——になり、はかない現在と永劫の未来とを隔てる帷（とばり）が薄れる時刻に、伝令はやってきた！

最初に聞こえたのは、部屋を動きまわる緊迫した足音だった。それはオフィーリア嬢で、その晩は徹夜で幼い患者を見守ろうと決めていたのだが、夜半を過ぎたころに、看護経験の豊かな人間が「急変」と呼ぶ異変を察知したのだった。部屋からベランダに出るドアがさっと開かれた。外で待機していたトムは、瞬時に事態を悟った。

「お医者様を呼んできてちょうだい、トム！　大至急！」オフィーリア嬢が言った。そして、オフィーリア嬢は部屋を横切り、サンクレア氏の寝室のドアをノックした。

「オーガスティン、来て」

オフィーリア嬢の言葉は、棺にかぶせられる土塊（つちくれ）のようにサンクレア氏の心を押しつぶした。なぜだろう？　サンクレア氏はすぐに起きてエヴァの病室に駆けつけた。

そして、まだ眠っている娘の上に身をかがめた。

サンクレア氏に心臓の止まりそうな思いをもたらしたのは、どんな光景だったのか？　なぜ二人のあいだに一言の会話もなかったのか？　最愛の人の顔にあの表情を認めた経験のある人ならば、わかるであろう。名状しがたく、絶望的に、紛れもなく、最愛の人がもはや自分のものではないと知らせているその表情を。

しかし、エヴァの顔には恐ろしい死相があらわれていたわけではなかった。その顔はただただ気高く、ほとんど至高と形容してもいいような表情だった。神聖なるものに包まれたような表情、幼い魂の中に不滅の命が兆(きざ)しているような表情だった。

オフィーリア嬢もサンクレア氏も、エヴァの顔を見つめたまま、身じろぎもせず立ちつくしていた。時計が時を刻む音さえ大きすぎるように聞こえた。まもなく、トムが医者を連れて戻ってきた。医者は病室にはいり、患者を一目見るなり、二人と同じように言葉もなく立ちつくした。

「急変が起きたのはいつでしたか？」医者は低い小さな声でオフィーリア嬢に尋ねた。

「真夜中を過ぎたころでした」

医者が来た物音で目をさましたマリーが、隣の部屋からあわてて病室に姿を見せた。

「オーガスティン！　お従姉(ねえ)さま！　ああ！　なんなの、これは——！」マリーがあたふたと口を開きかけた。

「しっ！」サンクレア氏がかすれた声で制した。「エヴァが、逝こうとしている！」

その言葉を聞いて、マミーが大急ぎで使用人たちを起こしに走った。すぐに家じゅうの者たちが起き出し、明かりがつき、足音が響き、心配そうな顔がベランダに詰めかけ、ガラス窓ごしに涙にくれながら部屋の中の光景を見守った。しかし、サンクレア氏は何も聞こえず、何も言わなかった。ただ眠りつづける小さな娘の顔に浮かぶまぎれもない表情を見つめていた。

「ああ、目を開けて、もう一度口をきいてくれたら！」娘の上に身をかがめながら、サンクレア氏がつぶやき、娘の耳に口を寄せて「エヴァ、かわいいエヴァ！」と声をかけた。

大きな青い瞳がぽっかりと見開かれた。その顔に笑みがよぎり、エヴァは頭をあげて何か言おうとした。

「パパだよ、わかるかい、エヴァ？」

「ああ、パパ」エヴァは最後の力をふりしぼって父親の首に両腕をからませた。が、すぐに腕は力なくほどけてしまった。サンクレア氏が顔をあげると同時に、エヴァの顔が末期（まつご）の苦しみにゆがむのが見えた。エヴァは苦しそうな息づかいになり、小さな両手で虚空(こくう)をつかんだ。

「ああ、神様！　むごすぎる！」サンクレア氏が苦悶の表情で顔をそらし、思わずトムの手にすがりついた。「ああ、トム！　こんなことは、つらすぎる！」

トムは主人の両手を自分の両手で包み、黒い頬を涙で濡らしながら、救いを求めるときにいつも見上げるように、天を見上げた。

「ああ、早く過ぎてくれ！」サンクレア氏が言った。「心がかきむしられる」

「ああ、神様ありがとうございます。終わった――終わりました、旦那様！」トムが言った。「お嬢様のお顔をごらんなさいまし」

エヴァは疲れはてた子供のように枕の上で短い呼吸を続けていた。大きな澄んだ瞳が見開かれ、一点を見つめている。ああ、この眼差しは何を語っているのだろう？　天国を見ているのだろうか？　地上での時間は終わった。そして、地上での苦しみも終わった。勝利に晴れ晴れと輝くその表情があまりに荘厳で、神秘的で、悲しみのすすり泣きさえ静まった。一同はエヴァのまわりに集まり、息をひそめて見守った。

「エヴァ」サンクレア氏がやさしく声をかけた。

エヴァにはもう聞こえなかった。

「ああ、エヴァ、何が見えているの？　何？」父親が話しかけた。

光り輝くようなほほえみが顔に広がり、エヴァはとぎれとぎれに「ああ！　愛……喜び……安らぎ！」と言葉を絞り出したあと、大きく息をつき、死の床から永遠の命へと踏み出していった。

「さらば、いとしき子よ！　光り輝ける永遠の扉は、汝(なんじ)の背後に閉ざされぬ。もはや愛しき顔を見ることもなし。悲しきかな、汝の旅立ちを見送りし者どもの心よ。ふたたび目ざめたとて、もはやその日々には冷たき灰色の空よりほかになく、汝は永遠に逝きて戻らじ！」

第27章 「これでこの世とお別れだ」——ジョン・Q・アダムズ[1]

エヴァの部屋の彫像や絵画はすべて白布で覆われ、ひそやかな息づかいと忍びやかな足音が聞かれるだけだった。ブラインドを下ろした窓から薄暗い部屋におごそかな光が差しこんでいる。

ベッドには白布がかけられ、翼を垂れた天使像の下に、眠るように小さな人の姿が横たわっていた。二度とは目ざめぬ眠りについた人の姿が！

エヴァは生前よく着ていたシンプルな白いドレスを着て横たわり、カーテンを透して差すバラ色の光が、氷のように冷たい死の影に暖かい色彩を与えていた。びっしりと生えそろったまつ毛が清らかな頰に柔らかな影を落とし、頭は自然に眠っているか

1　ジョン・クインシー・アダムズ（一七六七年～一八四八年）、アメリカ合衆国第六代大統領。辞世の言葉は、"This is the last of earth! I am content!" であったと伝えられている。

のように少し横に傾いている。しかし、その顔は歓喜と安らぎの入りまじった高貴な神々しい表情に覆われ、これがこの世のつかの間の眠りではないこと、主が愛する者にお与えになる眠り[2]すなわち永遠(とわ)の聖なる安息であることを示していた。

愛しいエヴァよ、あなたのような人に死は訪れない！　死の闇も、死の影も。ただ、夜明けの金色(こんじき)の光の中に消えていく明けの明星のように、その輝きが薄れていくだけ。汝(なんじ)の死は戦わずしての勝利、争わずしての栄冠。

腕を組んで娘の姿を見つめながら、サンクレア氏はそんなことを考えていた。ああ、誰がサンクレア氏の胸中を推しはかることなどできよう？　エヴァの死の床を見守る者たちのあいだから「ああ、逝ってしまった」という声があがったときからずっと、サンクレア氏の胸中は暗く悲しい霧にふさがれ、「苦悩(くのう)に満(み)ちた暗黒(あんこく)」[3]に閉ざされていたのである。たしかに、周囲ではいろいろな声が飛びかっていた。問いかけられ、それに答えもした。お葬式はいつにするのか。どこに埋葬するのか。そのたびに、サンクレア氏はなげやりな口調で答えた。どうでもいい、と。

霊安室を整えたのはアドルフとローザだった。二人ともいつもは軽薄で気まぐれで子供っぽい性格だが、心根はやさしく、情の厚い者たちだった。細々とした手続きや手際に関してはオフィーリア嬢が指揮を執ったが、霊安室のしつらえに甘美で詩的な情緒を添えたのはアドルフとローザで、おかげでニューイングランド地方の葬儀でよく目にするような救いのない冷たい光景にはならずにすんだ。

あちこちの棚には、いまも花々が飾られていた。白一色の繊細で香りの良い花々が、優美にしなだれる葉と組み合わせて飾られている。白布で覆われた小さなテーブルにもエヴァの好きだった花瓶が置かれ、モスローズの白い蕾が一本だけ挿してあった。覆い布やカーテンのひだひとつに至るまで、アドルフとローザが黒人特有の繊細な審美眼を発揮して念入りに整えた。いましも、サンクレア氏がエヴァの傍らで物思いに沈んでいるところへ、小柄なローザがそっと足音を忍ばせて部屋にはいってきた。手に白い花を入れたバスケットを持っている。サンクレア氏の姿を見たローザは引き下がり、うやうやしくその場で控えていた。しかし、サンクレア氏が自分に目もくれないのを見て、ローザはそっと進み出て死者を花で飾りはじめた。サンクレア氏はまるで夢の中の光景でも見るようにローザの姿を眺めていた。ローザはエヴァの小さな手に白いクチナシの花を一輪持たせ、残りの花々をベッドの周囲に美しく飾りつけはじ

2 旧約聖書「詩編」第一二七編第二節より。
3 旧約聖書「イザヤ書」第八章第二二節。

めた。

ふたたびドアが開き、目を泣きはらしたトプシーが姿を見せた。エプロンの下に何か持っている。ローザがさっと制したが、トプシーは部屋にはいってきた。

「出ていきな」ローザがきつい口調でささやいた。「おまえなんかに用はないよ！」

「お願いだよ、入れとくれ！　花を持ってきたんだよ。きれいな花なんだよ！」トプシーは開きかけたティーローズの蕾を掲げて見せた。「これだけ、置かしておくれよ」

「出ていきなってば！」ローズがさっきよりもきつい口調で言った。

「いさせてやれ！」サンクレア氏がいきなり床をバンと踏み鳴らした。「部屋に入れてやりなさい」

ローザがさっと引き下がり、トプシーが進み出て、遺体の足もとにバラの花を置いた。そしていきなり半狂乱の泣き声をあげてベッド脇の床に身を投げ出し、大声で泣きわめいた。

オフィーリア嬢があわてて部屋にはいってきて、トプシーを抱き起こして黙らせようとしたが、トプシーは泣きやまない。

「ああ、エヴァ嬢様！　ああ、エヴァ嬢様！　あちしも死んじまいてえ——死んじまいてえよぉ！」

トプシーの泣き声には、人の心を刺し貫くむき出しの感情があふれていた。白い大理石のようだったサンクレア氏の顔にさっと血がのぼり、エヴァが死んでから初めて、サンクレア氏の目に涙が浮かんだ。

「立ちなさい、トプシー」オフィーリア嬢が優しい声でうながした。「そんなに泣かないで。エヴァ嬢様は天国へ行ったの。天使になったのよ」

「けど、もう会えねえだもん！」トプシーが言った。「もう二度と会えねえだもん！」そして、トプシーはふたたび泣き崩れた。

その場にいた者たちは、みな黙ってしまった。

「エヴァ嬢様は、あちしを愛してるって言ってくれたんだ」トプシーが言った。「ほんとだよ！　ああ！　ああ！　もう誰もいなくなっちまった――もう誰も！」

「たしかに、そのとおりだが――」サンクレア氏が言った。「従姉（ねえ）さん、なんとかこの哀れなトプシーを慰めてやってくれないか」

「あちしなんか、生まれてこなけりゃよかったんだ」トプシーが言った。「生まれたくなんか、なかったよぉ。これっぽっちも。あちしなんか生まれたってしょうがねえんだもん」

オフィーリア嬢はトプシーを優しく、しかししっかりと立ち上がらせ、部屋から連れ出した。そうしながら、オフィーリア嬢自身も涙を流していた。

「トプシー。かわいそうにね」自分の部屋へトプシーを連れていきながら、オフィーリア嬢が話しかけた。「諦めてはだめよ！　わ、わ、わたしがおまえを愛してあげるわ、エヴァみたいではないかもしれないけれど。エヴァのおかげで、キリストの愛がどういうことか少しはわかったような気がするの。わたしがおまえを愛してあげるわ。ええ、きっと。そして、おまえが立派なクリスチャンになれるように助けてあげるわ」

オフィーリア嬢の声には、言葉以上の真心がこもっていた。そして、それ以上に雄弁だったのは、オフィーリア嬢の頬を流れ落ちるまことの涙であった。そのときを境に、オフィーリア嬢は見放されたこの子供からの信頼を得て、それは生涯失われることがなかった。

「ああ、愛しいエヴァ。おまえはこの世で過ごした短い時間に、どれだけの善を施していったことか」サンクレア氏は思った。「それに引きかえ、わたしはこの長い歳月にいったい何を為しただろう？」

しばらくのあいだ、エヴァの部屋には死に顔をそっと見にくる者たちのひそやかな話し声や足音が絶えなかった。それから小さな棺が運びこまれ、そして葬儀がとりおこなわれた。馬車が次々と玄関に乗りつけ、見知らぬ人々がやってきて席についた。

白いスカーフやリボン。黒いクレープ地の喪章。黒いクレープ地の喪服に身を包んだ会葬の人々。聖書の言葉が朗読され、祈禱がおこなわれた。サンクレア氏は涙も涸れはてて、ぼんやりと息をし、歩きまわり、動いていた。最後まで、サンクレア氏が見つめていたのは、棺の中の金髪の頭だった。しかし、やがてサンクレア氏の視線の先で遺体に布がかぶせられ、棺の蓋が閉じられた。サンクレア氏は促されて、ほかの会葬者たちとともに歩いた。庭を下りていった先の小さく開けた場所、エヴァとトムがたくさん語りあい、讃美歌を歌い、聖書を読んだ、あの苔むしたベンチの傍らに、小さな墓穴が掘られていた。サンクレア氏は墓穴のそばに立ち、ぼんやりと穴を見おろしていた。視線の先で小さな棺が土の中へ下ろされ、厳粛な言葉がぼんやりと耳に届いた。「我（われ）は復活（よみがへり）なり、生命（いのち）なり、我（われ）を信（しん）ずる者（もの）は死（し）ぬとも生（い）きん。[4]」そして土がかけられ、小さな墓穴が埋め戻された。それでも、いま自分の目から隠されようとしているのが愛するエヴァであることを、サンクレア氏は実感できなかった。

否――それはエヴァではない！ それは光り輝く不滅の姿の、ほんの小さくはかない種でしかなく、主イエス復活の日にエヴァはふたたびその姿を得て現れ出るのであ

4 『舊新約聖書』文語訳（日本聖書協会）「ヨハネ傳福音書」第一一章第二五節。

る！

こうしてすべては終わり、会葬の人々はエヴァとは関わりのない各々の場所へ戻っていった。マリーの部屋は暗く閉ざされ、マリーはベッドに突っ伏して手のつけられないほど泣きじゃくり、いっときも、一人たりとも、使用人たちを休ませなかった。もちろん、使用人たちには泣く暇さえ与えられなかった。なぜ使用人に泣く暇など必要なものか。この悲しみはマリーの悲しみなのであって、世界じゅうに自分以外には誰ひとりとしてこれほどまでの悲しみを感じている者はいないし、感じられる道理もないし、この先も感じるはずがない、とマリーは頭から思いこんでいるのだった。

「主人は涙ひとつ流さなかったわ」マリーは言った。「かわいそうだと思わなかったのね。よくもあんなに冷血で何も感じずにいられるものだわ。愛するわが子がどれほど苦しんだか、わかっているでしょうに」

人は目で見たことと耳で聞いたことを信じてしまう性（さが）ゆえに、使用人たちの多くはマリー奥様こそが今回の悲劇で誰よりも心を痛めているものと思いこんでしまった。おまけに、マリーはヒステリーでひきつけの発作を起こすようになり、医者の往診を頼み、あげくに自分は死にかけているとまで言いだした。以来、マリーの用事で走りまわらされ、やれ湯たんぽを持ってこいだの、ネルの肌着を温めろだの、あちこちさすれだの、次から次へと右往左往させられる中で、使用人たちの悲しみは紛れざるをえなかった。

しかし、トムは心に感じるものがあり、サンクレア氏のそばに侍るようになった。トムは気づかわしそうな悲しげな顔で、どこでもサンクレア氏の行くところへついて歩いた。血の気のない顔をしてエヴァの部屋にひっそりと腰をおろし、エヴァの使っていた小さな聖書を開いてじっと見つめながら何の文字も言葉も目にはいっていないようすのサンクレア氏を見るにつけ、トムには派手に嘆き悲しむマリーよりも涙も涸れた目でじっと何かを見つめているサンクレア氏のほうがよほど悲しそうに見えるのだった。

数日後、サンクレア一家は街中の屋敷に戻った。オーガスティンは悲しみのあまりいたたまれず、場所を変えたい、それによって気を紛らわせたい、と願ったのだった。そんなわけで、一家は湖畔の別荘と庭園と小さな墓をあとに残し、ニューオーリンズに戻った。サンクレア氏は精力的に街を歩きまわり、忙しくしたり環境を変えたりすることで心の空隙（くうげき）を埋めようとした。通りでサンクレア氏と行きあった人々や、カフェ[5]で顔を合わせた人々は、帽子につけた喪章がなければサンクレア氏の不幸に気づかないくらいだった。サンクレア氏は笑顔を作り、会話に興じ、新聞を読み、政治を論じ、仕事をてきぱきと片付けていった。外面のこの笑顔が、じつは暗い無言の墓穴も同然となった空虚な心の内を覆い隠す虚しい抜け殻にすぎないことを、誰が見抜いただろうか？

「主人は変人ですわ」マリーはオフィーリア嬢に向かって不満を述べたてた。「あの人にこの世で唯一愛するものがあるとしたら、それは愛おしいエヴァにちがいないと、あたくし思っておりましたの。でも、あの人、エヴァのことなど、すぐに忘れてしまいそう。どんなに水を向けても、エヴァの話をしようとしませんもの。もう少し気持ちを見せてくれてもいいものを！」

「音無し川は水深し、と言いますわ」オフィーリア嬢は謎めいた表現で応じた。

「あら、あたくし、そんなこと信じませんわ。言葉だけでしょう。気持ちがあるならば、外に見えるはずですもの。隠せるはずがありませんもの。それにしても、感じやすいというのはとても不幸なものですわね。あたくし、主人みたいな人間でしたらよかったのに、と思いますわ。感じやすいせいで、心がこんなにもさいなまれて！」

「だけど、奥様、サンクレアの旦那様は影のように痩せておしまいですよ。なんでも、少しも召し上がらないそうで」マミーが口をはさんだ。「旦那様がエヴァ嬢様のことを忘れるはずないです。誰だって、エヴァ嬢様を忘れるなんて、できません。あんなにかわいらしくて、すばらしいお嬢様を！」マミーは目もとを拭った。

「どっちにしても、主人はあたくしに対する思いやりがなさすぎますわ」マリーが言った。「ひとことだって慰めの言葉をかけてくれないんですもの。殿方より母親のほうがよほどつらく感じることくらい、わかりそうなものなのに」

「『心の苦しみは心みづから知る』と言いますわ」[6] オフィーリア嬢が重々しい口調で言った。

「そうよ、そのとおりなの。あたくし、自分が感じていることは自分でわかっているんですもの――ほかの者たちはわかってくれないみたいですけれど。エヴァはわかってくれていたわ、でも死んでしまったし！」マリーは寝椅子にもたれ、身も世もなく泣き崩れた。

マリーはへそまがりな性格で、何かを失うと、それが手もとにあるあいだは見向きもしなかったくせに、手のひらを返したように惜しむところがあった。自分の手の中にあるものについては欠点ばかりあげつらうくせに、それが手の届かないところへ

5　喫茶だけでなく、軽い食事やアルコールも出す店。
6　『舊新約聖書』文語訳（日本聖書協会）「箴言」第一四章第一〇節。

行ってしまうと、際限なく惜しむのである。

居間でこんな会話がかわされている一方で、サンクレア氏の書斎では別の会話がかわされていた。

トムはいつも主人のあとを心配そうについてまわっていたが、数時間ほど前にサンクレア氏が書斎へはいっていくのを見た。そこで書斎の外で主人が出てくるのを待っていたのだが、なかなか出てこないので、とうとう用事にかこつけて書斎をのぞいてみることにした。トムがそっと書斎にはいっていくと、サンクレア氏は部屋のいちばん奥にある寝椅子にうつぶせになり、エヴァの聖書をすぐそばに開いたまま、じっとしていた。トムは近くまで行き、寝椅子のそばに立った。そのままトムが躊躇していたところ、サンクレア氏が不意にからだを起こした。トムの悲しみにうちひしがれた誠実な顔、愛情や同情のこもった訴えかけるような表情を見て、サンクレア氏は胸を突かれた。サンクレア氏は自分の手をトムの手に重ね、その手の甲に額を押しつけた。

「ああ、トムか。この世がすっかり空っぽになってしまった気がして、どうしようもないんだ」

「わかります、旦那様。よくわかります」トムが言った。「でも、旦那様、天を見上げてごらんになったら――エヴァ嬢様がいらっしゃる空の上を見上げてごらんになったら――主イエス様がおられる天上を！」

「ああ、トム！　わたしも見上げてはみるのだが、残念なことに、わたしには何も見えないのだ。見えたらいいのに」

　トムは深いため息をついた。

「子供たちには見えるようだ。おまえのような哀れで正直な者たちにも見えるらしい。だが、わたしたちには見えない。どういうことだろう？」サンクレア氏が言った。

「『知恵ある者や賢い者に隠して、幼子たちにお示しになりました。[7]』と言いますから」トムはつぶやいた。「『そうです、父よ、これは御心に適うことでした。[8]』と」

「トム、わたしは信じていない。信じられないんだ。ものごとを疑ってかかる癖がついてしまっているからね」サンクレア氏が言った。「この聖書を信じたいが、信じられないんだ」

「旦那様、神様にお祈りするのです。『信じます。信仰のない私をお助けください。[9]』」

7　新約聖書「マタイによる福音書」第一一章第二五節。

8　同、第二六節。

9　新約聖書「マルコによる福音書」第九章第二四節。

と」

「いったい誰が何をわかっていると言うのだ？」サンクレア氏は目をうつろに泳がせ、つぶやいた。「あの美しい愛情も信仰も、何ら現実の裏付けもなく、ほんのわずかな息吹に押されて次から次へと移ろい消えていく感情のひとひらにすぎなかったのか？エヴァは、天国は、キリストは、何もかも、もはやありえないのか？」

「ああ、旦那様、ありますとも！　わしにはわかります、きっとあります」トムがひざまずきながら言った。「どうかお願いです、旦那様、信じてください！」

「トム、キリストが存在するなんて、どうしてわかる？　見たこともないだろうに」

「わしの魂の中に主を感じたです、旦那様。いまも感じるです！　旦那様、わし、売られて女房や子供たちと別れることになったとき、もうこれで終わりだと思いました。何もかも無くなったと思いましたです。そのとき、神様がわしの横に立って、『トムよ、恐るるでない』と言われたです。そして、神様は哀れなわしの魂に光と喜びをもたらしてくれました――安心さしてくれたです。そんで、わしはすごく幸せになって、みんなを愛して、自分は主のしもべだ、主の御心（みこころ）がなされますように、自分がどこに置かれようともそれが主の御心なんだ、と思うようになったです。それは、わしの中から生まれたもんじゃねえです、わし、哀れな愚痴だらけの男ですから。それは神様がしてくだすったもんです。神様は旦那様のためにもしてくださるはずだと思うです」

　トムはぼろぼろと涙を流し、声を詰まらせながらしゃべった。サンクレア氏はトムの肩に頭をもたせかけ、強く忠実な黒い手をきつく握りしめた。

「トム、おまえはわたしを愛してくれるね？」

「旦那様にクリスチャンになってもらうためなら、わし、いま、この日にでも、命を投げ出して惜しくねえです」

「馬鹿なことを！」サンクレア氏は立ち上がりながら言った。「わたしは、おまえのような善良で正直な心に愛される値打ちなどない男だよ」

「ああ、旦那様、旦那様を愛しとるのは、わしだけではないです。主イエス様も旦那様を愛しておられるです」

「どうしてわかるんだい、トム？」

[10]「わしの魂の中に感じるです。ああ旦那様！　キリストの愛は『人知(じんち)をはるかに超(こ)えた』ものだと申します」

10　新約聖書「エフェソの信徒への手紙」第三章第一九節。

「不思議なものだ！」サンクレア氏がトムに背中を向けながら言った。「一八〇〇年も前に生きて死んだ人間の話が、いまだにこれほど人に影響を与えるとは。だが、キリストはただの人ではなかった」突然、サンクレア氏が吐露した。「これほど長きにわたって現実に力を保った人間はいない！　ああ、母に教えてもらったことを信じられたら！　子供のころのように祈ることができたら！」

「旦那様、お願いがあります」トムが言った。「エヴァ嬢様はこのお聖書をそれは上手に読んでくれました。旦那様も、わしに読んで聞かしてもらえませんか。エヴァ嬢様がおられんくなって、このごろはお聖書を読んでもらうことがほとんどないです」

　それは「ヨハネによる福音書」の第一一章だった。ラザロをよみがえらせる感動的な場面である。サンクレア氏は声に出して聖書を読んだ。途中、何度も、物語の悲哀に高ぶる感情を抑えるために息を整えながら読んだ。トムはサンクレア氏の前にひざまずき、両手を組んで聞いていた。その穏やかな顔には愛情と信頼と崇敬に満ちた一途な表情が浮かんでいた。

「トム」サンクレア氏が話しかけた。「おまえにとっては、これはみなほんとうの話なんだね！」

「この目に見えるくらいです、旦那様」トムが言った。

「わたしにもおまえのような目があったらな、トム」

「わしも、親愛なる主にそうお願いしたいです！」

「だが、トム、おまえも知ってのとおり、わたしはおまえよりはるかに知識がある。そのわたしが、もし、この聖書を信じないと言ったら、どうする？」

「ああ、旦那様！」トムは納得できないというようなしぐさで両手を上げた。

「そうなったら、おまえの信仰も少しは揺らぐんじゃないか、トム？」

「いいえ、これっぽっちも」トムが言った。

「なぜだい、トム？　わたしのほうがものを多く知っていることはまちがいないのに」

「旦那様、いまさっき、『知恵ある者や賢い者には隠して、幼子のような者にお示しになった』っちゅう話をしたでないですか。けど、旦那様、もちろん本気で言われたのではないでしょう？」トムが心配そうに言った。

「いいや、トム、本気ではないよ。信じないわけではない。信じるに足る理由があるのだろうとも思う。それでも、わたしは信じられないんだ。ややこしい悪い癖だよ」

「旦那様、せめてお祈りをなされば！」

「どうしてわたしがお祈りをしないと知っているんだね、トム？」

「お祈りしますか?」

「お祈りするときに誰か聞いてくれるなら、わたしもお祈りをするよ、トム。だが、自分でお祈りをするときは、相手もなしにしゃべっているようなものじゃないか。そうだ、トム、おまえが祈ってみてくれ。どうやって祈るのか、わたしに見せてくれ」

トムの胸にはあふれるほどの思いがあった。それを、長いこと堰き止められていた水がほとばしり出るように、トムは祈りの言葉に注ぎこんだ。ひとつ、はっきりしていたのは、現実にそこに誰かがいようと、いまいと、トムは誰かが自分の祈りを聞いてくれていると信じていたということである。実際、サンクレア氏自身も、トムの信仰と感情の潮(うしお)に運ばれて、トムの目にはっきりと見えているらしい天国の門に自分も近づいたような気さえした。祈りによって、エヴァに近づけるような気がした。

「ありがとう、トム」サンクレア氏の言葉を受けて、トムは立ち上がった。「トム、おまえのお祈りはとてもいい。だが、いまは下がって、わたしをひとりにしてくれ。いつかまた、もっと話をしよう」

トムは黙って部屋をあとにした。

第28章　御許へ

　サンクレアの屋敷では一週また一週と日々が過ぎていき、波のようにくりかえす日常が戻りつつあった。ただし、そこにはもうあの小舟の影はない。日々の無情で冷酷で無味乾燥な現実は、なんと容赦なく、なんと冷ややかに、人の気持ちを顧みるだにせず過ぎていくことか！　それでも人は食べねばならず、飲まねばならず、眠り、そしてふたたび目ざめなければならない。交渉し、売り、買い、質し、答えなければならない。すでに関心を失ってしまったあとでさえ、幾多の抜け殻を処理しつづけなくてはならない。日々の冷たく機械的な習慣は、肝腎な心が抜け落ちてしまったあとも続くのである。

　サンクレア氏の人生は、楽しみも、希望も、すべて無意識のうちに愛する娘を中心に動いていた。財産を管理するのはエヴァのためだったし、将来の計画や時間のやりくりを考えるときもエヴァが基準だった。購入、改良、改造、整理、売却——どれもこれも、それまでずっとすべてをエヴァのためにしてきたので、エヴァ亡きいまとなっては、何も考える理由がなく、何もする目的がなくなってしまった。

たしかに、現世とは別に来世というものがある。いったん信じるならば、それは厳粛で軽視すべからざるものとしてこの世のよしなしごとの行く手にそびえたち、この世における時々刻々に神秘的にして形容しがたい価値を与える。サンクレア氏は、そのことをよく承知していた。そして、たびたび、この世に倦み疲れたときなど、空の上から自分を呼ぶか細い子供の声を聞くような気がすることもあったし、あの小さな手が人生の方向を指し示しているのを見るような気がすることもあった。しかし、悲しみがもたらした無気力はあまりに重く、サンクレア氏は立ちあがることができなかった。もともと、サンクレア氏には、生まれもった理解力や直観力のおかげで、キリスト教を既定の事実として頭から信じこんでいる人たちよりも宗教の本質を明晰に理解できる能力が備わっていた。倫理的なことがらの微妙な陰影や関係を感じ取り見きわめる才能や感覚は、総じてむしろ倫理的なくびきに縛られない人物にしばしば認められる特徴である。ムーアしかり。バイロン[1]しかり。ゲーテ[2]しかり。こういう人々は、宗教的感情の本質について、宗教に全面的に帰依した人生を送る人々に勝る明察をものしている。そうした感性においては、宗教の軽視はより恐ろしい背反であり、致命的な罪なのである。

サンクレア氏は宗教上の決めごとに従って自分の生き方を律しようとは考えたことのない人間だった。繊細な感覚を持つ人だったので、キリスト教の信仰がどれほどの範囲に及ぶ自制を意味するものかを直観的に感じ取っていて、それを考えると、信仰に帰依したら最後、自分の内なる良心の咎めがいかほどに大きいだろうかと考え、どうしても腰が引けてしまうのだった。人間の本性というものは、とりわけ理想に関してはまことに矛盾だらけなものだからこそ、いったん信仰にはいって中途半端で終わるくらいならば、いっそのこと信仰などしないほうがましだ、とサンクレア氏は考えたのであった。

それでも、サンクレア氏は多くの面で人が変わった。エヴァの愛用した聖書を本気で素直に読むようになったし、使用人たちとの関係についても以前より真面目で現実的に考えるようになった――その結果として、自分の過去と現在の生き方について痛

1　ジョージ・ゴードン・バイロン（一七八八年～一八二四年）。英国のロマン派詩人。
2　ヨハン・ヴォルフガング・フォン・ゲーテ（一七四九年～一八三二年）。ドイツの詩人、作家、哲学者。

切に不満を抱いたのであるが。そんなこともあり、ニューオーリンズに戻った直後にサンクレア氏が手をつけたのは、トムの奴隷解放に関して必要な法的手続きを開始することだった。そして、あとは形式的な書類さえ整えれば手続きが完了する、という段階まで来ていた。その一方で、サンクレア氏は日ごとにトムを頼りにするようになっていた。この広い世界の中で、トムほどエヴァの存在を思い出させてくれる者はいなかった。サンクレア氏はどこへ行くにもトムを連れ歩き、心の奥深くの感情をなかなか見せない人であったにもかかわらず、トムの前では思いのたけを口にすることをためらわなかった。周囲の人間も、愛情と献身に満ちた顔つきで若き主人のあとについて歩くトムの姿を見るにつけ、サンクレア氏の寵愛ぶりにも納得していた。

「なあ、トム」トムを自由民とする法的手続きに着手した翌日、サンクレア氏は言った。「おまえを自由にしてやろうと思っているんだ。だから、荷物をまとめて、ケンタックに帰る準備をしておくといい」

トムが喜びにさっと顔を輝かせ、両手を天に差し伸べて「神様、ありがとうございます！」と大きな声をあげたのを見て、サンクレア氏は少々気を悪くした。トムがこんなに嬉々として自分のもとから離れたがっているのが、おもしろくなかったのだ。

「トム、そんなに大喜びするほど、ここでの暮らしが悪かったわけじゃなかろうに」

サンクレア氏はそっけない口調で言った。

「いえいえ、旦那様、そうじゃねえです。自由人になれるのがうれしいんです！」

「だけど、トム、おまえ、これまで自由人になるよりもいい暮らしをしていたと思わないかい？」

「そんなことねえです、旦那様」トムは熱をこめて言った。「そんなこと、ねえです！」

「だって、トム、おまえが自分で稼ぐんじゃ、こんな服も着られないし、こんな暮らしもできないだろう？」

「それはよくわかっとります、旦那様。旦那様には、ほんとによくしてもらっとります。けど、旦那様、わし、粗末でも自分の服で、自分の家（うち）で、なんでも自分のもんだっちゅうほうが、ぜんぶ誰かほかの人のもんでいっとう上等な暮らしをするより、うれしいです。わし、そう思うです、旦那様。それがふつうだと思うです、旦那様」

「そうかもしれんな、トム。それで、おまえは一カ月かそこらでわたしのもとから離れていくわけだ」サンクレア氏はおおいに不満そうに言った。「まあ、それも当然だろうがね」サンクレア氏はいくらか陽気な口調になってそう言うと、立ち上がり、部屋の中を歩きまわりはじめた。

「旦那様が悩みごとを抱えておられるあいだは、行きません」トムが言った。「旦那様がええと言いなさるまで、ここにおりますで。お役に立てるなら」

「わたしが悩みごとを抱えているあいだは、と言うのか、トム？」サンクレア氏は悲しげな目で窓の外を見た。「いつになったら、悩みごとが晴れるものか……」

「旦那様がクリスチャンになったときです」トムが言った。

「本気でそんな日が来るまで待つというのかい？」サンクレア氏は笑顔になりかけてふりむき、トムの肩に手を置いた。「ああ、トム、おまえは気の優しい馬鹿なやつだ！　そんなにいつまでもいてくれとは言わないよ。カミさんと子供たちのところへ帰ってやれ。そして、わたしからもよろしく伝えてくれよな」

「いつかその日は来ると、わし、信じとります」トムが目に涙を浮かべて言葉に力をこめた。「主は旦那様におつとめを用意しておいでです」

「おつとめだって？」サンクレア氏が言った。「どういうおつとめなんだ、トム？おまえの考えを聞かせてくれ」

「わしみたいな哀れな者にも、神様からのおつとめは与えられとります。まして旦那様は学もあるし、金もあるし、友だちもある――神様のためにどんだけたくさんのおつとめができることか！」

「トムよ、おまえの考えじゃ、神様はずいぶんたくさんのおつとめを求めておられるようだな」サンクレア氏が笑いながら言った。

「神様がお造りなすった者たちのために良くしてやることが、神様のためのおつとめになるです」トムが言った。

「それはもっともな神学理論だな、トム。B博士の説教よりずっとましにちがいない」サンクレア氏が言った。

　来客の知らせがあったので、会話はここで中断された。

　マリー・サンクレアは、それなりに、エヴァの死を深く受けとめていた。そして、自分自身が不幸なときには周囲の者たち全員を巻き添えにするという大いなる才能を備え持った女性だったので、マリーの身近に仕える者たちはなおいっそうエヴァ嬢様の死を嘆くことになった。母親をうまくなだめて取りなしてくれたエヴァ嬢様のおかげで、使用人たちはマリーの暴君的で身勝手な要求からどれだけ救われていたかしれないからである。とりわけ気の毒なのは年老いたマミーで、家族全員から引き離されてこの屋敷に連れてこられたマミーにとって唯一心の慰めであったエヴァ嬢様を失った悲しみは深く、昼も夜も泣きつづけ、悲しみのあまり女主人のお世話がおろそかになったので、しょっちゅうマリーから頭ごなしに罵詈雑言を浴びせられていた。

オフィーリア嬢も、エヴァの死を痛切に受けとめていた。しかし、善良なオフィーリア嬢の心の中で、エヴァの死は不朽の実を結んだようである。オフィーリア嬢はそれまでより優しく穏やかになった。日々の仕事に対してはあいかわらず勤勉でありつづけたが、いまでは、自分の心を見つめなおした結果として、抑制的で控えめな態度に変わっていた。トプシーに対する教育には、なおいっそう熱心に取り組むようになった。教育の内容はおもに聖書が中心だった。そして、オフィーリア嬢はトプシーの手が触れても身を縮めることもなくなったし、嫌悪をあらわにすることもなくなった。なぜなら、嫌悪を感じなくなったからである。いまでは、オフィーリア嬢はエヴァが最初に示してみせた優しい眼差しでトプシーを見るようになり、トプシーを肌の色に関係なく不滅の魂を持つ神の創造物とみなし、栄光と美徳へと導くために神が自分につかわした者である、と考えるようになっていた。トプシーは、一朝一夕で聖人に変身したわけではなかった。しかし、エヴァの生と死がきっかけとなって、トプシーは変わりはじめた。すさんだなげやりな態度は影をひそめ、良い子になろうとする意欲や希求や願望や努力が見られるようになった。その道すじは平坦ではなかったし、つまずいて止まってしまうこともままあったけれども、それでも気を取り直して努力が続けられたのだった。

ある日、オフィーリア嬢に呼ばれたトプシーは、何かをドレスの胸もとに押しこみながら急いでやってきた。

「何やってんのよ、この悪ガキが！　また何か盗んだんでしょ！」トプシーを呼びにきた小柄なローザが横柄な口調で言い、トプシーの腕を乱暴につかんだ。

「放しとくれよ、ローザさん！」トプシーはつかまれた腕をふりほどいて言った。

「あんたにゃ関係ないことだよ！」

「生意気言うんじゃないよ！」ローザが言った。「おまえが何か隠すのを見たんだからね。おまえの手口はわかってるんだから」ローザはトプシーの腕をつかみ、胸もとに手を突っこもうとした。トプシーは激怒し、自分の大切なものを守ろうとローザを蹴とばし、全力で抵抗した。騒ぎを聞いてオフィーリア嬢とサンクレア氏が駆けつけた。

「この子、盗んだんです！」ローザが言った。

「盗んでなんかねえよ！」トプシーが大声で言い返し、わんわん泣きだした。

「何なの、出しなさい！」オフィーリア嬢がきびしい口調で命じた。

トプシーは抵抗したが、二度目の命令で、胸もとから小さな包みを取り出した。自分の穿(は)き古したストッキングの足先の部分で何か包んである。

オフィーリア嬢がストッキングの中を返してみると、出てきたのは小さな本だった。エヴァが聖書の言葉を一日一句、一年ぶん書き写して小さな本につづり、トプシーに与えたものだった。それと、紙に包んだ巻き毛の房。エヴァが使用人たちに別れを告げたあの日にトプシーが分けてもらったものだ。

サンクレア氏は、その光景に胸を打たれた。エヴァが作った小さな本には、黒い喪章の切れっ端の細長いクレープ地がくるくると巻きつけてあった。

「なんでこんな生地を本に巻きつけてあるんだい？」サンクレア氏がクレープ地をつまみあげて聞いた。

「だって——だって——だって、それ、エヴァ嬢様だから。お願いです、取り上げないでください！」そう言ってトプシーは床にぺたんとすわり、エプロンを頭からかぶって大泣きしはじめた。

それは悲しくも滑稽な情景だった。小さな穿き古した靴下。黒いクレープ地。聖句をつづった本。金色の柔らかな巻き毛。そして、身も世もなく嘆き悲しむトプシー。

サンクレア氏はほほえんだが、その目には涙があった。

「よし、よし、もう泣かなくていい。返してやるよ！」サンクレア氏は本と布地と遺髪と靴下をまとめてトプシーの膝の上に投げてやり、オフィーリア嬢を伴って居間に場所を移した。

「あの子は、何とかなるかもしれないね」肩越しに親指で背後を指さしながら、サンクレア氏が言った。「ほんとうの悲しみを感じる心があれば、善悪も理解できる。あの子をなんとかしてやってほしい」

「トプシーはずいぶん良くなったわ」オフィーリア嬢が言った。「わたし、おおいに期待しているの。でもね、オーガスティン」と、オフィーリア嬢はサンクレア氏の腕に手をかけて言った。「ひとつ、聞きたいことがあるの。あの子は誰のものなの？　あなたのもの？　わたしのもの？」

「あの子は従姉（ねえ）さんにあげたんだよ」オーガスティンが言った。

「でも、法的に、ではないわ。わたし、あの子を法的にもわたしのものにしたいの」オフィーリア嬢が言った。

「へえ！　従姉（ねえ）さん、奴隷制廃止協会が聞いたら、何て言うだろうね？　この堕落に抗議してハンガーストライキでもやるんじゃないか、従姉（ねえ）さんが奴隷所有者になったりしたら！」

「くだらないこと言わないで！　わたし、あの子をわたしのものにしておきたいの。そうすれば、あの子を自由州へ連れていって、自由の身にしてやれるから。いま、わたしが努力していることが無にならないように」

「それじゃ従姉さん、『善を来らせるために、悪を行おう』[3]ってやつじゃないか？　お勧めできないけどねぇ」

「冗談を言ってる場合じゃないの。ちゃんと考えて」オフィーリア嬢が言った。「トプシーをまた奴隷に逆戻りさせられるかもしれない危険から救えなければ、キリスト教に回心させようとしても何の意味もないわ。本気であの子をわたしにくれると言うのなら、ちゃんと譲渡証書を作ってくれるか、何か法的な書類を作ってもらいたいの」

「わかった、わかった、そうするよ」サンクレア氏が言った。そして腰をおろし、新聞を開いた。

「ねえ、いま、やってほしいんだけど」オフィーリア嬢が言った。

「どうしてそんなに急ぐんだい？」

「ことを為すには、いまこのときしかないからよ」オフィーリア嬢が言った。「さ、ここに紙とペンとインクがあるわ。証書を書いてちょうだい」

サンクレア氏は、上流の人間の例にもれず、「いますぐ」と強いられることが嫌いだった。だから、オフィーリア嬢の遠慮のない要求にかなり気を悪くした。

「何だい？　どうしたの？　ぼくの言葉だけじゃ信用できないの？　まるでユダヤ人から交渉術を習ったみたいじゃないか、そんなにせっついて！」

「確実にしておきたいの」オフィーリア嬢が言った。「あなただって死んじゃうかもしれないし、事業に失敗するかもしれないでしょ。そうなったらトプシーは競売に出されてしまう、わたしにはどうしようもないわ」

「たしかに。従姉さんには先見の明がある。やれやれ、ヤンキー[4]に首根っこを押さえられてるとなると、ここは負けを認めるしかないね」サンクレア氏は手早く譲渡証書をしたためた。法律の書式には詳しいので、こんなことはお手のものだった。サンクレア氏は流麗な筆記体の大文字を使って書類にサインし、最後を派手な飾り文字で締めくくった。

「さ、これで白黒はっきりしたね、ミス・ヴァーモント？」サンクレア氏はそう言って、オフィーリア嬢に書類を手渡した。

「よくできました」オフィーリア嬢がにっこりして言った。「でも、これって、証人

3　新約聖書「ローマの信徒への手紙」第三章第八節。
4　アメリカ北部諸州の人々のこと。

が必要じゃないの？」

「ちっ、面倒くさいなあ！　そうだったね。そうだ――」サンクレア氏はマリーの部屋のドアを開けて、声をかけた。「マリー、従姉さんがきみのサインをほしいんだって。ここに名前を書いて」

「何ですの？」マリーはそう言いながら書類にざっと目を通した。「くだらないこと！　お従姉さまは信心深いから、こんな恐ろしいことをなさるとは思いませんでしたけれど」と言いながら、マリーは書類にぞんざいにサインした。「でも、あの奴隷をお望みなら、喜んで差し上げますわ」

「さあ、これで名実ともにトプシーは従姉さんのものだ」サンクレア氏が書類を手渡しながらオフィーリア嬢に言った。

「紙一枚で何が変わるものでもないけれど」オフィーリア嬢が言った。「あの子をわたしに与える権利は、神様にしかありませんからね。でも、これで、わたしがあの子を守ってやることはできるわ」

「ま、少なくとも法の理屈上はトプシーは従姉さんの所有物、ということだからね」

サンクレア氏は居間に戻り、新聞を読もうと腰をおろした。

オフィーリア嬢はマリーの話し相手をすることはめったになかったので、サンクレア氏について居間に戻り、とりあえず書類を大切にしまった。

「オーガスティン」編み物をしながら、オフィーリア嬢が不意に口を開いた。「あなた、自分が死んだ場合に備えて、使用人たちをどうするか考えてるの？」

「いや」サンクレア氏が新聞を読みながら答えた。

「それじゃ、いまこうやって使用人たちを甘やかしていることは、いずれ、とても残酷なことになるかもしれなくてよ」

サンクレア氏は、自分でも同じことをたびたび考えたことがあった。だが、このときは気のないそぶりで「いずれ何とかするつもりだよ」と答えただけだった。

「いずれって、いつ？」オフィーリア嬢が追及した。

「まあ、そのうちね」

「それより前に自分が死んじゃったら、どうするの？」

「従姉（ねえ）さん、いったいどうしたんだい？」サンクレア氏が新聞を下に置いて、オフィーリア嬢の顔を見た。「ぼくが黄熱病やコレラにかかってるように見えるかい？　それで、そんなに躍起になって死後の財産整理を急ぐわけ？」

「『生（いのち）のさなかにあって、われら死のなかにあり』[5]と言うじゃないの」オフィーリア嬢が言った。

サンクレア氏は立ち上がり、新聞をぞんざいに捨て置いて、ベランダに向かって開いているドアのほうへ歩いていった。おもしろくない会話を終わりにしたかったのだ。サンクレア氏は、さきほどの「死」という言葉を機械的にくりかえした。そして、ベランダの手すりによりかかり、噴水の水がきらきらと噴き上がっては落ちるさまを眺めた。中庭に咲く花々や木々や花台を、ぼんやりと紗（しゃ）のかかったような視線の先に眺めながら、サンクレア氏は誰の口からも折々に発せられるありふれた言葉でありながらかくも恐ろしい力を持つ言葉——「死」——をくりかえした。「奇妙なことだ」サンクレア氏はつぶやいた。「こんな言葉があるなんて。こんなことがあるなんて。しかも、いつもそんなことは忘れて生きているなんて。ぬくぬくと、楽しく、希望や欲望や欲求に満ちて。きょう生きていたと思ったら、次の日にはもういない、この世にまったく存在しなくなるなんて。永久に！」

金色の光に満ちた暖かな夕暮れだった。サンクレア氏はベランダの反対側の端へ歩いていった。視線の先に、トムが聖書を開いて真剣に読んでいる姿があった。一語ずつ指さしながら、熱心に小声で音読している。

「トム、読んでやろうか？」サンクレア氏がトムのそばに無造作に腰をおろして声をかけた。

「お願いします、旦那様」トムがうれしそうに言った。「旦那様に読んでもらうと、ずっとわかりやすいです」

サンクレア氏はトムの手から聖書を受け取り、ざっとページを見わたして、一節を読みはじめた。それは、トムがペンでぐるぐると何度もしるしをつけた部分だった。「人の子は、栄光に輝いて天使たちを皆従えて来るとき、その栄光の座に着く。そして、すべての国の民がその前に集められると、羊飼いが羊と山羊を分けるように、彼らをより分け――[6]」サンクレア氏は生き生きと聖書を朗読し、段落の終わりにさしかかった。

「それから、王は左側にいる人たちにも言う。『呪われた者ども、私から離れ去り、悪魔とその使いたちに用意してある永遠の火に入れ。あなたがたは、私が飢えていたときに食べさせず、喉が渇いていたときに飲ませず、よそ者であったときに宿を貸さず、裸のときに着せず、病気のとき、牢にいたときに、世話をしてくれなかったからだ。』すると、彼らも答える。『主よ、いつ私たちは、あなたが飢えたり、渇い

5　キリスト教の埋葬の儀式で唱えられる祈禱文。

6　新約聖書「マタイによる福音書」第二五章第三一節〜第三二節。

たり、よその人であったり、裸であったり、病気であったり、牢におられたりするのを見て、お仕えしなかったでしょうか。』そこで、王は答える。『よく言っておく。この最も小さな者の一人にしなかったのは、すなわち、私にしなかったのである。』」[7]

サンクレア氏は、この最後の部分に胸を打たれたようで、もう一度くりかえして朗読した。二回目はゆっくりと、聖書の言葉をかみしめるように。

「トム、ここで厳しい裁きを受けている人たちは、わたしがこれまでしてきたのとそっくり同じことをしているように読める――安楽でのうのうと卑しからぬ暮らしをして、自分の同胞たちのどれほど多くが飢え、渇き、病み、牢に入れられているか、考えてみることさえしない」

トムは答えなかった。

サンクレア氏は立ち上がり、深く考えこむようすでベランダの端から端まで歩いて何度も往復し、何もかも忘れて考えごとに没頭しているように見えた。あまりにも考えごとに集中していたので、お茶の時間を知らせるベルが鳴っていることにも気づかず、トムは二度も主人に声をかけなければならなかった。

お茶のあいだじゅう、サンクレア氏は心ここにあらずの態で考えごとにふけっていた。お茶のあと、サンクレア氏とマリーとオフィーリア嬢は居間に腰を落ち着けたが、会話はほとんどなかった。

マリーは寝椅子に横になり、絹の蚊帳をめぐらして、すぐにぐっすり眠りこんでしまった。オフィーリア嬢は黙って編み物に精を出していた。サンクレア氏はピアノの前にすわり、エオリア旋法[8]の伴奏つきで甘美で哀愁に満ちたメロディを演奏しはじめた。その姿は深く物思いに沈み、音楽を通じて自分自身に何か語りかけているように見えた。しばらく弾くと、サンクレア氏は引き出しを開けて古い楽譜を取り出し、歳月を経て黄色く変色したページをめくりはじめた。

「ねえ、見て」サンクレア氏はオフィーリア嬢に話しかけた。「これは母が使っていた楽譜なんだ。ほら、母の手書きの楽譜がある。こっちへ来て、見てごらんよ。モーツァルトの『レクイエム』を写譜して編曲したものだ」オフィーリア嬢は近くへ行って、楽譜をのぞきこんだ。

「母は、これをよく歌っていた。いまでも母の声が聞こえるような気がするよ」

7　新約聖書「マタイによる福音書」第二五章第四一節〜第四五節。
8　教会旋法（グレゴリオ聖歌の音階）のひとつで、「ラ」を終止音とする、いわゆる短音階。

サンクレア氏は荘重な和音を二つ三つ鳴らすと、荘厳な古いラテン語のミサ曲『ディエス・イレ』[9]を歌いだした。

外のベランダで聞いていたトムは、音楽に引き寄せられるようにドアのすぐ外まで近づいてきて、立ったまま熱心に耳を傾けた。もちろん言葉の意味は理解できなかったけれども、旋律と歌声に、とくに悲愴なメロディに、強く心を惹かれた。美しいラテン語の意味が理解できたならば、トムはもっと感激したことだろう。

Recordare Jesu pie
Quod sum causa tuae viae
No me perdas, illa die
Querens me sedisti lassus
Redemisti crucem passus
Tantus labor non sit cassus.[10]

サンクレア氏は歌詞に深い哀切をこめて歌った。長い歳月のかなたにかすんでいた日々が鮮やかによみがえり、母親の声に導かれて歌っているような気がした。歌声と楽器の音色がともに生命(いのち)を吹きこまれ、天才モーツァルトが死にゆく自身のために着想したレクイエムの調べが生き生きとした情感をこめて歌いあげられた。

歌いおわったあと、サンクレア氏は少しのあいだうつむいて片方の手に額を押しつけていたが、そのあと部屋の中をうろうろと歩きはじめた。

「最後の審判の、なんと崇高な描き方だろう!」サンクレア氏は言った。「積年のあらゆる悪行(あくぎょう)を正す! 反駁(はんばく)の余地のない叡智(えいち)をもって、あらゆる倫理的課題を解決

---

9 「怒りの日」を意味するラテン語。最後の審判を題材にした聖歌で、レクイエム（死者のためのミサ）に歌われることが多い。

10 ［原注］これらの歌詞には、以下のような適切とは言いがたい訳がつけられている。

思(おぼ)し召(め)されよ、主イエス、なにゆえに
世の恨み裏切りを忍び給う
恐るべき日の来たりなば、われを見捨て給うなかれ
われを求めて、主は病める足を速め
十字架の上にて、魂を捧げ給う
そのすべての苦しみを、空(むな)しうし給うなかれ

する！　いや、じつにすばらしい構想だ」

「人間にとっては恐ろしい概念でもあるわ」オフィーリア嬢が応じた。

「ぼくも恐れるべきなんだろうね」サンクレア氏が足を止め、考えこむように言った。「きょうの午後、トムのために聖書を読んでやっていたんだよ。マタイの裁きの場面でね、ぼく自身かなりショックを受けた。天国から除外されるからには、かなりひどい罪を犯した人間なんだろうと思いきや、ちがうんだね。審判のときには、積極的に善行をおこなわなかったことを糾弾されるんだ、まるでそれが悪行をなしたのと同等のように」

「たぶん、ひとつの善行もおこなわない人が悪行をおこなわないことはありえない、ってことなんでしょうけど」オフィーリア嬢が言った。

「それと……」サンクレア氏は何かに心を奪われたように、深い思いをこめて話しつづけた。「心に感じるものがあり、教育もあり、社会的要請も知りながら、気高い目標を実行に移さなかった人間には、どういう審判が下るんだろう？　世の人々の苦しみや痛みや不当な扱いを他人ごとのようにぼんやり見ているだけで、何か行動すべきだったのに何ら手を下さないまま漫然と生きてしまった人間には？」

「そうね、悔い改めて、いますぐやり直すことかしら」

「あいかわらず現実的で的確だね！」サンクレア氏が笑顔になった。「従姉さんはぼくが一般論をこねくりまわすのを許してくれないね。いつも目の前の現実を直視させてくれる。従姉さんの心の中には、いわゆる永遠のいまがつねに存在するみたいだね」

「いま以外をあれこれ考えても、意味がないわ」オフィーリア嬢が言った。

「あのかわいいエヴァが——かわいそうに！」サンクレア氏が言った。「エヴァが、あの小さくて純粋な魂をかけて、ぼくを正しい方向へ導こうとしてくれたような気がする」

エヴァが死んで以来、サンクレア氏がエヴァのことをこれだけ話題にするのは初めてだった。サンクレア氏がこみあげる強い思いを必死にこらえて話しているのが見てとれた。

「キリスト教に対するぼくの考え方からすると、いったん信仰告白をしたからには、われわれの社会全体の根底に横たわるこの醜悪かつ不当な制度に全身全霊をかけて反対しなければ、矛盾は避けられないと思うんだ。そして、もし必要ならば、その戦いに命をかけなければならない。つまり、ぼくとしては、そうする以外にクリスチャンではありえないと思っている。たしかに、開明的なクリスチャンでありながらそういう生き方をしていない人たちとも付き合いはあるけれどね。正直に言うけど、この問題に対する宗教家の無関心や、ぼくの目にはこんなに恐ろしいことに見える悪行をちっとも認識していないような対応を見るにつけて、ぼくの中には彼らに対する懐疑しか生まれてこなかったんだよね」

「それだけ何でもわかっていて、どうして何もしなかったの？」オフィーリア嬢が言った。

「それは、ぼくがソファに横になって、教会や聖職者たちが殉教者や告白者の名に値する働きをしていないことを悪罵する程度の篤信しか持ち合わせていない役立たずだからさ。他人が殉教者の働きをしていないことを非難するのは簡単だからね」

「それで、これからはちがう人になるの？」オフィーリア嬢が聞いた。

「先のことは神のみぞ知る、さ」サンクレア氏が答えた。「でも、ぼくは以前よりは勇敢になったと思う。すべてを失ったからね。失うものがない人間には、怖いことなんかないのさ」

「で、これから何をするの？」

「できれば、貧しく虐げられた人たちのためになすべきことを片っ端からやる」サンクレア氏は言った。「手始めは、うちの使用人たちだな。これまで、使用人たちには何もしてやってこなかった。たぶん、いつかそのうちに、奴隷という階層全体のためにぼくにも何かできることが見つかるかもしれない。いま、全世界の文明国の前に恥をさらしているわが祖国を救うための何かが」

「一国が自発的に奴隷を解放することなんて、ありうると思う?」オフィーリア嬢が聞いた。

「わからない」サンクレア氏が言った。「でも、現代は偉大なことが成し遂げられる時代だ。世界各地で英雄的行為や公平無私な動きが起こっている。ハンガリーの貴族たちは、何百万という農奴を解放した。莫大なる金銭的損失を受け入れて。だから、おそらく、ぼくらの中にも、名誉や正義をドルやセントで勘定しない寛大な精神の持ち主が現れるんじゃないか」

「とてもそうは思えないけど」オフィーリア嬢が言った。

「でもね、仮に、われわれが明日蜂起して奴隷解放を断行したら、誰がこの何百万人もの黒人たちを教育して自由の使い方を教えるんだい?　南部の社会にいたら、彼らはろくなものにならないだろうよ。じつのところ、われわれ南部人は自分たちがどうしようもなく怠け者で役立たずなので、黒人たちが一人前になるために必要な勤勉とか精励の概念を教えてやることができそうもない。だから、黒人たちは北部へ行かせるしかない。労働があまねく至当とみなされる土地へ。ついては、ご教示願いたい——きみたち北部諸州には、黒人たちの教育と向上に手を貸してくれるキリスト教博愛主義者がそれなりの数だけ存在するのだろうか？　きみたち北部人は、海外の布教組織に何千ドルという金を送っている。だけど、きみたちの住む町や村にクリスチャンじゃない黒人たちが送りこまれてくることにがまんできるか？　時間を割き、思いやりを持ち、金を使って、彼らをクリスチャンのレベルにまで引き上げてやる覚悟があるか？　そこが知りたいものだね。もし、ぼくらが奴隷を解放したら、きみたちは教育を引き受けてくれるのか？　きみの町で、いったい何軒の家が、黒人の男女を受け入れて、教育をして、辛抱強くクリスチャンになるまで面倒を見てくれるのか？　うちのアドルフを店の売り子に雇ってほしいと言ったら、何人の商人が受け入れてくれるか？　職人にさせたいと言ったら、何人の親方が面倒を見てくれるか？　ジェーンやローザを学校に行かせたいと言ったら、北部諸州のいくつの学校が入れてくれるか？　いくつの家族が彼らを下宿させてくれるか？　あの二人は北部であろうと南部であろうと白人とちがわないくらい色が白いのに。ね、従姉（ねえ）さん、ぼくは南部に対しても正義を示してくれと言っているんだよ。ぼくらの立場はたしかに悪い。黒人に対して、目に見える抑圧をおこなっている元凶と目されている。だけど、北部にはびこるキリスト教精神にもとる偏見だって、同じくらいにひどい抑圧じゃないか」

「そうね、オーガスティン、そのとおりだわ」オフィーリア嬢が言った。「わたし自身もそうだった。それを克服するのが自分の義務だと理解するまではね。でも、わたしは克服できたと思うわ。それに、北部にも善人はたくさんいるし。この件に関して、自分たちの義務が何なのかを教えられさえすれば、それを実行できる人たちが。たしかに、宣教師を異教の地へ送りこむよりも異教徒を自分たちの社会に受け入れるほうが、より大きな犠牲が必要になると思う。でも、わたしたちはきっとやりとげると思うわ」

「従姉さんならやりとげるさ、まちがいない」サンクレア氏が言った。「従姉(ねえ)さんが義務だと思ったことをやらないなんて、想像できないからね！」

「わたしはそんなに立派な人間ではないわ」オフィーリア嬢は言った。「ほかの人たちだって、わたしと同じように理解すれば、そうすると思うわ。わたし、ヴァーモントに帰るときにトプシーを連れていこうと思っているの。村の人たちは、最初、なぜなんだろうと思うかもしれないけれど、わたしの考え方をそのうちわかってもらえると思うわ。それに、まさにあなたが言ったようなことをする人は、北部にはたくさんいるのよ」

「ああ、でも、そういう人たちは少数派だろう。ぼくらが本格的に奴隷解放を始めたとしたら、すぐに北部から苦情が出るだろうよ」

オフィーリア嬢は答えなかった。少しの沈黙があって、サンクレア氏の顔にぼんやりと悲しげな表情が浮かんだ。

「なぜだろう、今夜はやけに母のことが思い出されてしかたない。なんだか妙な感じがするんだ、母がすぐそばにいるような。昔、母からよく聞かされた言葉が、次々によみがえってくる。不思議だな、どうしてこんなふうに過去のことが鮮明に思い出されるんだろう?」

サンクレア氏はなおもしばらく部屋の中を行ったり来たりしていたが、そのうちに、「ちょっと街まで出かけてくる。今夜のニュースでも仕入れるか」と言った。

そして帽子を手に取ると、部屋から出ていった。

トムは中庭を抜けて表へ出る小道まで主人のあとについていき、お供しましょうかと声をかけた。

「いや、いいよ」サンクレア氏が言った。「一時間もしたら戻るから」

トムはベランダに腰をおろした。月の美しい夜で、トムは噴水の水が噴きあげられ落ちていくのを眺め、静かな水音に耳を傾けた。そして、故郷のことを考えた。もうすぐ自由の身になれること、そうしたらいつでも家に帰れること。これから働いて、妻や子供たちを買い取ることを考えた。うれしくなって、自分のたくましい両腕の筋肉をさすり、このからだがもうすぐ自分自身のものになること、この両腕で思いきり仕事に励んで家族の自由を勝ち取ることを考えた。それから、トムは気高い若き主人のことを思った。とたんに、いつもの習慣で主人のために祈る言葉が口をついて出た。そのあと、トムは美しかったエヴァのことを思った。きっと、いまごろ天使たちの仲間入りをしているだろう。考えているうちに、あの光り輝く顔と金色の髪が噴水の水しぶきの中から自分を見つめているような気がしてきた。そんなことを思いめぐらせているうちにトムは眠りこみ、エヴァが昔のようにはずむ足取りで自分に向かって駆けてくるところを夢に見た。髪にジャスミンの花冠を飾り、頰を紅潮させ、楽しそうに瞳を輝かせている。ところが、じっと目を凝らすうちに、エヴァの姿は地面から浮きあがり、頰から血の気が失せ、瞳は深く神聖な輝きを放ちはじめ、頭のまわりに金色の後光がさしているように見えてきた。そして、エヴァの姿は消えてしまった。と、そのとき、けたたましいノックの音が響き、門のあたりからたくさんの人の声が聞こえた。

トムは大急ぎで門のところまで行き、かんぬきをはずした。押し殺した声と重い足音が響き、数人の男たちが誰かを門の中へ運び入れた。マントに包まれ戸板に乗せられてきたその人の顔を、ランプの光が照らし出した。トムは驚愕と絶望のあまり大声をあげた。その声は中庭の回廊に響きわたり、その中を男たちが戸板に乗せた人を運んでいき、開いていた居間のドアから中にはいった。居間ではまだオフィーリア嬢が編み物に精を出していた。

サンクレア氏は夕刊を読もうと、カフェに立ち寄った。新聞を読んでいたとき、店に居合わせた二人の男が乱闘を始めた。二人ともいささか酩酊しているようだった。サンクレア氏と一人二人の紳士たちが乱闘する男二人を引き離そうとしたのだが、そのときにサンクレア氏は鋭い猟刀で脇腹に致命的な深傷を負った。乱闘する男の手からナイフを取り上げようとして、逆に刺されたのだった。

屋敷では使用人たちが大声で泣きわめき、絶叫していた。誰もが髪をめちゃくちゃにかきむしり、地面に倒れこみ、あるいはめったやたらに走りまわって、泣き叫んでいた。落ち着いているように見えたのは、トムとオフィーリア嬢だけだった。マリーは極度のヒステリー発作でひきつけを起こしていた。オフィーリア嬢の指示で居間に置かれた寝椅子の一つが急いで整えられ、血を流している怪我人が横たえられた。サンクレア氏は痛みと出血のせいで気を失っていたが、オフィーリア嬢が気付け薬をかがせると、意識を取り戻して目を開けた。そしてオフィーリア嬢とトムをじっと見つめ、そのあと部屋の中のもの一つひとつにじっと視線を注いだ。そして、最後に母親の肖像画に目をとめた。

医者が駆けつけて、傷の具合を診た。医者の表情から、望みはないことがはっきりわかった。それでも、医者はいちおう傷の手当てをし、オフィーリア嬢とトムと三人で落ち着いて処置にあたった。戸口やベランダ側の窓のところに押し寄せた使用人たちは、恐れおののいて泣きわめくばかりだった。

「この者たちを遠ざける必要があります」医者が言った。「とにかく静かにしておかないと」

オフィーリア嬢と医者が使用人たちを追い返そうとするあいだ、サンクレア氏は目を開け、嘆き悲しむ者たちをじっと見つめた。「かわいそうに！」そうつぶやくサンクレア氏の表情には、苦い後悔の色があった。アドルフだけは、どうしても部屋から出ないと言い張った。恐怖のあまり半狂乱になったアドルフは、床に身を投げ出し、誰が何と言っても起きあがろうとしなかった。ほかの使用人たちは、主人のために皆がおとなしく言うことを聞かなくてはならない、とオフィーリア嬢に諭されて、部屋から出ていった。

サンクレア氏は、ほとんど口をきくこともできなかった。目を閉じて横たわってはいたが、後悔の念にさいなまれていることは、はっきりと見て取れた。ややあって、サンクレア氏は傍らにひざまずいているトムの手に自分の手を重ね、「トム！　すまない！」と言った。

「なんですか、旦那様？」トムが一所懸命に声をかけた。

「わたしはもうだめだ！」サンクレア氏がトムの手をつかんだ。「祈ってくれ！」

「牧師を呼ぶということでしたら――」医者が口を開きかけた。

サンクレア氏はじれったそうに首を横に振り、ふたたびトムに向かって、いちだんと差し迫った声で言った。「祈ってくれ！」

トムは祈った。心をこめて、精魂を傾けて、いましも世を去ろうとしている魂のために祈った。哀愁に満ちた大きな青い瞳の奥から悲しげにじっと見つめている魂のために。それは文字どおり、深く嘆き、涙を流しながらの祈り[11]であった。

トムの祈りの声が止んだとき、サンクレア氏は手を伸ばしてトムの手を握り、じっとトムの顔を見つめたが、何も言わなかった。そして目を閉じたが、手は握ったままだった。永遠の門の中においては、黒い手と白い手は等しく握りあうものだからである。サンクレア氏は小さな声で、とぎれとぎれにつぶやいた。

思し召されよ、主イエス…なにゆえに……

……

恐るべき……日の来たりなば…われを見捨て…給うなか…れ……

われを求めて…主は…病める…足を速……


その晩に歌っていた言葉が頭をよぎっているにちがいなかった。それは、〈かぎりなく慈悲深い方〉への哀願の言葉だった。唇がとぎれとぎれに動き、レクイエムの端々が口からこぼれた。

「意識が遠のきはじめている」医者が言った。

「ちがう！　帰ってきたのだ、ようやく！」サンクレア氏が力をこめて言った。「ようやく！　ようやく帰ってきたのだ！」

言葉を発したことで、サンクレア氏は力を使いはたした。死相が濃くなってきた。

11　新約聖書「ヘブライ人への手紙」第五章第七節より。キリストにならった理想的な祈り方とされる。

しかし同時に、憐れみ深い天使の翼からこぼれ落ちる慈悲を受けとめたかのように、安息の美しい表情が顔に広がり、サンクレア氏は疲れはてた子供が眠りにつくときのような表情になった。

そうして少しの時間が過ぎた。大いなる御手(みて)が差し伸べられるのが見えた。魂が肉体を離れる直前に、サンクレア氏は目を見開き、歓喜の再会に瞳を輝かせて「お母さま！」と言い、そして、こときれた。

第29章　寄る辺なき人々

優しい主人を失った不幸を黒人奴隷たちが嘆き悲しむ話を、よく耳にする。無理もない。こうした状況の奴隷たちほど庇護を失った寄る辺なき存在は、ほかに例を見ないからである。

父親を亡くした子には、それでもまだ友人や法律という庇護がある。子供とはいえそれなりの存在であるし、それなりに打つ手もある。権利も地位も認められている。しかし、奴隷にはそうした庇護がいっさいない。法の上では、いかなる点においても、商品の梱と同じく何の権利もない存在なのだ。人間としての、あるいは不滅の魂を持つ存在としての希望や欲求が認められるとしても、それは所有者である主人の気ままな意向ひとつなのであって、その主人が倒れれば何も残らないのである。

奴隷所有者としていっさいの制約なしに行使できる権力を与えられた場合、それを人道的かつ寛容に行使しようとする人間は、けっして多くはない。それは誰もが知っているとことであり、ことに奴隷たちはよく承知している。奴隷を虐待する暴君のような主人に買われる可能性を一〇とすれば、思いやりのある優しい主人に買われる可能性は一しかないことを、奴隷たちはよく知っている。したがって、優しい主人に死なれた奴隷たちの嘆き悲しみは大きく、長く尾を引くのである。

サンクレア氏が息を引き取ったとき、屋敷じゅうが驚愕と恐怖に包まれた。あっけない死であり、それも若さの盛りに訪れた死であった。屋敷じゅうあらゆる部屋、あらゆる回廊に、絶望の泣き声や叫び声が響いた。

日ごろからわがまま放題に暮らしているせいで覚悟というものにまったく欠ける妻のマリーは、この恐ろしいショックに対処する術を持たず、夫が息を引き取ったときには気絶して意識を取り戻してはまた気絶するという発作をくりかえしていたので、結婚という不思議な縁で結ばれてきた夫は妻に別れの言葉さえ伝えることができないまま永久にこの世を去ってしまった。

オフィーリア嬢はもともと強靭で自己抑制のきく性格だったので、目を凝らし、耳をすまし、全神経を集中して従弟の最期をしっかりと見届けた。ほとんど手のほどこしようのない中で最善を尽くし、死にゆく主人のために哀れな奴隷が愛情をこめて全力で祈っているあいだ、全霊を傾けてその祈りに唱和した。

サンクレア氏の亡骸を整えていたとき、胸の上に、バネで開閉するようになっている小さくシンプルなロケットが見つかった。開けてみると、高貴で美しい女性の肖像画があり、裏側には水晶の蓋の下に一房の黒髪が収められていた。ロケットはそのまま死者の胸に置かれた。塵は塵に帰すべし、である。ひとときは冷めた心を熱く燃やしたこともある青春の切ない夢の名残なのであろう！

トムは全身全霊で永遠の魂のことを考えていた。主人の亡骸を整えているあいだも、主人の突然の死によって自分が絶望的な奴隷制度の中に置き去りにされたことは、一度も意識にのぼらなかった。主人のことについては、安らかな気持ちだった。父なる神の御心に向けて祈りを捧げたあのとき、返答として、自分の心の中に安らぎと確信が湧き出るのを感じたからだった。愛情深い心の奥底で、トムは神の愛に満ち満ちた何かを確信できたのである。古代の預言者も書いたように、「愛の内にとどまる人は、神の内にとどまり、神もその人の内にとどまってくださいます。[1]」ということなのだ。トムの胸には希望と信頼が宿り、心は安らかだった。

葬儀がとりおこなわれた。黒いクレープ地の喪服をまとった人々と、祈りと、厳粛

1 新約聖書「ヨハネの手紙 一」第四章第一六節。

な顔ぶれが屋敷を埋めた。そのあとには、ふたたび淡々とした退屈な日常が戻ってきた。そして、避けて通れぬ問題、「これからどうするのか?」という問題が人々の意識にのぼるようになった。

マリーの頭にも、その問いは生じた。ゆったりとした朝用の部屋着をはおり、不安そうな使用人たちをかしずかせ、マリーは大きな安楽椅子に身を預けて喪服用の黒いクレープやボンバジンの生地見本をつぶさに見比べていた。北部の実家に帰ることを考えはじめたオフィーリア嬢の頭にも、同じ問いは生じた。使用人たちの頭の中にも、また、言葉にならぬ恐怖を伴って、同じ問いが生じていた。使用人は、自分たちの運命が無情で暴君的な女主人の手に握られていることを承知していた。それまで自分たちが甘やかされてきたのは女主人のおかげではなく、主人のサンクレア氏のおかげだったことを、誰もがよくよく承知していた。その主人亡きいまとなっては、不幸続きで神経の逆立っている女主人が思いつく情け容赦のない罰から自分たちを守ってくれる盾は、もうないのである。

葬儀から二週間ほどたったある日、オフィーリア嬢が自室で忙しくしているところへ、そっとドアをノックする音がした。オフィーリア嬢がドアを開けると、ローザが立っていた。この物語にたびたび登場した美しい顔立ちの若いクヮドルーンであるが、髪はぼさぼさに乱れ、目を泣きはらしている。

「ああ、フィーリー奥様」ローザはひざまずき、オフィーリア嬢のスカートにすがりついた。「お願いです、お願いですから、マリー奥様のとこへ行って、あたしのことをとりなしてくださいまし！　マリー奥様はあたしを鞭打ち場にやろうとしてるんです、これを見てくださいい！」ローザはオフィーリア嬢に一枚の紙を手渡した。

それはマリーの優美な筆記体で鞭打ち場の親方にあてて書かれた依頼書で、この紙を持参した者に鞭打ちを一五回加えてほしい、と書いてあった。

「おまえ、何をしたの？」オフィーリア嬢がたずねた。

「フィーリー奥様もご存じのように、あたしときたら癇癪（かんしゃく）持ちなんです。とっても悪いことです。あたし、マリー奥様のドレスをこっそり着てみてたんです。そしたら、奥様に横っ面をひっぱたかれて。あたし、考えるより先に口が出ちゃって、生意気な口答えをしたんです。そしたら奥様が、おまえの鼻っ柱をへし折ってやる、二度とうぬぼれた真似なんかできないようにしてやる、って言って、これを書いたんです。そして、これを持っていけ、って。あたし、いっそその場で殺してもらったほうがましです」

オフィーリア嬢は紙を手に持って立ちつくしたまま、考えた。

「ねえ、フィーリー奥様」ローザが言った。「あたし、鞭で打たれることは、そんなに何とも思わないんです、マリー奥様とかフィーリー奥様に打たれるんだったら。でも、男のところへ行かされるなんて！　それも、あんな卑しい男のところへ！　フィーリー奥様、こんな恥ずかしいこと、耐えられません！」

　女性や若い娘を鞭打ち場へ送って、卑劣きわまりない男――こんな行為を生業にするほど卑しい男――に鞭打たせる習慣が広くおこなわれていること、そういう場所では衆目の中で情け容赦なく服をはぎ取られ、恥辱に満ちた仕置きがおこなわれることは、オフィーリア嬢も知識としては知っていた。しかし、ローザがほっそりした全身をわなわなと震わせて訴える姿を見るまで、現実としてはっきりと意識したことはなかった。女性としてあたりまえの感性や、自由を尊重するニューイングランド人としての気質が、オフィーリア嬢の中で頭をもたげた。顔に血がのぼり、怒りのあまり心臓が激しく打った。しかし、もともと思慮深く抑制のきいた性格のオフィーリア嬢は、怒りをこらえ、紙をくしゃくしゃと握りつぶし、ローザには「わたしが奥様と話をしてくるあいだ、すわって待っていなさい」とだけ声をかけた。

「恥知らず！　なんてひどいことを！　言語道断だわ！」居間を横切りながら、オフィーリア嬢はつぶやいた。

マリーは安楽椅子にすわっていた。マミーがそばに立って髪をとかし、足元ではジェーンが床にすわりこんでせっせと足をさすっている。

「ご機嫌いかが？」オフィーリア嬢はマリーに声をかけた。

マリーは返事をするかわりにおおげさなため息をつき、目を閉じた。そして、そのあとで、「さあ、どうかしら。まあ、こんな程度だと思いますわ！」と答え、幅二、三センチの黒い縁取りをしたキャンブリックのハンカチーフで目もとを拭った。

「その――」オフィーリア嬢は短い咳払いをした。言いにくい話を切り出すときのお決まりである。「ローザのことがかわいそうで、お話をしにきたのですけれど」

するとマリーは目を大きく見開き、青ざめた頬をさっと紅潮させて、鋭い言葉を返した。

「ローザがどうかしまして？」

「たいへん悪うございました、と言っていますわ」

「あら、そう。でも、それくらいではすみませんわよ！　あの子の生意気な態度には、これまでさんざんがまんしてまいりましたの。こんどこそ、鼻っ柱をへし折ってやりますわ。きっちりと思い知らせてやります！」

「でも、ほかの方法で罰を与えることはできないのですか？　そんな屈辱的なやり方でなく」

「屈辱を味わえばいいのです、まさにそうしてやりたいと思っているのですから。ローザは小さいころからずっと自分はデリカシーが人一倍だとか言い張って、見た目がきれいなことを鼻にかけて、まるでレディのように気取って、そのうちに自分の分というものがわからなくなってしまったのです。だから今回は、鼻っ柱をへし折って、しっかりとわからせてやるのです！」

「でもね、マリー、考えてみてくださいな。若い娘のデリカシーや羞恥心をずたずたにしたら、あっという間に堕落してしまいますよ」

「デリカシーですって！」マリーが馬鹿にして笑いとばした。「あんな子に、よく言いますこと！　今回は教えてやりますわ、どんなに気取っていたって、街の通りをうろついている落ちぶれたみすぼらしい黒人女とこれっぽっちも変わりはない、ということをね！　あたくしに向かって二度と生意気な口はきかせません！」

「そんな残酷なことをして、神様に申し開きができるのですか！」オフィーリア嬢が強い口調で言った。

「残酷ですって？　何が残酷なのか、教えていただきたいわ！　あたくし、たった一五回、と書いたのですよ。それに、軽くしてやってくれ、とも。ちっとも残酷なことなんてありませんわ！」

「残酷なことはない、とおっしゃるの！」オフィーリア嬢が言い返した。「どんな娘だって、ひとおもいに殺してもらったほうがましだと思うに決まっていますわ！」

「お従姉(ねえ)さまのような感性をお持ちの方には、そう思えるかもしれませんわね。でも、黒人なんて、すぐに慣れてしまうものですわ。黒人たちに睨みをきかせるには、これしか方法はございません。デリカシーだの何だのと気取ることを許したら最後、好き放題にふるまうようになります。これまでのうちの使用人たちのように。あたくし、これからはきちんとしつけようと思いますの。みんな、よくおぼえておくといいんです、生意気な者は誰でもどんどん鞭打ち場へ送られることになる、とね！」マリーはあたりを睥睨(へいげい)して傲然(ごうぜん)と言い放った。

ジェーンはうつむいて縮みあがっていた。自分に向けて言われているような気がしたのだ。オフィーリア嬢は癇癪玉(かんしゃくだま)でも飲みこんで爆発しそうな顔つきでしばらくすわっていたが、こんな相手と口論してみても始まらないと見限ったのか、唇をきっと結んだまま立ち上がり、部屋から出ていった。

部屋に戻って、力になれなかったとローザに告げるのは、つらいことだった。それからまもなくして男の使用人が一人やってきて、ローザを鞭打ち場へ連れていくよう女主人から言いつけられた、と告げた。涙ながらに懇願したものの、結局ローザはせきたてられるようにして連れていかれた。

　それから数日後、トムがバルコニーに立って物思いにふけっているところへ、アドルフが近づいてきた。アドルフは、主人のサンクレア氏が亡くなって以来すっかりしょげかえって沈みこんでいた。自分がマリー奥様に嫌われていることを、アドルフは前々から知っていた。けれども、主人が生きていたあいだは、そんなことは気にもかけなかったのだ。主人が亡くなったいま、アドルフは、自分の身に何がふりかかってくるのだろうかと毎日おろおろおびえながら過ごしていた。マリーは何度か弁護士と相談をしていた。サンクレア氏の兄に連絡を取った結果、この屋敷は売却することになった。使用人たちも、マリーが所有する者たちを除いて売り払い、マリー自身は自分の使用人たちを連れて父親のプランテーションへ戻ることになった。

「知ってるかい、トム？　おれたち、みんな売られることになったんだってさ」アドルフが言った。

「どこから聞いたのかね？」トムが尋ねた。

「奥様が弁護士と話をしてるときに、カーテンの陰に隠れて聞いてたんだ。おれたちみんな、二、三日のうちに競売にかけられるんだそうだよ、トム」

ついた。

「主の御心がおこなわれますように！」トムはそう言って腕を組み、深いため息を

「あんないいご主人は二人といないだろうな」アドルフが不安そうな顔で言った。

「けど、おれは、うちの奥様の下で使われるより、売られたほうがましだな」

トムは顔をそむけた。あふれそうな思いを抑えるのがやっとだった。自由への渇望、遠く離れた妻や子供たちへの思い。辛抱づよいトムの心にさまざまな思いが去来した。それはあたかも、帰港を目前にして船が座礁し、黒い波に飲みこまれる寸前に、水夫の目に生まれ故郷の村の教会の尖塔や民家の屋根の連なる風景が映るのに似ていた。トムは両腕で自分の胸をきつく抱きしめ、苦い涙をこらえた。そして、祈ろうとした。哀れなトムは自由に並々ならぬ憧れを抱いていたので、アドルフの話はことにつらく響いた。そして、「主の御心がおこなわれますように！」と祈りの言葉を口にすればするほど、心は沈んでいくのだった。

トムはオフィーリア嬢に助けを求めた。エヴァが亡くなってからあと、オフィーリア嬢はトムにとくに優しくしてくれていた。

「フィーリー奥様」トムは言った。「サンクレアの旦那様は、わしに自由を約束してくれました。書類を作りはじめた、と言っとられました。だから、もし、フィーリー

奥様がこちらの奥様にその話をしてくれたら、手続きを進めてくれるかもしれんと思いまして。旦那様のご意向でしたから」

「奥様に話してみるわ、トム。できるだけのことはします」オフィーリア嬢は言った。「だけど、奥様の気持ち次第だとすると、あまり期待はできないわね。とにかく、やってみましょう」

このことがあったのは、ローザの一件から数日後のことだった。オフィーリア嬢は北部へ帰る準備で忙しくしていた。

オフィーリア嬢はいろいろ思いめぐらし、前回マリーと話しあったときは物言いがきつすぎたかもしれないと反省し、今回は主張を控えめにしてできるだけ相手を懐柔する方向へもっていこうと考えた。そうして、善良なオフィーリア嬢は意を決し、編み物仕事を手に、マリーの部屋へ向かった。できるだけ感じよく、ありったけの外交的手腕を発揮してトムの件を交渉してみるつもりだった。

マリーは寝椅子に横になり、クッションの上に片肘をついて、買い物に行ってきたジェーンが並べてみせる黒い薄手の生地を見比べていた。

「それがいいわ」マリーが生地の一つを選んで言った。「ただ、その生地でちゃんとした喪服になるかしら」

「大丈夫ですよ、奥様」ジェーンがおもねるような口調で言った。「ダーベノン将軍の奥様が、これとそっくり同じ生地をお召しでしたから。去年の夏、将軍が亡くなったあと。すてきなドレスになりますよ！」

「お従姉さまはどう思われて？」マリーがオフィーリア嬢に声をかけた。

「そういうのは地元のしきたりでしょうから、わたくしよりあなたのほうが的確に判断できると思いますわ」オフィーリア嬢が答えた。

「とにかく、あたくし、着られるドレスがただの一着もないんですもの」マリーが言った。「それに、この屋敷は閉めて、来週には実家へ戻りますから、もう生地を決めなくてはなりませんの」

「そんなに早く？」

「ええ。サンクレアの義兄から手紙が来て、義兄も弁護士も使用人たちと家具類は競売にかけるのがいいと思う、って。それで、屋敷の後始末は弁護士に任せることにしましたの」

「ひとつお話ししたいことがありまして」オフィーリア嬢が切り出した。「オーガスティンはトムを自由にしてやると約束して、必要な書類の準備を始めていましたの。あなたの力でそれを仕上げていただきたいのですけど」

「とんでもない。あたくし、そんなことはお断りいたしますわ！」マリーが強い口調で言った。「トムはうちの使用人たちの中でもいちばん値の張るほうです。ただで手放すわけにはいきませんわ、ぜったいに。それに、何のために自由なんかほしがるのです？　いまのままのほうが、よほどいい暮らしなのに」

「でも、とにかく、トムは自由を望んでいるのです。心から。そして、彼のご主人はそれを約束したのですから」オフィーリア嬢が言った。

「自由になりたいと言うのなら、そうなんでしょうね」マリーが言った。「みんなそう言いますわ、不満たらたらの連中ですから。いつだって、自分の持っていないものを欲しがる。あたくしはね、奴隷解放には反対ですの。いかなる場合でも。黒人は主人の管理のもとに置けば、ちゃんとした使用人として使えます。でも、自由にしたら、怠けて、働かなくなって、お酒を飲むようになって、卑しい役立たずになってしまうのです。この目で何百回もそういうのを見てきましたから。自由にしてやるのは、黒人のためになりません」

「でも、トムはまじめだし、勤勉で信心深い人間ですわ」

「そんなことはわかっています！　あれのような例を、いやというほど見てきましたのよ。屋敷で世話になっているかぎりは、ちゃんとした使用人としてやっているけれど、それだけですわ」

「でも、考えてみてください」オフィーリア嬢は食い下がった。「トムを売りに出したら、ひどい主人に買われるかもしれないじゃないですか」

「そんな話はでたらめですわ!」マリーが言った。「良い黒人が悪い主人を得るなんて、百に一つも起こりゃしません。あれこれ言われていますけれど、ほとんどの奴隷所有者は善人です。あたくし、南部で生まれ育ちましたから、わかります。使用人を粗末に扱う奴隷所有者なんて、一人もお目にかかったことがございませんわ。皆さん、それなりにきちんとしておられます。その点については、あたくし、ひとつも心配しておりませんことよ」

「でも」と、オフィーリア嬢は語気を強めた。「トムを自由にしてやるというのは、ご主人の最後の希望でもありました。エヴァが亡くなる間際に、ご主人がエヴァに約束したことでもありますし。簡単に無視してしまっていいことではないと思いますわ」

こう言われたマリーは、ハンカチーフで顔を覆って泣きだし、気付け薬を持ってこさせて、大げさに騒ぎたてた。

「誰も彼も、あたくしにつらく当たるのね!」マリーが言った。「みんな、思いやりがなさすぎますわ！　よりにもよって、お従姉さまがこんなつらいことばかりを思い出させるなんて。思いやりがなさすぎますわ！　でも、思いやりなんて、誰にも期待できませんわよね――だって、あたくしの耐えている試練は特別すぎるんですもの！　たった一人の娘しかいないのに、その子に先立たれてしまうなんて！　それに、あたくしにぴったり釣り合う主人まで亡くすなんて！　あたくしに釣り合う殿方なんて、めったにおりませんのに！　それなのに、お従姉さまときたら、あたくしに同情もしてくださらずに、平気でこんなつらい話を蒸し返して。あたくしがどんなに打ちひしがれるか、わかっているのに！　お従姉さまに悪気はないのかもしれませんけれど、でも、思いやりがなさすぎますわ、あまりにも！」そう言ってマリーは泣きじゃくり、はあはあとあえぎ、マミーを呼びつけて窓を開けさせ、カンフル剤を持ってこさせ、頭を水につけて冷やさせ、ドレスのホックをはずさせた。そうした大騒ぎを尻目に、オフィーリア嬢は自分の居室に引き上げた。

　これ以上何を言っても無駄だからである。マリーのヒステリーは、始まるときりがないのだ。このときを境にして、使用人たちの処遇に関する夫やエヴァの望みが話題にのぼるたびに、マリーはいつも都合よくヒステリーの発作を起こすようになった。それゆえ、オフィーリア嬢は次善の策に出ることにした。トムのためにシェルビー夫人にあてて手紙をしたためた、トムの窮状を知らせ、一刻も早く救いの手をさしのべるよう伝えたのである。

翌日、トムとアドルフとほかに六人ほどの使用人たちは奴隷倉庫へ連れていかれ、奴隷商人が競売用にまとまった数の奴隷を集められる日を待って売りに出されることになった。

第30章　奴隷倉庫

奴隷倉庫！　読者の中には恐ろしい光景を思い描く方々もおられよう。汚らしく薄暗い巣窟のような場所、タルタロス[1]の「恐るべき怪異、醜悪な、目を奪われた巨人[2]」を思い描く方もおられるかもしれない。しかし、無邪気な友よ、そうではないのだ！　今日(こんにち)では、よろしき社会の視線や感性にショックを与えぬよう、人は巧妙で卑しからぬ罪の犯し方を身につけているのである。奴隷は市場では高い価値がある。それゆえ、奴隷たちは十分な食事を与えられ、清潔に保たれ、手入れされ、売り出しの日によく太って強健で肌がつやつやと輝いているように、行き届いた世話のもとで管理される。ニューオーリンズの奴隷倉庫は、外見はほかの奴隷倉庫と同じようなもので、小ぎれいに保たれている。そして、毎日のように、建物の外壁に寄せて作られた差し掛けに黒人の男女が並べられ、中で売られている商品の見本として展示されている。

奴隷倉庫にやってきた客は慇懃(いんぎん)な応対を受け、奴隷たちを心ゆくまで吟味するよう勧められ、夫、妻、兄弟、姉妹、父親、母親、子供など多種多様な奴隷たちの中から「ばら売りでも、まとめてでも、ご都合に合わせて」奴隷を買うことができる。そして、神の御子が血と苦悶によって贖い給うた不滅の魂、大地が揺れ、岩が裂け、墓が開いたそのときに贖われた魂が、取引の形態に従い、あるいは買い手の気まぐれに従って、売却されたり、貸し出されたり、抵当に取られたり、食料品や織物類と交換されたりするのである。

マリーとオフィーリア嬢のあいだで会話があってから一日か二日後、トムとアドルフとほかに六人ばかりのサンクレア家所有だった奴隷たちが、愛情深く親切なスケッグズ氏に引き渡された。スケッグズ氏はニューオーリンズ市内某所で奴隷倉庫を経営する人物で、トムたちは翌日の競売に出されることになっていた。

トムは衣類のいっぱい詰まったかなりの大きさのトランクを携行していた。ほかの奴隷たちもだいたい同じだった。一行は、その晩を過ごす場所として、細長い部屋に

1　ギリシア神話に登場する暗黒の奈落の神。また、冥界のさらに下にある奈落そのもの。
2　ローマの詩人ウェルギリウス（前七〇年〜前一九年）の詩『アエネーイス』（岡道男・高橋宏幸訳、京都大学学術出版会）第三歌より。

入れられた。そこには、あらゆる年齢、体格、肌の色をした男の奴隷たちが集められていて、大きな笑い声をあげて底抜けに浮かれ騒ぐ声が響いていた。

「よしよし、その調子だ。いいぞ、みんな、にぎやかにやってくれ！」奴隷倉庫の経営者スケッグズ氏が黒人たちに声をかけた。「うちの連中は、いつも陽気なんだよ！よお、サンボ、いいぞ！」スケッグズ氏はくだらない道化を演じているがっしりとした大柄な黒人に声をかけた。トムに聞こえた騒ぎ声がたびたびあがっているのは、そのあたりらしい。

もちろん、トムはこんな騒ぎに加わる気分ではなかったので、騒がしい連中からできるだけ離れたところにトランクを置き、その上に腰をおろして、壁に顔を押しつけた。

人間を商品として扱う奴隷商人は、奴隷たちをなるべく騒々しく浮かれさせておこうと手を替え品を替え工夫する。あれこれ考えさせないようにするため、奴隷という境遇を意識させないようにするためである。北部の市場で売りに出されてから南部に連れてこられるまで、黒人奴隷たちに教えこまれるのは、とにかく何も感じず何も考えず畜生同然になることだ。奴隷商人はヴァージニア州やケンタッキー州でまとまった数の黒人奴隷を仕入れ、その一行を引きつれて、途中の手近で健康によい場所——

水辺の保養地などが多い――に逗留し、奴隷たちを太らせる。ここでは奴隷たちは毎日腹いっぱいの食事を与えられる。故郷恋しさにふさぎこむ者もいるので、こういう場所では奴隷たちにフィドル[3]が与えられ、毎日を踊り暮らすよう促される。それでも陽気に騒ぐことを拒絶する奴隷たち――妻や子供や故郷への思いが強すぎて、ふざける気分になれない者たち――は、不機嫌で危険な奴隷という烙印を押され、やりたい放題の冷酷な奴隷商人が考えつくありとあらゆる残虐行為の的にされる。元気の良さ、きびきびとした身のこなし、朗らかな表情――とくに人に見られている場面では、奴隷たちはつねにそう心がけるよう教えこまれる。それが良い主人に買われていくためのコツであり、買い手がつかなければ奴隷商人に何をされるかわかったものではないという恐怖を植えつける教育でもある。

「そっちの黒んぼさんは何しとるだね？」スケッグズ氏が部屋から出ていったあと、サンボがトムのそばへ寄ってきて声をかけた。サンボは真っ黒な肌の黒人で、巨大なからだをしており、元気いっぱいで、よくしゃべり、いろいろな芸をしてみせる男だった。

3　バイオリン。

「あんた、ここで何やっとるだ?」サンボはトムのそばへ来て、おどけたしぐさでトムの脇腹を突っついた。「考えごとかい?」

「わしは競売にかけられるんだ、あした」トムは静かな声で言った。

「競売にかけられる! ほう、ほう! おもしれえ話を聞いたぞ。おらもそうやって売られてみてえもんだ! ほれ見ろ、みんな笑っとるだろうが! それにしても、なんでまたこちらの御一行さんがあした競売なんで?」サンボはアドルフの肩になれなれしく手をかけて言った。

「放っといてもらえないか!」アドルフが背すじをキッと伸ばし、最大の嫌悪をこめて強い口調で言った。

「おやおや! こちらの白い黒んぼさん、いや、クリーム色かな、ずいぶんといい匂いがしますなあ!」サンボはアドルフのそばへ来て、鼻をくんくん鳴らした。「おやまあ! こちらのお方はタバコ屋にちょうどいいや! 嗅ぎタバコに匂いをつけるのに、もってこいだ! こちらお一人で、店じゅうプンプン匂うだろうよ! まちがいなしだ!」

「放っといてくれと言っているんだ、わからないのか」アドルフが激怒して吐き捨てた。

「ほう、気軽に声なんぞかけるな、ってやつですか。さすが白い黒んぼさんだ！　ほら、見とくれよ！」そう言うと、サンボはアドルフの態度を真似てみせ、笑いものにした。「こちとらお品ぶって優雅ざます、ってか。さぞかし立派なお屋敷におったんだろうな」

「そうさ」アドルフが応じた。「うちのご主人様は、おまえたちみたいなクズなんかまとめて買い取れるくらいのお方だったんだ」

「ほう、それはけっこうなご身分で」サンボが言った。

「わたしはサンクレア家に仕えていたんだからな」アドルフが誇らしげに言った。

「へえ、そうですかい！　お払い箱にできて、ご主人様もさぞかしお喜びだろうよ。欠けたティーポットと引き換えにお払い箱にされたのかな？」サンボが挑発的ににやりと笑った。

　これに激怒したアドルフが相手に襲いかかり、めちゃくちゃに罵倒しながら相手を殴りつけた。ほかの黒人たちは笑いながら大声ではやしたて、騒ぎを聞きつけたスケッグズ氏が飛んできた。

「こら、何の騒ぎだ？　静まれ！　静まれ！」スケッグズ氏が部屋にはいってきて、長い鞭を振りまわした。

黒人たちは蜘蛛の子を散らすように逃げたが、サンボだけは自分がスケッグズ氏のお気に入りであることにつけこんでその場を動かず、鞭が飛んでくるたびにおどけた笑い顔を作っては首をすくめるのだった。

「いえ、旦那様、おらたちが吹っかけたんじゃねえです、おらたちはいっつもおとなしくしとるんで。悪いのはこっちの新入りどもですよ。癪にさわる連中で、さっきからずっとおらたちにちょっかいかけてくるんで！」

これを聞いたスケッグズ氏は、ろくに事情も聞かずにトムとアドルフを蹴りつけ平手打ちを食らわせたあと、全員におとなしくして寝ろと言いわたして部屋から出ていった。

男たちの部屋でこんな騒ぎが起こっていたあいだ、女たちの部屋ではどんなことになっていたのか、興味のある読者もおられることだろう。こちらの部屋では、思い思いの姿勢で多数の黒人女たちが床に横になっていた。真っ黒な肌から白い肌まで、さまざまな肌の色をした女たちだ。小さな子供から老婆まで、さまざまな年齢の女奴隷たちが床に横たわって眠っている。一〇歳になるしっかりした頭の良さそうな女の子がいる。前日に母親が売られていってしまったので、この夜はひとりぼっちで泣きながら寝入ったようである。あるいは、よぼよぼの老婆もいる。痩せ細った腕と硬いた、このできた指を見れば、これまで重労働をさせられてきたのだろうと察せられる。この老婆は、あす売られることになっていた。おそらく捨て値同然で売り払われるのだろう。ほかにも四、五〇人の黒人女たちが、頭から毛布をかぶったり服をかぶったりした格好で横になっている。部屋の隅に、ほかの女たちから離れて、ちょっと変わった風情の女二人がすわっていた。一人はきちんとした服装の四、五〇歳くらいに見えるムラートの女で、優しそうな目と穏やかで感じのいい顔だちをしている。頭には鮮やかな赤いマドラス綿の上等なターバンを高々と巻き、ドレスも上等の生地で、からだにぴったり合わせて仕立ててある。これまで大切にされてきたとわかる外見である。その女にくっつくようにして腰をおろしているのは、一五歳になる娘である。肌の色が薄いところを見ると、おそらくクァドルーンであろうが、母親似であることは一目でわかる。娘も母親によく似た優しそうな黒い瞳だが、まつ毛は母親より長く、たっぷりとした巻き毛は茶色だ。この娘もこざっぱりとしたいい身なりで、白く華奢(きゃしゃ)な両手を見ると、厳しい奴隷の労働はさせられたことがないようだった。この二人も、サンクレア家の使用人たちと一緒にあすの競売で売られることになっていた。二人を所有する紳士、二人を売った代金を受領することになっている紳士は、ニューヨークにあるキリスト教会の信徒で、奴隷売却の代金を受け取ったその足で、自分の神であると同時に女奴隷二人の神でもある主イエス・キリストの聖餐（せいさん）にあずかり、何の呵責（かしゃく）も感じない人物である。

　この二人の女奴隷、スーザンとエメリンは、ニューオーリンズに住む気だてがよく敬虔な婦人の身のまわりの世話をする小間使いだった。二人は女主人のもとで大切にされ、信心深くしつけられた。文字の読み書きも教えられ、熱心な宗教教育も受けた。二人とも、奴隷という境遇においてこれ以上ないほど幸せな扱いを受けていた。ただ、この女主人の財産を管理していたのが一人息子で、その息子が多額の財産を無分別に浪費したあげく、大きな借金を作ってしまった。その主要債権者の一つが、ニューヨークでは名の通ったＢ商会だったのである。Ｂ商会はニューオーリンズの顧問弁護士に連絡を取り、その弁護士が婦人の財産（この二人の女奴隷とプランテーションで働く多数の奴隷たちが財産の中で最も価値が高かった）を差し押さえ、その旨をニューヨークに通知した。Ｂ商会のＢ氏は前述のとおりクリスチャンであり、自由州であるニューヨーク州の住民だったから、この件についてはいささか心に引っかかるものがあった。できれば奴隷や人間を売り買いするようなことには関わりたくないと思ったのである。当然だろう。しかし、問題の債権は三万ドルにも及び、主義主張のために損失をかぶるには大きすぎる金額だった。そこで、いろいろ悩んだあげく、またこの件に関して自分の意にかなう助言をしてくれそうな人々にも相談した結果、B氏はニューオーリンズの顧問弁護士に手紙を書き、最適な方法でこの案件を処理して収益を送金してくれるよう依頼したのだった。

その手紙がニューオーリンズに到着した翌日、スーザンとエメリンは差し押さえられ、奴隷倉庫に送られて、翌朝の競売にかけられることになった。鉄格子のはまった窓から差しこむ月のさやかな光に照らされて、二人の会話が聞こえる。二人とも、相手に聞こえないように声を殺して泣いていた。

「お母さん、わたしの膝に頭を乗せて。そうしたら、少し眠れないかしら」娘のほうが、つとめて平静な声で言った。

「とても眠る気になんかなれませんよ、エム！　無理だわ。一緒にいられるのは今夜かぎりなのに！」

「ああ、お母さん、そんなこと言わないで！　きっと、わたしたち一緒に買ってもらえるわよ。ね？」

「他人ごとなら、わたしもきっとそう言うでしょうよ、エム。だけど、わたしはあなたを失うことが怖すぎて、悪いふうにしか考えられないのよ」

「でも、お母さん、あの男の人はわたしたち二人とも美人だって言ってくれたわ、いい値段で売れるだろう、って」

スーザンは、その男の目つきや口ぶりを思い出した。男がエメリンの両手を調べ、カールした髪を手のひらに乗せて持ち上げ、この娘は上玉(じょうだま)だと言ったその場面を思い出すと、胸がむかむかして吐きそうだった。スーザンはクリスチャンとしてしつけられ、日々聖書に親しんで育てられたので、娘が売られた先で恥辱の暮らしを強いられるであろうことを思うと、クリスチャンの母親として当然のように、ぞっとする恐怖感にさいなまれるのだった。しかし、スーザンには希望もなければ娘を守ってやる手段もなかった。

「お母さん、わたしたち、うまくいくんじゃない？　お母さんが料理人として使ってもらって、わたしが小間使いかお針子として使ってもらえる家に買われたら。きっとそうなるわよ。ねえ、できるだけ明るく元気な顔をしていましょうね、それで、わたしたちができる仕事をいっぱい訴えるの、そしたらきっと……」エメリンが言った。

「あしたは髪をぜんぶまっすぐにとかして、後ろにひっつめておきなさい」スーザンが言った。

「なぜ、お母さん？　わたし、それだとあまりきれいに見えないけど」

「そのほうがいいところへ売れるのよ」

「どうして？　わからないわ」エメリンが言った。

「平凡できちんと見えたほうが、わざときれいに見せようとするよりも、ちゃんとした家に買ってもらいやすいのよ。そういうことはお母さんのほうがよくわかっているから」スーザンが言った。

「わかったわ、お母さん。そうします」

「それからね、エメリン、もし、あした売られて二度と会えなくなったとしても――もしわたしがどこか遠くのプランテーションに売られていって、あなたが別のところへ売られていったとしても――自分がこれまでどんなふうに育てられてきたかを忘れないでね。いつも奥様が教えてくださったことを忘れないで。お聖書を持っていきなさい、それから讃美歌の本もね。あなたが神様に真心を尽くせば、神様も応えてくださるわ」

　これほどまでに絶望的な状況では、そう言うしかなかった。あしたになれば、どんなに卑しくて野蛮な男でも、どんなに不信心で無慈悲な男でも、金さえ払えばこの娘を肉体も魂も所有する立場になれるのだ、と母親にはわかっていた。そうなったら、この娘はどうやって神の道を守れるのだろう？　母親は娘を両腕に掻き抱いてそんなことをつらつら考え、この子がこんなに器量良しでなければよかったのに、と思った。

この娘がどれほど清く正しく育てられてきたか、どれほど恵まれた環境で育てられてきたかを思うと、むしろ歯嚙みしたいような気持ちだった。しかし、母親には、祈ることしかできない。そのような祈りが、これと同じように小ぎれいで整然とした幾多の奴隷倉庫の窓から、天なる神に向けて数かぎりなく捧げられてきたのである。神はその祈りをお忘れではない。いずれその日が到来すれば、はっきりとわかるだろう。なぜなら、聖書にも、こう書かれているからである。「私を信じるこれらの小さな者の一人をつまずかせる者は、ろばの挽く石臼を首に懸けられて、深い海に沈められるほうがましである[4]。」

　柔らかく清らかな月の光が静かに部屋に差しこみ、横たわって眠る人々の上に窓の鉄格子の影を投げかけている。母と娘は心を打つ物悲しい挽歌を口ずさんでいた。奴隷たちのあいだで葬送のときによく歌われる讃美歌である。

おお、嘆きのマリアは何処に?
おお、嘆きのマリアは何処に?
　よき御国に渡らせたまう
死してその身は天国に

死してその身は天国に
　よき御国に渡らせたまう[5]

ことのほか哀切に響く歌声は、地上の絶望を嘆き天上の希望を求めるようにも聞こえ、哀れを誘う旋律に乗って暗い牢獄の中を漂い、二番、三番、と続いていった。

おお、ポールとサイラスは何処に？
おお、ポールとサイラスは何処に？
　よき御国に渡らせたまう
死してその身は天国に
死してその身は天国に
　よき御国に渡らせたまう

4　新約聖書「マタイによる福音書」第一八章第六節。
5　讃美歌 "Hebrew Children" の一部と思われる。

歌うがよい、哀れな者たちよ！　夜は短く、朝が来れば永遠の別れに引き裂かれる身であれば！

とうとう朝になり、人々が動きだした。勤勉なスケッグズ氏は、朝から張り切っている。きょうはたくさんの商品が競売に出される日なのだ。スケッグズ氏は奴隷たちの身じまいをてきぱきとチェックした。商品全員に対して、晴れやかな顔で元気よくふるまうように指示が徹底された。そして全員が輪になって並ばされ、取引所へ連れ出される直前の最後のチェックを受けた。

スケッグズ氏はヤシの葉を編んだ帽子をかぶり、口に葉巻をくわえて、商品に最後の仕上げを施すべくチェックして回った。

「なんだ、これは？」スーザンとエメリンの前へ来て、スケッグズ氏が言った。「髪の毛のカールはどうしたんだ、え？」

エメリンはおずおずと母親を見た。母親は、上流階級で育てられた奴隷らしく臆することなく返答を口にした。

「きのうの夜、わたしが言ったのです、髪をきちんととかしつけて、カールがあちこちにはねないようにしておきなさい、と。そのほうがきちんと見えると思いますので」

「馬鹿な！」スケッグズ氏がエメリンのほうを向いて有無を言わせぬ口調で命じた。「さっさと行って、髪をしっかりとカールさせてこい！」そして、手にしていたトウの鞭をピシリと鳴らして、「すぐ戻ってくるんだぞ！」と言いつけた。「おまえもついていって、手伝ってやれ」スケッグズ氏は母親に向かって付け加えた。「あのカールで売り値が一〇〇ドルはちがってくるんだからな」

取引所の壮麗なドーム屋根の下、大理石を敷き詰めた床の上を、世界じゅうから集まった男たちが動きまわっている。円形のフロア周辺には、四隅に一段高くなった小さな演壇が配されており、そこに弁士や競売人が立つようになっていた。いま、ドーム屋根の下、向こう側とこちら側の二カ所の演壇に腕の立つ競売人が陣取り、英語とフランス語を交互に使いながらさまざまな商品を掲げては目利きたちの入札をさばき、さかんに値を吊り上げている。それとは別の場所にある三つ目の演壇にはまだ競売人の姿はなく、周囲に競売の始まりを待つ人たちが集まっている。そのなかに、サンクレア家の使用人たちがいた。トムとアドルフたちである。スーザンとエメリンもいた。不安そうなしおれた顔つきで自分たちの順番を待っている。さまざまな見物人たちが、買う気のある者も、ない者も、黒人奴隷たちを取り囲んで、からだに触ったり、あちこち調べたり、長所や容貌について、まるで騎手が競走馬を品定めするように遠慮のない会話を交わしている。

「やあ、アルフ！　なんでまた、ここへ？」場慣れした感じの若い紳士が、しゃれた身なりの若い男性の肩をたたいた。その男性は、いまちょうどアドルフを片眼鏡でチェックしているところだった。

「いや、そば仕えのボーイが一人ほしくてね。サンクレア家の使用人が出品されると聞いたので、ちょっと見てみようかと――」

「ぼくだったら、サンクレアの使用人なんて、ぜったいに買わないね！　どいつもこいつも甘やかされ放題だからね。生意気で手に負えないよ！」もう一人が言った。

「心配ないさ！」最初の男が応じた。「ぼくが買ったからには、気取った態度なんて叩きなおしてやるさ。こんどの旦那様はムッシュ・サンクレアとはちがうんだってことを、わからせてやる。決めた、あの男を買う。外見が気に入った」

「あいつは金がかかるぞ。べらぼうに贅沢なんだから！」

「ああ、だが、ぼくにかかったら、贅沢は許さない。何回か留置場にぶちこんで、いやというほど鞭をくれてやる！　それでまともにならないはずがない。そうさ、叩きなおしてやるとも。徹底的に。決めた、あいつを買うぞ！」

トムはその場に立って、自分のまわりに群がる人々のさまざまな顔を物思いに沈んだ表情で見まわしながら、主人と呼ぶ気になれる人物を目で探し求めていた。読者の皆さんも、もし二〇〇人の中から自分の絶対的所有者になる人物を選ぶ必要性に迫られたとしたら、おそらくトムと同じように、この人にならば買われてもいいと思える人物を見出すことがいかに困難かを痛感することだろう。トムの周囲を、さまざまな男たちが行きかう。がっしりとして大柄で無愛想な男たち。耳障りな声でしゃべりまくる退屈な小男たち。陰気な顔つきのやせぎすで酷薄そうな男たち。ずんぐりした十人並みの男たちも無数にいて、どの男も、自分と同じ人間を選ぶというのに、木っ端でも拾ってそれを火にくべるもカゴに入れるも気分次第、というような無頓着さでもってトムたちを見比べている。しかし、サンクレア氏のような人物は目につかなかった。

競売が始まる直前になって、背は低いが肩幅が広く筋骨たくましい男が近づいてきた。チェックのシャツの胸もとをはだけ、汚れてすりきれたズボンをはいたその男は、競売に参加する気満々で人混みを押しのけて進んできて、売りに出される奴隷たちのところまで来ると、片っ端から商品の検分をはじめた。トムは、その男がやってくるのを見た瞬間から嫌悪に満ちた恐怖を感じ、その印象は男が近づいてくるにつれてますます強くなった。男は背こそ低いが、見るからに怪力がありそうだった。小さな頭は頭頂部が丸く盛り上がった弾丸のような形で、大きな目は薄い灰色、砂色のもじゃもじゃ眉毛を生やし、日に焼けて色褪せた針金のような硬い髪が突っ立ち、はっきり言って好感の持てる人相ではなかった。大きくて下品な口もとは嚙みタバコで膨らみ、ときどきタバコの嚙み汁を狙いを定めてすごい勢いで吐き飛ばす。両手は異様に大きく、毛むくじゃらで、日に焼けてそばかすだらけで、とても汚く、長く伸びた爪には垢がたまっている。この男が前に進み出て、無遠慮に奴隷たちを一人ひとり検分しはじめた。男はトムのあごをつかみ、後ろを向かせ、口を開けさせて歯の状態を確かめ、袖をまくりあげさせて筋肉を確かめ、ジャンプさせて足腰の強さを品定めした。

「どこで育った？」ひととおりチェックしたあと、男がトムにぶっきらぼうに聞いた。

「キンタックですだ、旦那様」トムは誰かに救いを求めるかのようにあたりを見まわしながら答えた。

「何をしてた？」

「ご主人様の農園を切り回しておりましただ」

「もっともらしいことを！」男は吐き捨てて、次へ移った。そしてアドルフの前でちょっと立ち止まると、アドルフの磨き上げた深靴にタバコの嚙み汁を吐きかけ、馬鹿にしたようにふんと鼻を鳴らして次へ移った。男はこんどはスーザンとエメリンの前で足を止めた。そして荒くれた汚らしい手を伸ばしてエメリンを引き寄せ、首すじに手を這わせ、その手で胸をつかみ、両腕を撫で、歯を調べたあと、エメリンを母親のほうへ突き返した。母親は、忌（い）まわしい男の動作一つひとつを目で追いながら、苦悶の表情を浮かべてじっと耐えていた。

エメリンは動揺して泣きだした。

「泣くな、売女（ばいた）め！」売り手の男が言った。「めそめそするんじゃない。もう競売が始まるんだぞ」その言葉どおり、競売が始まった。

アドルフは、先ほどから買うと言っていた若い紳士がいい値段で落札した。サンクレア家のほかの使用人たちも、それぞれに売られていった。

「ほれ、おまえの番だ。聞こえてんのか？」競売人がトムに指図した。

トムは競り台に上がり、不安な面持ちであたりを見まわした。何もかもがごちゃごちゃに混ざって聞こえてきた――トムの経歴や能力をフランス語と英語でまくしたてる売り手の声、早口のフランス語や英語で飛びかう応札の声。そして、あっという間に落札のハンマーが打ち下ろされ、最後に聞こえたのは「――ドル」と競売人がトムの落札価格を宣言するよく通る声だった。こうしてトムは落札され、新しい主人のものになった。

トムは、競り台から押されるようにして下りた。背の低い弾丸頭の男がトムの肩をぐいとつかんで脇へ連れていき、粗暴な口調で、「てめえ、ここに立ってろ！」と言った。

トムはほとんど何も目にはいらなかったが、競売は続いており、あいかわらず英語とフランス語が騒々しく飛びかっていた。そして、ふたたびハンマーが打ち下ろされ、こんどはスーザンが競り落とされた！　スーザンは競り台から下りたところで足を止め、何か言いたそうにふりむいた。娘が母親のほうへ手を伸ばした。スーザンは自分を落札した男の顔を苦悶に満ちた表情で見上げた。卑しからぬ中年の紳士で、情け深そうな顔をしている。

「ああ、ご主人様、お願いです、娘も買ってくださいまし！」

「そうしてやりたいが、先立つものがなあ……」紳士は痛ましそうな目つきで競り台を見つめながら言った。視線の先では、エメリンが台に上げられ、おびえた顔でおどおどと周囲を見まわしている。

かわいそうに、血の気のなかったエメリンの顔はいまや痛々しいほど赤くほてり、瞳は熱に浮かされたように燃えている。母親は、これまでになく美しく見える娘の姿を目にしてうめき声をもらした。競売人はこの奴隷は高く売れると踏んでフランス語と英語で滔々(とうとう)と売り文句をまくしたて、競り値をどんどん吊り上げていく。「できるだけのことはしてみるよ」情け深い顔の紳士はそう言い、応札する人々のあいだに割ってはいっていった。が、すぐに、競りの値段は紳士の財布の限度を超えてしまった。紳士は黙りこみ、競売人の口調はますます熱をおびる。応札する人の数が次第に少なくなり、いまや貴族風の老紳士と例の弾丸頭の一騎討ちになった。老紳士は競り合う相手を蔑(さげす)むような目つきで眺めながら何度か値を吊り上げたが、弾丸頭のほうが執拗さにおいても財布の余力においても優ったようで、競りの応酬はまもなくけりがついた。ハンマーが打ち下ろされ、弾丸頭の男が少女を肉体も魂も手に入れることになった。万事休すである！

エメリンを落札したのはリグリーという男で、レッド・リバー[6]ぞいにある棉花のプランテーションを経営していた。エメリンはトムと同じグループの中へ押しやられ、ほかの二人の男たちと一緒に泣きながら連れていかれた。

情け深い紳士はこの光景に心を痛めたが、しかし、こんなことは日常茶飯事にすぎない！　こういう奴隷の売買で母親や娘が涙に暮れるのは毎度のことで、どうしよう

6　ミシシッピ川の支流。

もないのだ。そんなことをつぶやきながら、情け深い紳士は自分が買った商品を連れて別の方向へと去っていった。

それから二日後、キリスト教徒の経営になるニューヨークB商会から依頼を受けた顧問弁護士は、ニューオーリンズからB商会にあてて奴隷の売り上げ金を送金した。このような売買によって得られた手形の裏には、大いなる〈主計官〉たる神に対していずれ申し開きをすることになる者たちに向けて、次のような言葉が記されるべきであろう。「流された血の償いを求める方は／彼らを心に留め／苦しむ人たちの叫びを忘れない。[7]」

7 旧約聖書「詩編」第九編第一三節。

第31章　中間航路[1]

あなたの目は悪を見るにはあまりに清く
労苦を見ることに耐えられません。
裏切り者に目を留めながら
　なぜ黙っておられるのですか
悪しき者が自分より正しい者を呑み込んでいるのに。
――旧約聖書「ハバクク書」第一章第一三節

レッド・リバーを進む小さなみすぼらしい船の底に近いところに、トムは腰をおろしていた。両手首と両足首を鎖につながれ、鎖よりもっと重いものを心に抱いて。トムの空からは、何もかも消えてしまった。月も、星も。いま船の両側を後方へ去っていく木々や土手のように、何もかも過ぎ去ってしまい、二度と戻ってくることはない。

妻や子供たちの待つケンタッキーのわが家も、優しい主人たちも。洗練された豪華なサンクレアの屋敷も、金髪に天使のような瞳のエヴァも、誇り高く快活でハンサムで無頓着なように見えてじつはかぎりなく優しかったサンクレアの旦那様も。安寧と逸楽の日々は、もう返らない！　そして、そのかわりに、いったい何が残されているのだろう？

　奴隷の身にとって最もつらいことのひとつは、同調しやすく感化されやすい黒人が洗練された家庭に買われてそういう屋敷の嗜好や情緒にいくらなじんだところで、そのあときわめて粗野で苛酷な農奴の身分に落ちないともかぎらないことである。それは、たとえば、最高級の客間に彩りを添えていた椅子やテーブルが最後にはぼろぼろになってどこかの下品な酒場や淫売宿で使われることになるようなものである。ただし、大きなちがいは、テーブルや椅子には感情がないが、人には感情がある、ということだ。黒人奴隷を「動産として扱い、みなし、法的に裁定する」[2]とする法律が通ったとしても、それで人間の魂を消し去ることはできない。それぞれの人間が心に抱い

1　アフリカ西岸から新大陸に向けて大西洋を渡る航路のことで、奴隷運搬船の航路だった。
2　サウスカロライナ州の奴隷法。

ているささやかな思い出や希望や愛情や恐怖や欲望を消し去ることはできないのである。

トムの所有者となったサイモン・リグリー氏は、ニューオーリンズのあちこちで奴隷を買い集め、ぜんぶで八人になったところで、その一行に手錠をかけ、二人一組につないで、波止場に停泊していた蒸気船『パイレート』号に乗せ、レッド・リバーをさかのぼることになった。

全員を船に乗せ終え、出港したところで、リグリー氏は持ち前の無駄をいっさい許さぬ本性をむきだしにして、買い上げた奴隷たちを検分にやってきた。競売に備えて、いちばん上等なブロード地のスーツと糊のよくきいたリネンのシャツに磨き上げた深靴、という服装(なり)をしていたトムの前でリグリー氏は足を止め、ぶっきらぼうに言った。

「立て」

トムは立ち上がった。

「その襟飾りをはずせ!」手足を鎖で拘束されて動きが不自由なトムが襟飾りをはずそうとすると、リグリー氏がとても親切とは形容しがたい物腰で手を貸してトムの首もとから襟飾りをひったくり、自分のポケットに入れた。

リグリーはこんどはトムのトランクのほうに向きなおった。先刻からリグリーはトムのトランクを開けて中身をあさっていたのだが、そのトランクの中から古いだぶだぶのズボンとぼろぼろの上着を引っぱり出した。それはトムが厩舎の仕事をするときにいつも着ていた上下だった。リグリーはトムの手錠をはずしてやりながら、箱が積み上げてある物陰を指さして、「あそこへ行って、これに着替えてこい」と言った。

トムは言われたとおりにして、すぐに戻ってきた。

「靴を脱げ」リグリーが言った。

トムは言われたとおりにした。

「ほれ」リグリーは、奴隷たちがよく履いている粗末でごつい靴をトムに投げてよこし、「それを履け」と言った。

急いで服を着替えたときに、トムは忘れずに大切な聖書をポケットからポケットへ移しかえておいた。それは賢明だった。というのも、リグリーはトムにふたたび手錠をかけたあと、わざとらしく脱いだ服のポケットを改めたからだ。リグリーはトムのポケットから絹のハンカチを引っぱり出し、それを自分のポケットに入れた。他愛のない小さなおもちゃの類（たぐい）も浚（さら）い出した。エヴァが喜んだので、いまだに大切にとってあったものだ。リグリーはそれらを見て小馬鹿にしたように鼻を鳴らし、肩越しに背後の川に放り投げた。

リグリーは、こんどはトムが急いで着替える際に移し忘れたメソジスト派の讃美歌集を手に取って、ページをめくった。

「ふん！　信心深いようだな。で、名前は何だと？　てめえ、教会の信者なのか？」

「はい、旦那様」トムは怯(ひる)まず答えた。

「そんな信心は、すぐに叩き出してやる。黒んぼどもが大声でわめいたり祈ったり歌ったりするのは、うちでは許さんから、おぼえとけ。いいな」リグリーは床をバンと踏み鳴らし、灰色の目を見開いてすさまじい目つきでトムを睨みつけた。「これからは、この俺様がおまえの教会だ！　わかったか。俺の言うとおりにするんだ」

黙りこくった黒い奴隷の内面で、何かが「ノー！」と答えた。その声なき声に続くように、エヴァがよく読んでくれた預言書の言葉がよみがえった。「恐(おそ)れるな。私(わたし)があなたを贖(あがな)った。／私(わたし)はあなたの名(な)を呼(よ)んだ。／あなたは私(わたし)のもの。[3]」

しかし、その声はサイモン・リグリーには聞こえなかった。それは、リグリーがけっして聞くことのない声であった。リグリーはうつむいたトムの顔を一瞬睨みつけただけで、背を向けた。そして、手入れのいきとどいた衣類がたくさん詰めこまれているトムのトランクを船首のほうへ運んでいった。すぐに船の水夫たちが群がってきた。水夫たちは紳士のように装いたがる黒んぼの愚かさをからかって哄笑し、トランクの中身は次々と飛ぶように売れて、最後に空っぽになったトランクが競売にかけられた。水夫たちは、これはとびきりのジョークだとおもしろがり、とくに自分の服があちらこちらへ売られていくのを目で追うトムの表情を見ては笑いこけ、なかでも最後のトランクの競売はこの日いちばんの大受けで、あちこちからあざけりや冷やかしの声が飛んだ。

騒ぎが終わったところで、サイモン・リグリーが自分の所有物となったトムのところへぶらぶらと戻ってきた。

「どうだ、トム、余計な荷物は処分しといてやったぞ。いま着とる服をだいじにしろ。次のがもらえるまで、先が長いからな。俺は黒んぼどもに物をだいじにさせる主義でな。うちでは、服は年に一着だ」

リグリーは次に、エメリンがほかの女と鎖でつながれてすわっている場所へ近づいていった。

「よお、かわいい子ちゃんよ」リグリーはエメリンのあごの下を撫でた。「元気出せよ」

3　旧約聖書「イザヤ書」第四三章第一節。

エメリンがぎょっとして思わず恐怖と嫌悪の表情になったのを、リグリーは見逃さなかった。リグリーはものすごい剣幕で睨みつけた。

「ふざけんじゃねえ、このあま！　俺に話しかけられたときには、愛想のいい顔をしやがれ！　わかったか！　それから、そっちの黄色いできぞこねえのババア！」リグリーはエメリンと鎖でつながれているムラートの女を突き飛ばした。「なんだその顔は！　もっと機嫌のいいツラを見せんか！」

「聞け、おまえたち」リグリーは一、二歩下がって、奴隷たちに声をかけた。「こっちを見ろ——俺を見ろ！　俺様の目をまっすぐ見ろってんだ！」ひとことごとに足を踏み鳴らしながら、リグリーが言った。

まるで射すくめられたように、奴隷たち全員がサイモン・リグリーのぎらぎら光る緑色がかった灰色の目を見つめた。

「いいか」リグリーは巨大な拳を鍛冶屋のハンマーのように握りしめて見せた。「この拳固が見えるか？　持ってみろ！」そう言って、リグリーは拳をトムの手に打ちつけた。「この骨を見ろ！　俺の拳は鉄みてえに硬い。黒んぼどもを殴り倒して鍛えたからだ。俺の一撃で倒せなかった黒んぼは、一人もおらん」リグリーは拳を振りおろしてトムの顔の前で寸止めした。トムは目をぱちぱちさせながらあとずさりした。

「俺はくだらん奴隷監督なんぞ使わん。監督は自分でやる。何ひとつ見逃さんから、おぼえとけ。みんな、俺の言うことをよく聞くんだ。いいか。即座に、言われたとおりに、さっさとやれ。俺に睨まれたくなかったら、そうしろ。いいか、手加減はいっさいないと思え。せいぜい気をつけろ。お情けなんぞ、いっさいないからな！」

女二人は思わず息を呑み、全員がうつむいて意気消沈した顔になった。サイモン・リグリーはくるりと向きを変え、一杯やりに船内のバーへ向かった。

「黒んぼどもには、手はじめにああやって一発かましとくんですわ」リグリーは、さっき自分が奴隷たちに活を入れているあいだ近くに立っていた若い紳士風の男に声をかけた。「最初にガツンとやっとくのが肝腎なんでね――連中をピリッとさせんと」

「なるほど！」よそものの紳士は、珍しい品種を観察する博物学者のような目でリグリーを見つめた。

「そうさ、俺はおたくらのような生っ白(ちろ)い手をしたお優しい農園主じゃないんでね。のらくら遊び暮らして古株の奴隷監督にだまされるなんざ、ごめんだ！　ほれ、俺の拳、触ってみな。見てみなよ。自慢じゃねえが、手の肉なんざ石みてえに硬くなっちまってんだ。黒んぼどもを殴って鍛えたんでね。どうだい、触ってみてくれ」

よそものの紳士は指先でリグリーの拳を触り、ひとこと「硬そうですね」と言ったあと、「心のほうも同じぐらい硬く鍛えられていそうですね」と付け加えた。

「まあ、そうだな」と言って、サイモン・リグリーはうれしそうに笑った。「俺はいっさい手加減なんぞせんのでね。はっきり言って、ここまでの人間はいねえだろうな！　黒んぼなんぞにナメられてたまるか、わめこうが、おべっか使おうが。そういうことよ」

「なかなかいいのを集めましたね」

「ああ」リグリーが言った。「あのトムってやつは、ちょいとそこらにゃねえ上物らしい。少しばかり余計に金を払った。奴隷頭か農場の管理をやらせようと思ってね。これまで黒んぼにあるまじき扱いを受けて甘やかされたせいで染みついとる考えを叩き直してやりゃあ、なかなかの物（もん）になるだろうよ！　黄色い女のほうは、だまされて買った。どっか病気なんじゃねえかな。まあ、使えるだけ使うさ。おそらく、もって一年か二年だろう。俺は手間ひまかけて黒んぼを介抱したりしないんでね。使い切って、また買う。そういうやり方さ。そのほうが面倒が少ないし、結局は安上がりだ」

そう言うと、サイモン・リグリーは酒をすすった。

「ふつうは何年くらいもつものですか？」よそものの紳士が聞いた。

「さあ、どうかな。もともとの出来によるんじゃないか。丈夫なやつは六、七年もつ。

出来の悪いやつは二、三年でくたばる。俺も、最初この仕事を始めた時分には、黒んぼどもの世話を焼いたり長もちするように気をつけてやったりした。病気になりゃ看病してやったし、服やら毛布やらあれこれくれてやって、ちゃんと気持ちよく暮らせるようにしてやった。ところがどうだ、そんなこたぁ何の役にも立ちゃしねえ。金と手間ばっかかり、やたらかかりやがって。だから、いまじゃ、病気だろうが何だろうが、徹底的に働かせる。黒んぼが一人死んだら、また一人買うだけさ。そのほうが、どう見ても安上がりだし簡単だ」

よそものの紳士はその場を離れ、さっきから会話を居心地悪そうな顔で聞いていた別の紳士の横に腰をおろした。

「あれが南部のプランテーション所有者の典型だとは思わないでほしいね」紳士が言った。

「そう願いたいもんだ」若いほうの紳士が強い口調で言った。

「あの男は卑劣で下品で野蛮な男だ！」もう一方の紳士が言った。

「だが、こちらの法律じゃ、ああいう男に何人でも人間を所有させて絶対的に支配する権利を認めているんだろう、奴隷にはなんら保護を与えないで。あの男はたしかに下劣だが、あれと同じような連中はいくらでもいるんじゃないか」

「まあ、思いやりがあって人道的なプランテーション所有者もたくさんいるけどね」

「そうかもしれない」若いほうの紳士が言った。「でも、ぼくの考えでは、きみたちのような思いやりがあって人道的な農園主が、ああいう浅ましい連中の残虐非道な行為をのさばらせているんだと思う。だって、きみたちがああいうことを是認して影響力を行使したりしなければ、奴隷制度なんて一時間ももたないだろうからね。あんな野獣のようなプランテーション所有者ばかりだったら」――と言って、紳士は二人に背中を向けて立っているリグリーを指さした――「奴隷制度そのものがあっという間に崩壊するよ。ああいう蛮行を認め擁護しているのは、きみたちのような社会的地位も人間性もある奴隷所有者たちの存在なのだ」

「これは、お褒めにあずかって、どうも」プランテーション所有者の紳士が笑いながら言った。「だが、あまり大きな声で言わないほうがいい。この船に乗っているのは、ぼくのように批判に寛容な人間ばかりじゃないからね。うちのプランテーションに着いてから、存分に罵倒の言葉を並べたててくれたまえ」

若い紳士は頬を赤らめながら笑い、二人はすぐにバックギャモンのゲームに夢中になった。二人の紳士とは別に、船底に近いところでも会話が進行中だった。エメリンと、鎖でつながれているムラートの女である。よくあるように、二人はおたがいの身の上話をしていた。

「あなたはどなた様の所有でしたの？」エメリンが尋ねた。

「あたしの旦那様はエリス様でね、レヴィー通りの。お屋敷を見たことがあるんじゃないかね」

「その人は優しくしてくれたんですか？」エメリンが聞いた。

「病気になるまではね。もう六カ月以上も病気で寝たり起きたりでさ、ひどく気難しくなっちまって。誰ひとり休ませるもんか、ってな調子でさ、昼も夜も。あんまり気難しくなったもんで、誰も旦那様の気に入らなくてさ。毎日毎日、どんどん機嫌が悪くなってくみたいでね。毎夜毎夜あたしを寝かしちゃくれないんだよ。そんで、あたしゃもうくたくたになっちまってね、目を開けてらんなくなっちまった。そんで、ある晩、あたしがうっかり眠っちまったら、ものすごい怒られて、おまえなんかこれ以上ないくらい厳しい主人のとこへ売ってやる、って。そのくせさ、自分が死んだらあたしを自由にしてくれるなんて約束もしてくれとったんだけどね」

「親しい人は、いらしたのですか？」エメリンが聞いた。

「ああ。連れ合いもおったよ、鍛冶職人でね。うちの旦那様はたいていうちの人を出稼ぎに行かせてた。今回はあんまり急に売られたんで、連れ合いに会う暇もなかったよ。それに、子供も四人おったんだけど。ああ、なんてこった！」女は両手で顔を覆った。

誰だって、気の毒な話を聞いたときには、何か慰めになる言葉をかけてやりたいと思うのが人情である。エメリンも何か言ってやりたかったが、何も思いつかなかった。いったい、こんなときに何を言えばいいというのか？　もちろん、二人とも、新しく自分たちの主人となった男のことについては怖くて何も口にできなかった。

たしかに、どんなに困難なときにも、神への信頼は失われない。ムラートの女はメソジスト教会の信者で、無知ではあるものの、まことの信心を持っていた。エメリンのほうは、もっとはるかに聡明だった。誠実で信心深い女主人のもとで読み書きを教わり、聖書についてもきちんとした教育を受けていた。それでも、こんなふうに神から見放されたような扱いを受け、情け容赦ない暴力で支配されることになったら、どんなに固い信心でも揺らぐものではなかろうか？　知識に乏しく歳も若い哀れな信者たちの信仰を、運命はどれだけ試せば気がすむのか？

重い悲しみを乗せて、船は泥で赤く濁った川をさかのぼっていく。レッド・リバーはあちこちで大きく曲りくねって流れている。奴隷たちは悲しみに沈む眼差しで、両岸にせりあがる赤土の土手をぼんやりと眺め、どこまでも単調な景色が続く退屈な川を運ばれていく。やがて船は小さな町に着き、リグリーは買い集めた奴隷たちを連れて船を下りた。

第32章　暗い隅々

地の暗い場所は暴虐の住みかになり果てています。[1]

粗末な荷馬車のあとについて、もっと粗末な道を、トムたちは疲れきってとぼとぼと歩いていった。

荷馬車にはサイモン・リグリーが乗り、二人の女たちは、いまだ鎖につながれたまま、荷馬車の後部に荷物と一緒に積みこまれている。一行は、船着場からかなり遠いリグリーのプランテーションを目ざしていた。

行く手に続くのは人の手入れがおよばぬ荒れはてた道で、くねくねと曲がりながら続く荒涼としたマツ林の道を風が悲しいため息のように吹き抜ける。その先は背の高いイトスギの生える沼地に丸太を敷きつめた木道が続き、じくじくと水のしみ出す湿地に林立する陰気なイトスギの枝からは黒い喪章のようなコケ類が長く垂れ下がっている。水に浸かったまま腐った切り株や折れた大枝があちこちに散らばり、そのあいだを気味の悪いヌママムシがするすると這っていく。

こんな荒涼とした道を進んでいくのは、懐に金をたっぷり持ち、手入れの行き届いた馬を駆る商用の一人旅でさえ気が滅入るものだが、疲れた足の一歩ごとに愛するもの信じるものから遠ざかっていく奴隷の身にとっては、なおのことわびしくやるせない旅路にちがいない。

黒人たちの沈みきった暗い表情を見るだけでも、その内心は察してあまりある。悲しい旅路の景色を目に留めながら、疲れきった奴隷たちは物思いに沈み、黙々と進んでいく。

一方のサイモン・リグリーはいかにも上機嫌で、ときどきポケットから小さな酒びんを取り出しては酒をあおっていた。

「おい、おまえたち！」リグリーは後ろをふりむいて、暗い顔をして歩いている奴隷たちを見た。「何か歌でも歌え。さあ歌え！」

奴隷たちは顔を見合わせていたが、リグリーに重ねて「さあ歌え！」と促され、い

1　旧約聖書「詩編」第七四編第二〇節。

つも離さず握っている鞭をピシリと鳴らされると、トムがメソジスト派の讃美歌を歌いはじめた。

エルサレム、楽しわが家よ
なつかしきその響き！
悲しみ果つるはいつの日ぞ
いつの日にか主の喜びを――[2]

「黙れ、この黒んぼの罰当たりめ！」リグリーがどなった。「メソジストのいまいましい歌なんぞ、誰が聞きたいか！　もっと景気のいいやつをやれ！　早く！」
ほかの一人が、奴隷たちのあいだでよく歌われている他愛もない歌を歌いはじめた。

アライグマ捕まえた、ご主人様の目の前で
ハイ、ボーイズ、ハイ！
腹かかえて笑った、おっ月さんの下で
ホー！　ホー！　ホー！　ボーイズ、ホー！

ホー！　ホー！　ハイ・イー！　オー！

歌っている男は、意味のない出まかせの歌詞を適当に韻だけそろえて並べ、歌いつづけた。そして、奴隷たち全員が声を合わせて、

ホー！　ホー！　ホー！　ボーイズ、ホー！
ハイ・イー・オー！　ハイ・イー・オー！

と掛け声をかけた。

それは底抜けに陽気な歌で、奴隷たちは無理やり楽しげに歌っていたが、どれほどの絶望をこめた悲歌も、どれほどの情熱をこめた祈りも、この粗野な歌声ほどの深い悲しみを秘めてはいなかっただろう。それはまるで、脅され囚われの身に落ちた哀れで愚かな心が、言葉にならぬ音楽の聖域に逃避して神への思いを訴えようとしているような歌声だった。そこには、サイモン・リグリーには聞き取ることのできない祈り

2　讃美歌 "Song of Mary"。

がこめられていた。リグリーの耳には、ただ奴隷どもが騒々しく歌をがなりたてているだけに聞こえ、それで満足していた。奴隷どもが「元気よく行進する」ように歌わせているつもりなのである。

「さあ、かわい子ちゃんよ」リグリーはふりむいてエメリンに声をかけ、肩に手を置いた。「もうすぐ、おうちに着くからな！」

リグリーが怒ってどなりまくると、エメリンは恐怖で縮みあがった。しかし、リグリーの手がからだに触れ、こんなふうに話しかけられると、いっそ殴られたほうがましだとエメリンは感じるのだった。リグリーからこんな目で見られると、心底から吐き気がして虫酸（むしず）が走る。エメリンは、まるで母親にくっつくように、思わずムラートの女に身を寄せた。

「おまえ、耳飾りをつけたことがねえんだな」リグリーが荒くれた指先でエメリンの小さな耳をつまんで言った。

「ありません！」エメリンはうつむき、震えながら答えた。

「じゃあ、家に着いたら、ひとつやろう。いい子にしてりゃな！　そう怖がらんでいい。おまえにはきつい仕事をさせるつもりはねえからな。おまえは俺と楽しく暮らすのさ。レディみたいな暮らしをさしてやるからよ。とにかく、いい子にしてろ」

いささか酒がはいったせいで、リグリーはかなり機嫌が良くなっていた。ちょうどそのとき、プランテーションのぐるりを囲む柵が見えてきた。この農園は、以前は裕福で趣味のいい紳士が所有していたもので、家屋敷の造作にもかなり凝ったあとが見えた。しかし紳士が負債を残して死んだため、屋敷は格安の値段でリグリーに買い取られ、以来、何事によらず金儲け第一のリグリーらしく、屋敷も単に金儲けの道具として使いつぶされることになった。いまでは屋敷はすっかりぼろぼろに荒れはて、以前の持ち主の丹精は見る影もなくなっていた。

家の前には、かつてはきれいに刈りこまれた芝生が広がり、ところどころにしゃれた植えこみが配してあったのだが、いまではむさ苦しい雑草がはびこり、あちこちに馬をつなぐ杭が打ちこまれ、その周囲は蹄（ひづめ）に踏まれて芝生がはげていた。地面には壊れたバケツやトウモロコシの芯など馬の世話に使ったらしきものが放りっぱなしで散らばっている。庭のそこここに設けられたアーチやオベリスクには、葉がうどんこ病で白くなったジャスミンやスイカズラが絡みつき、どれも馬をつなぐのに使われたせいで傾いてしまっている。昔は広々とした庭園だったところも、いまでは一面に雑草が伸び放題で、ところどころにポツンと枯れ残った珍しい外来植物がわびしく目につくばかりだ。かつて温室だった建物は、いまでは窓枠もなくなり、朽ちかけた棚に並んだ鉢にひからびた茎が突き立ち、枯れた葉が残っているので、かろうじて植物だったとわかる始末である。

　荷馬車は雑草の生えた砂利道を進んでいく。両側から枝をさしかけるセンダンの木が気品のある並木を作り、木々の優雅な形と軽やかな葉だけは手入れをされていなくてもすさむことなく見えた。それは、まるで気高い精神が善なるものの奥深くに根を張り、逆境と退廃の中にあってますます力強く栄えようとするのを見るような風景だった。

　邸宅は、もともとは大きくて立派な建物だった。南部によく見られる建築様式で、建物の一階と二階をぐるりと広いベランダが囲み、すべての部屋からベランダに出られる造りになっている。一階のベランダを支えているのは、レンガの柱である。

　しかし、いま、目の前の屋敷は荒れはてて、とうてい快適な住まいには見えなかった。いくつかの窓は板でふさがれており、ガラスが破れたままの窓もあった。鎧戸はちょうつがい一個でかろうじてぶら下がっており、まったく手入れせずに荒れるにまかせた風情だった。

　屋敷のまわりには、いたるところに板切れ、わらくず、朽ちた樽や箱などが散乱していた。荷馬車の音に気づいて三、四匹の獰猛そうな犬たちが飛び出してきて、それを追いかけてきたみすぼらしい身なりの使用人どもが制したおかげで、なんとかトムたちは噛みつかれずにすんだ。

「見たか！」リグリーがぞっとするような笑いを浮かべて犬を撫でてやりながら、トムたちのほうを向いて言った。「逃げ出そうとしたら、どうなるか。この犬どもは、黒んぼを狩るように仕込んである。あっという間に夕めしがわりに食われちまうぞ。せいぜい気をつけるんだな！　で、どんな調子だ、サンボ？」リグリーは、みすぼらしい身なりでつばのない帽子をかぶって主人が目を留めてくれるのを待ちかまえている黒人に向かって声をかけた。「万事順調か？」

「ばっちりです、旦那様」

「キンボ」リグリーは主人の気を引こうと躍起になっているもう一人の黒人に向かって声をかけた。「言いつけたことは、ちゃんとやったか？」

「へえ、たしかに」

　この二人の黒人は奴隷頭で、農園を管理するリグリーの主たる手下だった。リグリーはブルドッグを調教するのと同じように、この二人に獰猛で野蛮な支配の実行を徹底的に仕込んだ。そして、長年にわたる情け容赦のない調教の結果、二人をブルドッグに劣らぬ残忍な手下に育てあげたのだった。黒人の農園監督はほぼ例外なく白人の監督よりも暴虐で残忍であるとよく言われるが、それはアフリカ人種の性質をひどく歪曲した見方であり、単に黒人の心が白人よりも苛烈に打ち砕かれ貶められてきたことを示しているだけである。同じ傾向は黒人にかぎらず世界じゅうのあらゆる抑圧された人種に認められる。奴隷というものは、暴君になるチャンスを与えられれば、かならずと言っていいほど暴君に変貌するのである。

歴史上有名な支配者たちと同じように、リグリーも自分の農園を力の駆け引きによって支配していた。サンボとキンボは互いを徹底的に憎悪しあっていた。一方で、農園の労働者たちは一人残らずサンボとキンボを心底から憎悪していた。こうして三者を反目させておくことで、リグリーは三者のうちのどこかから農園で起こっていることの情報を何であれ聞き出していた。

とはいえ、他人との交流なしに人間は生きられない。リグリーは二人の黒人の手下に対して、粗暴なりに気安い態度で接していた。ただし、気安いのは表向きだけで、いつ何どき難癖をつけられるか、油断はならない。サンボもキンボも、ほんのささいなきっかけさえあれば互いに対する恨みを晴らさずにはおかない、という緊張関係にあった。

いまリグリーの傍らに立つ二人は、残虐な人間は獣より卑しいということを如実に体現していた。粗暴で黒く愚鈍そうな顔。ギョロリとした目玉をたえず動かして相手の粗を探そうとする目つき。野卑でしわがれた声の、半分野獣のような話し方。風にはためくぼろぼろの衣服。どれも、この屋敷のありとあらゆる部分に見受けられる劣悪で不健全な雰囲気にみごとなほど釣り合っていた。

「おい、サンボ」リグリーが声をかけた。「この連中を奴隷小屋に連れていけ。それから、こっちの女はおまえ用に買ってきてやったぞ」リグリーはエメリンと鎖でつながれていたムラートの女をはずして、サンボのほうへ押しやった。「一人買ってきてやる約束だったからな」

ムラートの女はビクッと震えて後ずさりし、だしぬけに、「旦那様、あたしはニューオーリンズに連れ合いがおります」と言った。

「それがどうした。ここでも連れ合いが欲しかろう？　てめえの都合なんぞ、知ったことか。さっさと行け！」リグリーは鞭を振りあげて言った。

「さてさて、奥様はこちらへ」リグリーは、こんどはエメリンに声をかけた。「おまえは俺と一緒にこの家で暮らすんだ」

そのとき一瞬、暗く険しい表情をした顔が屋敷の窓からのぞいた。リグリーがドアを開けると同時に、女の声が早口の強い調子で何か言うのが聞こえた。エメリンの身を心配して屋敷にはいっていく後ろ姿を見送っていたトムは、この会話に気づいた。リグリーが怒った声で「黙ってろ！　おまえが何と言おうと、俺は好きなようにやる！」と答えるのが聞こえた。

それ以上はトムには聞こえなかった。サンボについて奴隷居住区に向かったからである。奴隷居住区は細い通路の両側に粗末なあばら屋が並んでいる農場内の一角で、リグリーの屋敷からはかなり離れた場所にあった。あたりには荒れ放題のすさんだ空気が漂っていた。それを見たトムの心は沈んだ。せめて、粗末ながらも小屋のようなものがあって、自分できちんと整えることができて、聖書をのせる棚くらいはあって、仕事が終わったら一人静かに過ごせる場所が与えられるのかと期待していたからだ。あばら屋をいくつかのぞいてみたが、どれも何の救いもない掘ったて小屋で、ひとつの家具もなく、泥で汚れたわらが床に乱雑に敷いてあり、その床はむき出しの地面で、無数の人の足に踏み固められた土間だった。

「わしの小屋はどこですか？」トムはおとなしい口調でサンボに尋ねた。

「さあな。ここにでも、はいりゃいいさ」サンボが言った。「もう一人くらいはいる隙間はあるだろうよ。いま、どの小屋も黒んぼでいっぱいでよ。これ以上黒んぼが増えたら、いったいどうすりゃいいだか」

　あばら屋の住人たちが疲れはててぞろぞろ戻ってきたのは、その晩も遅くなってからだった。男も女も汚れたぼろぼろの服を身にまとい、にこりともせず不愛想で、新入りのトムたちにいい顔をする余裕もないようだった。小さな居住区はひととき活気づいたものの、それは快い音ではなく、しわがれた争い声で手回し式の挽き臼を奪いあう声だった。奴隷たちには食料として硬いトウモロコシの粒が配られており、それを各自で粉に挽いてコーン・ブレッドを焼くことになっていた。奴隷の夕食は、それだけである。毎朝、夜明けと同時に奴隷たちは畑に駆り出され、奴隷頭に鞭で追いたてられながら働かされる。いまは棉花の収穫がいちばん忙しい時期で、奴隷の誰もが最大限の仕事をこなすようあらゆる手段で追いたてられるのだった。「でも、棉摘みなんて、そんなに重労働でもないでしょう？」と、長椅子に寝そべっている人は言うかもしれない。そうだろうか？　それを言うならば、頭の上に水が一滴したたり落ちてくるのだって、それ自体はたいしたことではなかろう。しかし、宗教の異端審問でおこなわれたように、一滴また一滴、一滴また一滴、と同じ場所を際限なく水滴が打ちつづけるとしたら、これは最悪の拷問になるのである。それと同じで、棉摘みの仕事も、動作自体は重労働でないとしても、何時間も何時間も続けて、退屈を感じる自由意志さえ失ってしまうくらいに容赦なく同じ仕事を強制的に続けさせられたら、それはまさしく重労働以外の何物でもなかろう。次々に戻ってくる奴隷たちの中に気の合いそうな相手がいないか、トムはずっと見ていたが、無駄だった。男たちはみな無愛想に顔をしかめて野獣のように見えたし、女たちは疲れはてて消沈した顔をしているか、さもなければ女性らしさをすっかり失って強い者が弱い者を押しのけ、人間というより獣（けだもの）のように欲望をむき出しにして、優しさのかけらも見受けられなかった。何から何まで野獣と同じように扱われている奴隷たちは、人間でありながら、かぎりなく野獣に近いレベルにまで堕ちてしまっていた。夜遅くまで、挽き臼を回す音は続いた。奴隷の人数に対して挽き臼の数が少なすぎるからだ。疲れはてた者や力の弱い者は、強い者に押しのけられて、挽き臼を使える順番が最後になった。

「よお、てめえ！」サンボがムラートの女のところへやってきて、女の目の前にトウモロコシのはいった袋を放った。「名前は？」

「ルーシー」女が答えた。

「そうか。ルーシー、てめえはきょうからおれの女だ。このトウモロコシを挽いて、おれの夕めしを焼け。わかったな？」

「あたしゃ、あんたの女房じゃないよ。ごめんだね！」ムラートの女が絶望のあまり、いきなり強気な言葉を吐いた。「あっちへ行っとくれ！」

「このあま、蹴り倒すぞ！」サンボが足を上げて威嚇した。

「なんなら殺してくれたっていいよ。さっさと死んだほうがましさ！　いっそ死んじまえばうれしいよ！」女が言った。

「おい、サンボ、奴隷をつぶしたら、旦那様に言いつけるぞ」挽き臼の順番待ちをしていた二、三人の疲れた女たちを追い散らしてせっせと自分のトウモロコシを挽いていたキンボが口を出した。

「おまえだって、女たちに挽き臼を使わせてやらなかったって言いつけてやらあ、この黒んぼ野郎め！」サンボが言い返した。「他人（ひと）のことに口出すな」

　トムは一日じゅう旅してきてひどく空腹で、目まいがしそうだった。

「おい、そこの！」キンボがトムに麻袋を投げてよこした。トウモロコシ粒が八リットル[3]ばかりはいっている。「いいか、黒んぼ、だいじに食えよ。今週はそれだけだか

3　原文では一ペック（約八・八リットル）。*A Key to Uncle Tom's Cabin*（ハリエット・ビーチャー・ストウ著）四五ページによれば、当時の奴隷法のもとでは、一週間に一ペックのトウモロコシは法の規定を十分に満たす量とされていた。

らな」

トムは挽き臼の順番が回ってくるのを夜遅くまで待った。そのあいだに、二人の女が疲れはてた腕で挽き臼を回そうとしているのを見て気の毒になり、かわりにトウモロコシを挽いてやった。そして、すでに何人もがコーン・ブレッドを焼くのに使ったたき火が消えかけていたのを熾してやり、そのあとで自分の夕食にするトウモロコシを挽きはじめた。そんなことをする人間は、リグリーの農園にはほかにいなかった。ほんのささやかな親切ではあったが、それは人の心を打った。女奴隷たちのひきつった顔に女性らしい優しさが戻った。女たちはトムのためにコーン・ブレッドの材料をこねて焼いてくれた。トムはたき火のそばに腰をおろし、聖書を取り出して、火の明かりで読みはじめた。心に慰めがほしかったのである。

「それ、何だね？」女の一人が声をかけてきた。

「聖書だよ」トムが答えた。

「ありゃ、聖書だって！　ケンタックにおったとき以来、見たこともないよ」

「あんたケンタックの生まれかい？」トムが興味をひかれて尋ねた。

「そうさ。いい暮らしだった。こんなことになるなんて、思いもしなかったよ！」女がため息をつきながら答えた。

「その本、いったい何なんだい？」もう一人の女が聞いた。

「聖書だよ」

「へっ！　そりゃどういうもんだね？」女が言った。

「あれ、あんた、聖書、聞いたことないのかね？」もう一人の女が言った。「ケンタックじゃ、奥様が読んでくださるのをときどき聞いたもんさ。だけど、まあ！　ここで耳にするもんときたら、鞭の音とどなり声ばっかだよ」

「何か読んでおくれよ！」トムが熱心に聖書を読んでいるのを見て、最初の女が物珍しそうに言った。

トムが聖書を朗読した。「すべて重荷を負って苦労している者は、私のもとに来なさい。あなたがたを休ませてあげよう。[4]」

「ああ、いい言葉だ」女が言った。「誰が言った言葉だね？」

「主の御言葉だよ」トムが答えた。

「どこへ行きゃその人に会えるのか、知りたいもんだ」女が言った。「あたしゃ、そこへ行きたいよ。もう二度と休ませてもらえることなんざ、なさそうだもの。からだ

4　新約聖書「マタイによる福音書」第一一章第二八節。

があっちこっち痛むし、毎日毎日ガタガタ震えはくるし、サンボにゃしょっちゅうどなられるし。棉を摘むのが遅い、って。夕めしにありつけるのはいっつも真夜中近くだし、横になって目をつむったと思ったらもう角笛が鳴って朝が来るし。その〈主〉ってのがどこにおるのかわかったら、話を聞いてほしいもんだ」

「主はここにおられるよ。どこにでもおられるんだ」トムが言った。

「そんなこと、信じれるもんかね！　主はここになんかおらんよ。あたしゃ、わかっとる」女が言った。「けど、こんな話をしとっても、しょうがない。もう小屋へ帰るわ。寝れるうちに寝とかんと」

女たちはあばら屋へ去っていった。トムはくすぶっている火のそばにひとり腰をおろしていた。残り火がトムの顔をちらちらと赤く照らした。

紫色の空に銀色の明るい月がのぼり、穏やかに黙ってトムを見下ろしている。まるで神がこの惨めに虐げられた人々を見下ろしているかのように。静かな月光の下で、トムはたったひとり腰をおろして腕を組み、膝の上に聖書を開いていた。

「ここに神はおられるのか？」ああ、これほど残虐な支配のもとで、堂々とまかり通る不正のもとで、無知無学な心が揺るぎない信仰を持ちつづけることなど可能なものだろうか？　トムの素朴な心の内では、激しい感情がせめぎあっていた。屈辱的で不当な扱いを受け、この先も惨めな人生しか思い描けず、心に抱いていた希望はことごとく潰え、苦悶にのたうつ魂の目に映るものは、溺れかけた水夫が真っ黒な波間に垣間見る妻の、子供の、友の最期の姿と変わりはないのだ！　こんな状況にあっても、キリスト教信仰の偉大なる合い言葉「神が存在しておられること、また、神がご自分を求める者に報いてくださる方であること[5]」を信じつづけることなど、容易にできるものだろうか？

　トムはやるせない気持ちで腰をあげ、自分に割り当てられたあばら屋にのろのろと足を踏み入れた。床にはすでに何人もの疲れはてた男たちが寝転がっており、逃げ出したくなるような悪臭が漂っていたが、外で夜露に濡れれば寒いし、疲れはててもいたので、トムは唯一の寝具であるぼろぼろの毛布を身に巻きつけて寝わらの上に横になり、眠りに落ちていった。

　夢の中で、優しい声が聞こえた。トムはポンチャトレイン湖のほとりにある庭園で苔むしたベンチに腰をおろしていて、エヴァが真剣な視線でうつむきがちにトムに聖書を読み聞かせてくれている。エヴァの声がした。

5　新約聖書「ヘブライ人への手紙」第一一章第六節。

「あなたが水の中を渡るときも／私はあなたと共におり／川の中でも、川はあなたを押し流さない。／火の中を歩いても、あなたは焼かれず／炎もあなたに燃え移らない。／私は主、あなたの神／イスラエルの聖なる者、あなたの救い主。[6]」

やがて、言葉は天上の音楽のようにかそけき響きとなり、消えていった。エヴァが深い瞳を上げ、愛情のこもった眼差しでトムをじっと見つめた。エヴァの瞳からトムの心に向かって暖かさと癒しの光が差しこむような気がした。そして、音楽に乗って軽やかに運ばれるようにエヴァは輝く翼で上へ上へと昇っていき、天から星のような金色の破片がきらきらと降ってきて、エヴァは行ってしまった。

トムは目ざめた。夢だったのだろうか？　夢ならば、それでもよかった。だが、生きているあいだ、あれほどまでに悲しむ者たちを慰め癒すことに熱心だったあの優しく幼い魂に対して、死後もその奉仕の役割を果たすことを神がお許しにならないと、いったい誰が断言できよう？

そは美しき信心なり
われらが頭のあたりに
天使の翼もて羽ばたける

死者の御霊(みたま)がつねにいますこと

6　旧約聖書「イザヤ書」第四三章第二節〜第三節。

第33章　キャシー

見よ、虐げられる者の涙を。
彼らには慰める者がいなかった。
また、彼らを虐げる者の手には力があった。
彼らには慰める者がいなかった。[1]

新しい環境に望むべきことも、恐れるべきことも、トムはすぐに見てとった。トムは何をやらせても優秀で有能な働き手だった。しかも、生来仕事が手早く、心根は誠実だった。トムは物静かで争いを好まない性質だったので、どんなときも精一杯の努力をして、このひどい環境においてもできるだけ邪悪なことに巻きこまれずにいたいと願っていた。胸が悪くなるような虐待や心が折れそうになるような悲惨なできごとをいやというほど見聞きしたが、それでも、信仰を心の支えにして耐えていこう、公正に裁いてくださる主にわが身をゆだねて、まだどこかにこの状況から逃れる道があるかもしれないという希望を捨てずにいよう、と思っていた。

リグリーは黙ってトムの能力を測っていた。リグリーはトムを第一級の働き手と認めたが、それでもひそかにトムを嫌悪した。悪が善に対して反感を抱くという自然の摂理である。リグリーは、自分がたびたび弱き者たちに暴力をふるい蛮行を働く場面で、トムがそれを見ていることをはっきりと意識していた。胸に抱いた考えは、言葉にしなくとも外に顕（あらわ）れるものだ。そして、たとえそれが奴隷の考えであっても、主人の気にさわることに変わりはない。トムはさまざまな場面で優しい気持ちを表し、ともに虐げられている者たちに対する同情を見せた。それは奴隷たちがついぞ知らなかった思いやりであり、リグリーの胸に嫉妬を生んだ。リグリーは、いずれこの男を農園監督のような立場で使おうという胸算用でトムを買った。自分が少しのあいだ農場を留守にするときなどに、あとを任せられる存在に育てようと思っていたのだ。そのためには、リグリーの考えでは、一にも二にも冷酷であることが不可欠だった。トムが農園の奴隷たちに対して冷酷にふるまわないのを見て、リグリーは即刻トムを調

1　旧約聖書「コヘレトの言葉」第四章第一節。

教しなおすことに決めた。そして、トムがリグリー農園に連れてこられてから数週間がたったころ、リグリーはトムの調教に着手することにした。

ある朝、奴隷たちが畑に向かって行進させられているときに、トムは見たことのない女がいるのに気づいて驚いた。女の形(なり)がトムの目を引いたのだ。その女は背が高くすらりとしていて、手足がとても華奢(きゃしゃ)で、きちんとしたいい身なりをしていた。顔つきを見ると、三五歳から四〇歳くらいであろうと想像できた。それは、一度見たら忘れられない顔だった。一目見ただけで、それまでの激情と苦痛にさいなまれ波瀾に満ちた半生が想像できるような顔だった。額は秀でて高く、眉はくっきりと美しく、鼻はまっすぐで形よく、口もとは上品で、頭から首すじにかけてのラインは優雅で、若いころはかなりの美人であったろうと思われた。しかし、その顔には苦悩のしわが深く刻まれ、プライドを守りながら耐えてきた跡がうかがわれた。顔色は黄ばんで不健康に見え、頬はこけ、表情は険しく、全身がやつれて見えた。しかし、何よりも目が印象的だった。とても大きくて黒々とした瞳が、同じく黒くて長いまつ毛にびっしりと縁取られ、狂気に近い悲しみをたたえた絶望の色を放っていた。容貌のあらゆるところに、表情豊かな口もとにも、身のこなしひとつにも、強烈なプライドと負けん気が垣間見えた。しかし、その瞳だけは深い苦悩の闇に沈み、絶望の果てに何もかも放(ほう)

擲(てき)したようなその色は、全身から発する侮蔑やプライドとあまりに落差があって痛々しいほどだった。

その女がどこから来たのか、何者なのか、トムは知らなかった。気がついたときには、夜明けの薄明かりの中で、その女がトムと並んで顔をしっかり上げ尊大な態度で歩いていたのだ。しかし、ほかの奴隷たちはその女を知っているようで、みんなが女をじろじろ見たりふりかえったりした。ぼろをまとって餓死寸前のような惨めな奴隷たちのあいだに、押し殺してはいるものの、その女に対するあきらかに勝ち誇った空気が広がっていた。

「とうとうこうなったか――いい気味だ！」誰かが言った。

「ひっひっひっ！　たんまり楽しむといいよ、奥さん！」ほかの誰かが言った。

「働きぶりを見してもらおうじゃねえか！」

「夜になったら、おらたちみてえに鞭でぶたれるのかな！」

「鞭でぶたれりゃいいのさ、見てえもんだ！」

女はあざけりの声にはいっさい反応せず、何ひとつ聞こえぬふりで、あいかわらず怒りと侮蔑の混ざった表情のまま歩きつづけた。トムはそれまでずっと洗練され教養のある人々の中で暮らしてきたので、女の雰囲気や物腰を見て、直感的に、この女も上流階級に属する人間だと思った。しかし、どんないきさつで、どんな理由で、その女がこのように不名誉な境遇になりさがったのか、それはトムにはわからなかった。畑に着くまでずっと、女はトムのすぐ脇を歩いていたが、トムのほうを見ることはなく、いっさい話しかけてくることもなかった。

トムはすぐにせっせと棉摘みを始めたが、例の女があまり遠くないところで作業をしていたので、しょっちゅうそっちに目が行った。一目見て、女が生まれつき器用で手際がよく、ほかの奴隷たちより楽々と作業をこなしているのがわかった。女はすごい速さできれいに棉を摘んでいった。あいかわらず周囲を見下したような態度で、仕事も気に入らないし自分が置かれている不名誉で屈辱的な状況も気に入らない、というように見えた。

その日、トムは一緒にここへ買われてきたムラートの女のすぐ近くで作業をしていた。ムラートの女は見るからに具合が悪そうで、ふらついたり震えたりして倒れそうになるたびに神様に救いを求める声が聞こえた。その女のそばに来たときに、トムは黙って自分の袋から女の袋へ幾つかみか棉花を移してやった。

「ああ、だめ！　だめだよ！」女はびっくりした顔で言った。「面倒なことになるよ」

ちょうどそのとき、サンボが近づいてきた。サンボはこの女をとくに目の敵（かたき）にしているようで、鞭を鳴らしながら獣のようなしわがれ声で言った。「おい、どういうこった、ルース、ごまかすつもりか?」サンボは重い牛革の靴で女を蹴りつけ、トムの顔を真正面から鞭で打った。

　トムは黙って棉摘み作業に戻ったが、女のほうは疲労が限界に達していたらしく、その場で気を失ってしまった。

「目をさましてやろう」奴隷頭は残忍な笑いを浮かべ、「樟脳より効くやつをお見舞いするぜ」と言うと、上着の袖に刺していた太い針をはずして、それを根元まで深々と女のからだに突き刺した。女はうめき声をあげて起きあがろうとした。「立て、このろくでなしめ、働くんだ。ぐずぐずするな、もっと痛い目に遭わせるぞ!」

　女はむりやり覚醒させられたようで、少しのあいだ、異様な馬力を発揮してものすごい勢いで働いた。

「その調子でやれ」サンボが言った。「でないと、今夜のうちに死んじまったほうがよかったと思うくれえにしてやるからな!」

「いまだって死んだほうがましだよ!」トムの耳に女の声が聞こえてきた。「ああ、神様、いつまで続くのですか?　神様、どうして助けてくださらないのです?」

　危険もかえりみず、トムはまた女のそばまで行って、自分の袋にためた棉花をぜんぶ女の袋に入れてやった。

「だめだよ！　何されるかわかったもんじゃないよ！」女が言った。

「わしなら耐えられるから！」トムが言った。「あんたより、わしのほうが耐えられるから」そして、トムは自分の持ち場に戻った。あっという間のことだった。

　ふと気がつくと、例の新入りの女がトムのそばにいた。たまたま棉摘みの作業中に近くにいて、ムラートの女にかけたトムの最後の言葉を耳にしたのだった。女は黒い大きな瞳を上げて、少しのあいだトムをじっと見つめた。そして、自分のカゴ[2]からたくさんの棉花をつかみ出して、トムのカゴに入れた。

「あんたはここのことを知らないんだね」女は言った。「でなけりゃ、そんなこと、するはずがない。ここに一カ月もいたら、他人を助けようなんて気はなくなるよ。自分のことで精一杯でね！」

「とんでもねえです、奥様、そんなこと神様がお許しにならねえです！」トムは、自分と同じように畑で棉摘みをしている女に対して、直感的に、これまで仕えてきた上流階級の人々に対するのと同じ言葉づかいをした。

「神様はここらには顔を見せたことなんかないよ」女は苦々しい口調で言うと、器用な手つきでふたたび棉を摘みはじめた。そして、またしても口もとをゆがめて侮蔑の笑みを浮かべた。

しかし、女の行動は畑の反対側にいた奴隷頭の目にとまり、男が鞭を鳴らしながらやってきた。

「何だ、何だ！」奴隷頭の男は勝ち誇った口調で女に言った。「あんた、ごまかすってのか？　つまらねえことすんな！　あんた、いまじゃおらの下にはいったんだからな。気をつけねえと、痛え目に遭うぜ！」

女の黒い瞳が稲妻のように激しい光を放った。女は唇を震わせ鼻孔を膨らませて奴隷頭に向きなおり、肩をそびやかして、怒りと侮蔑に燃える目で相手を睨みすえた。

「犬め！　このわたしに手を出せるものなら、出してみな！　これでもまだ、おまえを犬に食い殺させて、火あぶりにして、切り刻んでやるくらいのことはできるんだからね！　わたしがひとこと口をきけば！」

「そんなら、あんた、いったいなんでここにおるんだよ？」男はあきらかに気圧(けお)されて、不服そうに一、二歩下がった。「悪気はねえけどよ、キャシー奥様よ！」

2　摘んだ棉花は肩からさげた袋に入れ、ある程度たまると大きなカゴに移していたと想像される。

「ならば、そばに寄るな！」女が言った。すると、男はいかにも畑の反対側に用事があったというふりをして、あっという間に離れていった。

女はさっさと仕事に戻り、トムがびっくりするほどの手早さで棉を摘みはじめた。まるで魔法でも使っているような働きっぷりだった。一日の仕事が終わるまでに、女のカゴはいっぱいになり、ぎゅっと詰まった棉花がうずたかく盛り上がり、おまけに女は何度となくトムのカゴにもたっぷりの棉花を入れてくれた。すっかり日が暮れたころ、働き疲れた奴隷たちは頭にカゴを載せて、棉花を検量し保管する倉庫の前に列を作った。倉庫にはリグリーがいて、二人の奴隷頭とさかんに話をしていた。

「あのトムって野郎は、えらく面倒を起こしそうですぜ。何べんもルーシーのカゴに棉花を入れてやってました。あんなこと許しといたら、黒んぼどもがみんな不満を言うようになりますぜ。旦那様が睨みをきかしとかねえと！」サンボが言った。

「ふん！　罰当たりな黒んぼめ！」リグリーが言った。「ひとつ、焼きを入れてやらんといかんな。どうだ？」

サンボとキンボは、リグリーのほのめかしを聞いて、ぞっとするような笑いを浮かべた。

「おう！　おう！　焼きを入れるんなら、リグリーの旦那様に任しとくにかぎる！

悪魔だって旦那様にゃかなわねえ！」キンボが言った。

「そうだな、いちばんいいのは、あいつに鞭打ちをやらせることだ。くだらねえ料簡がなくなるまで。よし、みっちり叩きなおしてやれ！」

「いやあ、旦那様、あいつに料簡を捨てさせるのは、なかなか手強いですぜ」

「だが、捨てさせるしかない！」リグリーが口の中で嚙みタバコを転がしながら言った。

「ルーシーはどうですかね。あんなに癪にさわる不細工な女はおりませんぜ！」サンボが続けた。

「聞き捨てならんな、サンボ。いったいなんでそんなにルーシーを目の敵にするんだ？」

「だってよ、旦那様、ルーシーのやつときたら、旦那様の言いつけにそむいたんですぜ。旦那様に言われたのに、俺の女にゃなりたくねえって言うんだ」

「鞭でぶちのめしてやりたいとこだがな」リグリーがタバコの汁を吐きながら言った。「ただ、いまは仕事がたてこんどる。いまあの女を叩き壊しちゃ、得にならねえ。ああいう細身の女は、半殺しの目に遭わしてもなかなか言うことを聞かねえもんだ」

「けど、ルーシーはほんと癪にさわるし、怠け者だし、膨れっ面ばっかしやがるし。何の役にも立たねえのに、トムはあんな女を助けやがるんです」

「ほう、そうか！　じゃあ、トムにルーシーを鞭打ちさしてやったらいいじゃねえか。ちょうどいい練習になるだろうよ。それに、おまえらみたいには女をひどく痛めつけねえだろうしな」

「ホウ、ホウ！　ホー、ホー、ホー！」真っ黒な浅ましい男たち二人が声をあげて笑い、その悪魔じみた笑い声は、まさにリグリーが仕込んだとおりの鬼畜の響きだった。

「それにしても、旦那様、ルーシーのカゴに棉花を入れてやったのは、誰かって、トムとキャシー奥様なんですぜ。だからルーシーの目方は足りてると思うんですがな！」

「検量は、この俺がやるのさ！」リグリーが言葉を強調した。

二人の奴隷頭は、また鬼畜のような笑い声をあげた。

「そうか！　キャシー奥様も一日ぶん働いたってわけか」リグリーが言った。

「まるで悪魔が手下どもを引き連れて通ったみてえな手際の良さでしたよ！」

「ああ、悪魔を手下ごとくわえこんだような女だからな！」リグリーはそう言い、ぶつぶつと下品な罵(ののし)りの言葉を吐きながら検量室にはいっていった。

疲れはてた奴隷たちがのろのろと列を作って検量室にはいり、ぺこぺこしながらカゴを差し出して、秤にかけてもらう。

端に名前の一覧を貼りつけた石盤に、リグリーが重量を記入していく。トムのカゴが検量され、合格した。トムは自分が助けた女があとに続いて検量してもらうのを、無事に合格するかどうか心配そうに見つめた。

女はよろよろと進んでいって、カゴを差し出した。じゅうぶんに合格するだけの目方があり、それはリグリーもわかっていた。しかし、リグリーはわざと腹を立てたふりをして女に難癖をつけた。

「なんだ、この怠け者が！　また足りんじゃないか！　そこに立っとれ、いますぐひでえ目に遭わしてやる！」

女は絶望のうめき声をもらし、床にへたりこんでしまった。

次に進み出たのは、キャシー奥様と呼ばれた女だった。女は傲岸でぞんざいな態度でカゴを差し出した。女がカゴを差し出したとき、リグリーがあざわらうような、それでいてどこか機嫌をうかがうような目つきで女の目を見た。

女は黒い瞳で真正面からリグリーを見据え、唇をかすかに動かして、フランス語で何か言った。何を言ったのかは、誰にもわからなかった。しかし、女がしゃべるのを聞いたリグリーは悪魔の形相に変わり、いまにも殴りかかろうとするように手を上げた。女は激しい侮蔑の眼差しでリグリーを射すくめ、くるりと背を向けて、そのまま出ていった。

「さてと」リグリーが言った。「おい、トム、こっちへ来い。いいか、前にも言ったように、おまえを買ったのは通り一遍の仕事をさせようと思ったからじゃない。おまえを引き立ててやるぞ、奴隷頭にな。さっそく今夜から始めてみろ。いいか、この女に鞭打ちをくれてやれ。やり方はさんざん見てわかっとるだろう」

「お許しください、旦那様」トムが言った。「それは勘弁してください、旦那様。わし、そういうことには慣れとりません。いっぺんもやったことがねえです。とてもじゃねえけど、できません。どうしても無理です」

「それなら、ちょうどいい機会だ。いまのうちに、おまえが知らずにきたことをたっぷり教えてやるわ!」リグリーはそう言うと、牛革の鞭を取りあげてトムの顔面をしたたかに打ち、続けて何度もトムの上に鞭を振り下ろした。

「どうだ」息を切らしたリグリーが、いったん手を休めた。「これでも、できんと言い張るか?」

「はい、旦那様」トムは顔からしたたる血を手で拭いながら言った。「わし、働くならどんだけでも働きます。夜も、昼も、命と息があるかぎり働きます。けども、これだけは正しいと思えんのです。旦那様、わし、ぜったいにそういうことはやりません。ぜったいに！」

　トムはとても穏やかで優しい話し方をするし、ふだんから礼儀正しかったので、リグリーはトムのことを臆病者だろうと思っていて、簡単に言いなりになるものと決めこんでいた。トムがこの最後の言葉を口にしたとき、その場に居合わせた誰もが何かに打たれたように唖然とした。哀れなムラートの女は両手をぎゅっと握りしめて、「ああ、神様！」と言った。ほかの奴隷たちも思わず顔を見合わせ、息をのんだ。これから炸裂する嵐を想像したのだ。

　リグリーはあっけにとられて一瞬当惑した表情を見せたが、すぐにどなり声をあげた。

「何だと！　この黒んぼの畜生めが！　俺様の言いつけたことが正しくないからやりません、と言うのか！　この俺様に向かって！　てめえみてえなろくでなしの家畜が、正しいだの正しくないだの言えたものか！　俺が根性を叩きなおしてやる！　てめえ、何様だと思ってやがる？　てめえは紳士か？　ええ、トムの旦那よ？　ご主人様の俺に向かって何が正しいだの正しくないだの説教を垂れるとはな！　つまり、てめえは、あのあまを鞭打ちするのはまちがっとると言いたいのか？」

「わしはそう思います、旦那様」トムが答えた。「かわいそうに、あの人は具合が悪くて弱っています。それを鞭打つなんて、とんでもなく残酷なことです。わしはぜったいにしません、する気もありません。旦那様、わしを殺すなら、殺してください。でも、ここにおる奴隷の誰かに手を上げることは、わし、ぜったいにしません。それくらいなら死んだほうがましです！」

トムの口調は穏やかだったが、その言葉にはまぎれもない決意がこめられていた。リグリーは怒りでぶるぶる震えていた。緑がかった瞳をぎらぎら光らせ、ひげは怒りのあまり縮れあがりそうになっていた。しかし、獰猛な野獣が食らいつく前に獲物をなぐさみものにするように、リグリーは一気に暴力に走りたい衝動を抑え、憎々しげにトムをからかった。

「おお、ついに、われら罪人たちの中に、敬虔なる犬めが降臨されたぞ！　さあみんな、聖人だ、紳士のお出ましだ。しかもなんと、われら罪人に向かって、罪を説いて聞かせようとしてくださる！　さぞありがたいお方だろうよ！　おい、このろくでなしめ、てめえ信心ぶりやがって、聖書に『奴隷たち、主人に従いなさい[3]』と書いてあるのを知らねえのか？　俺はてめえのご主人様じゃねえのか？　一二〇〇ドルの現ナマを払っててめえを買ったのは、この俺様じゃねえのか？　てめえのそのいまいましい黒い皮の中身をぜんぶ残らず買ったのは、この俺様じゃねえのか？　てめえは俺様のものじゃねえのか？　肉体も魂も？　答えてみろ！」リグリーは頑丈な深靴でトムをしこたま蹴り上げた。

肉体的苦痛のただなかに、残忍な虐待によって屈従させられているそのただなかにあって、このリグリーの言葉はトムの魂を歓喜と勝利の光で貫いた。トムはすっと背すじを伸ばし、熱烈なまなざしで天を見上げ、頬に涙と血をしたたらせて叫んだ。

「いいえ、いいえ！　そうじゃねえです！　旦那様、わしの魂は旦那様のもんじゃねえです。旦那様は魂まで買ったではねえです。魂を買うことはできねえです！　わしの魂は、それを守ることのできるお方がすでに贖（あがな）われたです。何をしても、どんなことをしても、わしの魂を傷つけることはできねえです！」

「できねえだと⁉」リグリーがせせら笑った。「見てみようじゃねえか！　おい、サンボ、キンボ、こいつを叩き直してやれ、一カ月は忘れられんくらいにな！」

トムという餌食を与えられた二人の黒い大男たちは、鬼畜のごとき喜悦の表情を浮

3　新約聖書「エフェソの信徒への手紙」第六章第五節、「コロサイの信徒への手紙」第三章第二二節より。

かべ、まさに邪悪な力が人間の形をとって現れたような姿になった。哀れなムラートの女は恐ろしさのあまり叫び声をあげ、ほかの奴隷たちはみな思わず立ち上がった。その中を、無抵抗のトムは二人の奴隷頭に引きずられていった。

第34章　クヮドルーンの物語

見よ、虐げられる者の涙を。
また、彼らを虐げる者の手には力があった。
今なお生きている人たちよりも、すでに死んだ人たちを私はたたえる。
――「コヘレトの言葉」第四章第一節、第二節[1]

夜もふけたころ、トムは綿繰り場の使われなくなった古い部屋にひとり横たわり、うめき声をあげ、血を流していた。あたりには壊れた機械類やら、くずワタやら、さまざまながらくたが積みあげてある。

風のない蒸し暑い夜で、息の詰まりそうな部屋の中には無数の蚊が飛びまわり、た

1　旧約聖書「コヘレトの言葉」第四章第一節～第二節より部分引用。

えず襲ってくる傷の痛みをますます耐えがたくさせていた。それに何より、やけつくような喉の渇きが、どんな拷問よりもつらい肉体的苦痛をもたらしていた。

「ああ、神様！　どうぞ、わしに目をお留めくださいーー勝利をお与えください！すべてに打ち克つ勝利をお与えください！」哀れなトムは、苦悶の中で祈りつづけた。

背後で、部屋にはいってくる誰かの足音が聞こえ、ランタンの光がトムの目を射た。

「誰……？　お願いです、水をください！」

部屋にはいってきた女は、あのキャシーだった。キャシーはランタンを床に置き、びんに入れて持ってきた水をコップに注ぎ、トムの頭を持ち上げて水を飲ませた。もう一杯、もう一杯、とトムは夢中で水を飲みほした。

「飲みたいだけ飲むといいよ」女が言った。「どんなになってるか、わかってた。これまで何回も、こうして夜に出てきて、あんたみたいな者に水を運んできてやったからね」

「ありがとうございます、奥様」トムが水を飲みおわって言った。

「奥様なんて呼ばないで！　わたしは惨めな奴隷よ。あんたと同じ。あんたよりはるかに卑しい奴隷だわ！」女は苦々しい口ぶりで言った。「でも、とにかくーー」と、女はドアのところまで戻って、小さなわら布団を部屋に引っぱりこんだ。布団の上には冷たい水で濡らした麻布が敷いてある。「かわいそうにね。ごろんと転がって、この布団の上に乗ってごらん」

裂傷と打撲とでからだを思うように動かせなかったが、トムは長い時間をかけて布団に乗り移った。すると、傷にひんやりした布が当たって、いくらか痛みがやわらいだ。

残虐な仕打ちを受けた犠牲者たちを長年にわたって介抱してきたキャシーはいろいろな手当てを知っていて、トムの傷にあれやこれや薬を塗ってくれた。おかげで、じきに痛みが多少はましになった。

「さあ。これくらいしかしてあげられないけど」くずワタを巻いたものを枕がわりにしてトムの頭を少し高くしてやり、キャシーは言った。

トムは礼を言った。キャシーは床に腰をおろし、両腕で両膝を抱くようにして、じっと前を見つめていた。その顔には苦々しく苦悩に満ちた表情が浮かんでいた。ボンネットが背中のほうへずり落ち、ウエーブのかかった長い黒髪が憂いの深い美しい顔に落ちかかっている。

「あんたね、あんなことをしても無駄なのよ！」とうとう、キャシーが口を開いた。「あんたがやろうとしていることは、無駄なの。あんたは勇敢な人だわ。あんたの言ってることが正しい。だけど、何もかも無駄なのよ、どんなにがんばっても。お話にならないわ。あんたは悪魔の手に握られているの。あいつがいちばん強いの。諦めるしかないのよ！」

諦める！　か弱き人間が肉体的苦痛にさいなまれるなかで、何度この言葉が頭に浮かんだことだろう！　トムはびくっとした。すさんだ顔をしたこの女が狂おしい眼差しと憂いに満ちた声でささやいた言葉は、まさにトムが必死に抵抗しようとしていた誘惑そのものに思われたからだ。

「ああ、神様！　神様！」トムはうめき声をあげた。「どうして諦めることなどできましょうか？」

「神様を呼んだって、無駄よ。聞いちゃくれないんだから」女は断言した。「神様なんて、いないの。もしいたとしても、わたしたちの敵に回ったのね。わたしたちに味方してくれるものなんか、ひとつもないわ。天国にも地上にも。何もかもが、わたしたちを地獄へ突き落とそうとしてる。そうなるに決まってるのよ」

トムは目を閉じ、神の存在を否定する邪悪な言葉に身震いした。

「いいこと」女が言った。「あんたはなんにもわかってないの――わたしは知ってるわ。ここに五年も暮らしてるんだから。身も心もあの男に蹂躙（じゅうりん）されながらね。あの男は悪魔と同じよ。憎んでも憎みきれない！　だけど、ここは人里離れたプランテーションなの。よそのプランテーションから一五キロ以上も離れていて、しかも沼地の中。証人になってくれる白人なんか、一人もいない[2]――奴隷ごときが火あぶりにされようが、釜茹でにされようが、切り刻まれようが、生きたまま犬の餌食にされようが、木に吊るされて鞭で死ぬまで打たれようが。ここには、わたしたちをかろうじて守ってくれる法さえ、ひとつもないのよ。神の法だろうが、人の法だろうが。しかも、あの男ときたら！　あいつが手を染めない悪事なんて、ひとつもないわ。ここでわたしが見てきたことや聞いてきたことを話したら、それだけで誰だって髪が逆立って、歯の根が合わなくなるでしょうよ。抵抗したって無駄なのよ！　わたしが好き好んであいつと一緒に暮らしてきたと思うの？　こんなわたしでも、大切に育てられた人間だったのよ。それを、あの男ときたら！　最低のクズよ、昔も、いまも。それでも、わたしはあいつと五年も暮らしてきた。一瞬ごとに人生を呪いながらね。夜も昼も！　その男が、こんどはまた新しい女を手に入れたってわけ。たった一五歳の子供を。それも、ちゃんと信心を教えられて育ったって言うじゃないの。親切な奥様に育てられ

2　当時の法廷では、黒人は証人として認められなかった。

て、聖書を読む習慣も教わった、って。ここへも自分の聖書を持ってきたんだって――こんな地獄に聖書だってさ、馬鹿馬鹿しい！」女は狂おしく悲しげな笑い声を放った。それはこの世のものとも思えぬ気味の悪い音となって、廃墟の壁に響いた。

トムは両手の指を組んだ。あたりは闇と恐怖に包まれていた。

「ああ、イエス様！　イエス様！　わしら哀れな者たちのことをお忘れになったのですか？」とうとうトムの口から言葉がこぼれた。「お助けください、神様、堕落からお救いください！」

キャシーは容赦ない言葉を続けた。

「同僚の奴隷どもの何がだいじなのさ？　みすぼらしいケチな犬どものために、なんであんたが痛い目に遭わなくちゃならないの？　隙があれば、どいつもこいつも、その場であんたを裏切るよ。堕ちるところまで堕ちた連中さ。他人に残虐なことをしたって何とも思わない。あんな奴らをかばってあんたが痛い目を見ることなんかないのに」

「哀れな人たちだ！」トムが言った。「何があの人たちを残忍にしたのか？　それに、もしここで降参したら、わしもそういうことに慣れていって、だんだんあの人らと同じになってしまう！　だめだ、だめです、奥様。わしは何もかもなくした――カミさんも、子供たちも、家も、優しいご主人様も。しかも、ご主人様はわしを自由にしてくれるはずだったんです、あと一週間だけでも生きてってくれたら。わしはこの世では何もかもなくしました。もう二度と戻ってはこない。そのうえいま、天国までなくすわけにはいかんのです。だめだ、ぜったいに罰当たりに堕ちるわけにはいかんのです」

「だけど、神様だって、罪をわたしたちのせいにはなさらないでしょうよ」女が言った。「やむにやまれずこうなったんだから、神様はわたしたちを責めやしないわよ。わたしたちをこういう目に遭わせた奴らのほうを責めるはずだわ」

「それはそうです」トムが言った。「けど、だからといって、罰当たりに堕ちてええっちゅう理屈にはならんと思います。もし、わしがサンボみたいな冷酷な人間に、あんな罰当たりになっちまったとしたら、どうしてわしがそうなったかはたいした問題じゃないです、そういう人間になったっちゅうことが問題で、わしはそれを心配しておるんです」

キャシーは思いもよらなかった言葉に打たれたように、ぎょっとした顔でトムを見た。そして、苦しげなうめき声をもらした。

「ああ、神様、お許しを！　あんたの言うとおりだよ。おぅ……おぅ……おぅ！」うめき声をあげながら、キャシーは床にくずおれ、途方もなく大きな苦悩に押しつぶされたかのようにのたうちまわった。

少しのあいだ沈黙が支配し、二人の息づかいだけが聞こえた。やがて、トムが弱々しい声で言った。「あの、奥様、お願いが……！」

キャシーがさっと起き直った。その顔は、いつもの険しく憂いをおびた表情に戻っていた。

「お願いです、奥様。連中がわしの上着をあそこの隅に放るのが見えました。その上着のポケットに聖書がはいっとるんです。それを取ってきてもらえませんか」

キャシーは部屋の隅へ行き、聖書を取ってきた。トムは聖書を受け取り、すぐに、たくさん印をつけてぼろぼろになっているページを開いた。それは、自らの身に鞭を受けることによってわたしたちを癒してくださった方が、この世で最期を迎えられた場面の描写だった。

「奥様、よかったら、そこを読んでもらえませんか。わし、水よりもっとありがたいです」

キャシーは聖書を手に取り、そっけない高慢な態度で一節に目を通した。そのあと、静かな声で、独特の美しい抑揚をつけながら、苦悩と栄光の感動的な物語を朗読した。

朗読をすすめるうちにキャシーの声はとぎれがちになり、ときには涙声になって朗読を中断し、それでもなんとか心を鬼にして涙をこらえて、ふたたび朗読を続けた。しかし、「父よ、彼らをお赦しください。自分が何をしているのか分からないのです。[3]」という感動的な部分にさしかかったとき、キャシーは聖書を床に投げ出し、豊かな黒髪に顔をうずめて声をあげて泣き、激しく身を震わせた。

トムも泣いていた。そして、ときどき押し殺した叫び声をあげずにはいられなかった。

「わしらもあんなふうになれたら！」トムは言った。「あの方にとってはあんなにあたりまえのことだけども、わしらにとってはこんなに難しい！　ああ主よ、お助けください！　ああイエス様、どうかお助けください！」

「奥様」しばらくたったあと、トムが口を開いた。「奥様はわしなんぞよりずっと立派なお方だけども、それでもこの哀れなトムから学ばれることがひとつあるかもしれんです。奥様は神様がわしらの敵に回ったと言われました。いたぶられ虐待されておるわしらを放っておかれるから、と。けど、神の御子がどうだったか、考えてみてください――いと高き主イエス様がどんな目に遭われたか。イエス様はいつだって貧乏

3　新約聖書「ルカによる福音書」第二三章第三四節。

でなかったですか？　それに、わしら、誰もまだイエス様ほど貶（おとし）められてはおらんでしょう？　神様はわしらのことをお忘れではないです。わしにはわかります。イエス様とともに耐え忍ぶならイエス様とともに支配するようになる、とお聖書にも書いてあります。けど、イエス様を否（いな）むならイエス様もわしらを否まれる、と。[4] 誰も彼もみんな、苦しい目に遭ったでないですか？　主も、主に従った人たちも。みんな石で打たれ、のこぎりで引かれて殺され、羊の皮や山羊の皮を着てさまよい歩き、暮らしに事欠き、苦しめられ、虐げられたと書いてあります。[5] 苦しい目に遭わされたからといって、神様が敵に回ったたっちゅうことじゃないと思います。むしろ逆です、わしらが主を信じて、諦めず、罪に堕ちなければ――」

「だけど、どうして神様はわたしたちが罪人になるよりほかないような境遇に、わたしたちを置かれるのよ？」キャシーが言った。

「罪人に堕ちん道もあると思います」トムが言った。

「あんたにも、そのうちわかるわ」キャシーが言った。「これからどうするの？　あしたになれば、あいつらがまた痛めつけにくるわよ。わたしはあいつらを知ってるから。あいつらのやることは、ぜんぶ見てきたんだから。あんたがこの先どんな目に遭わされるかと思うと、耐えられないわ。そうして、最後には、あんたを降参させるのよ！」

「ああ、イエス様！」トムが言った。「イエス様は、わしの魂をお救いくださいますね？　ああ、お願いします！　わしが降参せんように！」

「ああ、それね！」キャシーが言った。「そうやって泣く声や祈る声は、これまでさんざん聞いてきたわ。でも、みんなくじかれて、ぺちゃんこにされたの。それに、こんどはエメリン――いまはまだ耐えようとしてがんばってるけど。それに、あんたも。でも、そんなことが何になるの？　諦めるしかないのよ。でなけりゃ、じわじわとなぶり殺しにされるだけよ」

「だったら、わし、喜んで死にます！」トムが言った。「なぶるなら、どんだけでもなぶったらええ、どうせいつかは死ぬ身だ！　死んだら、もうそれ以上は何もできん。わし、決めました！　神様はきっとお助けくださる、わしを導いてくださる」

キャシーは何も答えず、黒い瞳でじっと床を見つめていた。

「そうかもしれないわね」キャシーはつぶやいた。「でも、いったん諦めてしまった

4　新約聖書「テモテへの手紙　二」第二章第一二節より。

5　新約聖書「ヘブライ人への手紙」第一一章第三七節より。

者には、何の希望もないわ！　ひとつも！　わたしたちは汚辱にまみれた暮らしをして、だんだん何もかも嫌になって、しまいには自分のことさえ嫌になるのよ！　それで、もういっそ死にたいと思う。だけど、死ぬ勇気もない！　何の希望もないのよ！何の希望も！　あの子も――ちょうどわたしもあの子ぐらいの歳だったわ」

「いまのわたしは、こんな人間よ」キャシーはものすごい早口でトムに向かって話しはじめた。「こんな人間になりさがったの！　でもね、わたし、これでも大切に育てられたのよ。最初におぼえているのは、子供のころ、すごく立派な客間で遊んでいたこと。いつもお人形みたいにきれいな服を着て、いつもお客様に褒められて。大広間の窓から庭に出られるようになっていてね、わたしはその庭でかくれんぼをして遊んだの。オレンジの木の下で、兄弟や姉妹たちと。もう少し大きくなってからは修道院にはいって、そこで音楽を習って、フランス語やら刺繍やら、いろいろ習ったわ。一四歳のとき、修道院を出たの。父のお葬式があったから。父は急死したの。で、遺産を整理してみたら、借金を清算するのにぎりぎりの財産しかないことがわかった。債権者たちが資産の目録を作成したときに、わたしも資産として計上された。わたしの母は奴隷だったから。父はずっと前からわたしを自由黒人の身分にしてくれるつもりだったんだけれど、それをしないうちに亡くなって、わたしは資産として計上されたわけ。わたし、自分の身分は前から知っていたけど、あまり深く考えたことはなかったわ。元気満々の健康な男性がいきなり死ぬなんて、ふつう考えないでしょう？　わたしの父は、死ぬ四時間前までピンピンしていたの。ニューオーリンズで流行したコレラのごく初期だったわ。お葬式の翌日、父の奥さんは自分の子供たちを連れて実家のプランテーションに戻っていった。その人たちの態度がどうも変だなとは思ったけれど、どうしてなのかはわからなかった。遺産の整理を任された若い弁護士がいてね。その人が毎日やってきて、家の中を歩きまわって、わたしにはすごく丁重な言葉づかいだった。その弁護士が、ある日、若い男の人を連れてきたの。わたし、それまで会った人たちのなかで、その男の人がいちばんハンサムだと思ったわ。あの晩のことは、忘れない。わたし、その人と二人で庭を散歩したの。わたしはさみしくて、やりきれないほど悲しくて、その男の人はとても親切で優しくしてくれたの。きみのことは修道院にはいる前に見たことがあって、それ以来ずっと愛していた、これからはきみの友だちになってきみを守ってあげるよ、って言ったの。要するに、わたしには言わなかったけれど、その人は二〇〇〇ドルを払ってわたしを買い受けたのね。それで、わたしはその人の所有物になったわけ。わたし、喜んで彼のものになったわ、だって愛していたんだもの。愛していたのよ！」そう言って、キャシーはいったん口をつぐんだ。「ああ、どんなに愛していたことか！　いまだって、どんなに愛していることか。これからだって、ずっと、この息があるかぎり、あの人を愛しつづけると思うわ！　彼はとても美しくて、すごく上品で、気高い人だった！　わたしをすばらしい家に住まわせてくれて、召使いも、馬も、馬車も、家具も、ドレスも、何もかも与えてくれた。お金で買えるものは何もかも与えてくれたわ。でも、わたしには、そんなものはそれほど大切ではなかった——わたしはとにかく彼のことだけを考えていたの。神様よりも、自分の魂よりも、もっとずっと彼のことを愛していたの。とにかく、彼が望むようにしたいということしか考えられなかった。

たったひとつ、わたしが望んだこと——それは、彼と結婚することだった。彼が言うようにわたしを愛してくれているのなら、そしてわたしが彼の期待どおりの女だったなら、きっと彼はわたしと結婚して、わたしを自由の身分にしてくれると思っていたの。でも、それは不可能だと彼はわたしを言いくるめた。そして、たがいに相手に対して誠実であれば、それは神の前においては結婚したのと同じことなのだ、と言った。もしそれがほんとうなら、わたしはその人の妻ということになるわね？　わたし、これ以上ないくらい彼に誠実に生きたわ。七年のあいだ、わたしは彼の一挙手一投足に心をくだいて、ひたすら彼を喜ばせるために生きた。彼が黄熱病にかかったときなんか、二〇日間も昼夜なしに看病したわ。たったひとりで。お薬を飲ませるのも、何もかも。彼はわたしを天使と呼んで、命の恩人だと言ったわ。わたしたちのあいだには、かわいい子供が二人生まれた。上の子は男の子で、夫と同じヘンリーという名前をつけた。ヘンリーは父親に生き写しだったわ。それは美しい目をして、美しい額で、髪はふさふさとカールして。それに、父親の気質や才能もそっくり受けついでいた。妹のイリーズはわたしにそっくりだと、彼は言ったわ。彼はわたしのことをルイジアナでいちばんの美人だと言ってくれて、わたしのことも子供たちのことも、それは自慢にしていた。子供たち二人をかわいく着飾らせて、わたしと子供たちを屋根なしの馬車に乗せて、通りを行く人たちが褒めてくれる言葉を聞くのを楽しみにしてた。きみのことをこんなふうに褒められた、子供たちのことをあんなふうに褒められた、って、いつもうれしそうに話して聞かせてくれたものよ。ああ、ほんとうに幸せな日々だった！　わたしほど幸せな人間はいないと思ってた。でも、最悪の運命が巡ってきたの。あるとき、彼の従兄（いとこ）のバトラーがニューオーリンズへ訪ねてきた。彼とはとても仲良しで、彼はその従兄をこのうえなく大切な親友だと思ってた。でも、わたしは、その男を初めて見たときから、なぜかはわからないけど、すごく嫌な感じがしたの。この人はぜったいにわたしたちに不幸をもたらす、と感じたのね。この従兄がヘンリーをしょっちゅう連れ出すようになって、夜中の二時や三時まで帰ってこないような日も珍しくなくなった。でも、わたしは何も言わないようにしていた。だって、ヘンリーはとても癇の強いところがあって、わたし怖くて言えなかったから。従兄は彼を賭博場へ連れていくようになった。彼はいったんのめりこむとあとに引けなくなる質だった。そのうえ、従兄は彼を別の女に紹介したの。わたし、彼の心が離れたのがすぐにわかったわ。彼は何も言わなかったけれど、わたしにはわかったの。日ごとに確信は強くなって——胸がはりさけそうだったけれど、何も言えなかったの！　そうなったところで、その卑劣な従兄は、わたしと二人の子供たちを買い取る話をヘンリーに持ちかけたの。借金を清算する手段として。その借金のせいで、ヘンリーは望む結婚ができなかったのね。それで、彼はわたしたちを売ったの。ある日、彼はわたしに言った。ちょっと地方で仕事があって、二、三週間ほど留守にするから、って。いつもより優しい口調で、きっと帰ってくるからね、って言ったわ。でも、わたしはだまされなかった。とうとうそのときが来たんだと思ったわ。わたしは石のように固まってしまった。言葉も出せなければ、涙を流すことすらできなかった。彼はわたしにキスをして、二人の子供たちにキスをして、何度も何度もキスをして、そして出ていった。馬にまたがった彼の姿が見えなくなるまで、わたし、ずっと見送った。そして、気を失ったの。

そこへやってきたのが、あの卑劣きわまりない男よ！　わたしを引き取りにきたの。おまえと二人の子供たちを買った、と言ったわ。そして、売渡証を見せた。わたしは神の名にかけてその男を呪った。あんたと暮らすくらいなら死んだほうがましだと言ってやった。

『お好きなように』とその男は言ったわ。『ただし、きみが駄々をこねるなら、二人の子供たちを売り払う。二度と会えなくなるかもね』って。その男は、ずっとわたしを自分のものにしようと狙っていた、と言ったわ。初めて会ったときから。それで、ヘンリーをギャンブルに誘いこんで、借金を作らせたの。わたしたちを売らせるために。ほかの女とヘンリーをいい仲にさせたのも、自分が仕組んだことだ、って。そのうえに、いまさら泣こうがわめこうがおまえを放さないから、そのつもりで、なんて言ったわ。

わたしは諦めたわ。両手を縛られたも同然だもの。あの男は、わたしの子供たちを人質に取っていた――わたしがあの男の言いなりにならないと、そのたびに、子供たちを売るぞ、って脅かした。そうやってわたしを思いどおりにしたのよ。ああ、最悪の人生だったわ！　胸がはりさけそうな悲しみで、毎日毎日、それでもあの人を愛する気持ちを捨てられなくて。惨めなだけなのに。しかも、身も心も憎い男に縛りつけられて。わたし、以前はヘンリーに本を読んであげたり、ピアノを弾いてあげたり、二人でワルツを踊ったり、歌を歌ってあげたりしたわ。でも、あの男にしてやったことは、何もかも心ならずもやらされたこと——それでも、怖くて嫌だとは言えなかった。あの男はすごく横柄で、子供たちにきつく当たったわ。イリーズなんて、萎縮してしまって。でも、息子のヘンリーのほうは、父親によく似て大胆で癇の強いところがあって、どんな相手にもぜったい屈服しなかった。しょっちゅうあの男の欠点をあげつらって言い合いばかりしていたわ。わたしは毎日ひやひやしながら生きていた。ヘンリーには、あの男にたてつかないよう諭したわ。あの男と息子をなるべく離しておこうともした。子供たちは、わたしにとって命より大切なものだったから。でも、そんなことは何にもならなかった。あの男は子供たちを二人とも売り飛ばしたの。ある日、馬車で遠乗りしようってあの男に連れ出されて、家に帰ってきたら、子供たちは二人とも影も形もなかったの！　子供たちは売り払った、ってあいつは言ったわ。そして、わたしにお金を見せた。あの子たちの血の代価を。わたしはもう完全に破れかぶれになって、半狂乱で罵倒したわ。神を。その男を。少しのあいだ、あいつは本気でわたしのことを怖がってたみたいだった。でも、そんなことで手を緩める男じゃないの。子供たちは売り払ったけど、おまえが子供たちにまた会えるかどうかはおれの胸ひとつだ、って言ったの。そして、わたしが言いなりにならなかったら、そのぶん子供たちが痛い目に遭うんだ、って。ね、子供を人質に取られたら、女は何だって言うことをきくしかないのよ。あいつはわたしを屈服させたわ。わたしを言いなりにさせた。事と次第によっては子供たちを買い戻してやってもいいぞ、なんて甘い言葉もちらつかせた。そんなふうにして一週間か二週間くらいたったある日、わたしは外を歩いていて、留置場の前を通りかかったの。門のところに人だかりができていて、子供の声が聞こえた――そしたらいきなり、わたしのヘンリーが二、三人の男たちを振り切って大声で叫びながらわたしのところへ走ってきて、ドレスにしがみついたの。男たちはひどい言葉をどなり散らしながら走ってきたわ。その中の一人――あの顔は、ぜったいに忘れないわ。ヘンリーに向かって、こんなことしてただですむと思うなよ、って言ったの。留置場にぶちこんでやる、一生忘れないように分別を叩きこんでやる、って。わたしは必死にお願いしたわ。でも、男たちは笑いとばした。かわいそうに、ヘンリーは泣き叫びながらわたしの顔を見つめて、わたしにしがみついて、とうとうヘンリーを引き離そうとした男たちの力で、わたしのドレスのスカートが半分裂けてしまった。男たちに連れていかれながら、ヘンリーは『お母さん！　お母さん！』と絶叫していたわ。そこに立ってた男たちの一人がわたしを気の毒そうな顔で見たので、わたしは手持ちのお金をぜんぶ差し上げますからどうかあれを止めてください、ってお願いしたの。その人は首を横に振って、あの子を買った人の話では、あの子は最初から生意気で言うことをきかなかった、だから今回はきっちり調教しなおすんだそうだ、と言ったの。わたしは走ってその場を離れた。一歩ごとに息子の絶叫が耳の奥で響いているような気がした。わたしは息も絶え絶えに家に帰りついて、居間でバトラーの姿を見つけた。そして事情を話して、止めにいってやってと懇願した。でも、バトラーは笑いとばして、自業自得だろう、と言っただけだった。どのみち調教されるしかないんだから、早いにこしたことはない、って。『どうせそんなことになるだろうと思ってたよ』と、あの男は言ったわ。

そのとき、わたしの頭の中で何かがぶち切れた感じがした。頭がくらくらして、怒りが一気に沸きあがった。テーブルの上にあった大きな猟刀が目にはいったのをおぼえているわ。そのナイフをつかんで、あいつに飛びかかったのもおぼえているんだけど、そのあとは目の前が真っ暗になって、何もわからなくなった。そのあと何日も意識がなかったらしいわ。

気がついたら、わたしはちゃんとした部屋に寝かされていた。自分の部屋ではなかったけど。年寄りの黒人女が世話をしてくれていた。医者が往診してくれて、ずいぶん大切に看病してもらった。しばらくあとになって、わたしはあいつが去っていったこと、わたしを売るためにこの施設に預けていったことを知った。だから、そんなに手厚く看病してもらえたのね。

わたし、病気を治す気なんかなかったし、治らなけりゃいいと思ってた。なのに、そのうちに熱が下がって、体力が戻ってきて、ベッドから起きられるようになった。そしたら、毎日きれいなドレスを着せられて、紳士たちが部屋にやってきては立ったまま葉巻を吹かしながらわたしをじろじろ見て、あれこれ質問して、わたしの値段を交渉するの。わたしがあんまりふさぎこんで黙りこくってるから、誰もわたしを買いたいって言わなかった。もっと陽気に愛想よくしないと鞭で打つぞって脅かされたけど。そのうちとうとう、ある日、スチュアートっていう名前の紳士が訪ねてきた。その人はいくらかわたしに同情してくれたみたいで、わたしが心につらい思いを抱えているのを見て取って、そのうちに何度も何度も一対一で会いにきて、とうとうわたしもその人に身の上話をする気になった。で、その人はわたしを買って、わたしの子供たちを見つけて買い戻すためにできるだけのことをしてみると約束してくれた。そして、ヘンリーが働かされていたホテルを訪ねていってくれたの。むこうの話では、へンリーはパール・リバーの上流にあるプランテーションに売られたってことだったわ。そこから先の消息は、わからなかった。そのあと、スチュアート様は娘の居場所も突き止めてくれた。年寄りのご婦人のところにいたの。スチュアート様は大金で買い取りたいと話を持ちかけたんだけど、むこうはどうしても売ってくれなかった。スチュアート様がわたしのためにイリーズを買い戻そうとしてるのを知ったバトラーは、ぜったいに買い戻せないようにしてやる、と言ってきたわ。スチュアート様は、わたしにとってもよくしてくれた。すごく立派なプランテーションを所有していて、わたしをそこへ引き取ってくれた。一年ほどして、わたしは男の子を産んだ。その子ったら——ああ、どれほど愛おしかったことか！　かわいそうな息子のヘンリーとそっくりな子だったわ！　でも、わたしは心に決めていたの——そう、決めていたのよ。もう二度と子供は大きくしない、って！　その子が生まれて二週間になったとき、わたしはその子を腕に抱いて、キスをして、さんざん泣いたわ。それから、アヘンチンキを飲ませたの。そうして、その子が眠ったまま死んでいくまで、ずっと胸に抱きしめていたわ。どんなに悲しかったか！　どんなに泣いたか！　子供にアヘンチンキを飲ませたのが過失なんかじゃなかったなんて、誰ひとり夢にも思わなかったはずよ。でも、いまだに、わたしはあれでよかったと思っているわ。後悔なんか、していない。

少なくとも、あの子は苦しみとは無縁で済んだんだもの。あの子を死なせてあげることが、わたしにできる最良のことだったわ。かわいそうな子！　それからしばらくしてコレラが流行して、スチュアート様が亡くなった。もっと生きたいと思っている人間がバタバタ死ぬのに、わたしは――もう少しで死にそうにはなったけど――わたしは生き残ったの！　そのあと、いろんな人の手から手へと売られて、美しくもみずみずしくもなくなって、熱を出すようになった。そのあと、あの恥知らずがわたしを買って、ここに連れてきた。で、こうなったわけ！」

キャシーは口を閉じた。それまで早口で滔々と語った半生は狂おしく激しい魂の叫びで、ときにトムに向かって語るようでもあり、また、ときに自分に向かってつぶやく独白のようでもあった。その口調があまりにも怒りに燃えて圧倒的だったので、しばらくのあいだ、トムは自分の傷の痛みさえ忘れて片肘をついて上半身を起こし、長い黒髪をふりみだして絶え間なく歩きまわりながら話すキャシーの姿を見つめていたくらいだった。

「あんたは神様がいるって言ったわね」ややあって、キャシーがふたたび口を開いた。「天からすべてを見下ろしておられる神様が。そうかもしれない。修道院のシスターたちは、よく最後の審判の話を聞かせてくれたわ。何もかもが白日のもとにさらされる日のことを。そのときこそ、復讐の日よ！

　みんな、わたしたちの苦しみなんて、なんとも思ってないのよ。奴隷の子供たちの苦しみなんて、なんとも思ってないのよ！　みんな、取るに足らないことだと言う。だけど、わたしにだって、この世界全体が沈みそうなくらいに重い惨めな気持ちを胸に抱いて街をさまよった日々があったのよ。通りに並ぶ家が自分の上に崩れてくればいいと願ったわ。足もとの石畳が奈落へ落ちていけばいいと願った。そうよ！　最後の審判の日には、わたし、神様の前に立って証言してやるわ！　わたしとわたしの子供たちを身も心も滅ぼした悪党どものやったことを！

　子供のころ、自分は敬虔な少女だと思っていた。神様のことを愛していたし、お祈りも大好きだった。でも、いまは地獄に堕ちた魂よ。昼も夜も悪魔どもに痛めつけられて。これでもか、これでもか、とわたしを責めつづける――見ているがいいわ、いつか復讐してやるから！」キャシーは手をきつく握りしめ、真っ黒な瞳を異様に光らせていた。「いつかそのうち、夜中に、あいつをふさわしい場所へ送ってやる――ここからそう遠いところじゃないし――たとえそのために火あぶりにされるとしてもね！」狂おしく長く尾を引く笑い声が廃墟の部屋に響き、やがてヒステリックなむせび泣きに変わった。キャシーは床に身を投げ出し、全身を震わせ、身もだえしながら泣きじゃくった。

まもなく、激情はおさまったようだった。キャシーはのろのろと起き上がり、落ち着きを取り戻した。

「ほかに何かしてあげられることがあるかしら？」トムが横たわっているところへやってきて、キャシーが声をかけた。「もう少しお水を飲む？」

そう言ったキャシーの声には憐れみに満ちた優しさがあり、さきほどの逆上したキャシーとは別人のように見えた。

トムは水を飲み、憐憫の情をこめた真剣な眼差しでキャシーの顔を見つめた。

「ああ、奥様、生命(いのち)の水を与えてくださるあの方のもとへ行ってください！　お願いです！」

「あの方のもとへ行く⁉　どこにいるの？　誰なの？」キャシーが言った。

「さっき読んでくれた聖書のお方です。主イエス様です」

「子供のころ、イエス様の絵をよく見たわ。祭壇の上に飾ってあった」キャシーは悲しい物思いにふけるような目をした。「でも、あの方は、ここにはいない！　ここにあるのは、罪と、どこまでも終わりのない絶望だけよ！　ああ！」キャシーは片手を胸に当て、何か重いものを持ち上げようとするかのように大きく息を吸いこんだ。

トムはまだ何か言いたそうにしていたが、キャシーがそれをきっぱりと押しとどめた。

「もうしゃべらないで。眠ったほうがいいわ、眠れるなら」そして、水をトムの手の届くところに置き、トムができるだけ楽になるようあれこれ世話してやったあと、キャシーは出ていった。

第35章　形見

永久に棄て去らんとする重苦の心に還り来るは、げに心の瑣細なる動きによるものなり。

そは一の響きか、［中略］一輪の花、一陣の風――また大洋か――

そはわれを暗鬱に縛する電光の如き鐵鎖の打たれて、心傷つく如きものならん

『チャイルド・ハロルド世界歴程』第四巻[1]

リグリーの屋敷の居間は長方形の広い部屋で、幅をたっぷり取った大きな暖炉がある。かつてこの部屋は華やかで高価な壁紙で仕上げられていたが、いまでは壁紙は朽ちて破れ、色褪せて、じめじめとした壁からはがれかけている。部屋には、長いこと

1　『バイロン全集　第二巻』（岡本成蹊他訳、日本図書センター）。

閉めきってあった屋敷のような湿気と埃と腐臭の入り混じった独特の不快で不健康な臭いが染みついていた。壁紙はあちこちにビールやワインの染みが残り、チョークでメモを書き付けた跡や、何桁もの大きな数字を足しあげた落書きがあり、誰かが筆算の練習でもしたかのように見えた。暖炉の火皿には炭がたっぷり盛られている。このあたりの気候は寒くはないが、夜になるとこの大きな部屋はいつもじめっと冷えた感じがするからであった。それに、リグリーは葉巻に火をつけたりパンチを作る湯を沸かしたりするのに火が必要だった。炭の燃える赤黒い光に照らされて、散らかり放題の荒れた部屋が浮かびあがる。馬の鞍、馬勒（ばろく）[2]、引き具、乗馬鞭、外套、その他雑多な衣類が部屋じゅうに雑然と散らばっている。そして、その隙間に、前にも紹介した猟犬たちがそれぞれ好き勝手な場所を選んで寝そべっている。

　リグリーはひび割れて注ぎ口の欠けた水差しから湯を注いで自分用のパンチを作りながら、ぶつぶつとひとりごちていた。

「サンボの馬鹿野郎め、俺と新しい奴隷どものあいだにごたごたを起こさせやがって！　あの野郎は一週間は使い物にならんだろう——この忙しいときに！」

「そうよ、あんたも懲りないわよね！」椅子の背後から声がした。キャシーが部屋にはいってきて、リグリーのひとりごとを聞いていたのだ。

「ふん、悪魔憑きか！　戻ってきたのか？」

「そうよ、戻ってきたわ」キャシーが冷ややかな口調で言った。「わたしはしたいようにするから！」

「黙れ、このあばずれ！　俺は言ったとおりにするぞ。ここでおとなしく暮らすか、さもなけりゃ奴隷の居住区で暮らして、ほかの奴隷どもと同じように働くんだな」

「そっちのほうが一万倍もましよ」キャシーが言った。「あんたに踏みにじられて生きるくらいなら、居住区のいちばん汚い穴倉で暮らしたほうがましだわ！」

「なんとぬかそうと、おまえは俺に踏みにじられて生きとるじゃないか」リグリーはキャシーを見てニヤリと残忍な笑いを浮かべた。「ざまあみろ。さあ、かわい子ちゃんよ、俺の膝の上にすわってみな。聞き分けのいい女になってみろよ」リグリーはキャシーの手首をつかんだ。

「サイモン・リグリー、いい気になるんじゃないよ！」キャシーはギロリと目を光らせてリグリーを睨めつけた。その目はぞっとするほどの激しい狂気を宿していた。

「あんた、わたしが怖いんでしょう、サイモン」キャシーはわざと凄みをきかせて

2　馬の頭部につける面繋、轡、手綱のこと。

言った。「それも当然だけど！　用心したほうがいいよ、わたしの中には悪魔が棲んでるんだから！」

最後の言葉を、キャシーはリグリーの耳もとに口を寄せ、押し殺した声でささやいた。

「出ていけ！　おまえはほんとうに悪魔だ！」リグリーはキャシーを押しのけ、気味悪そうな目で見た。「それにしても、キャシー、なんでおまえは昔のように俺と仲良くやれんのだ？」

「昔のように、だって？」キャシーが苦々しい声で言った。そして、そこで急に口をつぐんだ。息が苦しくなるほどさまざまな感情が一気にこみあげてきて、言葉を失ったのだった。

キャシーはずっと昔から、リグリーをある意味で支配してきた。強くて気性の激しい女性は、往々にして最悪の野獣のような男を手玉に取れるものなのである。しかし最近では、キャシーは奴隷という忌まわしい軛にいらいらや不満をますますつのらせており、その苛立ちがときに手に負えない狂気となって噴出するまでになっていた。それを見たリグリーは、キャシーを怖がるようになった。粗野で教養のない人間によくあるように、リグリーも常軌を逸した人間に対して迷信的な恐れを抱いたのである。

リグリーがエメリンを連れて帰ってきたとき、キャシーのすさんだ心に熾火のようにかろうじて残っていた女性らしい感情が一気に燃えあがり、キャシーはエメリンの味方についた。以来、キャシーとリグリーのあいだに熾烈な言い争いが絶えなくなった。怒り狂ったリグリーは、おとなしくできないなら畑仕事に出すぞ、とキャシーを脅した。キャシーはリグリーを見下した態度で、それなら畑仕事に出てやるわ、と応じた。そして、前述のように棉花畑で一日働き、自分には脅しなど通用しないことを示してみせた。

一日じゅう、リグリーはひそかに気をもんでいた。肝腎なところでキャシーに首根っこを押さえられているのである。キャシーが検量器に棉摘みのカゴを載せたとき、リグリーはキャシーに機嫌を直してもらうきっかけを求めて、なかば懐柔するような、なかば馬鹿にしたような口調で話しかけた。それに対して、キャシーは憎々しい侮蔑に満ちた言葉を返した。

哀れなトムに対するひどい仕打ちも、キャシーの怒りをさらに増幅させた。残虐な行為を非難してやろうという一心で、キャシーはリグリーのあとを追って屋敷に戻ってきたのだった。

「なあ、キャシー。もっと感じよくできねえのかよ」リグリーが言った。

「どの口でそんなことが言えるの！　あんたこそ、何をやらかしたのよ？　馬鹿じゃないの、この忙しい時期にいちばんの働き手をただの腹立ちまぎれで台無しにするなんて！」

「たしかに馬鹿だったよ、あんなくだらん騒ぎを起こして」リグリーが言った。「だが、ああいう強情を言うやつは、調教しなくちゃならん」

「あの男を調教するのは、あんたには無理よ！」

「なんだと？」リグリーが気色ばんで立ち上がった。「やってみせてやろうじゃないか。俺が調教しなおした最初の黒んぼにしてやる。骨をぜんぶへし折ってでも、降参させてやるからな！」

ちょうどそのときドアが開いて、サンボがはいってきた。リグリーのところまで来て頭を下げ、何か紙に包んだものを差し出す。

「何だ、犬め」リグリーが言った。

「魔女のまじないです、旦那様！」

「何だと？」

「黒んぼが魔女から手に入れるもんです。鞭で打たれるとき痛く感じねえようにするまじないです。あいつが首から下げとりました、黒いひもで」

リグリーは、不信心で残虐な男の例に漏れず、迷信に弱かった。サンボから紙包みを受け取ったリグリーは、気味悪そうな面持ちでそれを開けた。

中から一ドル銀貨がこぼれ落ちた。それと、長く艶やかな金色の巻き毛が出てきた。その髪束は、まるで生き物のようにリグリーの指に絡みついた。

「こんちくしょう!」リグリーは叫び声をあげ、逆上して床を踏み鳴らし、まるで指を焼かれたかのようなものすごい剣幕で、絡みついた髪束を引っぱった。「こんなもん、どっから見つけてきた? 持っていけ! 燃やせ! 燃やしちまえ!」リグリーは絶叫しながら髪束を指からむしり取り、炭火の中へ放りこんだ。「なんでこんなもんを持ってきた?」

サンボは分厚い唇をぽかんと開けたまま、仰天して立ちつくしていた。キャシーは部屋から出ていこうとしていたが、足を止めて、あっけにとられた顔でリグリーを見ていた。

「気味の悪いものを持ってくるな!」リグリーがサンボに向かって拳をふりまわしながら言った。サンボはあわてて戸口まで退却した。リグリーは銀貨を拾い上げ、窓ガラスをぶち破って外の闇夜へ投げ捨てた。

サンボはほうほうの体で逃げていった。サンボが下がったあと、リグリーは取り乱したところを見られて体裁が悪かったらしく、椅子に乱暴に腰をおろして、むっつりした顔でパンチをすすりはじめた。

キャシーはリグリーに気づかれないよう身支度をして外に出て、さきほど語ったように、哀れなトムの介抱をしに行った。

リグリーは、いったいどうしてあれほど取り乱したのか？　ありとあらゆる残虐行為に慣れているはずのリグリーのような男が、たかが髪束ひとつで、なぜあれほど震えあがったのか？　その答えを知るためには、この男の来し方をふりかえらなければならない。いまでこそ神をも恐れぬ酷薄で自堕落な男だが、リグリーにも母の胸に抱かれ、祈りや讃美歌に包まれて大切に育てられた時期があった。いまではすさみきったその額に、洗礼の聖なる水を受けたこともあったのだ。子供のころ、金髪の母親は、安息日の鐘が鳴るたびに礼拝と祈禱の場へ子供を連れて通った。遠いニューイングランド地方で、母親は一人息子に長年のあいだ無限の愛情とたゆまぬ祈りを注いで育てた。父親は気性の激しい男で、優しい母親がどれほどの愛情を捧げても報われることはなかった。サイモン・リグリーは長じるにつれて父親そっくりの男になった。荒々しく御しがたく残忍なサイモンは、母親からどんなに諭されても言うことを聞かず、どれほど叱責されても聞く耳を持たなかった。そして、まだ若いときに母親のもとから出奔し、海でひと儲けしようと海賊になった。そのあとは、たった一度だけ家に戻った。何かを愛さずにはおられず、さりとて息子のほかに愛情を注ぐ対象を持たなかった母親は、家に戻った息子を溺愛し、熱烈な祈りと嘆願とをもって息子を罪深い人生から救い出し、その魂に永遠なる救済を得ようと力を尽くした。

そのころは、リグリーもまだ神の恩寵に見捨てられてはいなかった。天使たちの呼び声に従い、あと少しで神の言葉を受け入れて慈悲をその手に受けようとするところまでいった。内面も穏やかになった。とはいえ心の中には依然として善悪のせめぎあいがあり、最後には罪深い心が勝利をおさめて生来の粗暴な性質が解き放たれ、良心の声をねじふせた。リグリーは酒を飲み、神を冒瀆(ぼうとく)する言葉を吐き、それまでにも増して荒れて粗暴な男になった。そして、ある夜、母親が絶望の苦悶のはてに息子の足もとにひざまずいたとき、リグリーは母親を足蹴にし、床に倒れて気を失った母親に向かって情け容赦のない悪罵を投げつけて、船へと逃げ帰った。次にリグリーが母親の消息を知ったのは、ある夜、飲み友だちとどんちゃん騒ぎをしていたときに手渡された一通の手紙だった。封を切ると、中から長い巻き毛が一束こぼれ落ち、リグリーの指に巻きついた。それは母親の死を知らせる手紙だった。死の床で母親はリグリーを祝福し許した、と書いてあった。

恐ろしく罪深い悪魔の魔法にからめとられた者の目には、どれほど甘美で神聖なものであろうと、恐怖と戦慄をもたらす悪霊にしか見えない。青白い顔をした愛情深い母親の最期の祈り、最期の赦しさえも、悪魔にとりつかれた罪深い心には呪いの宣告としか聞こえず、最後の審判と炎に包まれた神の怒りが恐怖にかられた目に浮かぶばかりだった。リグリーは遺髪を焼き捨て、手紙も焼き捨てた。それらが炎に飲みこまれて音をたてて燃えあがるのを見ながら、リグリーは内心で永遠の業火を思って震えあがった。リグリーは酒を飲み、馬鹿騒ぎをし、毒づいて、母親の記憶を遠ざけようとした。しかし、深夜、深い静寂の中で堕落した魂と向き合わざるをえないときが訪れるたびに、リグリーの枕元には青白い顔をした母親が立ち、柔らかな髪束が指に絡みつく感触がよみがえるのだった。そんなときには冷たい汗が顔を流れ落ち、恐怖に震えながらベッドからとび起きた。同じひとつの福音書の中に「神は愛である」という言葉と「主は焼き尽くす火」であるという言葉があるのを不思議に思う読者諸氏よ、邪悪に染まった魂にとって、全き愛はこのうえなく恐ろしい拷問であり、もっとも悲惨な絶望の最後通牒なのである。

「ちくしょう！」リグリーは酒をすすりながら、ひとりごとをつぶやいた。「あんなもの、どっから手に入れやがった？　まるで、そっくりじゃねえか——フーッ！　忘れたと思ったがな。冗談じゃねえ、忘れるなんてこたぁありゃしねえんだ。ちくしょう！　ああ、誰かいねえかな。そうだ、エムを呼ぼう。あの女、俺を毛嫌いしやがって――サルめ！　かまうものか――ここへ来させてやる！」

リグリーは広い玄関へ出た。玄関から二階へは螺旋階段が続いていて、昔は豪奢な眺めであったにちがいない。しかし、いま、廊下は汚れて荒れ放題で、箱やら見苦しいがらくたが足の踏み場もないほど散らばっている。階段はカーペットがはがれ、見上げる暗闇が螺旋を描いて得体の知れぬ先へつながっている！　ドアの上の半円形の明かり取り窓から割れたガラスを通して青い月の光が差しこみ、あたりの空気は地下の納骨堂のようによどみ、ひんやりとしていた。

リグリーは階段の下で足を止めた。二階から歌声が聞こえる。わびしい古屋敷の中に響く歌声は、異様で不気味だった。おそらく、リグリーの神経が極限まで張りつめていたこともあるのだろう。耳をすます――何の歌だろう？

狂おしく悲しげな声が、奴隷たちのよく歌う単純なメロディの霊歌を歌っている。

3　旧約聖書「申命記」第四章第二四節。

おお悲しきや、悲しきや
おお悲しきや、主の裁き

「ちくしょう、あいつめ！」リグリーがつぶやいた。「息の根を止めてやる！　エム！　エム！」リグリーが荒々しくエメリンを呼んだ。しかし、からかうように自分の声が壁にこだまするばかり。かわいらしい声は歌いつづける。

父母はわが子と引き裂かれ！
父母はわが子と引き裂かれ！
二度と会うことかなうまじ！

そして、またあのくりかえしのメロディが、がらんとしたホールに朗々と響く。

おお悲しきや、悲しきや
おお悲しきや、主の裁き[4]

リグリーは、その場に立ちつくしていた。認めたくはなかったが、額には大粒の汗が噴き出し、心臓は恐怖でバクバク鳴っていた。目の前の暗闇に白い影がぼうっと浮かぶような気さえした。死んだ母親の姿がいきなり目の前に現れたら、と考えると身震いがした。

「よし、決めた」リグリーはよろよろと居間に戻って腰をおろし、つぶやいた。「今後、あいつには構わねえことにしよう！　呪いの紙包み？　そんなもの、知るか！　しかし、どうも呪いをかけられたような気もする。あれ以来、ずっと震えたり汗が出たりしとるからな！　あの野郎、あんな髪の毛をどこで手に入れたんだ？　あの髪のはずはないやな！　あれは燃やしたんだから、まちがいなく！　髪の毛が死んだあとでよみがえったりしたら、冗談にならねえぜ！」

ああ、リグリーよ！　あの金髪の束には、たしかに魔法がかかっていたのだ。髪の一本一本に、おまえの恐怖と悔恨を呼びさます呪文がかけられていて、全能の主がおまえの残虐な両手を縛り、無力な者たちに最悪の凶行を加えぬようにしておられたのだ！

4　黒人霊歌 "Judgment Seat"。

「おい、こら！」リグリーは足を踏み鳴らし、口笛を吹いて、犬たちに声をかけた。「起きないか！　俺につきあえ！」しかし、犬たちは眠そうに片目を開けてリグリーを見ただけで、また目を閉じてしまった。

「サンボとキンボを呼んで、歌と踊りをやらせよう。地獄の大騒ぎをやらせて、ろくでもない考えを頭の中から追い払うんだ」リグリーはそう言って帽子をかぶると、ベランダに出て角笛を吹いた。二人の奴隷頭を呼びつけるときのいつもの合図だ。

リグリーは、機嫌のいいときにはサンボとキンボを居間に呼んで、景気づけにウイスキーを飲ませたあと、気分次第で二人を歌わせたり踊らせたり戦わせたりして楽しむことがあった。

夜中の一時か二時ごろ、キャシーが哀れなトムの介抱を終えて戻ってきたとき、居間から羽目をはずした金切り声や雄叫びや歓声や歌声が響き、犬たちの吠え声もまじって、派手に騒ぐ音が聞こえた。

キャシーはベランダ側の階段をのぼり、家の中をのぞいた。リグリーと二人の奴隷頭がぐでんぐでんに酔っ払って、歌ったり、雄叫びをあげたり、椅子をひっくり返したり、滑稽なしかめ面をして睨みあったりしている。

キャシーはほっそりとした小さな手を窓の鎧戸に添えて、じっと彼らを見つめた。

その黒い瞳には、言葉に尽くせぬ苦悩と侮蔑と苦々しさがこめられていた。「あんな連中、この世から葬ってやったら、罪になるのかしら?」キャシーはつぶやいた。

それからキャシーは足早にその場を離れ、裏口へ回って足音を立てずに階段をのぼり、エメリンの部屋のドアをノックした。

第36章　エメリンとキャシー

　キャシーがドアを開けると、エメリンが恐怖で顔を蒼白にして部屋のいちばん奥に縮こまっていた。キャシーが部屋に踏みこむと、エメリンはギョッとしたように身構えたが、相手がキャシーだとわかると駆け寄ってきて腕にすがり、「ああ、キャシー、あなただったの。来てくれて、よかった！　あいつじゃないかと思って……。知らないと思うけど、階下でずっと恐ろしい音がしていたの、夜どおし、ずっと！」と言った。

「そんなことだろうと思ったわ」キャシーが顔色も変えずに言った。「わたしもさんざん聞いたことがあるから」

「ああ、キャシー！　ねえ教えて、わたしたち、ここから逃げることはできないの？　行き先はどこだってていいわ。ヘビのいる沼地だってかまわない。どこでもいいの！　とにかく、こ、ここから逃げ出すことはできないの？」

「行き先は墓の中しかないわね」キャシーが言った。

「逃げようとしたこと、あるの？」

「逃げようとした人はさんざん見たわ。それがどうなったか、もね」キャシーが言った。

「わたし、沼地で暮らすのなんか平気だし、木の皮しか食べる物がなくてもいいわ。ヘビなんか、怖くないもの！　あの男よりヘビのほうがずっとましよ」エメリンが真剣に訴えた。

「あんたみたいなことを考えた人間は、これまでにもたくさんいたわよ」キャシーが言った。「だけど、沼地にじっと隠れてることなんて、できないの。犬に狩り出されて、連れ戻されるから。そしたら――そしたら――」

「何をされるの？」エメリンが息をするのも忘れてキャシーを見つめた。

「何をされずにすむの、って聞いたほうがいいかもね」キャシーが言った。「あの男は、残虐なやり口をとことん知りつくしてるのよ。西インド諸島の海賊仲間から教わってるからね。わたしがこれまで何を見てきたか話したら、あんた、夜も眠れなくなるわよ――あの男が面白い冗談だと思ってしゃべる話を聞いたらね。断末魔の叫び声が耳について何週間も忘れられないこともあったわ。奴隷居住区の隅っこに、黒焦げになった木が立ってるのよ。地面には黒い灰が積もっててね。そこで何があったか、誰にでも聞いてみるといいわよ。誰も口に出せやしないだろうけどさ」

「ああ！　それ、どういう意味なの？」

「言いたくないわね。考えたくもないわよ。言っとくけどね、あした何が起こるかだって、神のみぞ知るってところよ。あの哀れな男が強情を張りつづけたらね」

「ああ、なんて恐ろしい！」エメリンの顔からは、すっかり血の気が引いていた。

「ああ、キャシー、わたしどうすればいいの？」

「わたしがしてきたようにするのね。できるだけのことをする、するべきことをする、せいぜい憎しみと罵倒で埋め合わせて」

「あの男、いやらしいブランデーをわたしに飲ませようとしたの」エメリンが言った。

「わたし、あんなもの――」

「飲んだほうがいいわよ」キャシーが言った。「わたしも、最初は嫌いだった。だけどいまは、ブランデーなしじゃ生きられないわ。何かなしでは生きられないのよ。飲めば、少しは気分がましになるわ」

「お母さんから、そういうものにはけっして手を出しちゃいけない、と教わったわ」

エメリンが言った。

「お母さんから教わった⁉」キャシーが「お母さん」という言葉に身震いしそうな苦々しい思いをこめて言った。「お母さんから教わったことなんか、何の役に立つの？　どうせお金で買われた身なのよ。魂まで、買った男のものなの。この世はそういうものなのよ。いいこと、ブランデーを飲みなさい。飲めるだけ飲みなさい。そのほうが楽になるから」

「ああ、キャシー！　わたしを哀れと思ってくれないの？」

「哀れと思う？　思ってるじゃないの。わたしにだって娘がいたのよ。いまごろどこにいるのか、誰の持ち物になっているのか、神のみぞ知るだけど。たぶん、娘も母親のわたしと同じ道をたどるのよ。そして、娘の子供たちも、また母親と同じ道をたどるのよ！　永遠に呪われたくりかえしを！」

「わたし、生まれなければよかった！」エメリンは両手をもみしぼりながら言った。

「わたしだって、何度そう思ったか」キャシーが言った。「もう慣れっこになっちゃったほど。勇気があったら、死にたいわ」キャシーは絶望に沈んだ冷めた眼差しで外の暗闇を見つめながら言った。平静なときのキャシーは、いつもこんな表情だった。

「自殺はいけないことだわ」エメリンが言った。

「なぜいけないのか、わからないわね。だって、毎日毎日こうやって生きてることのほうが、はるかに罰当たりなのに。でも、修道院にいたときにシスターたちから聞かされたことがあってね、それが怖くて死ねないの。もし死んで何もかも終わりになるのなら、それなら、いっそのこと——」

エメリンは背中を向け、両手で顔を覆った。

二階の部屋でこんな会話が交わされていたあいだ、階下(した)の部屋ではリグリーがどんちゃん騒ぎのあげくに眠りこけていた。リグリーはアル中ではなかった。粗暴で強健な男だけに、酒に弱い人間だったら酔いつぶれて正気を失うくらいの量を気の向くまま毎日のように飲んだとしても、たいしたことにはならなかった。とはいえ、根が用心深い質(たち)だったので、勢いにまかせて正体不明になるほどの深酒をすることは多くなかった。

しかし、この夜は、胸の中に目ざめた苦悩や悔恨といった恐ろしい感情を打ち消そうと躍起になるあまり、リグリーはいつもよりかなり多くの酒をあおった。そのせいで、黒人の手下どもを下がらせたあと、リグリーは居間の長椅子にどさっと倒れこみ、ぐっすり寝入ってしまったのだった。

おお、悪をなす魂というものは、なにゆえ無謀にも暗黒の眠りの世界へさまよっていこうとするのか――暗黒の眠りの世界の曖昧な境界線は、神秘の天罰が下される場面のすぐ近く、恐ろしいほど近くに接しているのである！　リグリーは夢を見た。熱に浮かされたような重苦しい眠りの中で、リグリーの枕辺にベールをかぶった人影が立ち、冷たく柔らかな手をリグリーの上に置いた。それが誰なのか、リグリーにはわかっていた。その人の顔がベールに覆われているにもかかわらず、リグリーは身震いし、恐怖におののいた。そのうちに、あの髪束が自分の指に絡みついたような気がした。と思ったら、その髪束がするすると自分の首に巻きつき、次第にきつく絞まり、さらにきつく絞めあげ、息ができなくなった。そこへ、ささやく声が聞こえた。身も凍るような恐ろしいささやきだった。ふと見ると、自分はぞっとするような深淵の縁に立っていた。ひどく恐ろしくて、必死でどこかにつかまろうとするのだが、下のほうから黒い手が何本も伸びてきて、自分を引きずり下ろそうとする。背後からキャシーが現れて、笑いながら背中を突いた。ベールをつけた人影がしずしずと上がってきて、ベールをはずした。母親だった。母親はリグリーに背を向けた。リグリーはぐんぐん落ち、ぐんぐん落ちて、まだ落ちて、金切り声と苦悶のうめき声と悪魔のような甲高い笑い声が混じりあって響く中へ吸いこまれていく――そこで目がさめた。

穏やかなバラ色の曙光が、居間にひっそりと差しこんでいる。次第に明るさを増してゆく空からは、明けの明星が厳かで神々しい光の眼で罪深い男を見下ろしている。おお、新しい一日は、なんと清々しくなんと荘厳でなんと美しい夜明けとともに始まるのであろう！　それは、あたかも、正体不明に酔いつぶれた男に向かって、「見よ！　汝にいまひとたびのチャンスを与えよう！　不滅の栄光を目指して努力せよ！」と話しかけているような光だった。どのような口調で言われようと、どのような言語で発せられようと、その声が届かぬところはない。しかし、この不遜で邪悪な男には、その声が聞こえなかった。リグリーは悪態をつきながら目をさました。毎朝おとずれる金色と紫色の奇蹟も、この男にとってはなんの意味があろうか！　神の子が自らのしるしとして崇めたあの明星の清らかさも、この男にとってはなんの意味もない。野獣のようなこの男は、目には見えていても、心で感じることができないのである。男はよろよろと歩いていき、タンブラーにブランデーを注いで、その半分を一気にあおった。

「ひでえ夜だった！」反対側のドアからちょうど居間にはいってきたキャシーに、リグリーが話しかけた。

「これからも、そういう夜がたくさんあるでしょうよ」キャシーが冷ややかな口調で言った。

「どういう意味だ、この売女めばいた」

「そのうちわかるわよ」あいかわらずそっけない口調でキャシーが答えた。「サイモン、あんたに教えといてあげたいことがひとつあるわ」

「何だ、悪魔め！」

「トムに手を出すな、ってこと」部屋の中を片付けながら、キャシーが平然とした口調で言った。

「おまえに何の関係がある？」

「何の関係？　そんなこと、知らないわ。ただ、一二〇〇ドルも払って買ったものを、腹いせだけが目的でこの忙しい時期につぶしてしまっても平気なら、わたしの知ったことじゃないけどね。わたしとしては、トムにできるだけのことをしてやったまでよ」

「何かしてやったのか？　俺のやることに、なんでおまえが手を出す？」

「理由なんかないわ。ただ、これまで何回も、わたしが奴隷たちを介抱してやったおかげで、あんたは何千ドルも損をせずにすんだはずよ——それくらいは感謝されてもいいかもね。ことしの棉の収穫量が他人とれだかひとより少なくても、あんた、賭けには負けずにすむわけ？　トンプキンに大きい顔されて、いいわけね？　すごすごとお金を払って引き下がるってわけ？　目に浮かぶわ、楽しみだこと！」

プランテーション農場主の御多分に漏れず、リグリーも野心はひとつしかなかった——毎シーズンの収穫量で一番になることだ。今シーズンの収穫量についても、リグリーは隣町で何人かと賭けをしていた。つまり、キャシーは女の機転でリグリーの唯一痛いところを突いたわけである。

「いまのところは、これくらいで見逃してやるか」リグリーが言った。「だが、謝らせてやる。態度を改めると約束させてやる」

「それは無理でしょうね」キャシーが言った。

「無理？」

「無理ね」

「どういうわけなんだ、奥様よ？」リグリーが思いっきり馬鹿にした口調で聞いた。

「正しいことをしたからよ。それを自分でわかっているから、自分がまちがっていたとは言わないでしょうよ」

「あの野郎に何がわかる？　黒んぼなんぞ、俺の気に入るように口きいてりゃいいんだ。さもないと——」

「さもないと、あんたが収穫量の賭けに負けるだけよ、この忙しい時期にトムが畑に出られないようなことにしたら」

「いや、何があっても降参させる——降参させずにおくものか。俺が黒んぼを知らんとでも思っとるのか？　けさは、犬がちんちんするみたいに降参さしてやる」

「無理よ、サイモン。トムはあんたの扱い慣れてる手合いじゃないわ。じわじわなぶり殺すことはできても、ひとことだって自分がまちがってましたとは言わないでしょうよ」

「やってみようじゃねえか。野郎、どこにいやがる？」リグリーが部屋を出ながら言った。

「綿繰り場(わたくりば)のがらくた部屋」キャシーが答えた。

　リグリーは、キャシーに向かっては強気の口をきいたものの、家を出るときには珍しく不安な気持ちを抱いていた。前夜の悪夢と、キャシーに痛いところを突かれたのとで、いささか弱気になっていたのだ。トムと対決する場面はぜったい誰にも見られたくないと思った。そして、もし暴力でトムを屈服させることができなかったら、この件はいったん棚上げにして、後日また時機を見てあらためて決着をつけようと考えていた。

　荘厳な夜明けの光、明けの明星の天使のような輝きが、トムの横たわる小屋の粗末な窓を通して差しこんでいた。そして、まるで星の光に導かれたように、厳かな言葉が降りてきた。「私は、ダビデのひこばえ、その子孫、輝く明けの明星である。」[1]キャシーの謎めいた警告と暗示は、トムの魂をおじけづかせるどころか、最後には天からの召命であるかのようにトムの魂を奮い立たせた。トムは、いよいよ自分の死ぬ日がやってきたにちがいないと思っていた。そして、自分がこれまで胸に思い描いてきたすばらしいことのすべて――大きな白い玉座、玉座にかかる永遠の虹、白い衣をまとった天使たちが発する水のさざめきのような声、王冠、棕櫚の葉、竪琴――そうしたものすべてをきょうの日が沈む前に目にできるのかと思うと、歓喜と希望のもたらす厳粛な激情で胸が痛いほどだった。それゆえ、迫害者の声を聞いても、その者が近づいてくるのを見ても、トムは恐怖におののくことはなかった。

「やい、てめえ」リグリーはトムをさげすむように蹴りつけた。「気分はどうだ？　ひとつふたつものを教えてやると言っただろう。どうだ、トム、鞭の味は気に入ったか？　きのうの屁理屈はどこへ行った？　哀れな罪人に聞かしてくれる説教はねえのか？　え？」

　トムは返事をしなかった。

「起きろ、畜生め！」リグリーはまたトムを蹴りつけた。

全身傷だらけで弱りきった身には容易なことではなかったが、トムは苦労してなんとか立ち上がろうとした。リグリーは残忍な声をあげて笑った。

「けさはまたずいぶん元気そうじゃねえか、トム。どうした？　きのうの夜に風邪でもひいたか？」

このときにはすでにトムは立ち上がり、ふらつくこともなく主人と真正面から向きあっていた。

「悪魔め、立てるのか！」リグリーはトムを上から下まで見て、言った。「まだ焼きが足りんかったようだな。さあ、トム、そこにひざまずいて、きのうの夜の無礼をお許しください、と謝れ」

トムは動かなかった。

「ひざまずけ、犬め！」リグリーが乗馬鞭でトムを打ちすえた。

「旦那様、それはできません」トムが言った。「わし、自分が正しいと思ったことをしただけです。次のときも、そっくり同じことをすると思います。わし、残酷な真似はぜったいしません、この身がどうなろうとも」

1　新約聖書「ヨハネの黙示録」第二一章第一六節。

「言ったな。しかし、どういうことになるか、おまえは知らんだろう、トムの旦那よ。きのうはひどい目に遭ったと思っとるかもしれんが、あんなもんは目じゃねえ。言うほどのもんじゃねえさ。次は木に縛りつけられて、まわりからジリジリあぶられるってのはどうだ？　なかなか楽しそうだろう、え、トム？」

「旦那様」トムが言った。「旦那様が恐ろしいことをできるのは、わかっとります。けども――」トムは背すじをぴんと伸ばして、両手を握りしめた。「――けども、肉体を殺しちまったあとは、それ以上は旦那様は何もできねえです。そのあとに来るのは、永遠の世界ですから！」

　永遠の世界――その言葉は、光となり力となってトムの魂を貫いた。そして一方で、サソリの一撃のように罪人の魂をも貫いた。リグリーは歯ぎしりしたものの、怒りのあまり言葉が出なかった。一方のトムは、束縛から解き放たれたかのように、はっきりとした快活な口調でしゃべった。

「リグリー様、旦那様はわしを買いなすったで、わしは正直で誠実なしもべとして旦那様に仕えます。全力で働いて、すべての時間とすべての力を旦那様に捧げます。けど、魂だけは、どんな人間にも渡すことはできねえです。わしは神様におすがりして、何よりも神様の命令に従います――死のうと生きようと。それだけは確かです。リグリー様、わし、死ぬのはこれっぽっちも怖くねえです。早く死にてえと思うくらいです。わしを鞭で打とうが、飢えさせようが、焼き殺そうが――そんだけ早く望むとこへ行かしてもらえる、っちゅうだけのことです」

「だが、その前に、おまえを降参させてやる！」リグリーが怒り狂って言った。

「わしには助けがついております」トムが言った。「わしに神様を捨てさせることはできねえです」

「ふん、いったい誰がおまえなんぞを助けるんだ？」リグリーが馬鹿にした口調で言った。

「全能の神様です」トムが言った。

「こんちくしょう！」リグリーは拳骨の一撃でトムを殴り倒した。

そのとき、冷たく柔らかな手がリグリーの手を押さえた。ふりかえると、キャシーがいた。しかし、冷たくて柔らかな感触でリグリーは前夜の悪夢を思い出し、眠れない夜の恐ろしい幻影が一気に押し寄せてきて、それと同時に恐怖がよみがえった。

「あんた、馬鹿なの？」キャシーがフランス語で言った。「放っておきなさいよ！わたしに任せて。また畑仕事に出られるようにしてやるから。さっき、そう言ったでしょ？」

アリゲーターやサイでさえ、弾丸をもはじきかえす鎧をまとっていながら、どこかに弱点があるものだという。獰猛で無謀で神をも恐れぬ人間の屑にも、共通の弱点はある。それは、迷信を恐れるという習性だ。

リグリーは、この場はこれだけにしておこうと決めて、引き下がった。

「ふん、好きにしろ」リグリーはふてくされてキャシーに言った。

「よく聞け、トム、てめえ！　きょうのところは見逃してやる。仕事の忙しい時期で、全員を働かせんと足りんからな。だが、俺はぜったいに忘れんぞ。てめえの生意気は忘れねえ。そのうちいつか、てめえの黒い皮をひっぺがして借りを返してもらうからな、おぼえてやがれ！」

リグリーは、踵を返して出ていった。

「どうしようもない男ね」キャシーは険しい眼差しでリグリーの後ろ姿を見送った。「いずれ罪の償いをすることになるでしょうよ！　ところで、かわいそうに、あんた、具合はどうなの？」

「今回は、神様が天使をおつかわしになって、ライオンの口を閉じてくださったです」[2]トムが言った。

「今回はね」キャシーが言った。「だけど、あいつにいったん睨まれたからには、来る日も来る日も、あんたののどぶえに犬みたいに食らいついて放さないわよ。そうやってあんたの血をすすって、死ぬまで血を流させるのよ、一滴、また一滴、とね。あいつがどういう男か、わたしは知ってるから」

2　旧約聖書「ダニエル書」第六章第二三節に、ダニエルがライオンとともに洞窟に閉じこめられたが、神が御使い（みつかい）を送ってライオンの口をふさいだので食い殺されずにすんだ、というくだりがある。

第37章　自由

それまでいかに粛然として奴隷制度の祭壇に捧げられてこようとも、大英帝国の神聖なる国土に足を踏み入れた瞬間に、祭壇も神ももろともに塵芥に帰し、そこには、抗いがたい万国共通の奴隷解放精神によって救済され、生まれ変わり、束縛から放たれた者が立っていることであろう

——カラン[1]

しばしのあいだ、トムを迫害者たちの手に残して、ジョージとその妻の運命をたどることにしよう。二人は路傍の農家の親切な人々のもとにかくまわれていた。トム・ローカーは、クエーカー教徒の家の染みひとつない清潔なベッドに寝かされ、うめき声をあげたりのたうちまわったりしながらドルカス婆さんの親身の看病を受けていた。もっとも、ドルカス婆さんにかかっては、手負いのバイソンもトム・ローカーも、まったく手を焼くほどもない楽な患者であった。

ドルカス婆さんは長身で威厳に満ちた信心の篤い婦人で、広く秀でた額の真ん中でウエーブのかかった銀髪を左右に分けてとかしつけた上に清潔なモスリンのキャップをかぶり、額の下には思慮深そうな落ちくぼんだ灰色の瞳が輝いている。リースのクレープ地でできた真っ白な襟あては胸もとできちんと折りたたまれ、光沢のある茶色のシルクのドレスはドルカス婆さんが部屋の中を粛々と動きまわるたびに穏やかな衣ずれの音をたてた。

「くそっ！」トム・ローカーが掛け布団をすごい勢いではねのけた。

「トマスや、汝(なれ)はそのような言葉を使うものではありません」穏やかに寝具を整えてやりながら、ドルカス婆さんが言った。

「婆ちゃん、がまんできるもんなら、おれだって使いたくねえよ」トムが言った。「けど、言いたくもなるじゃねえか、暑すぎるんだよ！」

ドルカス婆さんは上掛け布団をのけてやり、シーツを整えなおし、シーツの端をぴ

1　ジョン・フィルポット・カラン（一七五〇年〜一八一七年）。アイルランドの雄弁家、政治家、法律家。この文章は、主人についてイギリスへ渡ったあと自由を主張したジャマイカ出身の黒人奴隷ジェイムズ・サマセットを擁護した演説（一七七二年）の一部。

んと引っぱってベッドの下にたくしこんだので、トム・ローカーは何かの蛹（さなぎ）のような形になってしまった。

　ベッドを整えながら、ドルカス婆さんが言った。「友よ、汝（なれ）が罰当たりな言葉遣（づか）いをやめて、自分のおこないをとくと反省しておくれだといいのだけれど」

「くそっ、何のために反省なんぞしなくちゃなんねえんだ？」トムが言った。「このおれがそんなこと考えるもんかい、ちくしょう！」そう言って、トムは見るも恐ろしい剣幕で寝返りを打ち、シーツも何もかもくしゃくしゃにしてしまった。

「例の男と女、ここにおるんだろう？」しばらくして、トムが無愛想な口ぶりで言った。

「おりますよ」ドルカス婆さんが答えた。

「さっさと湖に向かったほうがいい」トムが言った。「早けりゃ早いほどいい」

「おそらく、そうするでしょう」ドルカス婆さんがのんびりと編み物をしながら答えた。

「いいか、よく聞け」トムが言った。「こっちはサンダスキーに見張りを置いとる。船を見張っとるんだ。こうなったら言っちまうけどよ、あいつらが無事に逃げてくれりゃいいと思うからよ。マークスへの面当てさ。あんちくしょうめ、地獄に堕ちやがれ！」

「トマス！」ドルカス婆さんがたしなめた。

「婆ちゃんよ、あんまり窮屈に締め上げると、おれ、爆発しちまうぜ」トムが言った。

「その女のことだけどよ、変装させるように言ってやってくれ。見た目がわからねえように。女の人相書がサンダスキーに出回っとるからな」

「ええ、そうしましょう」ドルカス婆さんは、あいかわらず落ち着きはらって答えた。

ここでトム・ローカーの話はおしまいにするが、ひとことだけ付け加えておこう。リウマチ熱が出たり、それ以外にもあれやこれや病気が出て、結局三週間もクエーカーの家で世話になったトム・ローカーは、病床を離れるころには多少はおとなしく賢い男になっていた。そして、逃亡奴隷を狩る商売をやめ、新しい入植地へ移って、もっと自分の性（しょう）に合った猟師に鞍替えして、クマやオオカミなど森のけものを狩る仕事に凄腕を発揮し、広く名を知られる男になった。トムはいつもクエーカーのことを敬意をこめた口ぶりで語った。「いい連中だぜ。このおれをクエーカーにさしたかったらしいが、そいつはちと無理だったな。けどよ、おたくに言っとくがな、あの連中は看病にかけちゃピカイチだぜ――そこはまちがいねえ。ブロスだの何だの、そりゃうめえもんを作りやがる」[2]

トム・ローカーからの情報でサンダスキーに見張りがいるとわかったので、一行は二手に分かれたほうが賢明だろうという話になった。ジムと老母は先に二人だけで出発し、それから一日二日遅れてジョージとイライザと子供が人目を避けてサンダスキーまで馬車で運ばれ、支援者の家にかくまわれて、逃亡の最後の道のり、すなわちエリー湖を渡る船旅に備えることになった。

夜が更け、やがて自由を象徴するように明けの明星が晴れた朝空にのぼりはじめた。自由！——なんと心を奮い立たせる言葉であろう！　自由とは何だろう？　単なる名詞以上の何か修辞的な華々しさを伴う言葉なのだろうか？　アメリカの男女読者諸氏よ、自由という言葉を聞いて、血が沸かないか？　あなたがたの父親がそのために血を流し、勇敢なる母親が大切な夫や子供を戦いの死地に送り出してまでも守ろうとした自由という言葉を？

自由が国家にとって栄光に満ちた貴重なものであるならば、個人にとっても同じく栄光に満ちた貴重なものではないのか？　個人にとっての自由解放なくして、国家にとっての自由解放などあり得るものか？　いま、部屋に腰をおろし、広い胸の前で腕を組み、頰にアフリカの血の色をかすかに残し、漆黒の瞳に炎を燃やすこの若い男性にとって、自由とは何か？　ジョージ・ハリスにとって、自由とは何なのか？　読者諸氏の父祖にとっては、自由とは国家が国家であるための権利であった。ジョージ・

ハリスにとっては、自由とは人間が獣（けだもの）ではなく人間であるための権利、最愛の女性をわが妻と呼ぶ権利、妻を無法な暴力から守る権利、子供を守り教育を与える権利、自分の家を持つ権利、自分の宗教を信じる権利、他人の意思に隷属することなく自分の人格を持つ権利であった。そうした思いを胸にふつふつとたぎらせながら、ジョージ・ハリスはほおづえをついて物思いに沈み、男物の衣類をほっそりした美しいからだに合わせてみている妻の身じたくを眺めていた。男に変装して逃げるのがいちばん安全だろう、という結論になったのだ。

「さ、あとは、これね」イライザは鏡の前に立ち、艶やかでたっぷりとした黒い巻毛をほどいて下ろしながら言った。「ねえ、ジョージ、ちょっと惜しい気もしない？」髪の束を持ち上げて、イライザがいたずらっぽく言った。「みんな切っちゃうなんて」

ジョージは悲しげな笑顔を見せたが、何も言わなかった。

イライザは鏡に向きなおり、はさみを使って長い髪束を次々に切り落としていった。「さ、これでいいわ」イライザがヘアブラシを手に取りながら言った。「あと少し仕上げをすればね」

2　肉や魚を煮出して作ったスープ。

「どう、男前でしょ？」イライザは笑い声をあげ、頬を赤らめながら夫をふりかえった。

「どんな格好になっても、きみはきれいだよ」ジョージが言った。

「どうしてそんなに深刻な顔してるの？」イライザが床に片膝をつき、自分の手をジョージの手に重ねた。「あとほんの二四時間でカナダに着くんですってよ。一日と一晩かけて湖を渡ったら。そうしたら――ああ、そうしたら！」

「おお、イライザ！」ジョージがイライザを引き寄せながら言った。「それなんだよ！　いま、ぼくの運命はすべてこの一点に絞られていこうとしている。あと少しのところ、もう少しで見えそうなところまで来ている。もしここですべてを失ったとしたら――ぼくはもうぜったいに生きていけないよ、イライザ」

「心配しないで」イライザが明るく言った。「最後まで行かせてくださるおつもりがなければ、神様はわたしたちをここまで導いてはくださらなかったと思うわ。わたし、神様がわたしたちについていてくださる気がしているのよ、ジョージ」

「きみはすばらしい人だ、イライザ！」ジョージは発作的に妻をきつく抱きしめた。「だけど――ああ、言ってくれ！　この大いなる慈悲は、ぼくたちに向けられたものだと思っていいのだろうか？　こんなに長いあいだ続いてきた惨めな日々が、これでほんとうに終わるのだろうか？　ぼくたちは自由の身になるのだろうか？」

「ええ、きっとそうなるわ、ジョージ」イライザが夫を見上げた。希望の熱い涙が黒く長いまつ毛を濡らしている。「わたし、心の中に感じるの。神様がわたしたちを奴隷の境遇から解放してくださる、って。きょうのこの日に」

「きみの言うことを信じるよ、イライザ」ジョージがいきなり立ち上がった。「信じる。さあ、行こう。それにしても」と言いながら、ジョージは抱きしめていた腕を伸ばしてイライザを少し遠ざけ、賞賛の眼差しで妻の全身を眺めた。「きみはほんとうに男前だよ。短くした髪がくるくるカールして、とっても似合っている。さあ、帽子をかぶって。そう、少し斜めに傾けてかぶるといい。こんなに美人だとは思わなかったなあ。でも、そろそろ馬車が来る時間だ。スマイスさんはハリーをうまく変装させてくれたかな?」

ドアが開き、きちんとした印象の中年女性がはいってきた。女の子のドレスを着た小さなハリーの手を引いている。

「まあ、なんてかわいい女の子になったの」イライザがハリーをくるりとひとまわりさせて眺めた。「ハリエット、って呼ぶことにしましょう。いい名前だと思わない?」

ハリーはその場に突っ立ったまま、すっかり見た目が変わって妙な服装をしている母親を深刻な表情で見つめて黙りこくってしまい、ときどき深いため息をついては、黒い巻き毛のあいだからイライザを盗み見ている。

「ハリー、ママよ。わかんない？」イライザが両手を息子に差し伸べた。

ハリーは恥ずかしそうに母親に抱きついた。

「おいおい、イライザ、ハリーをけしかけたりしちゃだめじゃないか。これからしばらく離れておかなくちゃならないのに」

「そうね、わたしったら馬鹿ね」イライザが言った。「でも、この子を遠くへやるのがつらくて。でも、そうね。わたしのマントは？　これね。ねえ、ジョージ、男の人ってどうやってマントを着るの？」

「こうやって着るのさ」ジョージは自分の肩にマントをはおってみせた。

「なるほどね」イライザがジョージの動きを真似て練習した。「で、あとは、足をどしどし踏み鳴らして、大股で歩いて、生意気そうな顔をすればいいのよね」

「あんまりやりすぎないほうがいいよ」ジョージが言った。「控えめな男も、たまにはいるからね。それに、そういう男のふりをするほうが、きみはやりやすいんじゃないかな」

「あ、それから、手袋も！　まあ、なんて手袋なの！」イライザが言った。「大きすぎて、中で手が迷子になっちゃうわ」

「手袋はぜったいにはずさないこと」ジョージが言った。「きみの華奢な手が見えたら、正体がばれてしまうかもしれないからね。それから、スマイスさん、あなたはぼくらの連れということでお願いしますよ。伯母さん、ということで。よろしいですね」

「ええ、うかがっておりますわ」スマイス夫人が言った。「船着場に男たちがいて、連絡船の船長たちに片っ端から、小さな男の子を連れた夫婦に気をつけるよう警告していたそうですよ」

「なるほど！」ジョージが言った。「それじゃ、われわれも、そんな一行を見たら通報しないといけませんね」

貸し馬車が玄関に到着し、逃亡者をかくまってくれた親切な家の人たちが一行を取り囲んで別れの挨拶をかわした。

一行の変装は、トム・ローカーの助言に従ったものだった。スマイス夫人は、ジョージたちが向かおうとしているカナダの入植地からオハイオ州へ訪ねてきていた身元の確かな婦人で、折よくエリー湖を渡ってカナダへ帰ろうとしているところだった。スマイス夫人がハリーの伯母さん役を引き受けてくれたので、ハリーがスマイス夫人に懐くように、この二日間はハリーをもっぱらスマイス夫人と二人きりにしておいたのである。スマイス夫人はハリーを猫かわいがりし、好きなだけシード・ケーキやキャンディを与えて、この小さな紳士とすっかり仲良くなったのだった。

貸し馬車が波止場に到着した。二人の若い男性（に見えた）はタラップを渡って船に乗りこみ、イライザのほうはスマイス夫人に男らしく腕を貸し、ジョージは一行の荷物の差配をした。

ジョージが船長室で運賃を支払っていたとき、そばにいた二人の男の会話が聞こえた。

「船に乗ってきた人間は一人残らずチェックしました」一方の男が言った。「やつらがこの船に乗ってないのは、まちがいありません」

声の主は、蒸気船のパーサーだった。話しかけている相手は、おなじみのマークスである。とことん執念深いマークスは、獲物を追ってはるばるサンダスキーまで来ていたのだった。

「女のほうは、白人とほとんど見分けがつかんぞ」マークスが言った。「男のほうは、かなり色白のムラートで、片方の手に焼印のあとがある」

切符と釣り銭を受け取ろうとしていたジョージの手がかすかに震えた。しかし、ジョージは何くわぬ顔であたりを見まわし、話をしているパーサーの顔に気のなさそうな視線を投げてから、ぶらぶらと船の反対側へ歩いていって、立って待っていたイライザと合流した。

小さなハリーを連れたスマイス夫人は女性用の船室に引き取り、黒い髪のかわいらしい女の子は一躍ほかの乗客たちの人気者になった。

出航のベルが鳴り、マークスがタラップを渡って岸へ戻っていくのを見て、ジョージは胸を撫でおろした。そして、船が動きだして、岸とのあいだにもはや戻りようのない距離が開いたのを見て、長い安堵のため息をもらした。

すばらしい一日だった。エリー湖は青く波立ち、日の光を受けてさざ波がきらきらと躍っていた。岸からさわやかな風が吹き寄せ、堂々たる蒸気船は左右に波を分けて快調に進んでいく。

ああ、人間の心とは、なんと言葉に尽くせぬ世界であろう！　蒸気船のデッキを内気な相棒と連れだってのんびり散歩するジョージの胸中に燃える思いのたけを、誰が想像できただろう？　次第に近づいてくる途方もない幸福は、あまりに幸福すぎて、あまりにすばらしすぎて、現実とは信じられないほどだった。一方で、一日じゅう、ジョージは手放しでは喜べない恐怖心にもとらわれていた。何かが起こって、この幸運が自分の手から奪い去られるのではないか、と。

しかし、蒸気船は順調に進んでいった。あっという間に時間が過ぎ、ついに、イギリス側[3]の岸が大きくはっきりと迫ってきた。あの岸には強力な魔法がかかっているのだ——ほんの一瞬足を触れただけで、奴隷制度の呪文がすべて瓦解するような魔法が。どの国の言葉で発せられた呪文であろうと。どの国の力で裏付けられた呪文であろうと。

カナダの小さな町アマーストバーグへと近づいていく船の甲板に、ジョージとイライザは腕を組んで立っていた。ジョージは胸がいっぱいになり、息づかいが速くなり、目の前が涙でかすんだ。そして、無言のまま、組んだ腕の上で震えている小さな手をそっと押さえた。ベルが鳴り、船が停止した。自分が何をしているのかわからなくなるほど興奮しながら、ジョージは自分たちの荷物に目を配り、一行を伴って岸壁に下り立った。船が港を離れていくまで、一行はその場を動かずにいた。そのあと、夫と妻は不思議そうな顔をしている子供を真ん中にして抱きあい、涙を流し、大地にひざまずいて神に祈りを捧げた！

あたかも死の世界から生の世界へ飛び出したかのように
あたかも経帷子（きょうかたびら）を脱ぎ捨て、天使の衣をまとったかのように

罪の支配から放たれ、せめぎあう激情から放たれ
赦されし魂の汚れなき自由を謳う。
死と地獄のくびきから放たれ
必滅の肉体は不滅の魂を得る。
慈悲深き神の手が黄金の鍵を回し
慈悲深き声が響く、「歓喜せよ、汝の魂は自由なり」と。

一行はスマイス夫人の案内で、まもなく親切な宣教師のもとに身を寄せた。この宣教師は、キリスト教徒たちの浄財によって、次々とやってくる逃亡者や浮浪者を保護するためにこの岸辺の地に派遣された人物であった。

奴隷の身分から自由になった第一日目の至福を、どう表現すればいいだろう？　自由の感覚は、五感を凌駕する崇高で晴々しいものではないだろうか？　誰にも監視されず、危険な目に遭う恐れもなしに、行動し、発言し、呼吸し、出歩ける自由！　神

3　当時カナダは独立前で、イギリス領だったので、カナダ側へ渡ることは、奴隷制度のないイギリス領に渡ることだった。

が人間に与えたもうた権利を法のもとで保障され自由を得た人間の枕辺に訪れる安息のありがたさを、どのような言葉で表現すればよいのだろう？　幾多の危険な場面を思い出すにつけ、安らかに眠るわが子の寝顔は母親にとってどれほど愛おしく尊いものであろう！　あふれんばかりの幸福感に胸がいっぱいで、二人はとても眠れそうになかった。だが、しかし、この二人には一エーカーの土地もなく、わが家と呼べる場所もない。お金も、最後の一ドルまで使いはたしてしまって、手もとには何もない。空を飛ぶ鳥や野に咲く花と同じ一文無しだ。それでも、二人は歓喜のあまり眠れなかったのである。「汝、人間から自由を奪う者よ、いかなる言辞をもって、汝は神に弁明するのか？」

第38章　勝利

私たちに勝利を与えてくださる神に、感謝しましょう。[1]

人生に疲れたとき、生きるよりも死んでしまったほうがどれだけ楽だろうと考えたことのある人は、少なくないのではないか？

殉教者は、肉体的苦痛と恐怖の果てに待ちうける死に直面させられたときでさえ、運命のあまりの苛酷さにむしろ強い刺激と精神の高揚を見出すものだ。そこには強烈な興奮があり、心の震えと熱狂があって、それが永遠の栄光と安息の入口にたどりつくまでの受難の過程を支えてくれる。

しかし、生きること――それは、来る日も来る日も卑劣で無情で粗野で屈辱的な隷

1　新約聖書「コリントの信徒への手紙　一」第一五章第五七節。

属状態に置かれつづけること、気力をとことんくじかれ押さえつけられ、感受性をじわじわと踏みにじられつづけることである。精神を荒廃させていく心の殉教を延々と強いられ、日々刻々、一滴また一滴と、命の内面から血を搾り取られることである。そういう状況に置かれたときに、人の本質が問われることになる。

迫害者と正面から向きあい、脅しの言葉を聞いたとき、トムはいよいよそのときが来たと確信し、勇敢な気持ちで心がいっぱいになった。あと一歩でイエス様のおられる天国へ召される――その場面を思い描いたら、拷問であろうと火あぶりであろうと何だって耐えられると思った。しかし、リグリーが去っていき、その場の興奮が過ぎたあとは、殴打され鞭でずたずたにされた肉体の痛みが頭をもたげ、徹底的に貶(おとし)められ絶望的に見捨てられたわが身の哀れさがつくづく身に沁み、トムは一日じゅうぐったりと弱りきったまま過ごした。

傷が癒えるのを待たず、リグリーはトムを通常の農作業に戻した。それからは、毎日が苦痛と疲労困憊の連続だった。それに加えて、リグリーは卑劣で悪意に満ちたあの手この手を繰り出して、トムに理不尽で屈辱的な仕打ちを加えた。わたしたちのような境遇にあるふつうの人間でさえ、苦痛に耐えなければならない状況では、痛みをやわらげるあらゆる処置を受けられたとしても、試練は生やさしいものではない。トムは、同僚の奴隷たちがいつも不機嫌なのを見ても、もはや驚かなくなった。それどころか、もともと温厚で明るかったトム自身の性格さえゆがめられ、苦痛のあまりすっかり険悪になってしまったような気がした。少しでも暇のあるときは、以前ならば聖書を読んだものだったが、いまでは暇な時間などまったくなかった。収穫の最盛期には、リグリーは日曜も平日もなしに奴隷たちを容赦なく酷使した。当然と言えば当然だ。奴隷を酷使すればするほど棉花の収量は上がり、賭けにも勝てるのだから。そのために何人かの奴隷を使いつぶしたとしても、新しいのを買えばすむ話である。初めのころ、トムは一日の重労働から戻ったあと、揺れる火影のもとで聖書を一節か二節ばかり読むのが習慣だった。しかし、残酷な仕置きで傷だらけにされたあとは、仕事から戻ってくると疲れはて、聖書を読もうとしても頭がくらくらして目の焦点も合わないので、同僚の奴隷たちとともに疲労困憊したからだを横たえるしかなかった。

これまでは、宗教がもたらす心の平安と確信がトムを支えてきた。しかし、いま、魂の動揺と闇のような失望の前にそれが揺らぎはじめたとしても、不思議があろうか？　トムの前には、つねに、理解しがたい人生に対する絶望的な疑問がたちふさがっていた――魂が踏みにじられ、邪悪なるものが勝利しているのに、神は沈黙を守ったままでおられる。もう何週間も何カ月ものあいだ、トムの魂は暗闇と悲しみの中でもがいていた。オフィーリア嬢がケンタッキーにあてて手紙を書いてくれたことを思い、どうか神様が救いの手を差し伸べてくださいますように、と祈った。そして、毎日毎日、誰かが自分を買い戻しに来てくれるのではないかと、淡い期待を抱いて待ちつづけていた。しかし誰も助けに来てくれないのを見て、トムは悲痛な思いで自分の魂に問うた——神に仕えることは無駄だったのか、神はこの自分をお忘れになったのか、と。ときどきキャシーの姿を見ることもあったし、屋敷に呼び出されたときに打ちひしがれたエメリンの姿をちらりと目にすることもあったが、どちらとも親しく言葉をかわすことはなかった。というより、誰とも言葉をかわす時間などなかった。

　ある晩、トムはとことん気落ちし、疲れはてて、消えかけた燃えさしのそばにすわりこんでいた。粗末な夕食を火の上で焼いているところだった。トムは燃えさしに小枝をくべて火を少し明るくし、ポケットからすりきれた聖書を取り出した。あちこちに線を引いた聖句は、それまでくりかえしトムの魂を揺さぶったものだった。アダム、ノア、アブラハムといった太祖の人々の言葉。預言者の言葉。詩人や賢人の言葉。どれも遠い昔から人々に勇気を与えてきた言葉であり、人生という競走を忍耐強く走り抜こうとする者たちを取り囲むおびただしい証人の群れが発する声[2]であった。その言葉が、力を失ったのだろうか？　それとも、焦点の合わぬ目と疲れはてた気力が、偉大なる霊感のもたらす感動にもはや応えられなくなったのだろうか？　重苦しいため息をついて、トムは聖書をポケットに戻した。そこへ下卑た笑い声が響き、ハッとして顔を上げると、正面にリグリーが立っていた。

「よお、てめえ、どうやら信心なんぞ役に立たんことがわかったようだな！　そのうちきっと、てめえの縮れ毛の奥にも届くだろうとは思っとったがな！」

残酷なあざけりは、飢えよりも寒さよりも着る物の不足よりもこたえた。トムは黙っていた。

「てめえは馬鹿だ」リグリーが言った。「買ったときは、てめえを引き立ててやろうと思っとったのに。サンボやキンボ以上になって楽ができたかもしれんのに。こんなふうに一日か二日ごとに鞭で打たれて傷だらけになるかわりに、ふんぞりかえってほかの黒んぼどもに鞭をくれとりゃよかったのに。そんでもって、ときどきは熱くてうまいウイスキー・パンチも飲ましてやったのによ。どうだ、トム、言うことを聞く気にならんか。その古ぼけた本なんぞ火にくべて、俺様の教会にはいれ！」

「とんでもねえです！」トムはむきになって言い返した。

2　新約聖書「ヘブライ人への手紙」第一二章第一節より。

「てめえもわかっただろう、神様なんぞ助けに来やしねえさ。だいたい、神様なんてもんがおったら、てめえを俺の手なんぞに落としゃしねえさ！　てめえの信じとる宗教なんざ、嘘っぱちもいいとこだぞ、トム。俺にはぜんぶわかっとるんだ。俺の言うことを聞いたほうが利口だぞ。俺には地位も力もある！」

「いいえ、旦那様、わしは諦めません」トムは言った。「神様はわしを助けてくださるかもしれんし、助けてくださらんかもしれんです。けど、わしは諦めません。最後まで神様を信じます！」

「よくよく馬鹿だな、てめえは！」リグリーは侮蔑をこめてトムに唾を吐きかけ、トムを足蹴にした。「まあ、いいさ。この先もずっとてめえをいたぶって、這いつくばらしてやる。見てろよ！」そう言って、リグリーは去っていった。

がまんの限界まで重圧を加えられて魂が押しつぶされそうになると、肉体と精神は即座に全力で重圧をはねかえそうとする。それゆえ、最悪の苦しみの直後には、寄せ返す波のように歓喜と勇気が訪れるものなのである。いまのトムも、そんな状態だった。神をも恐れぬ残虐な主人のあざけりを受けて、それでなくとも消沈していたトムの魂は、底辺まで沈みかけた。神にすがろうとする手はいまだ永遠の岩にしがみついてはいたものの、その手は感覚を失い、絶望の前に力を失いかけていた。トムは呆然と火のそばにすわりこんでいた。するといきなり、周囲のものすべてが薄れて消えていくように見え、ある光景が目の前に浮かびあがった。イバラの冠をかぶせられ、殴打され、血を流す人の姿。それでも威厳を失うことなく苦痛に耐えるその人の姿を、トムは畏れと驚きをもって見つめた。深い悲哀に満ちたその眼差しが、トムの心を奥底まで貫いた。トムの魂が目ざめた。あふれんばかりの思いをこめて、トムは両手を差し伸べ、地面にひざまずいた。やがて、目の前の光景が徐々に変化しはじめた。鋭いイバラのとげは栄光の光の矢となり、信じられないようなまばゆい輝きの中で、憐れみ深い顔が自分を見下ろしている。声が聞こえた。「勝利を得る者を、私の座に共に着かせよう。私が勝利し、私の父と共に玉座に着いたのと同じように。[3]」

　どのくらいの時間そこに倒れていたのか、トムにはわからなかった。気づいたら、火はすっかり消え、服は夜露でびしょ濡れになり冷えきっていた。しかし、重大な魂の危機は過ぎ去った。全身を満たす歓喜の中で、トムはもはや飢えも、寒さも、落ちぶれた境遇も、失望も、惨めさも感じなかった。そのときのトムは、魂の奥底から迷うことなく、この世のあらゆる希望を放棄して、おのれの意志を造物主への捧げ物と

3　新約聖書「ヨハネの黙示録」第三章第二一節。

して無条件に差し出したのだった。トムは静寂の中で永遠の輝きを放つ星たちを見上げた。つねに変わらず空から人間を見守ってくれる天使たちに迎えられたような気がした。夜のしじまに、讃美歌の輝かしい歌声が響いた。幸せだったころにトムがよく歌った曲だったが、これほどの思いをこめて聞くのは初めてだった。

大地が雪と消えるとも
天(あめ)なる光　失せるとも
われを召されし　いと高き
神　とこしえの友ならん

はかなき命　果てるとも
この身この胸　朽ちるとも
御国(みくに)に上がるわが手には
喜び安らぎ　ともにあり

何万年ののちの世も

まばゆき光　やむ日なし
神を讃えるわが声は
弥（いよ）や弥（いよ）やと継がれなん[4]

奴隷の宗教史に詳しい人ならば、ここで触れたような話は黒人たちのあいだではよくあることと知っているはずだ。奴隷たち自身の口から実際に、心を打つ感動的な話を聞くこともある。心理学者の説明によれば、心の中にある感情や心象が圧倒的に強烈になった場合、それが外的感覚となって認識され、実在の形として見えるようになることがあるのだという。この世にあまねく存在する聖霊がわれわれ人間の能力にいかなる作用を及ぼしうるか、いったい人知で推し測れるものであろうか？　見捨てられ落胆した魂を神がどのように鼓舞しうるか、人知で推し測れるものであろうか？　見捨てた世の中から見捨てられた哀れな奴隷が、もしも、イエス様が現れて自分に話しかけた

4　讃美歌“Amazing Grace”のうち、順に、六番、五番、七番の歌詞。作詞者ジョン・ニュートンは牧師となる前は船乗りとして奴隷貿易にかかわっていた。日本語では讃美歌「くすしきみ恵み」や「われをもすくいし」など、複数の訳詞がある。

と信じたとして、誰がそれを否定できるだろう？　神は、いつの世にあっても、打ちひしがれた者たちを癒し、傷ついた者たちを解放するとおっしゃったのではないか？

　灰色の夜明けが訪れ、眠りをむさぼっていた者たちが畑に出ようと歩きだしたとき、ぼろを身にまとい寒さに震える哀れな者たちのなかに、ただ一人、歓喜に満ちた表情で足を運ぶ男がいた。その男の心は、〈全能の神〉すなわち永遠の愛に対する強い信仰によって、足もとの踏み固められた大地よりも硬く揺るぎないものとなっていたからである。ああ、リグリーよ、いくらでも力ずくで試すがよい！　究極の苦痛も、悲哀も、屈辱も、欠乏も、喪失も、その男が神の御許(みもと)で王となり牧者となる道のりを早めるだけでしかないのだ！

　このときを境に、抑圧され卑しめられたトムの心は侵されることのない平安に包まれ、つねに在(いま)す救い主の聖別された神殿となったのである。もはや、この世の心残りに血の涙を流すこともなく、希望や恐怖や欲望に心が揺れることもなく、撓(たわ)められ血を流し長く苦闘を続けてきた人間の意志は、いまや神と完全にひとつになったのであった。人生の旅路は、あとほんの少しに思われた。永遠の祝福がすぐ手の届くところにはっきりと見えていた。人生の究極の悲嘆は、もはやトムに害をなすことのできぬ彼方へ落ちていった。

誰もがトムの変化に気づいた。トムの顔には以前のような快活さや機敏さが戻り、どんな侮辱や悪意にも顔色ひとつ変えない平静さが備わったように見えた。

「トムの野郎、いったいどうなってんだ？」リグリーはサンボに言った。「ちょっと前にはがっくりしてやがったのに、ちかごろはやけに元気じゃねえか」

「さあ、わからんです、旦那様。たぶん、逃げようとしとるんじゃねえですか？」

「だったら面白いじゃねえか。なあ、サンボ？」リグリーが残忍な笑みを浮かべた。

「そうっすね！　ホー！　ホー！　ホウ！」真っ黒な小鬼がへつらい笑いをしながら相槌を打った。「そりゃ、おもしれえや！　沼にはまって、藪ん中を逃げまわって、犬どもに食らいつかれて！　そうさ、モリーを捕まえたときには、死ぬほど笑ったもんだ！　犬どもを離す前に、あの女、素っ裸にひん剝かれるかと思ったわ！　いまだにモリーのやつ、あんときの傷が残ってますよ」

「墓にはいるまで、そのまんまだろうよ」リグリーが言った。「いいか、サンボ、油断するなよ。野郎がもしそんなそぶりを見せたら、逃がすんじゃねえぞ」

「任しといてください、旦那様」サンボが言った。「きっと追い詰めてやりますよ。ホウ、ホウ、ホウ！」

これは、リグリーが隣町へ行こうと馬にまたがったときに奴隷頭とかわした会話だった。その夜、帰宅したリグリーは、馬を奴隷居住区へ回して万事異状がないか見ておこうと思いたった。

その晩はすばらしく美しい月夜で、優美なセンダンの並木が芝生に細密なペンシル画で描いたような影を落としていた。そして、あたりには乱すことがためらわれるほどの澄みきった静寂が降りていた。奴隷居住区にさしかかるあたりで、誰かの歌声が聞こえてきた。居住区でよく耳にする歌声とはちがう。リグリーは馬を止めて耳を澄ました。きれいなテノールの歌声だった。

あめなるわが家を　あおぎ見れば、
なみだにかすめる　目も晴れけり。

はげしきこの世の　あだをふせぎ、
飛びくる火矢をも　恐れで立たん。

なやみは波とも　打たばうてよ、
うれいは雨とも　降らばふれよ。

「ふん！」リグリーはつぶやいた。「そういう考えか。メソジストのクソ讃美歌ほど気にさわるもんはねえ！　おい、黒んぼ」と言いながら、リグリーはいきなりトムの前に現れて、乗馬鞭をふりかざした。「何を騒いでやがる、とうに寝る時間は過ぎとるだろうが？　てめえの薄汚え口を閉じて、小屋にひっこみやがれ！」

「はい、旦那様」トムはほがらかに返事をしてさっと立ち上がり、小屋にはいろうとした。

トムの満ち足りたようすを見て、リグリーは無性に腹が立った。そして馬にまたがったままトムのそばへ行き、頭や肩に強烈な鞭を見舞った。

「どうだ、犬め。これでもいい気分か！」

しかし、いまや殴打はトムの外面的な肉体を痛めつけるだけで、以前のように心を傷つけることはできなくなっていた。トムは打たれるがままに、じっと立っていた。

5　『讃美歌』（日本基督教団讃美歌委員会、一九五四年初版）より「讃美歌　三三〇番　あめなるわが家を」。原詞（一七〇七年発表）は、イギリスの牧師・讃美歌作家のアイザック・ワッツ（一六七四年～一七四八年）による"When I Can Read My Title Clear"。

それでもリグリーは、目の前に立っている奴隷に対する自分の支配力がなぜか失われてしまったことを感じないではいられなかった。トムがあばら屋の中へ姿を消し、リグリーは馬を回れ右させたが、そのとき、リグリーの心の中に一閃の光が走った。暗闇に沈んだ邪悪な魂に良心の稲光が差した一瞬である。リグリーは、自分とトムとのあいだに立っているのが神であることをはっきりと悟った。そして、神を冒瀆する言葉を吐いた。従順で寡黙な男、あざけりにも脅しにも鞭打ちにもいかなる残虐行為にも心を乱すことのない男の存在が、リグリーの胸にある声を呼びさました。それは、かつて悪霊に取りつかれた男がキリストに向かって叫んだ声、「ナザレのイエス、構わないでくれ。まだ、その時ではないのにここに来て、我々を苦しめるのか。[6]」という声と同じであった。

　トムは、魂のすべてをかけて、自分の周囲にいる哀れな奴隷たちに同情と憐れみを惜しみなく注いだ。トムにとって、この世の悲しみはいまやすべて終わったように思われ、天から賜った平安と歓喜の詰まった不思議な宝箱の中から、仲間の奴隷たちの悲しみを癒すものを惜しみなく分け与えたいという気持ちになっていた。たしかに、そんな機会はめったになかった。しかし、畑への道すがら、あるいは畑からの帰り道、そして仕事のあいだにも、疲れきった者や落胆している者や元気を失っている者たちに救いの手を差し伸べてやれる機会はめぐってきた。初めのうち、残酷な仕打ちを受けつづけてやつれはてた哀れな奴隷たちは、トムの行為をほとんど理解できなかった。しかし、それが何週間も続き、何カ月も続くうちに、奴隷たちの麻痺して言葉を失っていた心の琴線が少しずつ打ち震えるようになった。徐々に、目に見えないほど徐々にではあったが、この風変わりで寡黙で辛抱づよい男、すべての奴隷たちの重荷を背負う一方で誰にも助けを求めない男、他人に順番を譲り、誰よりもあとに誰よりも少なく取り、その少しの取り分でさえ必要とする者に率先して分け与えようとする男、寒い夜に病気で震える女がいれば自分のぼろぼろになった一枚きりの毛布をかけてやる男、畑に出れば自分の計量が不足する恐ろしい危険も顧みず自分よりも弱い働き手のカゴに棉花を入れてやる男、そして、主人から絶えず容赦ない残虐行為を受けつづけながらもその主人を悪しざまに罵倒する者たちの輪にはけっして加わらない男――この男が、とうとう、奴隷たちに不思議な力を及ぼしはじめたのである。そして、農作業の最も忙しい時期が終わったあと、ふたたび日曜日が休みになると、多くの奴隷

6 新約聖書。前半は「マルコによる福音書」第一章第二四節。後半は「マタイによる福音書」第八章第二九節。

たちが集まってトムからイエス様の話を聞くようになった。みんな場所を見つけては集まって、嬉々としてトムの話を聞き、祈りを捧げ、声をあわせて讃美歌を歌った。しかし、リグリーはこれを許さず、罵りや呪いの言葉を投げつけて、一度ならずそうした集会を蹴散らした。そのため、神の福音は人から人へこっそり伝えるしかなくなった。それでも、哀れな奴隷たち、先の見えぬ人生に向かってわびしい日々を送るしかない者たちにとって、自分に同情してくださる救い主や天国の話を聞く素朴な喜びは言葉に尽くせぬものがあった。宣教師たちの話を聞いても、地球上のすべての人種の中で、アフリカ人種ほど神の福音を喜んで従順に受け入れた人種はいないという。信仰の礎（いしずえ）である信頼と無条件の信仰は、どの人種よりもアフリカ人種に篤い特質であるという。アフリカ人種のあいだにおいては、偶然の風に吹かれて純真無垢な心にたどりついた真理のこぼれ種が芽吹き、文明が高度に進んだ社会よりよほど豊かな実を結んだ例も少なくはないのである。

例の哀れなムラートの女は、残虐非道な仕打ちをこれでもかと浴びせられて、純朴な信仰心をほとんど押しつぶされたようになってしまっていたが、仕事への行き帰りの道でときどき卑しき伝道師トムから聞く讃美歌や聖書の話で魂が救われた気分になった。なかば正気を失って道を踏み外しかけていたキャシーでさえ、トムの真っ直ぐで控えめな働きかけのおかげで心が和らぎ静まりつつあった。

人生であまりに苛烈な苦しみを味わってきたせいで狂気と絶望にまで追いつめられていたキャシーは、リグリーに仕返しを果たす場面を何度となく心に強く思い描き、自分がこれまで見てきた不当で残虐な行為に対して、また自分自身が被った不当で残虐な行為に対して、自分の手で迫害者の息の根を止めてやりたいと思いつづけていた。

ある夜、あばら屋の中で皆が寝静まっている時刻に、トムはふと目をさました。壁の丸太に開けた窓がわりの穴から、キャシーの顔がのぞいていた。キャシーは黙ったまま、外に出てくるようトムに合図した。

トムは戸口から外に出た。夜中の一時か二時ごろで、晴れわたった穏やかで静かな月夜だった。明るい月に照らされたキャシーの黒い大きな瞳には、いつもの鬱屈した絶望の色ではなく、妙にぎらぎらと興奮した光があった。

「来て、ファーザー・トム[7]」キャシーが小さな手でトムの手首をつかみ、鋼（はがね）のような力をこめて引っぱった。「こっちへ来て。教えたいことがあるの」

7　皆に聖書を教えるようになって尊敬されていたので、キャシーはトムを「Father Tom（トム神父様）」と呼ぶようになっていた。

「何だね、キャシー奥様？」トムが不安そうに言った。

「トム、あんた自由になりたくない？」

「わし、じきに神様のもとで自由になりますよ、奥様」トムが言った。

「そうね。でも、今夜、自由になれるかもしれないの。来て」キャシーは勢いこんで言った。

トムはためらった。

「来て！」キャシーは黒い瞳でトムをじっと見つめたまま、低い声で言った。「一緒に来て！　あいつ、眠ってるのよ――ぐっすり。ブランデーに一服盛ってやったから、しばらく起きないわ。もっと薬があったらよかったんだけど。そしたら、あんたの助けはいらなかったんだけど。でも、来て。裏口の鍵が開けてあるから。斧も裏口に用意してあるわ。わたしが置いたの。あいつの部屋のドアも開いてるわ。わたしが案内するから。わたしにもっと力があったら、自分でやるんだけど。一緒に来て！」

「だめですよ、奥様、ぜったいにいけません！」トムが強い口調で言って、その場に立ち止まり、前のめりになっているキャシーを止めた。

「でも、かわいそうなみんなのことを考えてよ」キャシーが言った。「みんなを自由にしてやれるかもしれないのよ？　みんなで沼地へ逃げて、小高い場所を見つけて、自分たちだけで暮らすの。実際にそういうことがあったって聞いたことがあるわ。どんな暮らしだって、いまよりはましよ」

「だめです！」トムが、きっぱりと言った。「だめです！　悪から善が生まれることは、けっしてないです。そんなことするくらいなら、わし、自分の右手を切り落とします！」

「だったら、わたしがやるわ」キャシーがくるりと背中を向けた。

「ああ、キャシー奥様！」トムがキャシーの前に身を投げ出した。「わしらのために死んでくだすった最愛のイエス様に免じて、そんなふうにしてだいじな魂を悪魔に売るようなことをせんでください！　そんなことをしても、邪悪な結果しか生まれません。主はわしらに復讐を教えるようなことはなされません。わしらは苦しみに耐えて、ときを待つしかないです」

「待つ⁉」キャシーが言った。「もう、さんざん待ったじゃないの。頭がくらくらして胸が痛くなるほど待ったわよ。あいつのせいで、どれだけの苦しみを味わってきたか。あいつのせいで、何百人という哀れな奴隷たちが、どれだけの苦しみを味わってきたか。あいつはあんたの生き血を搾り取っているのよ？　わたしは呼ばれたの、呼ぶ声を聞いたの！　あいつの死にどきが来たのよ、あいつの心臓の血を流させてやるわ！」

「だめです、だめですよ！」トムは痙攣したような強さで握りしめているキャシーの小さな手をつかんで言った。「かわいそうに、魂が迷っとるだな。そんなことしてはだめですよ。親愛なるイエス様は、ご自分の血を流した以外には、誰の血も流されなかった。しかも、わしらが敵だったときでさえ、わしらのために血を流してくだすった。神様、どうか、わしらがイエス様を見習って敵を愛することができるよう、お助けください」

「愛する、だって⁉」ものすごい目つきでキャシーが睨みつけた。「あんな敵を愛するなんて！　生身の人間には無理よ！」

「そのとおりです、奥様」トムがキャシーを見上げて言った。「けど、神様はわしらのためにそれをしてくだすった。それこそは勝利です。すべてのものを、何があろうとも愛せるようになって、そのために祈ることができるようになったら、戦いは終わって、勝利がやってきます――神に栄光あれ！」ぼろぼろと涙を流し、声を詰まらせながら、トムは天を仰いだ。

そして、アフリカよ、最後に神に召された国々よ！　イバラの冠を受け、振り下ろされる鞭を受け、血の汗を流し、苦悶の十字架に召された国々よ！　これこそが汝の勝利となるものである。このことによって、キリストの王国が地上に来たるとき、汝はキリストとともに君臨するのである。

トムの思いの深さ、トムの声の優しさ、そしてトムの涙が、哀れな女の荒ぶる魂に露のように沁みわたっていった。ぎらぎら燃えていたキャシーの目つきが穏やかになった。うつむいたキャシーの手から力が抜けるのを、トムは感じた。

「わたしには悪魔が取り憑いてるって言ったわよね？　ああ！　ファーザー・トム！　わたし、祈ることができないの。できたら、どんなにいいか。わたし、子供たちを売り飛ばされてから、一度もお祈りをしていないの！　あんたの言うとおりかもしれないわ、きっとそうにちがいないと思う。でも、祈ろうと思っても、憎しみや罵りの言葉しか浮かんでこないの。お祈りができないのよ！」

「お気の毒に！」トムが同情をこめて言った。「悪魔が奥様を狙って、小麦のように篩(ふるい)にかけようとしておるんです。[8]わし、奥様のために、イエス様にお祈りします。ああ、キャシー奥様！　愛するイエス様のもとに戻ってください。イエス様は傷ついた心を手当てするために来られた、悲しんでおる人たちみんなを慰めるために来られ

8　新約聖書「ルカによる福音書」第二二章第三一節に言及している。

たんです」

キャシーは黙って立ちつくしたまま、うつむいた目から大粒の涙を落としていた。

「キャシー奥様」トムは少しのあいだ黙ってキャシーの表情を見ていたが、ためらいがちに口を開いた。「もし、ここから逃げることができるんなら――もしそんなことができるもんなら――奥様とエメリンさんは逃げたほうがええです。誰かの血で手を汚さずにできるなら、っちゅう意味ですが。そうでなかったら、だめです」

「一緒に逃げてくれる、ファーザー・トム？」

「いや」トムが言った。「前なら、そう思ったこともあったです。けど、神様がわしにここで仕事をくだすった、この哀れな奴隷たちの中で。だから、わしはみんなと一緒にここに残って、最後まで十字架を背負う覚悟です。でも、奥様はちがう。奥様はワナに捕らまったようなもんだ。とても耐えきれるもんじゃない。できるんなら、逃げたほうがええです」

「墓穴にはいる以外に、ここから逃げる方法なんて、わからないわ」キャシーが言った。「けものだって、鳥だって、どこかにねぐらがあるものなのに、ヘビだってアリゲーターだって静かに横たわれる場所があるのに、わたしたちにはそういう場所さえないのよ。沼地のどんなに奥まで逃げても、猟犬どもに嗅ぎ出されて、見つかってしまう。誰も彼も、何もかも敵なのよ。獣でさえ、わたしたちには敵だわ。どこへ行けというの?」

トムは黙って立っていたが、やがて口を開いた。

「神様は、ライオンの洞窟に放りこまれたダニエルをお助けになりました。[9] 燃えさかる炉に投げこまれた三人をお助けになりました。[10] イエス様は湖の上を歩かれ、風を静められました。[11] 神様はまだ生きておられます。きっと奥様たちを救い出してくださると、わし、信じとります。やってごらんなさい。わし、全力で、奥様たちのために祈ります」

人間の精神とは、不可思議なものだ。長いあいだ見過ごしていたアイデア、無意味なものとして顧みもしなかったアイデアが、新しい目で見ると、まるでダイヤモンドを見つけたかのように、にわかに光を放つこともあるのだ。

9　旧約聖書「ダニエル書」第六章第一七節〜第二四節。
10　旧約聖書「ダニエル書」第三章第一九節〜第二七節。
11　新約聖書「マタイによる福音書」第一四章第二五節〜第三二節。「ルカによる福音書」第八章第二四節。

キャシーはそれまで何度も、逃亡計画をあれやこれやと考えてきた。そして、どれもこれも見こみがない、非現実的だ、と却下しつづけてきた。しかし、この瞬間、キャシーの頭にある計画が浮かんだ。どこから見ても単純で、実行可能で、希望の光が一気に差したような気がした。

「ファーザー・トム、わたしやってみるわ！」唐突にキャシーが言った。

「アーメン！」トムが言った。「神様のお助けがありますように！」

第39章　計略

悪しき者の道は闇のようだ。
何につまずくのか、知ることさえできない。[1]

リグリーの住んでいる屋敷の屋根裏は、たいがいの屋根裏の例にもれずだだっ広くて陰気な空間で、埃が積もり、クモの巣が張り、無用になった古い家具が乱雑に放置されていた。屋敷が栄えていたころに住んでいた裕福な一家は、大量の高級家具を海外から輸入し、そのいくつかは屋敷を引き払う際に持っていったが、残りは住む人のいなくなったカビ臭い部屋にそのまま捨て置かれ、あるいはこの屋根裏に放りこまれていたのだった。家具がはいっていた巨大な木箱も、屋根裏の壁ぎわに何個か残されてい

1　旧約聖書「箴言」第四章第一九節。

た。屋根裏には小さな窓があり、その薄汚れた窓ガラスを通して頼りない光が差しこみ、かつては屋敷の部屋を美しく演出したであろう背もたれの高い椅子や埃のつもったテーブルを照らしている。総じて、幽霊でも出そうな気味の悪い部屋だった。しかし、それでなくても、迷信深い黒人たちのあいだではこの屋根裏はすでに伝説と化し、恐怖の的となっていた。数年ばかり前のこと、何かでリグリーの機嫌をそこねた黒人女が数週間にわたってこの屋根裏に閉じこめられたことがあった。中で何があったのかは、さだかでない。ただ、黒人たちのあいだでは、この事件に関してひそひそと言葉がかわされた。わかっているのは、不幸な黒人女の死体がある日この屋根裏から運び下ろされて埋葬された、そのあと古い屋根裏からは呪いや罵りの言葉や人をひどく殴る音が響いてくるようになり、それに交じって悲鳴や絶望のうめき声も聞こえるようになった、ということである。あるとき、そういう噂話をたまたま耳にしたリグリーが激怒し、こんど屋根裏の噂話を口にした者は屋根裏に鎖でつないで一週間閉じこめてやる、自分の目で何が起こっているのか見たらいいんだ、と言った。脅しのおかげで噂話は下火になったが、もちろん、話の信憑性はいささかも薄れはしなかった。

やがて、屋根裏に通じる階段と、さらにはその階段につながる廊下にも、屋敷の者たちは誰ひとり近づかなくなった。そして、恐ろしがって誰も屋根裏の話を口にしなくなり、伝説はだんだんと聞かれなくなっていった。キャシーの胸に突然浮かんだのは、こうした迷信への恐怖心を煽ってみようというアイデアだった。リグリーは迷信をひどく恐れているから、それを利用して自分とエメリンの自由への逃亡を企ててみようと考えついたのだ。

キャシーの寝室は、屋根裏の真下にあった。ある日、リグリーにひとことの相談もなしに、キャシーは行動を起こした。わざとこれ見よがしに、自分の寝室の家具や身のまわり品をぜんぶかなり離れた部屋へ移すことにしたのだ。下働きの使用人たちが上を下への大騒ぎで引っ越し作業をしているところへ、遠乗りから戻ったリグリーが通りかかった。

「おい、キャス！　こんどはいったい何の真似だ？」リグリーが言った。

「べつに。部屋を替わろうと思っただけ」キャシーが平然と答えた。

「そりゃまた、どういう訳だ？」

「そう思っただけよ」

「ちくしょう、何だ！　何が目的なんだ？」

「たまには少しばかり眠りたいものだと思ってね」

「眠りたいだと⁉　なんで眠れねえんだ？」

「聞きたいなら教えてあげてもいいけど」キャシーがそっけない口調で言った。

「言ってみろ、この売女(ばいた)め！」

「あら、何でもないわ！　あんたが気にすることでもないでしょうよ！　うめき声が聞こえるだけよ。それと、人があちこち足を引きずって歩く音と。あと、床を転げまわる音と。上の屋根裏から。ほとんど夜中じゅう。夜の一二時から明け方まで！」

「屋根裏に人が⁉」リグリーは不安そうな顔をしたが、無理に笑いとばした。「そりゃ誰なんだよ、キャシー？」

　キャシーは険のある黒い瞳を上げ、骨まで震えあがらせるような目つきでリグリーの顔をじっと見据えた。「さあ、誰でしょうね、サイモン？　あんたから教えてほしいくらいだわ。ま、心当たりはないでしょうけど！」

　リグリーは悪態をつきながら乗馬鞭でキャシーに殴りかかったが、キャシーはさっと脇へよけると戸口を通りぬけてふりむき、「あの部屋で寝てみればいいのよ、そしたらよくわかるから。そうよ、やってみたらいいわ！」と言ったあと、ぴしゃりとドアを閉めて鍵をかけてしまった。

　リグリーはどなりちらし、毒づき、力ずくでドアを壊すぞと脅したものの、それは思いとどまり、不安そうな顔で居間へはいっていった。キャシーは作戦が狙いどおりにいったと確信し、それ以降、機会あるたびに巧妙な口ぶりでリグリーの不安を煽りつづけた。

屋根裏には壁の節穴がぽっかりあいているところがあり、キャシーはその節穴に古いびんの首を差しこんだ。少しでも風が吹けばびんの口が世にも悲しげな哀れをそそる泣き声に似た音を立て、風の強いときには音が高鳴って金切り声そっくりに聞こえ、迷信にとりつかれやすい者には、それがまさに恐怖と絶望の叫び声のように聞こえるのだった。

そんな音が使用人たちの耳に届くことが度重なるにつれて、昔の幽霊話がそっくりよみがえった。屋敷全体が迷信にとらわれて、恐怖におののくようになった。あえてリグリーの前でその話を口にする者はいなかったが、屋敷全体を大気のように満たす恐怖感は、リグリーをもその中にのみこんだ。

神を信じない男ほど、迷信にとらわれるものだ。クリスチャンならば、賢明にして万物の支配者である神を信じることによって心が落ち着き、底知れぬ奈落も神が光と秩序によって満たしてくださると考えることができる。しかし、神を捨てた者にとっては、霊たちの支配する世界はヘブライ詩人の言葉どおり、「死の陰の暗黒のように真っ暗な地／秩序がなく、暗黒が闇を照らすような地」[2]なのである。そのような者にとっては、生も死も悪霊にとりつかれた世界であり、漠たる恐怖が醜い鬼の形相で跋扈する世界なのである。

トムと出会って以来、リグリーの中に眠っていた道徳の観念が目ざめかけていた——目ざめかけてはいたものの、結局は強情な悪の力に食い止められていたのであるが、それでも内なる闇の世界では聖書の言葉や祈りや讃美歌によって惹き起こされた波風が立っており、それらが迷信から生じる恐怖心を呼びさましたのだった。

キャシーのリグリーに対する影響力は、不可思議で奇妙なものだった。リグリーはキャシーの所有者であり、暴君であり、虐待者であった。キャシーは完全に、どうしようもなく、リグリーの慰みものであった。それはリグリーにもわかっていた。さはさりながら、とことん残忍な男でさえも、女性から強く影響を受けつつ日々を暮らせば、その女性におおいに支配されてしまうという成り行きは否めない。最初にリグリーに買われたとき、キャシーは、自身がそう言っていたように、育ちのよいしとやかな女性だった。そんなキャシーをリグリーは容赦なく打ちのめし、残虐に踏みにじった。しかし、歳月と屈辱と絶望とが女らしさに硬い鎧を着せ、荒ぶる感情に火をつけるに及んで、キャシーはある面でリグリーの女主人と化し、リグリーはキャシーを虐げる一方で恐れるようになっていった。

そして、どこか正気を失いかけたようなキャシーが異様で不気味で不穏な言葉を口にするようになるにつれて、リグリーに対するキャシーの影響力はますます厄介で抗いがたいものとなっていったのである。

このことがあって一日、二日たったある夜、リグリーはいつもの居間で暖炉のそばに腰をおろしていた。薪の炎がちろちろと揺らめき、部屋の中に心もとなげな光を投げている。その夜は嵐のような風が吹き荒れ、古ぼけた屋敷をきしませて、名状しがたいさまざまな音をたてていた。窓はガタガタ鳴り、鎧戸はバタバタと煽られ、風がごうごうと巻いて煙突に吹きこみ、ときおり暖炉の煙や灰が一陣の亡霊に追い立てられたかのように吹き上がるのだった。リグリーは、さっきから売上を足し上げたり新聞を読んだりしていた。キャシーは部屋の隅にすわり、黙りこんだまま暖炉の火を見つめている。リグリーは新聞を置き、キャシーが宵の口に読んでいた古い本がテーブルの上にあるのを見て、手に取ってぱらぱらとページをめくりはじめた。それは血なまぐさい殺人事件や幽霊の話や超常現象などを扱った短編集で、挿絵のはいった

2 旧約聖書「ヨブ記」第一〇章第二二節。「ヨブ記」は作者不詳であるが、ヘブライ語で書かれている。

安っぽい本だったが、いったん読みはじめるとつい引きこまれてしまうような読み物だった。

リグリーは「へん」とか「ふん」とか言いながらも次から次へとページをめくり、しばらく読んだあと、悪態をつきながら本を投げ出した。

「キャス、おまえは幽霊なんか信じちゃいねえんだろ？」火ばさみで薪を整えながら、リグリーが言った。「よりによっておまえがあんな物音におじけづくとは思わんかったがな」

「わたしが何を信じようと、べつにいいでしょ」キャシーが不機嫌そうに言った。

「水夫だったころ、仲間たちが怪談話で俺を脅かそうとしやがった」リグリーが言った。「だが、俺はそんなもんはへっちゃらだった。そんな与太話にびびりゃしねえさ」

キャシーは部屋の隅の暗がりに腰をおろしたまま、じっとリグリーを見つめている。その目には、いつもリグリーを不安にさせる異様な光が宿っていた。

「音なんか、どうせネズミと風だろうよ」リグリーが言った。「ネズミはものすごい音をたてやがるからな。俺も船に乗っとったころ、船倉でときどき聞いた。それに、風ときたら！　風なんか、どんな音にでも聞こえるさ」

キャシーは、自分に見つめられるとリグリーが不安になることを知っていたので、いっさい何も答えず、暗がりに腰をおろしたまま、この世のものとは思えない例の異様な目つきでリグリーをじっと見つめつづけた。

「おい、何とか言え。そう思わんのか？」リグリーが言った。

「ネズミが階段を下りてくるかしら？　廊下を通って、ドアを開けてはいってくる？　ドアに鍵をかけて、椅子も置いて、開かないようにしてあるのに？」キャシーが言った。「なのに、近づいてくるのよ。ずん、ずん、ずん……と一歩ずつ、ベッドのすぐ前まで歩いてきて、こうやって手を伸ばしてくるの」

キャシーはぎらぎら光る目でリグリーを見据えたまま言った。リグリーは悪夢におびえたような顔でキャシーを見つめていたが、最後にキャシーが氷のように冷たい手をリグリーの手に重ねると、リグリーは悪態をつきながら跳びのいた。

「おい、どういう意味だ？　誰がそんなことを……？」

「あら、誰も、べつに。わたし、誰かがはいってきたなんて、言いました？」キャシーはゾッとするような嘲笑を浮かべた。

「けど……けど、おまえ、見たのか？　ほんとうに？　おい、キャス、いったいどういうことなんだ？　はっきり言え！」

「あの部屋に自分で寝てみるといいわ、そんなに知りたいのなら」キャシーが言った。

「そいつは屋根裏から出てきたのか、キャシー？」

「そいつ、って……何？」キャシーが言った。

「だって、いま、おまえが……」

「わたし、何も言ってないわよ」キャシーがむっつりとした気難しい顔で言った。

リグリーは不安そうに部屋の中をうろつきまわった。

「調べてやる。今夜、これから見にいってやる。ピストルを持って――」

「そうしてちょうだい」キャシーが言った。「あの部屋で寝てみて。あんたがそうするところを見たいもんだわ。ピストルも撃ったらいいわ――さあ！」

リグリーは足を踏み鳴らし、激しい言葉で毒づいた。

「罰当たりな言葉を使わないで。誰が聞いているか、わからないでしょう？」キャシーが言った。「ほら、聞いて！　いまの音……何？」

「何だ？」リグリーがギョッとして言った。

部屋の隅に置かれている重厚なオランダ製の古時計が、ゆっくりと一二時を打ちはじめた。

どういうわけか、リグリーは口も開かなければ動きもしなかった。顔には漠とした恐怖の表情が張りついている。キャシーのほうは、鋭い冷笑を浮かべた瞳を光らせて、立ったままリグリーを見据えながら時計の打つ音を数えていた。

「一二時ね。さ、そろそろ確かめに行きましょうか」キャシーはくるりと向きを変え、廊下へ出るドアを開けて、立ったまま耳を澄ますようなそぶりをしてみせた。

「聞いて！」キャシーが指を一本立てて言った。「いまの音……何？」

「ただの風だ」リグリーが言った。「風がやたら吹き荒れてるのが聞こえないのか？」

「サイモン、来て」キャシーはささやくような声で言って、リグリーの手を取り、階段の下まで連れていった。「あれ、何だと思う？　聞いて……！」

階段の上から狂ったような金切り声が響いてきた。屋根裏からだ。リグリーは膝をがくがく震わせた。顔は恐怖で蒼白になっている。

「ピストル、取ってきたら？」キャシーが血も凍るような冷笑を見せた。「そろそろ、はっきりさせたほうがいいわよ。さあ、上がっていってみて。いま、ちょうど出てるわよ」

「行くものか！」リグリーが悪態をついた。

「どうして？　幽霊なんかいないわよ、わかってるでしょ？　さあ、来て！」キャシーは笑い声をあげて螺旋階段を駆け上がりながら、後方のリグリーを見下ろして「いらっしゃいよ！」と呼んだ。

「おまえってやつは、ほんとうに悪魔だな！」リグリーが言った。「戻ってこい、妖怪め、戻ってこいってんだ、キャス！　行っちゃだめだ！」

しかし、キャシーは狂ったような笑い声をあげながら階段を上がっていってしまった。そして、屋根裏へ続く扉を左右に開け放つ音が聞こえた。一陣の風が吹き下ろし、リグリーが手に持っていたろうそくの火が消えた。それと同時に、この世のものとも思われぬ恐ろしい絶叫が聞こえた。まるで耳の中で金切り声を上げられているような音だった。

リグリーは半狂乱で居間へ逃げ帰り、すぐあとからキャシーもやってきた。キャシーは取り乱すこともなく、蒼白な顔に復讐に燃える冷酷な表情を浮かべ、目には例の異様な光をたたえている。

「これで満足かしら」キャシーが言った。

「ちくしょうめ、キャス！」リグリーが言った。

「あら、なぜ？」キャシーが言った。「わたしは階上へ行ってドアを閉めてきただけよ。あの屋根裏がいったい何なの、サイモン？」

「てめえの知ったことか！」リグリーが言った。

「あら、そう？　ま、とにかく、わたしはあの下で寝なくてすむならありがたいわ」

その夜、風が強くなるのを見越して、キャシーは前もって屋根裏の窓を開け放っておいたのだった。当然、屋根裏の扉を開けたとたんに風が吹き下ろして、ろうそくの火を消したのである。

キャシーは、こんなふうにしてリグリーをくりかえしいたぶった。その結果、リグリーは例の屋根裏を調べるくらいならライオンの口に頭を突っこむほうがましだと思うまでになった。一方で、夜、誰もが寝静まっているあいだに、キャシーはじっくりと周到に準備を進め、屋根裏にしばらくたてこもれるだけの蓄えを運びこんだ。キャシーはひとつひとつ何度も荷物を運んで、自分とエメリンの衣類の大半を屋根裏に移した。すっかり準備を終えたところで、二人は計画を実行に移す絶好のチャンスを待った。

キャシーはリグリーに甘い言葉をささやき、機嫌のいいときを狙って、隣町へ行くリグリーに首尾よく同行した。隣町はレッド・リバーの岸にあった。記憶力を極限まで研ぎ澄まして、キャシーは隣町までの道順を曲がり角ひとつに至るまで頭にたたきこみ、所要時間もだいたいのところを把握した。

ようやく、計画を実行するチャンスがやってきた。読者諸氏には、この最終的クーデターの舞台裏をお見せすることにしよう。

　時刻は夕暮れどきで、リグリーは不在だった。隣の農園まで馬に乗って出かけたのである。もう何日も前から、キャシーは珍しくリグリーに対して愛想がよく、素直に言うことをきいていた。表面的には、リグリーとキャシーがこんなに仲良くやっているのは、これまでにないことだった。いま、キャシーとエメリンはエメリンの部屋にいて、せっせと小さな荷物を二個作っている。

「よし、と。このくらいの大きさにしておけば、いいわ」キャシーが言った。「さ、ボンネットをかぶって、出かけるわよ。ちょうどいいタイミングだわ」

「でも、まだ明るいから姿を見られてしまうんじゃないの？」エメリンが言った。

「そこが狙いよ」キャシーが冷静に答えた。「どっちにしても、追っ手はかかるでしょ、ちがう？　あのね、こういうことなの――わたしたちは裏口からこっそり出て、奴隷居住区のそばを通って逃げる。そしたら、きっと、サンボかキンボがわたしたちの姿を見つける。で、追いかけてくる。わたしたちは沼地にはいって逃げる。そしたら、相手はそれ以上は追ってこられないわ。まず屋敷に戻って、『逃げたぞ！』ってみんなに知らせたり、犬たちを放したり、いろいろ準備があるから。どうせ連中はそうやって右往左往して騒ぎまくるに決まってるから、そのあいだにわたしたちは屋敷の裏手に通じてる小川にはいって、水の中を歩いて屋敷の裏口まで戻るの。そうすれば、犬たちは撒けるわ。水にはいっちゃえば、臭いは残らないから。家の者たちは全員がわたしたちを探しに出払っているはず。その隙に、わたしたちは裏口から家にはいって、屋根裏へ上がって隠れるの。大きな箱の中を居心地のいいベッドにしてあるから。しばらくは屋根裏に隠れて過ごすことになるわ、リグリーは徹底的にわたしたちを探すはずだから。よそのプランテーションからも引退した奴隷監督をかき集めてきて、大がかりな奴隷狩りをするでしょうね。沼地をくまなく捜索するはずよ。自分のところからは誰ひとり逃がさないって自慢してるような男だからね。ま、気がすむまで大捜索をしていただきましょう、ってところよ」

「キャシー、すばらしい計画だわ！」エメリンが言った。「あなたでなければ、とても考えつかないような計画ね」

キャシーの目には歓喜の色はいっさいなかった。その瞳には、ただ絶望的な決意が見えるだけだった。

「行くわよ」キャシーがエメリンに手を差し伸べた。

二人の逃亡者は音もなく屋敷を出て、軽やかな足取りで次第に濃くなっていく夕闇の中を進み、奴隷居住区のそばを通りすぎた。西の空に判で押したような銀色の三日月がかかり、夜の訪れを少し遅らせているように見えた。キャシーが予想したとおり、プランテーションを囲むように広がる沼地のすぐ手前まで来たところで、「止まれ！」と叫ぶ声が聞こえた。ただし、それはサンボではなくリグリーの声で、激しく悪態をつきながら二人を追いかけてきた。その声を聞いて、気の弱いエメリンがくずおれそうになった。エメリンはキャシーの腕につかまり、「ああ、キャシー、わたし気が遠くなりそう！」と言った。

「気絶なんかしたら殺すからね！」キャシーが小さなナイフを取り出し、エメリンの目の前でぎらりと光らせた。

ナイフの脅しで気が散ったおかげで、なんとかエメリンは気絶せずに持ちこたえ、キャシーと二人で計画どおり底知れぬ沼地に飛びこんだ。沼は深くて暗く、リグリーが助っ人もなしに一人で沼地に踏みこむことはとうてい不可能だった。

「まあいいさ」リグリーはのどの奥で残虐な笑い声をたてた。「どのみち、自分から罠に飛びこんだようなものだ。まぬけどもめ！　なに、心配はない。ひどい目に遭わしてやるから待ってろ！」

「おおい、サンボ！　キンボ！　みんな出てこい！」奴隷居住区までやってきたリグリーが大声で呼んだ。ちょうど男女の奴隷たちが仕事から戻ってくるところだった。

「逃亡奴隷が二人、沼に逃げこんだ。捕まえたやつには五ドルやるぞ。犬たちを放せ！　タイガーも、フューリーも[3]、ぜんぶ放せ！」

　知らせはあっという間に広まった。多くの男たちがわれ先にと追跡を買って出た。報賞金目当てか、でなければ、奴隷制度のもっとも忌むべき成果のひとつである媚びへつらいの奴隷根性からだった。ある者はこちらへ走り、またある者はあちらへ向かい、たいまつに使う節くれだった松の枝を取りに行く者や犬たちを放つ者もいた。猟犬たちの獰猛（どうもう）なうなり声で、追跡劇がおおいに活気づいた。

「旦那様、もし捕まらんかったら、撃ちますか？」ライフルを出してきた主人にサンボが聞いた。

「キャスは、なんなら撃ってもいい。いいかげん悪魔の巣窟へ帰してやってもいいころだ。だが、エメリンは撃つな」リグリーが言った。「さあ、みんな、さっさと探しに行け。捕まえたら五ドルだぞ。どっちにしても、みんなに酒を一杯ずつごちそうする」

　追跡隊はぎらぎら光るたいまつを掲げ、鬨（とき）の声をあげ、叫びまくり、男と犬たちの野蛮な声がいりまじって沼地へと押し寄せていった。それに続くように、屋敷で働く

3　Fury（狂暴、の意）。

奴隷たちも一人残らず追跡に加わった。おかげで屋敷には人っ子ひとりいなくなり、そこへ屋敷の裏手の小川の中を歩いてキャシーとエメリンが戻ってきた。追跡隊の鬨の声や叫び声はまだそこらじゅうに響き、キャシーとエメリンが居間の窓から眺めると、たいまつを持った追跡隊が沼の岸に沿って広がっていこうとしているのが見えた。

「ねえ、見て！」エメリンが指さして言った。「逃亡者狩りが始まったわ！　見て、光があちこちで揺れてる！　聞いて！　犬たちが吠えてるわ！　聞こえるでしょ？　い、い、いあんなところにいたら、ぜったいに助からなかったわね。ああ、お願いだから、隠れましょうよ。早く！」

「あわてることないわよ」キャシーが冷ややかに言った。「みんな奴隷狩りに出かけちゃってるから。今晩いっぱいのお楽しみね！　そのうち階上に行けばいいわ。それよりも――」キャシーはリグリーが大急ぎで脱ぎ捨てていった上着のポケットからもったいぶった手つきで鍵を探り出し、「旅行の代金をいただいておかないとね」と言った。

キャシーは引きだしの鍵を開け、筒状に巻いた札束をひとつ取り出して、手早く枚数を数えた。

「まあ、そんなこと、やめましょうよ！」エメリンが言った。

「やめましょう？　何を言うの？」キャシーが言った。「沼地で飢え死にしたいの？自由州まで逃げるためのお金がいらないと言うの？　お金さえあれば、なんとかなるのよ」そう言いながら、キャシーは札束を胸もとに押しこんだ。

「でも、それは盗むことになるわ」エメリンが困ったような口調でささやいた。

「盗む、ですって！」キャシーが馬鹿にして笑った。「わたしたちの身も心も盗んだやつから言われる筋合いはないわよ。このお札だって、どのみちみんな盗んだものよ。食うものも食わせてもらえずに汗水たらして働かされてる哀れな奴隷たちから。あいつの儲けのために、みんな地獄に落とされるんじゃないの。盗むなってのは、あいつに言ってやる話でしょ！　まあいいわ、とりあえず屋根裏へ上がりましょう。ろうそくをたっぷり持ちこんであるし、暇つぶしになるように本も持ちこんであるから。あいつらが屋根裏まで探しにくる心配は、まずないわ。もし来たら、わたしが幽霊のふりして脅してやる」

エメリンが屋根裏へ行ってみると、かつて大きな家具が屋敷に運びこまれたときに使われたと思われる巨大な木箱が残っていて、その箱が横倒しにされ、開口部を壁というか屋根が斜めになっている軒先に付けて置いてあった。キャシーは小さなランプに火を灯し、エメリンと二人で腰をかがめて斜め屋根の下の隙間から箱の中にもぐりこんだ。箱の中には小さなマットレスが二枚敷いてあり、クッションもいくつか置いてあった。すぐそばの箱にはろうそくや食料がたっぷり蓄えてあり、旅に必要な衣類も、キャシーの手によって驚くほど小さな包みにまとめられていた。

「これでいいわ」キャシーが箱の内側にあらかじめねじこんでおいた小さなフックにランプをぶら下げて、言った。「しばらくのあいだ、ここがわが家よ。居心地はどう?」

「ほんとうに屋根裏までは探しにこないと思う?」

「サイモン・リグリーが探しに来るんなら、見てみたいものだわ」キャシーが言った。「いいえ、探しになんかこないわ。近寄りたくもないと思ってるはずよ。使用人たちだって、みんな、ここをのぞくくらいなら撃ち殺されたほうがましだと思ってるわよ」

やっと安心したのか、エメリンはクッションに背中を預けてくつろいだ。

「ねえ、キャシー、わたしを殺すって言ったの、どういう意味?」エメリンが無邪気に聞いた。

「あんたが気絶するのを止めようとしたのよ」キャシーが言った。「効果はあったわね。いいこと、エメリン、これだけは言っておくけど、気絶なんかしたら、ぜったいにだめよ、何があろうと。気絶なんかしてる場合じゃないの。もしわたしが止めてなかったら、あんた、いまごろあの男に捕まってたところよ」

エメリンは身震いした。

しばらくのあいだ、キャシーもエメリンも無言だった。キャシーはフランス語の本を読みふけっていた。エメリンは疲れはててうとうとし、少し眠った。目をさましたのは、騒々しい叫び声や馬の蹄(ひづめ)の音が響き、猟犬たちの吠え声が聞こえたからだった。エメリンはハッとして身構え、小さな悲鳴をあげた。

「奴隷狩りの連中が戻ってきただけよ」キャシーは落ち着きはらっていた。「怖がることはないわ。ここの節穴からのぞいてごらん。下のほうにみんなが見えるでしょう？　どうやらサイモンも今夜はお手上げのようね。見て、馬たち、泥はねだらけだわ。沼地を走りまわったからね。犬たちも参ってるわね。いい気味よ、何度でも大捜索をするといいわ。獲物はそっちにはいないけどね」

「お願い、静かにしてて！」エメリンが言った。「声を聞かれたらどうするの？」

「声なんか聞こえたら、ますますここに寄りつかなくなるだけよ」キャシーが言った。「だいじょうぶ。好きなだけ音を立ててやれば、それだけ効果満点よ」

　そのうちようやく、屋敷に真夜中の静けさが戻った。リグリーは捕り物が不調だったことで悪態を吐き、あしたこそは捕まえてやるから見ておれ、と毒づきながら床に就いた。

第40章　殉教者

天国よ、正義の者たちを忘るるなかれ！
ありふれた人生の恵みは受けずとも
打ちひしがれた心が血を流そうとも
いやしめられて死にゆかんとも！
神は日々の悲しみを心に留められるがゆえに
苦難の涙の粒を数えておられるがゆえに
天国の長き至福の日々こそが
地上で苦しむ子らすべてを贖（あがな）うものとなるべし

――ブライアント[1]

どんなに長い道にも、終わりがある。どんなに暗澹たる夜にも、朝は訪れる。永遠にくりかえされる耐えがたき瞬間のくりかえしも、刻々と邪悪な光を永遠の闇に変え、正義の闇を永遠の光に変えていく。これまで、われわれは蔑まれた主人公アンクル・トムとともに奴隷制度の谷を歩んできた。最初は花畑のような安寧と恩恵の日々を。次に愛するものすべてから引き裂かれる心痛の別離を。またひとときのあいだ、陽光あふれる島にて、寛大なる支配のもとで鎖のくびきは花々によって覆い隠されていた。そして、いま、ついに、この世の最後の希望は闇に沈み、それでも、地上の漆黒の中ではまだ目にすることのできぬはるか天空の高みに、新しく確かな光を放つ星々がきらめきはじめていた。

明けの明星は、いま、山の端にかかり、この世ならぬ風が強く、ときに優しく、新しき日の扉が開きつつあることを告げている。

キャシーとエメリンの逃亡は、それでなくても不機嫌なリグリーの苛立ちを極限にまで高める結果となった。そして、リグリーの怒りは、予想どおり、無防備なトムの頭上に打ち下ろされたのである。使用人たちを集めてリグリーが手短に逃亡の件を告げたとき、トムの瞳がさっと輝き、両手が思わず上がったのを、リグリーは見逃さなかった。トムが奴隷狩りに参加しなかったことにも、リグリーは気づいていた。無理にも参加させようと考えないでもなかったが、非人道的な行為には絶対に手を染めないというトムの頑固さは経験からとうにわかっていたので、この忙しいときにわざわざトムと面倒を起こすまでもなかろう、とリグリーは考えた。

そんなわけで、トムは奴隷居住区に残り、トムを通じて神に祈ることをおぼえた数人の奴隷仲間たちとともに、二人の逃亡奴隷の無事を祈っていた。

奴隷狩りが成果をあげられず、がっかりして戻ってきたリグリーの胸中で、積もり積もったトムに対する憎悪が凶暴で剣呑（けんのん）な形をとりはじめた。あいつは自分に刃向かってきたではないか——ことあるごとに、おおっぴらに、遠慮会釈なく——あいつを買って以来、性懲りもなく。あいつの中には、言葉にこそ出さないものの、地獄の炎のように燃えさかる根性が巣くっているのではないか？

「俺はあの野郎が憎い！」その夜、ベッドに腰をおろして、リグリーはつぶやいた。「あの野郎が憎い！　あいつは俺のものじゃねえのか？　どうしようと、俺の勝手じゃねえのか？　誰に遠慮がいるものか」リグリーは拳を固く握りしめ、握ったもの

1　もとになった詩は、詩人・奴隷廃止論者で『ニューヨーク・イヴニング・ポスト』紙主筆だったウィリアム・カレン・ブライアント（一七九四年～一八七八年）による詩“Blessed Are They That Mourn”。ストウは一行目を書き変えたうえで詩を引用している。

を粉々に砕こうかという勢いで拳を振り下ろした。

しかし、一方で、トムは忠実でよく働く奴隷だった。それゆえいっそうリグリーにとっては憎い存在だったが、トムの価値を考えるといくらか暴走に自制がかからないでもなかった。

翌朝、リグリーは、まだ何も言わないことにした。そして近隣のプランテーションから助っ人と猟犬と銃を駆り集めて、大々的に奴隷狩りをおこなうことにした。沼地を四方八方から囲んで、しらみつぶしに狩ろうという作戦である。それでうまくいけば、よし。うまくいかなかったら、トムを呼びつけて、そして――リグリーは歯をきしらせ、血が煮えくりかえるような怒りにかられていた――そのときは、あの野郎を徹底的に屈服させてやる、さもなければ……。リグリーの心の中でささやく陰惨な声があった。その声に、リグリーの魂は首肯（しゅこう）した。

主人にとって利益になる存在ならば、それは奴隷の身にも十分な安全の保証になるのではないか、と言う人もいるかもしれない。しかし、怒り狂うほど激昂した人間は、損得など百も承知のうえで、おのれの目的を達成するために魂まで悪魔に売り渡すことをためらわない。そんな状況において、奴隷の身の安全など考慮にのぼるだろうか？

「あら……」翌日、屋根裏の節穴から下のようすを偵察していたキャシーが口を開いた。「きょうもまた奴隷狩りを始めるらしいわ！」

屋敷の前の芝生に、馬に乗った男たちが三、四人ほど見えた。馬を勢いよく跳ねさせている。屋敷では見かけたことのない猟犬も一、二組ほど、仲間どうしで吠えたりうなったりして綱を引っぱる黒人たちを手こずらせている。

助っ人の男たちのうち、二人は近隣のプランテーションの奴隷監督だった。ほかは、隣町の酒場でリグリーと顔なじみの飲み仲間で、奴隷狩りがおもしろそうだという理由でやってきた男たちだった。これより酷薄な連中はいない、というくらいの顔ぶれである。リグリーは全員にブランデーをたっぷりふるまい、奴隷狩りのためにあちこちのプランテーションから駆り集めた黒人たちにもブランデーをふるまった。この手の行事をできるだけお祭り騒ぎのように思わせるためである。

キャシーは節穴に耳をつけた。朝の風が屋敷に向かって吹いていたので、会話のほとんどが聞き取れた。会話を聞いているうちに、暗く険しいキャシーの顔に冷笑が浮かんだ。奴隷狩りを始めようとしている男たちは、持ち場を分担し、猟犬たちの役割を話しあい、発砲についてルールを決め、捕まえた場合のキャシーとエメリンの扱いについて確認しあっていた。

キャシーは壁ぎわから離れ、両手の指を組んで、天を仰いだ。「ああ、全能の神よ！　たしかに、わたしたちはみな罪人です。だけど、このわたしたちが何をしたというのです？　世界じゅうの人たちより悪いことをしましたか？　こんな目に遭わされるような悪いことをしましたか？」

キャシーの表情と声には、哀切きわまる真情がこもっていた。

「あんたがいなかったら、わたし、やつらの前に出ていってやるところよ」キャシーはエメリンを見ながら言った。「わたしを撃ち殺してくれる男に、お礼を言ってやるわ。だって、自由になったところで、何のいいことがあるというの？　自由になったら子供たちが返ってくるというの？　昔のわたしに戻れるというの？」

まだ子供っぽい純朴さを残しているエメリンは、キャシーの暗い問いかけにおびえて困ったような顔をしたが、何も答えず、かわりにキャシーの手を取って、そっと優しく撫でた。

「やめて！」キャシーが手をひっこめた。「そんなことされたら、あんたを愛してしまうじゃないの。わたし、二度と誰も愛さないって決めてるんだから！」

「キャシー、お気の毒に！」エメリンが言った。「そんなこと言わないで！　神様がわたしたちに自由をくださるなら、きっと、あなたのお嬢さんを返してくださるわ。

どっちにしても、わたし、あなたの娘も同然なものになりたいです。わたし、自分の母とはもう二度と会えないと思っていますから！　キャシー、わたしはあなたを愛するわ、あなたがわたしを愛してくれても、くれなくても！」

優しく子供らしい思いが通じた。キャシーはエメリンの傍らに腰をおろし、エメリンの首を掻き抱いて、柔らかな茶色い髪を撫でた。エメリンのほうは、涙を浮かべたキャシーの優しい瞳の美しさに打たれていた。

「ああ、エム！」キャシーが口を開いた。「わたしは子供たちを失った飢えに苦しんできたの。子供たちを失った渇きにさいなまれてきたの。子供たちを思うがゆえに、この目には何も見えないの！　ここよ、ほら、ここ！」キャシーは自分の胸をたたいて言った。「ここには何もないの、からっぽなのよ！　もし神様が子供たちを返してくださったら、わたしは祈ることができるのに」

「キャシー、神様を信じなくては」エメリンが言った。「神様はわたしたちのお父様なんですもの！」

「神様の怒りが落ちたのよ」キャシーが言った。「神様は怒って、わたしたちを見捨てられたのよ」

「ちがうわ、キャシー！　神様はわたしたちを助けてくださるわ！　神様に望みをつなぎましょうよ」エメリンが言った。「わたしは希望を捨てたことはないわ」

奴隷狩りは延々と、騒々しく、徹底的におこなわれたが、不首尾に終わった。キャシーは冷淡な皮肉をこめた勝ち誇った表情で、疲れはて落胆して馬から下りるリグリーの姿を見下ろしていた。

「おい、キンボ」居間に戻って腰を落ち着けたリグリーが、口を開いた。「トムの野郎をここへ連れてこい。いますぐだ！　今回のことは、あの野郎が陰で糸を引いたにちがいない。あいつの真っ黒い皮をひんむいて吐かしてやる。かならず突き止めてやる！」

サンボとキンボは、ふだんからいがみあっていたものの、トムを徹底的に敵視する憎悪においては同じだった。当初、リグリーはこの二人に向かって、自分の留守中にプランテーション全体の奴隷監督をやらせるつもりでトムを買ったのだと話していた。それを聞いたときから二人はトムに敵意を抱くようになり、トムが主人の機嫌を損ねる鼻持ちならない存在となるのを見るうちに、卑しく追従的な性格も手伝って、トムをますます目の敵にするようになった。それゆえ、キンボは待ってましたとばかりに主人の命令に従った。

トムは、主人が呼んでいると聞いて悪い予感がした。キャシーとエメリンの逃亡計画も、いま二人がどこに隠れているかも、トムはぜんぶ知っていた。自分を責めようとしている男の残酷無比な性格もわかっていたし、その絶対的な力も承知していた。しかし、神を信頼するトムの心はぶれることなく、無力な二人を裏切るくらいなら死を選ぶつもりだった。

トムは棉摘みのカゴを畝の脇に置き、天を見上げて、「父よ、私の霊を御手に委ねます！[2]　あなたはわたしを贖ってくださいました、まことの神よ！」と言った。それから、キンボに乱暴に腕をつかまれるまま、おとなしく従って歩きだした。

「そうか、そうか、わかったよ」巨体のキンボがトムを引きずっていきながら言った。「おめえ、こんどこそ、ひでえ目に遭うぞ！　旦那様はカンカンだ！　こんどこそ、ただじゃすまねえ！　おっ死ぬぞ、ちげえねえ！　旦那様の黒んぼを逃がしたりして、どんな目に遭うか見ものだぜ！　ひでえ目に遭うからな！」

残忍な言葉は、ひとつもトムの耳には届かなかった。トムの中では、もっと大きな

2　新約聖書「ルカによる福音書」第二三章第四六節。十字架にかけられたイエスの最期の言葉。

声が響いていたのだ。「体（からだ）を殺しても、その後（のち）、それ以上（いじょう）何（なに）もできない者（もの）どもを恐（おそ）れるな[3]。」哀れなトムの身も心も、まるで神の指に触れられたように、その言葉に打ち震えた。そして、千もの魂が自分の中に宿ったような力強い気持ちになった。引かれていく道々で、木々や灌木の茂みや立ち並ぶ奴隷小屋など、それまで卑しめを受けてきたすべての場面が、高速で走る馬車の後方へ飛び去っていく風景のようにトムの目に映った。魂が震えた。天国の家はもう近い、解放のときは迫っている……。

「やい、トム！」リグリーがつかつかと寄ってきて、上着の襟もとを荒々しくつかんだ。そして、歯をぎりぎりと食いしばり、むき出しの怒りをこめて言った。「いいか、てめえを殺してやることにした」

「そのようですね、旦那様」トムは平然と答えた。

「そうだとも」リグリーはぞっとするような落ち着きはらった声で言った。「こ・ろ・し・て・や・る——てめえがあの女どもについて知っとることを言わねえんならな！」

　トムは黙って立っていた。

「聞こえとるのか！」リグリーは足を踏み鳴らし、いきりたったライオンのように吼（ほ）えた。「言え！」

「旦那様、言うことは何もねえです」トムはゆっくりとした口調ではっきり答えた。

「しらを切るつもりか、この黒んぼのクリスチャンめが」リグリーが言った。

トムは黙っていた。

「言え！」リグリーが大声でどなり、トムに強烈な一発を浴びせた。「知っとるんだろう？」

「知っとります、旦那様。けど、何も言えません。死んでも言いません！」

リグリーは大きく息を吸い、怒りを押し殺して、トムの腕をつかんで顔と顔がくっつきそうなくらいに引き寄せ、恐ろしい声で言った。「よく聞けよ、トム！　前に見逃してもらえたから、今回も本気じゃないと思っとるのか。今回は本気だぞ。損得も考えたうえでのことだ。てめえはずっと俺にたてついてきやがった。こんどこそ、てめえを屈服させてやる。さもなけりゃ、殺してやる！　どっちかだ。てめえの血の最後の一滴まで搾り取ってやる。てめえが降参するまで！　最後の一滴まで！」

トムは主人を見上げて言った。「旦那様、もし旦那様が病気だったり、困っていたり、死にそうだったりしたなら、そんで、わしの命と引き換えに助けることができる

3　新約聖書「ルカによる福音書」第一二章第四節。

んなら、わしの血の最後の一滴までさしあげます。この年寄りの血を最後の一滴まで搾り取ったら旦那様のだいじな魂が救われるっちゅうなら、喜んでさしあげます。主が御自(おんみずか)らの血でわしを贖(あがな)ってくだすったように。ああ、旦那様！　旦那様の魂にこんな大きな罪を背負(しょ)わせんでください！　わしよりも旦那様のほうが深く傷つくことになります！　旦那様ができる最悪のことをしたらば、わしの苦しみはじき終わります。けども、悔い改めなかったら、旦那様の苦しみは永遠に終わらねえです！」

　嵐の合間に不思議な天国のしらべを聞いたかのように、トムが吐露した言葉は一瞬の静寂を招いた。リグリーは呆然として立ちつくし、トムを見つめた。その場が静まりかえって、古時計の時を刻む音がリグリーの頑なな心に慈悲と猶予を決断する最後のチャンスを告げているように感じられた。

　しかし、それはほんの一瞬のことだった。一瞬だけ、リグリーはためらい、迷い、心が揺れた。しかし、すぐに邪悪な精神が七倍の激しさになって戻ってきた。リグリーは口角泡を飛ばして激怒し、トムを殴り倒した。

　血塗られた残虐な場面は、聞くもおぞましく、想像するもおぞましい。人間のやってのける残虐行為は、同じ人間として聞くにたえない。同胞の人間、同胞のクリスチャンが忍ばなければならなかった苦難は、内々に口にすることさえ憚られる。あまりにも魂をえぐり、かき乱す！　それなのに、ああ、アメリカよ！　これらの行為は国の法のもとでおこなわれているのである！　ああ、キリストよ！　あなたの教会は、これらの行為を目にしても、なおも沈黙を続けようとするのです！

しかし、過去には、拷問や侮蔑や恥辱を身に受け、それを栄光と誉れと不滅の命の象徴に変えたお方がおられた。そして、聖霊の在すところ、人を貶める鞭打ちも、流血も、侮辱も、クリスチャンの最後の苦闘から栄光を奪うことはできないのである。

その長い夜のあいだ、古いあばら屋の中で殴打され残虐に鞭打たれながら耐えていた勇敢で愛情あふれる男は、はたして一人ぼっちだったのだろうか？

否！　その傍らには、ある方が立っておられた。トムの目だけに見える姿が。「神の子に似た者」[4]が。

悪へと誘う者も、また、トムの傍らに立っていた。すさまじい憤怒と専横によって目を閉ざされ、無垢な者たちを裏切って苦痛から逃れよと迫りつづけるリグリーの姿が。しかし、勇敢で誠実なトムの心は「とこしえの岩」[5]に固くしがみついていた。

4　新約聖書「ヘブライ人への手紙」第七章第三節。

主イエス・キリストと同じく、他人を救おうとするならば己（おのれ）を救うことはできないと、トムは知っていた。どのような苛烈な責めを受けても、トムの口からは、祈りと神への信頼の言葉のほかには何も引き出すことはできなかった。

「旦那様、こいつ、もう死んだも同（おんな）じです」サンボがトムの辛抱強さに打たれて、思わず口走った。

「どんどん打て！　降参するまでやれ！　責めろ！　もっとやれ！」リグリーが叫んだ。「白状しねえなら、血の最後の一滴まで流さしてやる！」

トムが目を開き、主人を見た。そして、「哀れなお人だ。これ以上、旦那様には何もできません！　わしの魂のすべてをかけて、旦那様を許します！」と言ったあと、完全に気を失った。

「ふん、やっとくたばりやがったか」リグリーは近寄ってトムのようすを見た。「おう、くたばりやがった！　ようやく黙りやがった。それがせめてもの慰めよ！」

リグリーよ、そのとおりだ。しかし、おまえの魂の内なる声は、誰が黙らせるのか？　もはや悔悛の見こみもなく、祈りや希望をもってしても救うことのできぬその魂の内側では、すでに永遠に消すことのできぬ地獄の炎が燃えはじめているのだ！

それでも、トムはまだ生きていた。トムの心を打つ言葉や敬虔な祈りは、野獣と化した二人の黒人たちの心すら動かした。この二人は、これまでトムに残虐な仕打ちを働いてきたリグリーの手先であるが、リグリーがあばら屋から出ていった直後にトムを鞭打ち用の柱から下ろし、拙いなりに、トムを生き返らせようとした。それがトムに対しての親切だと思いこんで。

「おらたち、ほんとに悪いことしちまった！」サンボが言った。「この責任は旦那様に取ってもらいてえもんだな、おらたちでなくて」

サンボとキンボはトムの傷を洗い、クズわたで粗末な寝床を作って、トムを寝かせた。一人はそっと屋敷に戻り、疲れたから自分で飲みたいと言い訳してリグリーにブランデーを一杯ねだり、それをあばら屋に持ち帰って、トムの口に流しこんだ。

「ああ、トム！」キンボが言った。「あんたには、えらい悪いことしちまったなあ！」

「心の底から、許します！」トムが弱々しい声で言った。

「ああ、トム！　イエス様っちゅうのはどういう人なのか、教えてくれんか」サンボが言った。「今夜ずっとあんたのそばに立っとったらしいイエス様のことだよ！　何(なに)者(もん)なんだ？」

5　旧約聖書「イザヤ書」第二六章第四節。

その言葉で、弱って消えそうになっていたトムの気力が持ちなおした。トムは精一杯の言葉ですばらしいお方の話を伝えた。キリストの生涯。キリストの死。永遠の存在であられること。罪人を救う力を持っておられること。

凶暴な男たちが、二人とも泣いた。

「なんで、もっと早くにこの話を聞かんかったんだろう?」サンボが言った。「ああ、信じるとも! 信じるしかねえ! 主イエス様よ、おらたちを憐れんでくだせえ!」

「かわいそうな人たちだ!」トムが言った。「あんたがた二人をイエス様のもとへ届けられるんなら、わしは喜んで苦難を受けるよ! ああ主よ! お願いです、この二人の魂をわしにお与えください!」

トムの祈りは聞き届けられた!

第41章　ジョージ坊っちゃま

それから二日後、一人の青年が軽装の荷馬車を駆ってセンダンの並木を抜け、屋敷に着くなり手綱をあわただしく馬の首に投げかけて馭者台から飛び降りると、屋敷の主人に面会を求めた。

青年は、ジョージ・シェルビーである。なぜジョージがリグリー邸に現れたかを説明するには、時を少しさかのぼらなくてはならない。

オフィーリア嬢がシェルビー夫人に宛てた手紙は、不運な事故があって一、二カ月ほどどこか遠くの郵便局に留め置かれたあと、ようやく宛先に届いた。言うまでもなく、手紙が届くより前に、トムはすでにレッド・リバーぞいの沼地のかなたに送られてしまっていた。

シェルビー夫人は、手紙に記された経緯を読んで非常に懸念を深めた。しかし、すぐに手を打つことは不可能だった。当時、高熱を出してうわごとを口ばしる重態の夫の看病にかかりきりだったからである。少年だったジョージ坊っちゃまは、この歳月のあいだにすっかり立派な青年に育ち、母親の忠実な片腕となり、父シェルビー氏の事業を管理する上で唯一の頼れる存在となっていた。周到なオフィーリア嬢は、サンクレア家の後始末を担当する弁護士の名前を手紙で知らせてきていた。この非常時にとりあえずできることは、その弁護士に問い合わせの手紙を送ることくらいだった。それから数日後、シェルビー氏はあっけなく亡くなり、当然ながら、シェルビー家はあれやこれやでしばらくのあいだ取り込みが続いた。

亡くなったシェルビー氏は妻の能力を高く買っていたので、所有財産すべての遺言執行人に妻を指名していた。そんなわけで、にわかに大量の複雑な事務処理がシェルビー夫人の双肩にかかってきた。

精力的で働き者のシェルビー夫人は複雑に入り組んだ事業の整理に取りかかり、息子のジョージと二人で売掛金を整理して取り立て、資産を売却して借金を返済し、諸々の事務処理に奔走した。シェルビー夫人は、結果がどうあれ、とにかく全財産を明確に把握できる形に整理しようと心に決めていた。そのあいだに、オフィーリア嬢に教えてもらった弁護士から返事が届いた。弁護士の事務所では事情はいっさいわかりかねる、という内容だった。ご照会の奴隷は公開の競売で売却され、事務所としてはその代金を処理しただけで、それ以上のことは承知していない、と。

それを聞いて、ジョージもシェルビー夫人も不安になった。それで、六カ月ほどが過ぎたころ、ジョージは母親から頼まれた仕事でミシシッピ川の下流方面へ行く機会にニューオーリンズまで足を延ばし、自分であちこち尋ねまわってトムの居場所をつきとめて買い戻そうと考えた。

何カ月か捜しまわっても、トムの所在はわからなかった。しかし、まったくの偶然から、ジョージはニューオーリンズである人物と知り合うことになり、その人物がトムの消息をもたらしてくれた。そこで、われらがヒーロー、ジョージ・シェルビーはポケットに札束を詰めこみ、蒸気船でレッド・リバーをさかのぼったのである。なんとしても、なつかしい友を見つけて買い戻すつもりだった。

ジョージはすぐに屋敷の居間に通され、リグリーと対面した。

リグリーは見知らぬ青年を無愛想に迎えた。

「ニューオーリンズでトムという名前の奴隷を買ったそうですね」ジョージが用件を切り出した。「トムはぼくの父の農園で働いていた男で、買い戻すことができないかと思ってお訪ねしました」

リグリーは険しい顔つきになり、激しい剣幕でまくしたてた。「ああ、そいつなら買ったよ。まったく、クソいまいましい買い物だった！　あんなに反抗的で生意気で癪にさわる犬は見たことがない！　うちの黒んぼを逃がしやがった。女を二人。一人八〇〇ドルから一〇〇〇ドルもする上玉をよ！　白状しやがったが、女どもの居場所を教えろと言っても、知ってるけど言わねえと吐かしやがった。いままで黒んぼにここまでしたことはねえってくらいの鞭打ちを食らわしてやったが、それでも言わねえ。あの野郎、死ぬつもりだな。あれで死ねたのかどうか、知らんが」

「どこにいるんですか？」ジョージはもどかしい思いで聞いた。「会わせてもらいたい」ジョージの頬は紅潮し、目はぎらぎら光っていた。しかし、とりあえずは慎重に口をつつしんでいた。

「あすこの小屋におりますだ」ジョージの馬の手綱を握っていた小柄な奴隷が言った。

リグリーは奴隷の少年を蹴りつけ、罵倒した。しかしジョージはひとことも言わず身を翻して、大股で教えられた場所に向かった。

あの残虐な夜から二日、トムはあばら屋の中に横たわっていた。苦痛はなかった。苦痛を感じる神経は、ひとつ残らずずたずたに打ち砕かれていたからだ。トムはほとんど意識を失った状態で、じっと横たわっていた。頑健な肉体が、簡単には魂を手放そうとしなかったのである。夜の闇にまぎれて、哀れな見捨てられた奴隷たちが、わずかな休息の時間を削ってこっそりトムを訪ねてきていた。惜しみなく愛情を示してくれたトムにいくらかでも報いたいと願ってのことだった。といっても、この哀れな使徒たちにはトムに与えることのできるものなどあるはずもなく、冷たい水一杯を運んでやるくらいのことしかできなかったが、その水には精一杯の思いがこめられていた。

意識を失ったトムの誠実な顔を、幾多の涙が濡らした。哀れで無知で不信心な奴隷たちの、遅すぎる悔悛の涙であった。命をかけたトムの愛情と忍耐が奴隷たちのあいだに悔悛の情を目ざめさせ、悲痛な祈りがトムの傍らで、いまさらながら知るに至った救い主に向けて捧げられた。奴隷たちは救い主の名前のほかにはほとんど何も知らなかったが、無知な者たちの心からの祈りはきっと届いたにちがいない。

キャシーは隠れ家をそっと抜け出し、奴隷たちの話を漏れ聞いて、自分とエメリンのためにトムが払った犠牲を知った。前の晩、キャシーは見つかる危険をもかえりみず、トムのもとを訪ねた。そして、愛情あふれるトムの魂がかろうじて絞り出した最期の声に心を動かされ、氷に閉ざされたような長い絶望の冬がようやく解けた。絶望の闇の中を生きてきたキャシーは、トムの傍らで泣き崩れ、祈りの言葉を口にした。

鞭打ち小屋に足を踏み入れたジョージは、めまいに襲われて吐きそうになった。

「こんなことって――こんなことって、あるのか？」トムの傍らにひざまずきながら、ジョージは言った。「アンクル・トム！　かわいそうに！　ぼくのだいじなアンクル・トム！」

　その声の何かが、死にかけているトムの耳に届いた。トムはゆっくりと頭を動かし、にっこりほほえんで、口を開いた。

　イエス在(いま)せば死の床も
　綿毛のごとく柔かく[1]

　トムの上に身をかがめたジョージの目から、男らしさに恥じない涙がこぼれ落ちた。

「ああ、アンクル・トム！　目を開けて！　もう一度何か言って！　ぼくを見て！　ジョージだよ、トムのお気に入りのジョージ坊っちゃまだよ。聞こえないの？」

「ジョージ坊っちゃま！」トムが目を開け、弱々しい声で言った。「ジョージ坊っちゃま！」トムは戸惑ったような表情を見せた。

　しかし、徐々に言葉が魂に沁みわたるにつれ、うつろだった目が焦点を結んで光を取り戻し、顔全体が輝き、こわばった両手が握りしめられ、涙が頬を伝った。

「神様ありがとうございます！　これが――これが――これだけが望みでした！　わしを忘れずにおってくれた。魂が熱くなります。ああ、どんだけうれしいか！　もう思い残すことはないです！　ああ、神様、ありがとうございます！」

「死なないで！　死んじゃだめだよ、そんなこと考えないで！　おまえを買いにきたんだよ、家に連れて帰るように迎えにきたんだよ」ジョージが熱烈にたたみかけた。

「ああ、ジョージ坊っちゃま、遅すぎたです。神様がわしを贖われた、神様がわしを連れていこうとなさっとるです――わし、行きたいです。天国のほうがキンタックよりええです」

「ああ、死なないで！　ぼく、耐えられないよ！　おまえがどんなにつらい目に遭ったかと思うと、胸がつぶれそうだ――こんなあばら屋に寝かされて！　かわいそうに！　かわいそうに！」

「かわいそうと言わんでください！」トムの口調は落ち着いていた。「わし、前はかわいそうな男でした。けど、それはみんな過ぎた昔のこと。わし、いま、ドアの前に

1　イギリスの牧師で讃美歌作詞家のアイザック・ワッツによる讃美歌“Why Should We Start, and Fear to Die”の一部。黒人霊歌“Jesus Goin' to Make Up My Dyin' Bed”にも同様の歌詞がある。

おります、天国にはいっていこうとしとります！　ああ、ジョージ坊っちゃま！　天国です！　わし、勝利したですよ！　イエス様がわしに勝利をくだすった！　主の御名に栄えあれ！」

トムのとぎれとぎれの言葉にこめられた勢い、激しさ、力強さにジョージは打たれ、畏敬のまなざしで言葉もなくトムを見つめた。

トムはジョージの手を握ったまま、続けた。「クロウィには、かわいそうなクロウィには、わしがこんなだったと言わんでください。クロウィにはむごすぎる。わしが天国へ行くとこを見たとだけ、言ってやってください。誰になんと言われても天国へ行くと言った、と。どこでも、いつでも、主はわしと共におってくだすった、と。だから何もかも楽で苦労はなかった、と。ああ、それから、哀れな子供らと、赤ん坊！　あの子らのことを思い出して、どんだけ胸が痛んだか！　子供らには、わしのようになれと伝えてやってください。わしのあとについてこい、と！　旦那様と優しい奥様によろしく、農園のみんなにもよろしく！　坊っちゃまにはわからんかもしれんけども、わし、みんなを愛する気持ちになっとるです！　どこにおっても、みんな、みんな、愛しとります！　まちがいない、これこそ愛です！　ああ、ジョージ坊っちゃま！　クリスチャンとは、なんとすばらしいもんか！」

そのとき、リグリーがぶらぶらとあばら屋の戸口へ歩いてきて、いかにも気のなさそうなふりをして中をのぞき、背中を向けて立ち去った。「こんなことして。あの野郎がいつか悪魔と帳尻を合わせる羽目になると思うと、いい気味だ」

「悪魔め！」ジョージが怒りのあまり口走った。

「いけません！　だめです！」トムがジョージの手をつかんだ。「あれは哀れで惨めな男なんです！　そんな恐ろしいこと、考えたらだめです！　ああ、悔い改めさえすれば、いますぐにでも、主はあの男を許してくださる。でも、あの男はぜったいに悔い改めないでしょう！」

「そう願いたいね！」ジョージが言った。「あんな野郎と天国で顔を合わせたくないよ！」

「しっ、ジョージ坊っちゃま！　わし、心配です！　そんなふうに考えてはだめです！　あの男はわしにほんとうの悪さをしてはおらんです――ただ天国の扉を開けてくれただけで。それだけです！」

このとき、なつかしいジョージ坊っちゃまと再会できた喜びでにわかによみがえっていたトムの気力が弱りはじめた。全身から力が抜け、目が閉じた。その顔に、死にゆく人間の神秘的で崇高な表情があらわれた。あの世が近づきつつあるしるしだった。

トムの息づかいが長く深い呼吸に変わった。厚い胸板が苦しそうに上下した。トムの顔が、戦いに勝利した者の表情に変わった。

「だれが……だれが……だれがキリストの愛からわしらを引き離すことができましょう……」[2]トムは最後の力をふりしぼってそれだけ言うと、笑みを浮かべ、眠りについた。

ジョージは畏敬の念に打たれて動けなかった。粗末な鞭打ち小屋が、神聖な場所にさえ感じられた。ジョージは命を失ったトムの目を閉じてやり、立ち上がった。頭の中には、ただひとつの言葉が鳴り響いていた――純朴なトムが口にした言葉、「クリスチャンとは、なんとすばらしいもんか！」という言葉だった。

ふりかえると、背後に仏頂面のリグリーが立っていた。

トムの臨終の情景が、血の気の多い青年の爆発をかろうじて抑えていた。しかし、リグリーがその場にいること自体が、ジョージには胸の悪くなる思いだった。できるだけ言葉もかわさずこの男から遠ざかりたい、という衝動だけがジョージを支配していた。

ジョージは黒い瞳でリグリーをキッと睨みつけ、トムの亡骸（なきがら）を指さして言った。

「あんたはこの男から奪い取れるだけのものをぜんぶ奪い取った。亡骸を引き取るにはいくら払えばいいんだ？　トムを連れていって、ちゃんと埋葬してやりたい」

「死んだ黒んぼは売らないんでね」リグリーも負けん気で言い返した。「どこにでも好きなように埋めりゃいいさ」

「おまえたち」と、ジョージはその場でトムの亡骸を見つめていた二、三人の黒人たちに威厳のある口調で声をかけた。「手伝ってくれ。トムを持ち上げて、ぼくの荷馬車に乗せる。あと、シャベルを持ってきてくれ」

黒人の一人がシャベルを取りに走り、ほかの二人がジョージを手伝ってトムの亡骸を荷馬車まで運んだ。

ジョージはリグリーに言葉もかけず、一瞥もしなかった。リグリーはジョージの指図に異議をはさまず、その場に立ったまま、わざと無関心を装って口笛を吹いていた。そして、不機嫌そうな顔で屋敷の前にとめた荷馬車のところまで一行のあとについてきた。

ジョージは荷馬車に自分のマントを敷き、座席を動かして場所を作り、トムの遺体をそっと横たえた。それからふりむいてリグリーを睨みつけ、ぎりぎりのところで平

2　新約聖書「ローマの信徒への手紙」第八章第三五節より。

静を保ちながら言った。

「いまのところは、この残虐きわまりない行為について、ぼくの考えは言わずにおく――いまはそんなときではないし、ここはそんな場所でもない。だが、この無辜の血を流したことについては、裁きを受けてもらう。これは殺人だ。ただちに判事のところへ行って、あんたを告発する」

「したらいいさ！」リグリーが馬鹿にするように指を鳴らした。「やって見せてもらいたいもんだ。どこで証人を見つけるんだ？　どうやって証明する？　やってみりゃいいさ！」

　この挑発がはったりでないことは、ジョージにもすぐにわかった。このプランテーションには、白人は一人もいない。南部諸州の法廷では、どこへ行こうと、有色人種の証言は何の価値もない。ジョージはその場で正義を求める憤怒の心情を天に向かって絶叫したい思いだった。しかし、そんなことをしても何にもならない。

「そんなに大騒ぎすることかね、たかが死んだ黒んぼ一匹に！」リグリーが言った。

　その言葉が火薬に火をつけた。冷静さはケンタッキーの男性の得意とするところではない。ジョージはふりむきざまに怒りをこめた一発でリグリーを殴り倒した。ばったりとうつぶせに倒れたリグリーを憤怒に燃える目で見下ろすジョージの形相は、ドラゴンを平らげた伝説の聖ジョージ[3]に劣らぬ猛々しさだった。

しかし、なかには殴り倒されることが逆にいい薬になるタイプの人間もおり、そういう男は、殴られて一敗地にまみれると人が変わったように相手を尊敬するようになる。リグリーは、その手の男だった。それゆえ、立ち上がって服のほこりを払ったあと、リグリーはゆっくりと遠ざかっていく荷馬車を、あきらかに何か思うところのある表情で見送ったのだった。そして、荷馬車が見えなくなるまで、口を開くことはなかった。

プランテーションの敷地を出たところで、ジョージは小高い丘になった乾いた砂地を見つけた。周囲に立つ数本の木が影を落としている。そこに墓を作ることにした。

「旦那様、マントは取りますか?」墓穴の準備ができたとき、黒人たちが聞いた。

「いや、いや、一緒に埋めてやってくれ! かわいそうなトム、おまえにあげられるのは、もうこれくらいしかない。このマントを着ていくといいよ、トム」

一同はトムの亡骸を墓穴に横たえ、黙ったまま土をかけた。そして、その場所をこ

3　キリスト教の聖人である聖ゲオルギオス（英語ではSaint George＝聖ジョージ）が人間を生贄(いけにえ)として要求する悪いドラゴンを退治したという伝説。

んもりと高くして、緑の芝生を敷き詰めた。

「もう帰っていいぞ」ジョージは黒人たちの手にクオーター銀貨[4]を一枚ずつ握らせた。しかし、黒人たちはその場から立ち去ろうとしなかった。

「旦那様、わしらを買ってもらえねえですか」一人が口を開いた。

「一所懸命に働きますで！」別の奴隷が言った。

「ここはきついんです、旦那様」一人目の奴隷が言った。「お願いです、旦那様、わしらを買ってくだせえ！」

「できない、それはできないよ！」ジョージは困ったように奴隷たちを退けた。「無理なんだよ！」

　哀れな奴隷たちはがっくり肩を落とし、黙って去っていった。

「永遠の神よ、ここに誓います！」ジョージは哀れな友の墓にひざまずいて、誓った。「今日このときから、ぼくは一人の人間として力のかぎりを尽くし、この忌まわしい奴隷制度をわが国から消し去ることを誓います！」

　われらが友アンクル・トムの最後の安息の地を記念するものは、何も残っていない。そんなものは必要ないのだ！　神様はトムがどこに眠っているかご存じだから、トムを天国に上げて不滅の命を与え、栄光の中に姿を現されるとき傍らにトムを伴っておられることだろう。

哀れむことはない！　このような生も、死も、哀れむべきものではないのだ！　神の授けたまうもっとも輝かしい栄光は、欠けるところのない富に宿るのではない。最大の栄光は、己を捨てて苦難に耐える愛に宿るのである！　トムとともに神に仕える者、トムのあとに続いて忍耐強く十字架を背負う者にこそ、祝福あれ。「悲しむ人々は、幸いである／その人たちは慰められる。[5]」――この言葉は、そうした者たちのことを言うのである。

4　一ドルの四分の一。二五セント。

5　新約聖書「マタイによる福音書」第五章第四節。

第42章　本物の幽霊話

ゆえあって、この時期、リグリー屋敷の使用人たちのあいだでは、幽霊伝説が以前にも増して頻繁にささやかれるようになった。

真夜中に屋根裏から階段を下りてきて家の中を歩きまわる足音が聞こえた、という話がひそひそ声で伝わった。屋根裏に通じる二階の扉に鍵をかけたが、効き目はなかった。幽霊は合鍵を持っているか、さもなければ、幽霊の昔ながらの得意技で鍵穴を通り抜け、相変わらず恐るべき気ままさでもって屋敷の中を歩きまわっているようだった。

幽霊の外見については、さまざまに見解の分かれるところである。それは、黒人のあいだではおなじみの――白人のあいだでもおそらくは同じだろうが――幽霊を見たらとにかく目をつむる、あるいは毛布でもペチコートでも何でもいいから頭からかぶって隠れる、という習慣ゆえである。もちろん、肉体の眼(まなこ)は固く閉じられていても、魂の眼（まなこ）はいよいよ想像力たくましく、それゆえに、幽霊の外見については有り余るほどの描写が存在し、有り余るほどの証言が残されているのだが、こちらも描写と同じで、とくにこれと言って決め手になるものはない。ただ、幽霊一族の描写に共通しているのは、白いシーツをかぶっている、ということくらいなのである。哀れな黒人たちは古今の文学に通じているわけもなく、したがって、シェイクスピアが次のように書いて幽霊の装束（しょうぞく）についてお墨付きを与えていることも知らなかったはずである。

> 経帷子（きょうかたびら）をまとった死人（しびと）の群れが、気味のわるい叫び声をあげ、不可解な言葉を撒（ま）きちらしながら、ローマの辻々（つじつじ）をうろつきまわったという。[1]

してみれば、万人の証言が白いシーツに収斂（しゅうれん）したというのは霊物学上の驚くべき事実であり、巷（ちまた）の心霊研究家諸氏は、ぜひともこの点に目を留めるべきであろう。

1　シェイクスピア『ハムレット』（福田恒存訳、新潮文庫）第一幕第一場。「経帷子をまとった」は原文では「sheeted」で、「シーツをかぶった」と読める。

それはともかく、われわれには、いかにも幽霊が出そうな時刻にリグリー屋敷のあちこちを白いシーツをかぶった背の高い幽霊がたしかに歩きまわっていたと信ずる根拠がある。幽霊は戸口を通り抜け、屋敷の中を滑るように移動し、ときどき姿を消したと思うとまた現れ、音もなく階段を上がって、げに恐ろしき屋根裏へ帰っていく——そして、朝になってみると、屋根裏に通じるドアはすべて閉まって厳重に鍵がかかっているのである。

この噂話がリグリーの耳に届かないはずはなかった。使用人たちが主人の耳に入れないよう気を遣っていることが、ますますリグリーの神経をいらつかせた。リグリーはブランデーの量を過ごすようになった。昼間は威勢よくふるまい、いつにも増して大声で罵りまくっていたが、夜は悪夢にうなされ、ベッドで頭に浮かぶ幻影は安らかな眠りとはほど遠いものだった。トムの遺体が運び出された日の夜、リグリーは隣町の酒場へ出かけて痛飲し、乱痴気(らんちき)騒ぎを繰り広げた。そして夜遅くに疲れて帰宅し、ドアに鍵をかけ、その鍵をしまって、床に就いた。

人の魂というものは、どんなに黙らせようとしてみたところで、悪人にとっては、不気味な動揺をもたらすものである。魂の果てなど、誰にわかろうか？　震えわななく魂の底なしの不安を、誰が測れようか？　魂に刻まれた悪事は、どれだけ生きたところで忘れられるものではなく、永遠の責め苦に終わりなどないのである。亡霊を閉め出そうとしてドアに鍵をかける男の愚かさよ、直視することのできぬ亡霊はおのが心中に在るのに。魂の声は、いかに打ち消そうとも、いかに地中深くに埋めようとも、恐ろしき審判の日を予告するラッパのごとく鳴り響くのである！

それでも、リグリーはドアに鍵をかけ、開かないようにドアの前に椅子を支った。枕もとには夜どおしランプをつけたままにして、ピストルも置いた。窓の掛け金やかんぬきもすべて確かめ、「悪魔だろうが手下どもだろうが、怖いことなんぞあるもんか」とうそぶいてベッドにはいった。

疲れていたせいで、眠るには眠った――ぐっすり眠った。しかし、やがて、眠りの中に亡霊が現れた。リグリーは恐怖に呪縛され、おどろおどろしいものが上から覆いかぶさってくるような不安に襲われた。あれは母親の経帷子だ、とリグリーは思った。だが、それを吊るして見せているのは、キャシーだった。絶叫とうめき声がごちゃまぜになって聞こえた。そのあいだじゅう、リグリーはこれは夢なのだとわかっていて、なんとかして目をさまそうとあがいた。なかば目がさめかけたとき、何かが部屋に侵入しようとしているのに気づいた。ドアが少しずつ開けられていくのがわかるのに、リグリーは手も足も動かすことができない。やっとのことでバタンと寝返りを打って、見ると、たしかにドアが開いていた。そして、誰かの手が枕もとの明かりを消すのが見えた。

その夜は月に雲がかかっていた。そして、リグリーはほんとうに見たのだった！　何か白いものが、滑るように部屋へはいってくる！　幽霊の衣が静かな衣ずれの音を立てるのが聞こえた。幽霊はリグリーの枕もとに立ち、冷たい手がリグリーの手に触れた。そして、低く恐ろしい声で三度ささやいた。「おいで！　おいで！　おいで！」と。リグリーはベッドに横たわったまま恐怖で冷や汗をかいていた。いつ、どうやって幽霊が出ていったのか、わからなかった。リグリーはベッドから飛び起きて、ドアを引っぱってみた。ドアは閉まり、鍵もかかっていた。リグリーはその場で気を失った。

このことがあってから、リグリーはそれまでにも増して酒の量が増えた。もはや飲み方に気をつけてほどほどに飲むのではなく、あとさきを考えず浴びるように飲んだ。

それからまもなく、リグリーが病気で死にかけているという噂が広まった。酒の飲みすぎのせいで、死ぬ前から死後に待ちかまえる煉獄(れんごく)の影にうなされる恐ろしい病気にかかったのである。病室のおぞましい光景は、まことに見るに堪えないものだった。リグリーはわめきちらし、金切り声をあげ、異様なものを見たと訴えるのだが、それは聞くだけで血が凍りつきそうな恐ろしい話だった。リグリーの死の床には、厳しい顔をした白装束の冷酷な人影が立ち、「おいで！　おいで！　おいで！」と呼んでいた。

奇妙な偶然だったのか、この幻覚がリグリーを襲ったその夜が明けてみると、屋敷の玄関扉が開けっぱなしになっていた。そして、何人かの黒人たちが、並木道を街道のほうへ向かって滑るように動いていく二つの白い影を見たと言った。

キャシーとエメリンが町の近くの小さな木立の蔭でほんのわずかのあいだ足を止めたのは、夜明け近くになってからだった。

キャシーはスペイン系クレオール[2]の貴婦人のいでたちで、全身黒ずくめだった。頭には小さな黒のボンネットをかぶり、刺繡をほどこした厚手のベールを下ろしているので、顔は見えない。逃亡にあたって、キャシーはクレオールの貴婦人を装い、エメリンはその小間使いに扮することにしたのだった。

幼いころから超一級の上流社会になじんで育っただけあって、キャシーは言葉づか

2　ルイジアナ州などで生まれたフランス系移民の子孫、あるいはメキシコ湾岸地域に入植したヨーロッパ人、とくにスペイン人の子孫。

いも身のこなしも気品も、この役柄にぴったりだった。しかも、昔の贅沢な衣類がまだたくさん残っていたし、宝石類もたくさん持っていたので、貴婦人の扮装はお手のものだった。

キャシーは町はずれでトランク類を売っている店を見つけて立ち寄り、上等なトランクを一個購入した。そして、そのまま運んでほしいと頼み、店の小僧がトランクを引いてキャシーについてくることになった。エメリンも旅行かばんと雑貨の包みを抱えてキャシーのあとについて歩いた。二人を従えたキャシーは、格式の高い貴婦人の風情で小さなホテルにはいっていった。

ホテルに足を踏み入れて最初に顔を合わせた人物に、キャシーは驚いた。ジョージ・シェルビーだったのである。シェルビーは次の蒸気船の便を待つあいだ、ホテルで時間をつぶしていた。

キャシーは屋根裏の節穴からのぞいていたので、ジョージ・シェルビーの風貌をおぼえていた。そして、その青年がトムの遺体を運んでいくところも見ていた。青年がリグリーを殴り倒したのを見たときには、ひそかに快哉(かいさい)を叫んだ。その後、夜中に幽霊の扮装で屋敷を歩きまわっているあいだに黒人たちの会話を漏れ聞くなかから、ジョージ・シェルビーが何者で、トムとどういう関係にあったのか、知るようになった。そんなわけで、シェルビー青年が自分と同じく次の船を待っているのだと聞いて、即座に心強く感じた。

キャシーの気品、物腰、言葉づかい、いかにも裕福そうなふるまいのおかげで、ホテルではまったく身元を怪しまれることはなかった。肝腎な点、すなわち金離れがいいという点さえ押さえておけば、他人からはそれほどうさん臭い目で見られないものなのである。リグリーの金を奪ったときから、キャシーはこのことを見通していた。

日が暮れかけるころ、蒸気船の音が近づいてきた。ジョージ・シェルビーは礼儀正しいケンタッキー人らしくキャシーに手を貸して乗船を助け、特等室を取れるよう骨を折ってくれた。

船がレッド・リバーを下るあいだ、キャシーは病気を口実にして、ずっと船室でベッドに横になっていた。小間使い役のエメリンがかいがいしくキャシーの世話をした。

船がミシシッピ川にはいり、気になる貴婦人が自分と同じように川をさかのぼる予定であることを知ったジョージは、自分と同じ船で特等室を取ってさしあげたい、と持ちかけた。気だてのいい青年は健康のすぐれない貴婦人に同情し、できるだけのことをして助けてあげたいと思ったのだった。

おかげで、一行は無事に豪華客船「シンシナチ号」に乗り換え、力強い蒸気の力でミシシッピ川をさかのぼりはじめた。

キャシーの体調はだいぶん良くなり、甲板に出て手すりのそばに腰をおろしたり、食堂でテーブルに着いたりできるようになった。船の乗客たちは、昔はさぞ美しい奥様だったのだろう、とキャシーのことを噂しあった。

初めてキャシーの顔を見たときから、ジョージはキャシーがどうも誰かに似ていると感じ、気になってしかたがなかった。読者諸氏も、そんな思いにとまどった経験がおありだろうと思う。ジョージはキャシーの顔についつい目をやらずにはいられなかった。食堂でも、特等室の戸口に腰をおろしているときにも、キャシーはシェルビー青年の視線が自分に注がれているのを感じた。見られていることに気づいたそぶりを示すと、シェルビー青年は礼儀正しく視線をそらすのだった。

キャシーは不安になり、青年が何か勘づいたのではないかと思いはじめた。そして、とうとう、相手の度量の広さに賭けて、何もかも打ち明けることにした。

ジョージ・シェルビーは、リグリーのプランテーション――あの場所のことは思い出すのも口にするのも忌まわしかった――から逃げてきた人間なら誰にでも心から同情する気持ちになっていたし、この年齢とこの状況の青年ならではの向こうみずな勢いにかられて、あと先も考えず、キャシーに自分の力の及ぶかぎり逃亡を支援すると請けあった。

キャシーの隣の特等室を使っていたのはド・トゥーという名のフランスの貴婦人で、一二歳くらいのかわいらしい娘を連れていた。

ジョージの会話を耳にしたマダム・ド・トゥーは、ジョージがケンタッキー州の出身と知って、ぜひ近づきになりたいと思ったようだった。そして、美しい自分の娘をうまく使ってジョージに近づいた。マダム・ド・トゥーの娘は、乗客たちにとって、退屈な二週間の船旅をなごませる何よりの存在だったのである。

ジョージはたびたび椅子を持っていってマダム・ド・トゥーの特等室の入口に腰をおろし、キャシーも手すりのそばに腰をおろして二人の会話を聞いていた。

マダム・ド・トゥーはケンタッキーのことを根掘り葉掘り尋ねた。若いころケンタッキー州に住んでいたのだという。ジョージが驚いたことに、マダム・ド・トゥーが住んでいたのはシェルビー農場のすぐ近くであったらしいとわかった。質問の内容から、マダム・ド・トゥーはシェルビー農場の近隣の人々や事情をよく知っていると思われ、ジョージはますます驚くばかりだった。

ある日、マダム・ド・トゥーがジョージに尋ねた。「あなたのご近所で、ハリスという名前の方をご存じありませんか？」

「ええ、父の農場から遠くないところに、その名前のご老人がお住まいです」ジョージが言った。「あまり付き合いはありませんでしたが」

「たくさんの奴隷を所有している方だと思いますけれど」マダム・ド・トゥーが言った。おおいに関心があるのを隠しきれない口調だった。

「そうですよ」マダム・ド・トゥーの熱心さに少し驚きながら、ジョージが答えた。

「その方の所有する奴隷の中に……その……もしかして、ジョージという名のムラートの奴隷がいるとお聞きになったことはありませんか？」

「ええ、もちろん。ジョージ・ハリスですね、よく知っています。わたしの母の小間使いと結婚した人ですよ。でも、いまは逃亡してカナダにいます」

「そうなんですか？」マダム・ド・トゥーが早口になった。「ああ、よかった！」

ジョージは驚いて何か聞きたそうな表情を見せたが、何も言わなかった。

マダム・ド・トゥーは手で顔を覆って泣きだした。

「その子、わたくしの弟なんです」

「マダム！」ジョージの口から心底驚いた声が出た。

「そうなんです」マダム・ド・トゥーは誇らしげに顔を上げて涙を拭い、「シェルビーさん、ジョージ・ハリスはわたくしの弟なんです！」と言った。

「これは驚きました」ジョージが椅子を少し後ろに引きながら、マダム・ド・トゥーを見つめて言った。

「わたくし、弟がまだ小さかったときに、南部へ売られたんです」マダム・ド・トゥーが語りだした。「わたくしを買った主人は心の広い立派な人で、わたくしを西インド諸島へ連れていって自由の身にしてくれて、わたくしと結婚してくれたのです。ごく最近になって主人が亡くなりましたので、わたくし、ケンタッキーへ行って弟を見つけて買い戻せないかと考えていたところだったのです」

「彼の口から、南部へ売られていったエミリーという名のお姉さんがいるという話を聞いたことがあります」ジョージが言った。

「そうです、わたくしがそのエミリーなのです！」マダム・ド・トゥーが言った。

「弟はどんな――？」

「とても立派な青年ですよ」ジョージが言った。「奴隷という境遇にもかかわらず。知性も人品も一流です。ぼくの家の者と結婚したから、ぼくもよく知っているんです」

「どんなお嬢さんと？」マダム・ド・トゥーが身を乗り出して聞いた。

「すばらしい女性ですよ」ジョージが言った。「美しくて、知性があって、気立てもよくて。とても信心深いし。わたしの母が育てたんです。ほとんど実の娘のように大切にしつけました。読み書きもできるし、刺繡や裁縫の腕もピカイチです。それに、歌もとても上手です」

「そのお嬢さんは、おたくで生まれたのですか？」マダム・ド・トゥーが尋ねた。

「いいえ、父が買ったのです。仕事でニューオーリンズへ行ったときに、母へのプレゼントとして連れて帰ってきたのです。当時、八歳か九歳くらいだったと思います。いくら払って買ったのか、父は母にはけっして明かしませんでしたが、先日、父が残した古い書類を整理していたら、売渡証が出てきました。たしかに、ものすごい値段でした。ずば抜けて美しい娘だったからだろうと思いますよ」

ジョージはキャシーに背を向けてすわっていたので、細かい経緯を語る自分の話にキャシーが一心に耳を傾けているようすに気づかなかった。

しかし、ここで、キャシーがジョージの腕に手をかけ、好奇心のあまり蒼白になった顔で尋ねた。「誰からその子を買ったのか、何か名前はわかりますか？」

「たしかシモンズという名前だったと思いますよ、取引の当事者は。少なくとも、売渡証にはその名前が記載されていたと思います」

「ああ、神様！」と言ってキャシーは気を失い、床に倒れた。

ジョージは驚いて目をみはった。マダム・ド・トゥーも同じだった。二人ともキャシーが気絶した理由は想像できなかったが、こういった場面にありがちなように、すっかり取り乱してしまった——ジョージはキャシーを気づかうあまり手洗い用の水差しをひっくりかえし、タンブラーを二個割ってしまった。船室にいた婦人たちが気絶と聞いて特等室の入口に駆けつけ、息苦しいほどの人だかりになった。だが、ともかく、諸事万端なんとかおさまった。

哀れなキャシーは、意識を取り戻したあと、壁のほうを向いて子供のように声をあげて泣きじゃくった。おそらく、母親ならばキャシーの胸の内を想像できることだろう！　そうでないにしても、この場面で、キャシーはまちがいなく神様のお慈悲が自分に差し伸べられたと感じていた。これで娘と再会できるにちがいない、と。それは数カ月後に実現したのであるが——それは、またこの続きで語ることにしよう。

第43章　結末

続きはとんとん拍子に進んだ。ジョージ・シェルビーは、運命の数奇な巡りあわせに青年らしい好奇心を抱く一方で、人助けをしたいという思いも手伝って、親切心からキャシーにイライザの売渡証を送った。書類の日付も、関係者の氏名も、すべてキャシーの把握していた事実と符合し、イライザこそまちがいなくキャシーの子供だと確信できた。[1] あとはカナダへ逃げたイライザたちの足跡を追うだけだ。

運命の巡りあわせによって道連れとなったマダム・ド・トゥーとキャシーは、ただちにカナダへ渡り、多くの逃亡奴隷を受け入れている〈駅〉を尋ね歩いた。そして、アマーストバーグで二人はジョージとイライザがカナダに着いて最初に身を寄せた宣教師を見つけ、その宣教師を通じて、モントリオールに住んでいる一家の消息をつきとめることができた。

ジョージとイライザが自由の身になってから、五年の歳月がたっていた。ジョージは善良な機械技師のもとで安定した職に就き、一家を十分に養えるだけの収入を得ていた。一家は、新しく生まれた娘が加わって四人になっていた。

小さなハリーは聡明な少年に育ち、いい学校に通ってぐんぐんと知識を身につけていた。

ジョージたちが最初に世話になったアマーストバーグの善良な牧師はマダム・ド・トゥーとキャシーの話に心を打たれ、モントリオールまで人探しに同行してほしいというマダム・ド・トゥーの頼みに応じることになった。旅行の費用は全額マダム・ド・トゥーが負担するという条件である。

場面は変わって、モントリオール郊外の、狭いながらもこざっぱりとした安アパート。ときは夕刻。暖炉には火が勢いよく燃え、真っ白なテーブルクロスのかかった小さなテーブルには夕餉(ゆうげ)の支度が整っている。部屋の片隅には緑色のクロスのかかったテーブルがあり、蓋を開けた書き物台やペンや紙が置いてあり、上のほうには厳選された書籍の並ぶ本棚がある。

1　キャシーの娘の幼少時の呼称イリーズ（Elise）と、シェルビー屋敷にての呼称イライザ（Eliza）は、ともにElizabethの愛称で、発音はちがうが同じ名前。

ここがジョージの書斎コーナーだった。向上心の強いジョージは、若い時分から重労働や所有者の妨害にも負けずになんとか読み書きを身につけたいと望んで努力してきたが、いまも変わらず余暇のすべてを自己研鑽に注いでいた。

いま、ジョージはテーブルの前に腰をおろし、メモを取りながら蔵書を読み解いている。

「ねえ、ジョージ」イライザが声をかけた。「あなた、一日じゅう外で働いていらしたんじゃないの。そんな本は置いて、少し話をしましょうよ。いま、お茶をいれますから。ね？」

小さなイライザ2も母親の加勢をするようによちよちと父親のところまで歩いてきて、父親の手から本を引きはがし、かわりに自分が父親の膝によじのぼろうとした。

「こいつめ！」ジョージが言った。こんなとき、男親は娘の言いなりになるしかないものだ。

「それでいいのよ」イライザがパンを切り分けながら言った。イライザは少しばかり年齢を重ねたように見える。身体つきもいくらかふっくらとして、昔よりも主婦としての貫禄が増したようだ。見るからに満ち足りて幸せそうである。

「ハリー、きょうは算数はどうだった？」ジョージが息子の頭を撫でながら声をかけた。

ハリーは長く伸ばしていた巻き毛は切ってしまったが、黒目がちの瞳と濃いまつ毛は昔のままで、凜々しい眉を得意そうに上げて、「ぜんぶ自分でやったよ、お父さん。誰にも手伝ってもらわなかった！」と答えた。

「それでいい」父親が言った。「自分の力でやるんだぞ、ハリー。おまえは父さんよりずっと恵まれているんだから」

ちょうどそのとき、ドアを軽くノックする音がした。イライザが行って、ドアを開ける。うれしそうな「まあ、あなたでしたの！」の声。イライザが夫に声をかける。そして、アマーストバーグで世話になった牧師が部屋へ招き入れられた。牧師とともに二人の女性が招き入れられ、イライザが椅子を勧めた。

じつのところ、善良な牧師はちょっとした計画を練っていて、その手順に従って事を運ぶ予定だった。ここへくる道中でも三人はきわめて周到に話しあい、牧師が口火を切るまであとの二人は秘密を暴露しないよう黙っていることになっていた。

ところが、牧師が連れの女性二人に手ぶりで椅子を勧め、ハンカチを取り出して口

2　カナダに移ってから生まれた娘に、母親と同じ名前をつけたのである。

もとを拭い、いざ用意してきた口上を述べようというところで、マダム・ド・トゥーがジョージの首っ玉に抱きついて「ああ、ジョージ！　わからない？　わたしよ、あなたの姉さんのエミリーよ！」と叫び、計画をすっかり転覆させてしまった。牧師のあわてようときたら、気の毒なくらいだった。

キャシーのほうはもう少し落ち着いて椅子に腰をおろしており、打ち合わせどおりにふるまっていたが、そこへいきなり小さなイライザが現れた。その姿形は、輪郭からカールした髪のひとすじに至るまで、キャシーが最後に目にした愛娘の姿に生き写しだった。幼いイライザがキャシーの顔を見上げた。キャシーは思わず小さなイライザを抱きあげ、胸に掻き抱いて、「ダーリン、わたしよ、あなたのお母さんよ！」と言った。その瞬間は、ほんとうにそう思ったのだった。

実際、予定していたとおりに事を進めるのは、とうてい無理な話だった。しかし、最後には、善良な牧師がみんなを落ち着かせ、再会の舞台の冒頭にするはずだったスピーチをなんとか無事に終えた。スピーチはたいへん感動的なもので、終わるころにはその場にいた全員がすすり泣きを禁じえず、古今東西のどんな雄弁家も満足せずにはいられないほどの大成功だった。

一同は床にひざまずき、牧師が祈りを捧げた。こんなにも感情が高ぶり動揺したあとでは、全能の神の愛情あふれる御胸に向かって思いのたけを吐露する以外に、心を落ち着かせる術があろうか。お祈りのあと、一同は立ち上がり、抱きあって再会を喜んだ。狭いアパートの部屋は、かくも多くの苦難や危機をくぐりぬけて思いもよらない形で再会を実現させてくれた神に対する聖なる信頼の気持ちにあふれていた。

カナダで逃亡奴隷たちを支援してきたある宣教師の記録には、小説よりも奇なる真実が残されている。家族や血族を渦に巻きこみ、秋風に散らされる落ち葉のようにばらばらに散らしてしまう奴隷制度のもとでは、こうしたことが起こるのは何の不思議でもない。奴隷制度から逃げてきた者たちがたどりつく岸辺では、天国の永遠の岸辺と同じく、長いあいだ愛する家族から引き裂かれ喪失の悲しみに暮れてきた心と心がふたたびひとつに結ばれる歓喜の場面がたびたび見られた。新しく岸辺に着いた人々に熱心に群がり、もしや奴隷制度のもとで引き裂かれたままの母親や姉妹や妻子の消息を知らないかと問う人々の姿ほど心を強く打つものはない。

ここに見るのは、小説をはるかにしのぐほどの英雄的行為である。拷問も恐れず、死さえも恐れず、逃亡奴隷たちはふたたび恐怖と危険の支配する暗黒の地へ潜入し、姉妹や母親や妻を救い出しに行くのである。

ある宣教師から聞いた話では、逃亡したあと英雄的行為を企てて二度にわたって捕まり、屈辱的な鞭打ちを受け、それでもまた逃亡した若者がいるという。そして、その若者が友人たちにあてた手紙によれば、なんとかして姉を連れ戻せないかと、三度目の潜入を企てているという。善良なる読者諸氏よ、この若者は英雄だろうか？　それとも罪人だろうか？　自分の姉のためなら、あなたがたもこれほどの危険を冒すのではないだろうか？　この若者を誰が非難できよう？

さきほどの場面に戻ろう。みんな涙を拭き、あまりにも突然のうれしすぎる驚愕から心の平静を取り戻しつつあった。一同はうちとけてテーブルを囲み、和気あいあいと会話を楽しんでいる。ただキャシーだけは、小さなイライザを膝に抱いたまま離さず、ときどき発作的に抱きしめては孫をびっくりさせていた。小さなイライザはキャシーの口にケーキを押しこもうとするのだが、キャシーはどうしても食べたくないと拒否をくりかえす。ケーキよりもっといいことがありすぎて、いまはとても食べる気になれない、と説明するのだが、幼いイライザには理解できるはずもない。

二、三日もすると、キャシーはすっかり別人のように雰囲気が変わった。絶望に憔悴（しょうすい）しきっていた表情は消え、穏やかな落ち着いた顔つきになった。そして、あっという間に新しい家族になじみ、かわいい孫たちを受けいれた。それはキャシーの心が長く待ち望んでいた幸せだった。実際、キャシーの愛情は実の娘よりも小さなイライザのほうへ自然に向かうように見えた。自分の手から奪われたときの愛娘と姿形がそっくりだったからである。小さなイライザがかわいらしい橋渡し役となって、母親と娘の関係もしっくりなじみ、愛情が深まった。以前と変わらず敬虔なイライザは、毎日のように聖書を読み、母親の傷つき疲れた心を正しい方向へ導いた。キャシーは娘の働きかけに一も二もなく魂をゆだね、敬虔で穏やかなクリスチャンに変貌した。

一日か二日たったところで、マダム・ド・トゥーは弟に自分の身に起きたことを詳しく話した。夫の死後に残された莫大な財産を、マダム・ド・トゥーは気前よく弟の家族に分け与えると提案した。姉から何をしてもらうのがいちばんの望みかと尋ねられたジョージは、「ぼくに教育の機会を与えてほしいんだ、エミリー。昔からずっと勉強がしたかったんだ。教育さえ受ければ、あとはぜんぶ自分で何とかできるから」と答えた。

いろいろ考えた結果、一家は全員でしばらくフランスへ渡ることに決めた。そして、エメリンも連れて船でフランスへ向かった。

美しいエメリンは客船の一等航海士に見初められ、フランスの港に着いてまもなく、その男の妻となった。

ジョージ・ハリスはフランスの大学に四年間通い、たゆまぬ努力を続けて、申し分のない教育を身につけた。

だが、やがてフランスの政情が不安定になり、一家はふたたびカナダに戻らざるをえなくなった。

いまや教養をしっかりと身につけたジョージの気持ちや考えは、友人の一人にあてた次の手紙にいちばんよく表れていると思われる。


自分の将来について、ぼくはいま、どうしようかと悩んでいる。たしかに、きみが言ったように、この国で白人たちに交じって生きていくこともできるとは思う。ぼくの肌はほとんど黒くないし、妻や家族もほとんど黒人とはわからない。目をつむって生きるなら、それもできなくはないと思う。でも、正直言って、そうする気はない。

ぼくは父親の側の人種に共感を覚えない。共感を感じるのは、母親の人種のほうだ。父親にとって、ぼくは上等な犬か馬と同じようなものにすぎなかった。でも、悲しみに暮れていた哀れな母親にとっては、ぼくは<u>わが子</u>だった。競売で残酷にも引き裂かれて以降、死ぬまで母には会えなかったけれど、母は<u>きっと</u>いつもぼくのことを心から愛してくれていたにちがいないと思う。心でわかるんだ。

母がどれだけの辛酸をなめてきたかを思うと、それに自分が若いころどれだけつらい思いをしたか、ぼくの勇敢な妻がどれほどの悲しみや苦悩を乗り越えてきたか、ニューオーリンズの奴隷市場で売られた姉がどんな思いをしてきたかを考えると、キリスト教的感性に異を唱えるつもりはないが、それでも、自分はアメリカ人として生きていくつもりはない、自分をアメリカ人とみなすつもりはない、と言っても罰（ばち）は当たらないだろうと思う。

ぼくは抑圧され奴隷化されたアフリカ民族と運命を共にしたいと思う。かなうものなら、ぼくは自分の肌がもう二回りも黒ければよかったのに、と思う。もっと白い肌ではなくて。

ぼくの心からの願い、ぼくの望みは、アフリカの民となることだ。空論ではなく、実際に自立した民族となること。それをどこに求めればいいのだろう？　ハイチはだめだ。ハイチにはそもそも何もなかった。水の湧き出る泉が乏しければ、流れが豊かになるはずがない。ハイチ人は、搾取されつくした軟弱な民族だ。言うまでもなく、非支配民族は何世紀かかってもろくなものにはなれない。

では、どこに目を向ければいいのか？　ぼくが目をつけているのは、アフリカ沿岸の共和国だ。選りすぐりの人間たちが作った共和国。精力的に独学で教育を身につけて、多くの場合、個人の努力によって奴隷の境遇から這いあがってきた人たちが作った国だ。準備段階では脆弱な国家だったが、いまはその段階を脱して、ついに世界的に承認されるまでになった。フランスからもイギリスからも承認される国家に。ぼくはその国へ行きたいと思う。その国の国民になりたいと思う。[3]

きみたちはきっと猛烈に反対するだろうね。だが、反論する前に、聞いてほしい。ぼくはフランスにいたあいだに、アメリカにおけるアフリカ民族の歴史についてじっくりと勉強しなおした。奴隷制廃止論者と移民容認論者の論争についても勉強した。そして、傍観者の視点からだからこそ見えるようになったものがある。当事者だったころには思いつきもしなかったことだ。

このリベリアという国が、抑圧者どもの手によって、われわれ黒人を妨害するありとあらゆる目的にいいように利用されてきたことは、たしかに認める。奴隷解放を遅らせる手段として、きたないやり方で陰謀が企てられていたことは、疑いない。だが、ぼくが聞きたいのは、人間が企てる陰謀などを超えたはるか高みに神がおられるのではないか、ということだ。神が連中の企みを覆して、われわれのために連中をして国家を建設せしめたのではないか、ということだ。

いまの時代、国家など一日で生まれる。出来合いの共和政体と文明を貼りつけて、問題だらけの体裁を整えて。自分たちで作りあげる必要などない、既存のものを応用するだけでいいのだ。だったら、みんな全力で団結して、この新しい試みをどう進められるか、やってみようじゃないか。すばらしい広大なアフリカ大陸が、ぼくらと子孫たちの前に両手を広げて待っている。ぼくらの国が、アフリカの沿岸に文明とキリスト教を広めていく力になるのだ。そして、強力な共和国をたくさん作って、それらは熱帯植物と同じようにぐんぐん育って、末永く栄えていくんだ。

奴隷にされている同胞を見捨てるのか、ときみは言うかもしれない。ぼくはそんなつもりはない。もし、ぼくが彼らのことを一時間でも、一瞬でも、忘れるようなことがあったならば、ぼく自身が神に忘れられたってかまわない！　でも、この国にいて、ぼくに何ができるだろう？　彼らの鎖を断ち切ってやれるか？　いや、個人の力では、そんなことは不可能だ。でも、アフリカへ行って、国家の一翼を担うことになれば、その国家が国際会議の場で声を発することができる。

3　ここで言及されている国はリベリア。独立は一八四七年。

そうしたら、ぼくらは声を上げることができるのだ。国家には意見を主張する権利がある。抗議する権利も、嘆願する権利も、自国の民族のために主義主張を述べる権利もある。個人では、それは不可能だ。

もしヨーロッパが自由主義国家の集まる大きな議論の場になったとしたら——ぼくは、きっとそうなると信じている——もしそこで農奴やその他のあらゆる不当で苛酷な社会的不平等が廃止されたとしたら、そして、もし、フランスやイギリスがしたように、ほかの国々もぼくらの立場を認めてくれたとしたら、そのときは、大きな国際会議の場でぼくらは自分たちの見解を表明し、奴隷として苦しめられているわが民族の主張を提出する。そうなれば、自由で啓蒙された国家を自任したいアメリカが自国の名誉を汚す奴隷制度、奴隷たちにとってもアメリカという国家にとっても同様に呪わしい奴隷制度を、国家の紋章からはずそうと望まないはずがない。

だが、わが民族にもアイルランドやドイツやスウェーデンからの移民たちと同じようにアメリカという共和国に参加する権利があると、きみは言うかもしれない。たしかに、そのとおりだ。われわれにもこの国に合流し参加する自由はあるはずだ。階級や肌の色などを問われることなく、個人の実力でのしあがっていく自由が。われわれにこの権利を認めない者に、人間の平等を声高に謳う資格はない。何よりも、われわれはこの国で生きていく権利を認められるべきなのだ。われわれには、ふつうの人たちにも増して、その権利がある。傷つけられた民族として、賠償を受ける権利がある。だが、ぼくはそれを望まない。ぼくは自分の国、自分の国民がほしいのだ。アフリカ民族には、文明やキリスト教の恩恵を受けてこれからどんどん開花していく資質があると、ぼくは思う。それはアングロ・サクソンの資質に引けをとるものではないし、道徳的に見て、もっと高尚な性質のものかもしれない。

以前の闘争や紛争に明け暮れた時代には、世界の命運はアングロ・サクソン民族に委ねられていた。そういった使命には、容赦なく硬直的で精力的な彼らの特質が向いていた。だが、一キリスト教徒として、ぼくは新しい時代の幕開けを期待している。その過渡期に、いま、ぼくらは立っているのだと思う。そして、いま各国を揺さぶっている激痛は、平和で友愛に満ちた世界を作るための産みの苦しみにすぎないのだと、ぼくは思いたい。

アフリカの発展は、基本的にはキリスト教精神にのっとったものであるべきだと、ぼくは確信している。アフリカ民族は、上に立って支配する民族ではないとしても、少なくとも愛情深く、気高く、寛大な民族だ。不法と抑圧の煉獄に投げこまれた民として、アフリカ民族は愛情と寛容を旨とする崇高な信条に依らざるをえず、それのみを通じて困難は克服しうるのであり、それをアフリカ大陸全土に広げていくことが使命なのであると思う。

ぼく自身は、正直に言うと、こうした主義主張に胸を張れるほどの人間ではない。ぼくの血の半分は、けんかっ早くて短気なサクソンの血だ。けれど、ぼくのそばには常に福音を説き聞かせてくれる雄弁な人物がいる。ぼくの美しい妻だ。ぼくが道から逸れそうになると、いつもぼくより穏やかな妻の精神がぼくを呼び戻して、アフリカ民族が守るべきクリスチャンとしての使命からぼくが目を逸らさないように導いてくれる。クリスチャンの愛国者として、キリスト教の教師として、ぼくは自分の国へ向かおうと思う。ぼくが選んだ栄光のアフリカへ！　そして、心の中で、ぼくはアフリカに向けて、あのすばらしい預言の言葉を語りかけるんだ。「あなたは捨(す)てられ、憎(にく)まれ／通(とお)る者(もの)さえなかったが／私(わたし)はあなたをとこしえの誇(ほこ)り／代々(よよ)の喜(よろこ)びとする。[4]」

きみはぼくを熱狂的すぎると言うだろう。自分が何をしようとしているのか、もっと熟慮すべきだと言うだろう。だが、ぼくはもう考えたし、そのために払うべき犠牲もわかっている。ぼくはリベリアへ行く。理想郷を求めて行くのではない。苦労をするために行くのだ。ぼくは自分の二本の手を使って働くつもりだ。懸命に働くつもりだ。どんな困難やどんな失望にも負けない。命のかぎり働く。そのために行くのだ。失望することはないと確信している。

ぼくの決意について、きみがどう思うにしても、どうかぼくを見捨てないでほしい。そして、何をやるにしても、ぼくが心からアフリカの民のためを思っての行動であることを信じてほしい。

ジョージ・ハリス

それから数週間後、ジョージは妻と二人の子供と姉と義母を連れて、アフリカへ向けて出航した。おそらく、いずれアフリカから彼の消息を聞くことになるだろう。

ほかの登場人物たちに関しては、とりたてて書くことはないが、オフィーリア嬢とトプシーについてだけは簡単に触れておこう。そして、最後の章はジョージ・シェルビーに捧げることにする。

4　旧約聖書「イザヤ書」第六〇章第一五節。

　オフィーリア嬢はトプシーを連れてヴァーモントの実家に戻り、ニューイングランド人が「ここの人間」と表現する厳格で慎み深い共同体におおいなる波紋を引き起こした。初め、「ここの人間」たちは、万端行き届いた家内にはトプシーなどなじまないし必要もない余計な存在だと思った。しかし、オフィーリア嬢がこの弟子を丹誠こめて徹底的に教育したので、トプシーはぐんぐん良くなり、一家や近隣の人々から認められ好かれる存在になっていった。一人前の女性に育ったトプシーは、自らの希望で洗礼を受け、地元のキリスト教会の信者となった。そして、すばらしい知性と行動力と情熱を発揮して世の中の役に立ちたいと望むようになったので、ついにはアフリカにある伝道所のひとつに派遣される宣教師に推薦され、信任された。伝え聞くところによれば、子供のころにあれほど周囲の手を焼かせた行動力と機知を、いまはもっと安全かつ健全な形で発揮して、同胞の子供たちを教育しているそうである。

　追記。母親である読者諸姉はきっと満足してくださるだろうと思うが、マダム・ド・トゥーが調査を依頼した結果、最近になってキャシーの息子の消息がわかった。元気いっぱいの少年だったキャシーの息子は、母親より数年早くに逃亡を果たし、北部で被抑圧者を擁護する人々に助けられて教育を受けていたという。まもなくアフリカへ渡った家族に合流することになるだろう。

第44章　解放者

ジョージ・シェルビーは母親に宛ててたった一行、帰宅予定の日時を記しただけの手紙を送った。アンクル・トムが死んでいった場面のことは、どうしても書けなかった。何度か書こうとはしたのだが、そのたびに涙がこみあげてきて、便箋を破り捨て、涙を拭いながら席を立ってどこかで気持ちを落ち着かせる、ということをくりかえすばかりだった。

その日、若きジョージ坊っちゃまの帰りを心待ちにして、シェルビー屋敷は沸き立っていた。

シェルビー夫人は、居心地のよい応接用のダイニング・ルームに腰を落ち着けて待っていた。暖炉ではヒッコリーの薪が勢いよく燃え、晩秋の夜の肌寒さを追い払っている。夕食のテーブルには磨きあげた皿やカットグラスが並べられ、配膳を取り仕切っているのはおなじみのアント・クロウィである。

アント・クロウィは新品のインド更紗のドレスを着こみ、洗いたての真っ白なエプロンをつけ、糊のきいたターバンを頭に高々と巻きつけ、黒光りする顔をうれしそうに輝かせている。支度のすっかり整ったテーブルのまわりをいつまでもうろうろして必要以上に細々と指図しているのは、シェルビー夫人と他愛もない言葉をかわしたいからである。

「ほんに！　坊っちゃまには、この場所がええでないかね？」クロウィが言った。「ほれ、坊っちゃまのお好きなとこに席を用意しただよ、暖炉のそばに。ジョージ坊っちゃまは、いっつもあったかい席がお好きだで。あれ、なんだね、こりゃ！　サリーったら、なんでいちばんいい、いい上等のティーポットを出さんかっただ？　ジョージ坊っちゃまがクリスマスに奥様に贈られた小さい新品のやつを。あたしが出してきますよ！　奥様、ジョージ坊っちゃまから何か知らせはあったですかね？」クロウィが尋ねた。

「ええ、クロウィ。でも、たった一行だけ、できたら今夜帰るつもりだ、と。それだけよ」

「うちの人のことは、なんにも？」クロウィはティーカップをいじりまわしながら聞いた。

「いいえ。何も知らせてこなかったわ、クロウィ。家についてからぜんぶ話す、って」

「ジョージ坊っちゃまらしいだ。昔っから何でも自分で話さんと気のすまんお子だったで。ジョージ坊っちゃまはそういうお子だよ。あたしとしちゃ、白人様がたがなんであんなに何でもかんでも字に書いて面倒でねえのか、そっちのほうがわからんですよ。字を書くなんて、まだるっこしくって」

シェルビー夫人がにっこり笑った。

「うちの人、坊主たちや赤ん坊を見てもわからんだろうと思いますわ。だって！　赤ん坊はもうすっかり大きくなっちまって。それがまた、ええ娘っこなんですよ、じょうぶな子でね、ポリーは。いま、うちでコーン・ブレッドの番をしとりますわ。うちの人が大好きな作り方で、いま焼いとります。うちの人が連れていかれたあの日の朝に焼いてやったのと、そっくり同じのを！　ああ、神様！　あの朝のつらかったことったら！」

シェルビー夫人はため息をついた。夫のことを聞きたくて探りを入れてくるクロウィの言葉に、心が重く沈んだ。息子からの手紙を受け取って以来、シェルビー夫人はどうにも悪い予感がしてならなかった。何も書いてこないのは、書けないことがあるからではないか、と。

「奥様、例の札束は用意してありますかね?」クロウィが期待に満ちた顔で聞いた。

「ええ、ありますよ、クロウィ」

「うちの人にあの札束を見してやりたいんですよ、パ、ーフェ、クシ、ョナ、ー、からもらったお金を。むこうの旦那様は、『クロウィよ、もっといてもらえると助かるんだがな』って言ってくれたですよ。だから、あたしゃ言ったです、『ありがとうごぜえます、旦那様。けど、うちの人が帰ってくるもんで』って。『それに、奥様のお世話ももう他人任せにはしておけんし』って。そう言ったんです。そりゃええ方でしたよ、ジョーンズの旦那様は」

クロウィは、自分がもらった給金のお札をぜひ、ぜひ、そのまま取っておいてほしい、と奥様に頼みこんだのだった。自分はこれだけがんばったのだと夫に見せたいから、と。シェルビー夫人はクロウィの思いを汲んで、希望どおりにしてやった。

「ポリーのこと、見てもわからんでしょうね、うちの人。もう連れてかれて五年にもなるだから! あんときは、ポリーはまだ赤ん坊で、やっと立つようになったとこで。うちの人、ポリーが歩こうとしてすっ転ぶのを見て、どんなに笑っとったか。ほんに!」

車輪の音が聞こえてきた。

「ジョージ坊っちゃまだ！」アント・クロウィが窓ぎわに駆け寄った。

シェルビー夫人は小走りで玄関に向かい、息子の腕の中に飛びこんだ。アント・クロウィは、いまかいまかと暗闇に目を凝らしている。

「ああ、アント・クロウィ、かわいそうに！」ジョージが足を止めて同情のこもった声をかけ、アント・クロウィのごつごつした黒い手を両手で包んだ。「連れて帰れるものなら全財産をはたいても連れて帰ろうと思ったけど、アンクル・トムはここよりもっといいところへ行ってしまったんだよ」

シェルビー夫人の口から悲鳴のような声が漏れたが、アント・クロウィは何も言わなかった。

一同は夕食の用意された部屋にはいった。クロウィがあれほど自慢していた札束が、テーブルの上に置かれたままになっている。

「こんなもん――」アント・クロウィは震える手で札束をかき集め、シェルビー夫人に差し出した。「もう見たくもねえし、聞きたくもねえです。こうなるだろうと思ってただよ。売られてって、どっかのプランテーションでぶち殺されるんだろう、って！」

クロウィはくるりと向きを変え、強気を装って部屋から出ていこうとした。シェルビー夫人がそっとクロウィを追いかけ、片方の手を取って椅子にすわらせ、自分も並んで腰をおろした。

「ああ、かわいそうにね、クロウィ！」シェルビー夫人が言った。

クロウィは女主人の肩に顔をうずめ、声をあげて泣いた。「ああ、奥様！　許してくださえまし、心が破れちまって——そんだけです！」

「わかるわ」シェルビー夫人も涙にくれていた。「わたしの力では心の痛みを治してあげることはできないけれど、イエス様ならできるわ。主は心の砕かれた人々を癒(いや)し、その傷を包んでくださる[1]のよ」

しばらくのあいだ、みんな言葉もなく涙を流した。そのうちにジョージが嘆き悲しむクロウィの横に腰をおろし、その手を取って、悲しみのこもったまっすぐな言葉でトムが立派に最期を迎えた場面を話して聞かせ、今際(いまわ)のきわの愛の言葉を伝えた。

それから一カ月ほどたったある朝、シェルビー家の使用人たち全員が屋敷の端から端まで続く大広間に集められた。若き当主ジョージ・シェルビーから話があるという。

驚いたことに、使用人たちの前に現れたジョージが手にしていた分厚い紙束は、屋敷や農園で働く奴隷全員を自由の身分にすると記した自由証書だった。ジョージは一枚ずつ証書を読みあげて、奴隷たちに手渡していった。その場に集まった奴隷たちは全員がすすり泣き、感極まって声をあげる者もいた。

しかし、奴隷の多くはジョージの周囲に押し寄せ、心配そうな顔で自由証書を返そうとしながら、自分をこの屋敷から追い出さないでほしいと懇願した。

「いまよりもっと自由になんか、なりたくねえです。これまでだって、ほしいものは何でももらっとります。こっから離れたくねえです。旦那様や奥様やみんなと離れたくねえです！」

「みんな、聞いてくれ」使用人たちがようやく静まったところで、ジョージが口を開いた。「ここから出ていく必要はないんだよ。農園では、これまでと同じように働き手が必要だからね。屋敷もこれまでと何も変わらない。ただ、これからは、みんなは自由な人間になるんだ。男も女も。働いてもらったぶんについては、ぼくからみんなに労賃を払う。金額は、これから相談して決めよう。自由な人間になっていいことは、もしぼくが借金をこしらえたり死んだりした場合に――そういうことが起こらないとはかぎらないからね――みんなが売りに出されるようなことにはならずにすむ、って

1 旧約聖書「詩編」第一四七編第三節より。

いうことだ。ぼくはこの農園の経営を続けていくつもりだし、時間はかかるかもしれないけど、みんなに自由な人間としての権利をどう使えばいいのかも教えていくつもりでいる。みんなには善良な人間として、すすんで学んでほしい。ぼくも、神様に誓って、誠心誠意、一所懸命みんなを教えるつもりだ。それじゃ、みんな、天に向かって自由を神様に感謝しよう」

シェルビー農園で長老的な立場にある黒人――この屋敷に仕えて歳を重ね、白髪で盲目になった老人――が立ち上がり、震える手を天に向かって差し伸べて、「神様に感謝の祈りを捧げよう！」と言った。一同はいっせいにひざまずき、心正しき老人の心からの「テ・デウム」[2]が朗々と歌いあげられた。たとえオルガンや鐘や礼砲の伴奏があったとしても、これほど感動的で心のこもった「テ・デウム」にはならなかっただろう、と思われるくらいに尊い響きであった。

一同は立ち上がり、別の黒人がメソジスト派の讃美歌を歌いはじめた。その歌のリフレインは、次のような歌詞だった。

よろこばしき　年きにけり
あがなわれし　罪人らよ

よろこびいさみて　ふるさとさしつつ
急ぎて帰れや[3]

「あとひとつ、聞いてほしい」喜びあう使用人たちに、ジョージが声をかけた。「みんな、大好きなアンクル・トムのことをおぼえているだろう？」

ジョージはトムの最期のようすを手短にみんなに話して聞かせ、シェルビー農園の人々すべてにあてたトムの愛に満ちた別れの言葉を伝えて、こう結んだ。

「ぼくは、トムのお墓の前で神様に誓ったんだ。これからは自由にしてやれる手段があるならば、ぼくは一人たりとも奴隷を所有することはいたしません、と。ぼくのせいで家族や友だちから引き離されたり、トムのように遠く離れたプランテーションで淋しく死ぬような目にはあわせません、と。だから、自由になったことを喜ぶときに、

2　古いラテン語で歌われる神への賛歌。
3　『讃美歌』（日本基督教団讃美歌委員会、一九五四年初版）より「讃美歌二六三番」。原詞（一七五〇年発表）は、イギリスの聖職者で讃美歌作者のチャールズ・ウェズリー（一七〇七年～一七八八年）による讃美歌“Blow Ye the Trumpet”。

これはあの善良だったアンクル・トムのおかげなんだと思ってほしい。そして、アンクル・トムの恩に報いるつもりでトムの奥さんや子供たちによくしてあげてほしいんだ。アンクル・トムの小屋を見るたびに、この自由の意味を考えてほしい。アンクル・トムの小屋を形見と思って、みんなでトムを見習って、トムのように正直で誠実なクリスチャンになってほしい」

第45章　終わりに

著者のもとには、全米各地から、この物語は実話なのか、という問い合わせがしばしば寄せられている。そうした質問に対して、まとめてお答えしたいと思う。

一つひとつのエピソードは、ほぼすべてが実在の事例であり、多くは著者の目の前で実際に起こったできごと、あるいは著者の親しい人々が実際に目撃したできごとである。この物語に登場する人物のほとんどには実在のモデルがあり、著者または著者の友人が自分の目で見たものである。登場人物が話す言葉の多くは、著者自身が一語ずつ自分の耳で聞いたもの、あるいは伝え聞いたものである。

イライザの容貌や性格は、実在の人物をそのまま描写したものである。アンクル・トムの揺るぎない忠誠心、信仰心、清廉潔白な性格は、著者が個人的に知る人物像をいくつか組み合わせたものである。きわめて悲劇的あるいは非現実的に思われる部分や、きわめて残虐なできごとも、事実にもとづいた記述である。結氷したオハイオ川を渡った母親の話は、よく知られている事実である。第一八章と第一九章に登場する「老婆プルー」の話は、著者の弟がニューオーリンズで大きな商家の集金係として働いていたときに直接見聞きしたできごとである。プランテーションの所有者リグリーの人物像も、同じ情報源に由来する。著者の弟は、集金のためにそのプランテーションを訪れたときのことを、次のように書き送ってきた。「その男は、実際にぼくに拳を触ってみさせた。その拳はまるで鍛冶屋の金槌か鉄の塊のようだった。男は、『硬くなったのは黒んぼどもを殴り倒してきたからだ』と言っていた。そのプランテーションを離れたあと、ぼくは深々と一息ついた。まるで人喰い鬼の巣窟から逃げてきたような気分だった」

トムの悲劇的な運命についてもまた似たような話は無数にあり、全米各地に証言できる生き証人がいくらでもいる。ここで留意しなければならないのは、南部諸州では例外なく、法の原則として、白人に対する訴訟において黒人の血を引く人間はいっさい証言が認められず、それゆえにトムのようなケースは、損得よりも激情に流されやすい奴隷所有者がおり、そうした所有者に対して異を唱える不屈の人間性と主義主張を持った奴隷がいれば、どこでもたやすく起こりうる、ということである。実際、奴隷の生命を守るには、所有者の人格を頼む以外に何ひとつ方策がないのである。あまりにもショッキングで直視しえないような事実がときに公衆の耳目に届くことがあるが、ショッキングなのは、そうした事実そのものよりも、むしろそうした事実に対するコメントのほうである場合が少なくない。いわく、「そういうケースはたまに起こるかもしれないが、一般的な事例ではない」と。もしもニューイングランド地方で親方が徒弟をたまに死ぬまで拷問しても罪に問われないような法制度になっていたとしたら、世間は同じように平然と対応するだろうか？ 「このようなケースはまれであり、一般的な事例ではない」と言って済ませるのだろうか？ このような不当な扱いは奴隷制度そのものに内在する問題であり、奴隷制度がなければ起こりえないことなのである。

ムラートやクヮドルーンの美しい娘たちを公開の競売で売りさばくという恥知らずな行為に対しては、『パール号』事件が引き起こした後日談によって、世間の悲憤が高まった。事件の被告側弁護団の一人ホーレス・マン下院議員[1]のスピーチの一部を以

1 アメリカ合衆国の教育者、法律家（一七九六年〜一八五九年）。マサチューセッツ州選出の下院議員（一八四八年〜一八五三年）。一八四八年の裁判で、七六人の奴隷を帆船「パール号」に乗せて逃亡させようとした船長ダニエル・ドレイトンを弁護した。

下に引用する。「一八四八年に帆船『パール号』に乗って黒人奴隷たちがコロンビア特別区[2]から逃亡しようとした事件において、わたしは船の乗組員の弁護を担当したのですが、船に乗っていた奴隷七六人の中には若くて健康な女性も何人かおり、その女性たちは、体形や容貌の独特な美しさから、その方面の好事家(こうずか)に非常な高値で売られるはずの奴隷たちでした。エリザベス・ラッセルもそのような女性の一人で、たちまち奴隷商人の毒牙にかかり、ニューオーリンズの奴隷市場で売られることになったのです。彼女の姿を見た人々は、その運命を哀れんで胸を痛めました。そして、彼女を買い戻すために一八〇〇ドル支払うと申し出ました。そのためにほぼ全財産を投げ出してもいいと申し出た人たちさえおりました。それでも、悪魔のような奴隷商人は首を縦に振らなかったのです。エリザベス・ラッセルはニューオーリンズへ送られましたが、旅のなかばで神のご慈悲により、この世を去ることになりました。一行の中には、エドマンドソンという名の二人の姉妹もおりました。姉妹がまさに同じ奴隷市場へ送られようとする直前に、一人の老修道女が屠畜場を経営する卑劣な所有者にかけあい、神の愛に免じて姉妹を奴隷市場に送ることは思いとどまってください、と懇願しました。所有者の男はまともに取りあわず、売られていけば上等なドレスを着て上等な家具に囲まれた暮らしができるのだ、と言いました。『はい。この世ではそれでけっこうかもしれませんが、あの世では二人はどうなりますか？』と修道女は反論しました。それでも、結局、姉妹は二人ともニューオーリンズへ送られてしまったのです。後日、莫大な代金を支払って、二人は買い戻されたと聞いております」この話からも、エメリンとキャシーの物語にたくさんのモデルが実在したことは、おわかりいただけるのではないだろうか？

公平を期すために書いておくが、オーガスティン・サンクレアのような公明正大で寛容な精神を持つ登場人物にも、次に紹介するエピソードのように、現実のモデルが存在する。数年前のこと、南部在住の若い紳士がお気に入りの奴隷を伴ってシンシナチ[3]を訪れていた。その奴隷は子供のころから紳士の小間使いとして身近に仕えてきたのだが、シンシナチを訪れた機会に乗じて自由の身になりたいと考え、逃亡奴隷の支援で名を知られている一人のクエーカー教徒に保護を求めた。奴隷の主人はたいへん憤慨した。主人は、その奴隷に対してはつねに甘すぎるほど寛大な扱いをしてきたつもりだったし、奴隷のほうでも主人である自分に愛情を持ってくれているはずだと

2　首都ワシントンのこと。当時は奴隷制度が容認されている地域だった。
3　オハイオ州（自由州）の町。上巻一七ページの訳注4参照。

思っていただけに、逃亡した奴隷は誰かに吹きこまれて主人を裏切るよう仕向けられたにちがいない、と考えたのである。主人は怒り心頭に発してくだんのクエーカーのもとを訪れたのだが、並はずれて率直で公平な性格の人物だったので、ほどなく相手のクエーカー教徒の言い分や説明を聞いて、冷静になった。わかってきたのは、南部の紳士が聞いたこともない話、考えたこともない事情だった。そこで、紳士はただちに件のクエーカー教徒に対して、奴隷が主人である自分に面と向かって自由になりたいという意思を表明するならば自由にしてやろう、と言った。すぐに面会の場が設けられ、奴隷のネイサンは若き主人から、これまでの扱いに関して何か不服なことでもあったのか、と質問された。

「いいえ、旦那様」ネイサンは答えた。「いつもよくしてもらいました」

「それでは、なぜ、わたしのもとから逃れたいんだ?」

「旦那様はいつか死ぬかも知れません。そしたら、おらは誰の手に渡りますか? それだったら、自由の身になりたいです」

しばらく熟考したのちに、若き主人は言った。「ネイサン、わたしがおまえの立場だったら、自分でもたしかにそう感じるだろうと思う。わかった、おまえを自由の身にしてやろう」

主人はその場で自由証書を作成し、まとまった額の金をそのクエーカー教徒に託して、ネイサンが新しい暮らしを始められるよう有用に使ってほしいと頼んだ。そして、ネイサンのために非常に行き届いた親切な推薦状も書いてやった。その推薦状は、少しのあいだ著者の手もとにあった。

南部には気高く寛大で人道的な人々も多く、著者はそのことをきちんと読者諸氏にお伝えできたものと願っている。そのようなエピソードに出会うと、最悪の絶望からは救われる思いがする。しかしながら、世情に明るい方々にお尋ねしたいのだが、そうした高潔なる人物は、どこにでもありふれた存在であろうか？

長いあいだ、著者は奴隷問題に関する文献を読んだり話を聞いたりすることを避けてきた。あまりにも痛ましく、また、世の中の啓蒙が進めばいずれ奴隷制度はすたれていくものだろうと考えていたからである。しかし、一八五〇年に成立した逃亡奴隷法によって、人道的なはずのキリスト教徒たちが実際に逃亡奴隷を奴隷所有者のもとへ送還することこそ模範的市民としての義務であると考えるようになったのを見て、著者は驚愕した。また、親切で憐れみ深く尊敬に値する人々が、自由州である北部諸州のそこかしこで、この件についてキリスト教徒としての義務はどうあるべきかを大まじめに協議し議論しあう姿を見て、この人たちもキリスト教徒の人たちも奴隷制度がどういうものなのか知らないにちがいない、と著者は考えるようになった。奴隷制度の実態を知っていたならば、このような議論がおおっぴらになされることなど、そもそもありえないはずではないか、と。そのとき、著者の中で、奴隷制度をあるがままのドラマティックな現実として描いてみたいという思いが生まれた。著者としては、奴隷制度の最良の側面も最悪の側面も公平に描こうと努力した。最良の側面に関しては、おそらく、うまく書けていると思う。しかし、最悪の側面、死の谷と暗闇に関しては、そこに横たわるものを描ききれたかどうか、はなはだ心もとない。

寛大で気高い心を持った南部の皆さん、より苛酷な試練にさらされてきたがゆえにより高徳で寛大で純粋な人格を形成しえた皆さん、あなたがたに向かって著者は訴えたい。あなたがたは、胸の奥でひそかに、あるいは内々の会話において、忌まわしい奴隷制度にはこの作品で控えめに描かれている内容よりはるかに悲痛で邪悪な側面があると感じはしなかっただろうか？　そんなことはないと言い切れるだろうか？　人間という存在は、まったく責任を問われることのない権力を手にした場合、はたして信頼できるものなのだろうか？　奴隷制度は、奴隷に対して法廷で証言する権利をいっさい与えないという法の規定によって、個々の奴隷所有者を責任を問われることのない暴君にしてしまっているのではないか？　その結果がどういう事態を招くかは、誰の目にも明らかなのではないか？　名誉や正義や人間性を重んじる共通の志向は南部の方々のあいだにたしかに存在するものの、その一方で、悪辣で野蛮で堕落した人間どものあいだにも別の志向が存在するのではないだろうか？　そして、悪辣で野蛮で堕落した人間どもにも、奴隷法のもとで、最善最良の所有主と同じように多数の奴隷を所有することが許されているのだ。この世の人間の大多数が、高潔で公正で高尚で温情のある人間だと言えるだろうか？

現時点で、奴隷貿易はアメリカの法律のもとでは違法とされている。しかし、いまなお、アフリカ沿岸地域で組織的におこなわれていた奴隷貿易と何ら変わらぬ奴隷売買が、アメリカ国内で、奴隷制度の不可避的な付随物として、また、必然的結果として、おこなわれている。[4]その痛ましく恐ろしい真実を語りつくすことなど、いったい、可能だろうか？

著者は、現時点で何千何万という人々の心を引き裂き、家族の絆を断ち切り、無力

4　一八〇八年にジェファソン大統領が奴隷貿易禁止令を出している。これによって外国から奴隷を輸入することが禁じられたため、アメリカの南部諸州で必要とされる奴隷はおもにケンタッキー州やヴァージニア州から供給されるようになった。

で繊細な人種を錯乱と自暴自棄に追いこんでいる苦悩と絶望の現実を、きわめて控えめに描写したにすぎない。忌まわしい奴隷売買のせいで追いつめられて子供を殺してしまう母親の話を、実際に見聞きして知っている人たちがいるのだ。そして、母親たち自身も、死ぬよりつらい悲しみから逃れようとして死を選ぶ。その悲劇は、とても書きつくせるものではないし、語りつくせるものでもない。想像の及ぶところでさえない。そういう恐ろしい現実が、われわれの国で日々おこなわれているのである。アメリカの法のもとで。そして、キリストの十字架のもとで。

アメリカの皆さん、これは些細なこと、謝罪すればすむこと、黙って見過ごせばすむことなのだろうか？ この本を冬の夕べに暖炉の火あかりで読んでおられるマサチューセッツ州の農夫の皆さん、ニューハンプシャー州の、ヴァーモント州の、コネチカット州の農夫の皆さん、メイン州の勇敢で寛容な水夫や船主の皆さん、あなたがたにとって、これは黙認できる制度なのだろうか？ 奨励できる制度なのだろうか？ 勇気と寛容の心を持ったニューヨーク州の皆さん、豊かで陽気なオハイオ州の農夫の皆さん、そして広大なプレーリーに広がる諸州の皆さん、答えていただきたい、これはあなたがたにとって守るべき制度なのか？ 黙認できる制度なのか？ そして、アメリカの母親たちよ、あなたがたは、ゆりかごに眠るわが子を見つめながら、人類すべてに対する愛情と同情を生身で感じている母親である。子供に聖なる愛情を注ぐ母親である。美しく汚れなき乳飲み子を見守る歓びに胸打ち震わせ、育ちざかりの子供に注ぐ慈悲と優しさあふれる母親、子供の教育に心を砕く母親である。子供の魂が永遠に幸福でありますように、と祈る母親である。そういう母親の皆さん、あなたがたに懇願する、あなたがたと寸分違わぬ愛情を抱きながら、胸に抱くわが子を守り導き教育するための法的権利をひとつとして持たぬ母親たちを、哀れに思ってやっていただきたい！　病気のわが子に付き添う心痛を知る母親、死にゆく子の忘れがたい眼差しを見守ったことのある母親、もはや救う手立てのなくなった子供の最期の泣き声に心を締めつけられた思いを忘れえぬ母親、空っぽのゆりかごや静まりかえった子供部屋のわびしさを知る母親――そういう悲しみを知る母親であるあなたがたに懇願する、アメリカの奴隷取引によって日常的に愛する子供を奪われている母親たちを哀れに思ってやっていただきたい！　アメリカの母親たちよ、奴隷制度は擁護すべきものなのだろうか、賛同すべきものなのだろうか、黙認すべきものなのだろうか？

皆さんは、自由州の人々は奴隷制度とは何の関係もないし、何もできない、とおっしゃるかもしれない。それが真実であればけっこうなことだが、しかし、そうではない。自由州の人々も、奴隷制度を擁護し、奨励し、その一翼を担ってきた。教育のせい、慣習のせい、といった弁明がきかないぶん、神の前においては、南部の人々よりもさらに罪深い。

過去において、自由州の母親たちがしかるべき認識を持っていたならば、自由州で育った息子たちが奴隷所有者になることはなかったであろうし、とりわけ苛酷な奴隷所有者として名を知られることもなかったであろう。自由州で育った息子たちが国の議会において奴隷制の拡張を謀議することもなかっただろうし、人間の魂と肉体を金と引き換えに売り買いすることもなかったであろう。いまでも膨大な数の奴隷たちが北部商人たちに所有され、売り買いされている。それでも、奴隷制度の罪や汚名はすべて南部に帰すべきと言えるのだろうか？

北部諸州の男たち、母親たち、キリスト教徒たちは、南部諸州の同胞を非難するよりほかに、なすべきことがあろう。自分たちの中にある邪悪な要素に目を向けるべきなのである。

しかし、個々の人間に何ができるだろう？　それについては各人が判断するしかないが、ひとつだけ、誰にでもできることがある。自分が正しいと信じる感覚に従うことだ。他人に同情する気持ちは、あらゆる人間に備わっている。人間愛の大切さについて、強く健全で正しい感覚を持つ人ならば、つねに人類に良き影響を及ぼすことができる。だから、奴隷制度についても、同様の心情をもって考えていただきたい！　あなたの同情心は、キリスト教の心にかなうものだろうか？　それとも、政治の詭弁によって揺らぎ、方向を誤っているだろうか？

北部諸州のキリスト教徒の皆さん、あなたがたには、これ以外にも行使できる力がある。祈ることである！　祈りの力を、あなたは信じているだろうか？　それとも、祈るという行為はキリスト教徒としての単なる惰性に堕ちてしまっているのだろうか？　あなたがたは諸外国の異教徒たちのために祈る。ならば、アメリカ国内の異教徒たちのためにも祈ってほしい。困難な境遇に置かれているキリストの信者たち、信仰の行方はもっぱら奴隷売買の結果として流れ着く先の境遇にかかっているといった立場に置かれている人たちのために、祈ってほしい。彼らがキリスト教の信仰を守れるかどうかは、多くの場合、天から殉教者の勇気と美徳でも与えられないかぎり、不可能に等しい。

それ以外にも、まだできることがある。われわれ自由州の州境には、家族と引き裂かれて打ちひしがれた哀れな男女が、奇蹟に近い神の恩寵によって、奴隷制度の大波から逃れ、流れ着いている。知識もろくになく、多くの場合、キリスト教や道徳律をことごとく踏みにじり混乱させる制度のせいで、道徳意識も薄弱である。彼らは、あなたがたに助けを求めてやってくる。教育や知識やキリスト教信仰を求めてやってくる。

キリスト教徒たちよ、あなたがたはこれらの哀れむべき不幸な人々に対して、どのような義務を負っているだろうか。アメリカのキリスト教徒一人ひとりが、アフリカ人種に対して、アメリカという国家が為した不正を償う義務を負っているのではなかろうか。教会や学校の扉を、アフリカ人種に対して閉ざしてしまうのか？　州をあげて彼らを追い出そうとするのか？　彼らをあざける声を、キリストの教会は黙って聞き流すのか？　救いを求めて伸べられた彼らの手を、受け止めようとしないのか？　沈黙によって、彼らを州境から追い返すという残酷な行為を援護するのか？　そうであるとするならば、こんなに嘆かわしい光景はない。そうであるとするならば、この国は恐れおののきつつ待つがよい――国家の命運は、憐れみ深く優しい思いやりを持つ神の御手(みて)に握られているのだ。

「この国に彼らは必要ない。アフリカへ追いやってしまえ」と言う人もいるかもしれない。

神の思(おぼ)し召(め)しによってアフリカに避難先ができたのは、たしかにすばらしいことであるし、注目すべきことではある。しかし、だからといって、キリストの教会が本来の役割であるはずの見捨てられた人々に対する責任を放棄してよいという理由にはならない。

知識も経験も乏しく野蛮に近い人々を、奴隷制度の鉄鎖から解放されたばかりの状態でリベリアに大量に送りこむことは、新しい事業の始まりについてまわる苦闘と紛争の期間をいたずらに長びかせるだけだ。北部の教会は、キリスト教精神にもとづいて、こうした気の毒な人々を受け入れるべきである。キリスト教を奉じる共和国の社会制度と教育制度を活用して彼らを教育し、道徳や知性の面で成熟させたのちに彼らをアフリカへ送り出してやれば、アメリカで身につけた知識を実際に活かすことができるだろう。

北部には、比較的小規模ではあるけれども、そうした努力を実践している団体がある。その結果、それまで奴隷の身分だった人たちが急速に資産をたくわえ、名声を獲得し、教育を身につけた例が見受けられる。奴隷たちが置かれてきた状況を考えれば、これほどの才能が開花しつつあることは、まことに注目すべき事実である。清廉潔白さや親切心や優しさといった道徳観念においても、また、いまだ奴隷の身にある同胞を買い戻すための英雄的な努力や献身に関しても、彼らが生まれてからどんな境遇に置かれてきたかを考えると、瞠目すべきものがある。

著者は、長年にわたって奴隷州と境を接する地域で生活し、以前に奴隷だった人々の姿を見る経験を非常に多く重ねてきた。その黒人たちは、著者の家庭で使用人として働いていたこともある。黒人を受け入れてくれる学校がなかったので、多くの場合、著者は自分の子供たちと一緒に黒人の子供たちにも家庭学習の機会を与えた。カナダで逃亡奴隷を受け入れている宣教師たちからも、著者の経験と同様の証言を得ている。黒人の能力は極めて高いと、著者は考えている。

解放された奴隷が最初に望むのは、通常、教育の機会である。彼らは子供たちに教育を受けさせるためならばどんな犠牲でも払うほど子供たちへの教育を熱望し、著者自身が見てきたところでも、また教師たちの証言を聞いても、黒人は非常に知的で理解が早い。シンシナチの篤志家たちが設立した黒人の学校においても、このことを十分に裏付ける結果が出ている。

シンシナチ在住の解放奴隷たちに関して、当時オハイオ州のレイン神学校[5]で教えていたC・E・ストウ教授[6]の資料を典拠として、次のような事実を紹介しておきたい。特段の援助や奨励なくしても、黒人たちはこれだけの能力を示したのである。

個人の名は、イニシャルだけで紹介する。全員がシンシナチ在住である。

B氏。家具職人。二〇年前からシンシナチに居住。資産一万ドル、すべて自分で稼いだものである。バプテスト教会信者。

C氏。百パーセント黒人。アフリカから拉致され、ニューオーリンズで売られた。一五年前に自由の身となる。奴隷から解放されるために自分で六〇〇ドルを支払った。農民。インディアナ州で数カ所の農場を所有。長老派教会信者。資産はおそらく一万五〇〇〇ドルから二万ドルくらい、すべて自力で稼いだ。

K氏。百パーセント黒人。不動産業。資産三万ドル。四〇歳前後。自由の身になって六年。家族を買い取るために一八〇〇ドル支払った。バプテスト教会信者。主人から遺産を相続し、それを堅実に運用して増やした。

G氏。百パーセント黒人。石炭商。三〇歳前後。資産一万八〇〇〇ドル。奴隷から解放されるために二度にわたって金を支払った。一度目は、一六〇〇ドルをだまし取られた。資産はすべて自力で築いたもの。大半は奴隷の身分だった時代に稼いだ金で、主人から時間を賃借して自分の商売に励んだ。立派な紳士的人物。

5　ハリエット・ビーチャー・ストウの父ライマン・ビーチャー（一七七五年〜一八六三年）が校長をつとめ、ハリエットの夫もこの学校で教鞭を執っていた。

6　著者の夫で牧師・教育者のカルヴィン・エリス・ストウ（一八〇二年〜一八八六年）。

W氏。四分の三黒人。床屋、ウエイター。ケンタッキー出身。一九年前に自由の身となった。自分と家族の自由を買うために三〇〇〇ドル以上支払った。資産二万ドル、すべて自力で稼いだ。バプテスト教会執事。

G・D氏。四分の三黒人。水しっくい塗装工。ケンタッキー出身。自由の身になって九年。自分と家族の自由を買うために一五〇〇ドル支払った。最近逝去。享年六〇。資産六〇〇〇ドル。

ストウ教授は、「G氏をのぞいて、あとの全員とは数年にわたって個人的に知り合いであり、自分の知っている情報を記したものである」と述べている。

著者は、著者の父親の家庭で洗濯女として雇われていた年配の黒人女性をよくおぼえている。この女性の娘は奴隷の男性と結婚した。この娘はとても働き者の有能な女性で、勤勉と節約によって、また、たぐいまれなる献身的努力によって、夫の自由を買うために働いて九〇〇ドルものお金を工面し、金額がまとまるたびに夫の所有者に支払いつづけた。代金をあと一〇〇ドル支払えば夫の自由を買い取れるところまで来たとき、夫は死んでしまった。しかし、それまでに払いこんだ金はいっさい戻ってこなかった。

これらは、ほんの数例にすぎない。ほかにも、自由の身になった奴隷たちが自己を犠牲にして精力的に忍耐強く正直に努力を重ねた例は、数えきれないほどある。

そして、こうした人々が幾多の逆境や妨害に耐えて財産や社会的地位を獲得したことも、忘れてはならない。オハイオ州の法律では、有色人種は選挙権を与えられていないし、[7]数年前までは白人に対する訴訟において法廷で証言する権利さえ認められていなかった。このような状況は、オハイオ州にかぎったことではない。にもかかわらず、北部の諸州ではどこでも、奴隷制度のくびきから解放されたばかりの人々がおおいなる賞賛に値する独学の成果を発揮して社会で尊敬される地位に登りつめた例が無数に散見される。牧師ではペニントン、[8]編集者ではダグラス[9]やウォード[10]などがよく知

7　合衆国憲法修正第一五条によってすべての男性に選挙権が与えられたのは、一八七〇年。

8　J・W・C・ペニントン（一八〇七年～一八七〇年）。メリーランド州で奴隷として生まれたが、コネチカット州ハートフォードで牧師となった。強硬な植民地主義反対論者。著書に *The Fugitive Blacksmith*（一八四九年刊）。

9　フレデリック・ダグラス（一八一七年?～一八九五年）。同世代で最も有名な黒人奴隷解放論者。メリーランド州の奴隷だったが、ニューイングランド地方に逃れた。奴隷制廃止を主張する週刊紙『ノース・スター』を創刊。著書に『アメリカの奴隷制を生きる　フレデリック・ダグラス自伝』（一八四五年）〔邦訳は樋口映美監修、彩流社、二〇一六年〕。

られた例である。

この迫害された人種は、厳しい逆境や妨害にもかかわらず、これだけのことをなしえたのである。キリストの教会が主の御旨にしたがって彼らを援助したならば、どれほど多くのことを達成できるだろう！

いまの時代、世界の国々は揺れ動き、騒然としている。海外では大きな時代の波が押し寄せ、地震のように世界を揺り動かそうとしている。[11] アメリカは安泰であろうか？　重大な不正を改めぬまま内包している国家は、こうした動乱の要素を擁していることを自覚しなければならない。

この強大な時代の波、世界じゅうのあらゆる国において、またあらゆる言語において、人間の自由と平等を求める言葉にならぬ怨嗟の声をかきたてているこの強大な時代の波は、いったい何をもたらすのだろう？

キリストの教会よ、時代の兆を読みたまえ！　いま目のあたりにしている時代の潮流は、主の御旨ではないのか？　やがて御国を来たらせ、御心を天になるごとく地にもなさせたもうという主の御旨ではないのか？

主の再臨される日を、誰が見ることになるだろうか？　「その日が来る／かまどのように燃える日が。[12]」「裁きのために私はあなたがたに近づき／……雇い人の報酬をかすめ／寡婦、孤児、寄留者を虐げる者を／速やかに告発する。[13]」「王が……虐げる者を砕きますように。[14]」

　これらの恐ろしい言葉は、巨大な不正を内包している国家に対する警告ではないのか？　キリスト教徒たちよ！　御国を来たらせたまえと祈るたびに、この恐ろしい預言が「救済の年」こそ「報復の日」であると言っていることを、考えずにいられるのだろうか？

　神の恩寵はまだ失われたわけではない。北部も南部も、神の前では同じように罪深い。そして、キリストの教会には、重い責任がある。われわれが救われる道は、南部と北部が結託して不正や残虐行為を擁護し大罪を積み重ねることではない。悔悛と正

10　サミュエル・リンゴルド・ウォード（一八一七年〜一八六六年？）。奴隷制廃止論者、雄弁家、ジャーナリスト。一八二〇年に両親とともに北部へ逃れた。自伝 *Autobiography of a Fugitive Negro* は一八五五年刊。
11　一八四八年にヨーロッパ各地で革命が起こったことをさしている。
12　旧約聖書「マラキ書」第三章第一九節。
13　旧約聖書「マラキ書」第三章第五節。
14　旧約聖書「詩編」第七二編第四節より。

義と慈悲こそが必要なのである。罪人が大きな石臼を首にかけられ深い海に沈められるという永遠の掟[15]よりも、なお厳然たる掟が存在する。それは、不正と残虐をなす国家には全能の神が怒りの鉄槌を下すという掟である！

15 新約聖書「マタイによる福音書」第一八章第六節に言及している。

解説

石原　剛
（東京大学教授）

アメリカ初のミリオンセラー

アメリカ初のミリオンセラー小説にして最大の奴隷制告発の書、『アンクル・トムの小屋』。本書が辿ったその運命は実にドラマチックだ。当初は週刊新聞への短期間の連載を計画していたにもかかわらず、読者から寄せられる反響の大きさに後押しされ、連載は四十回を数えた。一八五二年三月、連載終了とほぼ同時に本として出版されるやいなや注文が殺到。当初準備した五千部は早々に売り切れ、気がつけば出版後わずか一年で三十万部を記録するアメリカ最大のベストセラーになっていた。当時のアメリカで、聖書に次いで読まれた本が『アンクル・トムの小屋』であったという。

過熱する人気は文学という枠組みだけでは回収し切れず、同作に種を採った「アンクル・トム劇」という一大演劇ジャンルまで登場。お世辞にも原作に忠実とはいえなかったが、様々な劇場版『アンクル・トムの小屋』がアメリカ各地で演じられ人気を博した。また、「アンクル・トム・ソング」なる歌も複数登場し、登場人物の絵をあしらったカードゲームやパズルまで販売されたという。

では、この世紀の一書を書き上げたハリエット・ビーチャー・ストウという作家は一体何者なのだろうか。まずは彼女の人生を覗いてみよう。

ビーチャー家の人々

ハリエット・ビーチャー・ストウは、一八一一年六月十四日、アメリカ北東部に位置するコネチカット州リッチフィールドに、著名な神学者の父ライマン・ビーチャーと、フランス語も堪能で英仏の文学に通じた教養人の母ロクサーナとの間に六番目の子どもとして生まれた。一八〇四年に勃発した、アメリカの初代財務長官アレクサンダー・ハミルトンと彼の政敵アーロン・バーとの決闘は有名だが、父、ライマンは、ハミルトンの命を奪ったこの世紀の決闘の直後、決闘という悪弊を厳しく糾弾し、名を馳せた牧師であった。人間の原罪を強く意識したカルヴァン派の神学者でもあるこの著名な父の影響の下、キリスト教信仰はビーチャー家の人間に深く浸透していった。

母、ロクサーナはハリエットがわずか五歳の折に病死。その後は年長の姉たちがハリエットにとっては事実上の母親代わりとなる。幼い頃から優れた知力を発揮したハリエットは、原則、十二歳以上にならないと入学が許可されない学校になんと六歳で入学。入学後は、大人顔負けの作文を書いて周囲を驚かせた。十三歳になると、姉のキャサリンが同じコネチカット州のハートフォードに開校した女子神学校に入学。数学や古典を学ぶ傍ら、教師としても姉の学校を手伝った。

それにしても、ビーチャー家の子どもたちのその後の活躍は驚異的だ。『アンクル・トムの小屋』で名を馳せたハリエットを筆頭に、アメリカの女子教育を開拓した長姉キャサリン、十九世紀半ばのアメリカで最も有名な説教師となる弟のヘンリー・ウォード・ビーチャー、婦人参政権の活動家として活躍する異母妹イザベラ・ビーチャー・フーカーなど、それぞれがアメリカの歴史に名を残す活躍をしている。

中西部への移住と結婚

その後、父ライマンは中西部オハイオ州シンシナチに開校されたばかりのレーン神学校の学長として招かれ、一八三二年、家族を伴って同地に移住する。ハリエットは、現地に開校された姉の女子神学校で教える傍ら、雑誌に文章を発表し始める。また、一八三三年には、最初の本となる子ども向けの読みやすい地理の教科書も執筆している。さらに地元の創作クラブにも招かれ文才を発揮。コンテストで最優秀作品賞を獲得し賞金まで手にしている。

一八三六年、二十四歳の折、同文芸クラブのメンバーで、レーン神学校で教鞭をとっていた聖書学者のカルヴィン・ストウと結婚。経済的には決して楽とはいえない結婚生活ではあったが、知性溢れる聖職者で、同じアメリカ北東部出身のカルヴィンとの夫婦仲は良く、結婚と同年一八三六年には双子の娘ハリエットとイライザを授かっている。続いて長男ヘンリー、次男フレデリック、三女ジョルジアーナ、三男サミュエル、四男チャールズと次々と子宝に恵まれている。ただし一八四九年、三男サミュエルをわずか一歳半の幼さで失ったことは、ハリエットにとって大きな痛手であった。その悲しみは、家族が引き離される苦しみを描いた『アンクル・トムの小屋』執筆の原動力となったともいわれている。

一八五〇年、カルヴィンが母校のボードウィン大学に職を得たため、ハリエットは家族とともにアメリカ北東部メイン州ブランズウィックに移る。『アンクル・トムの小屋』では、カナダを目指す逃亡奴隷の家族の逃避行の物語が展開するが、実際にブランズウィックの家では、カナダを目指す逃亡奴隷をかくまったこともあった。ちょうどその頃、自由州に逃れてきた逃亡奴隷を援助した者にも厳しい罰則を科す逃亡奴隷法が成立。危機感を覚えたハリエットは奴隷制の実態を伝えることの必要性を強く感じ、世紀の小説の執筆を決意する。

世紀の小説、誕生

『アンクル・トムの小屋』の未曽有の成功は既に述べたが、同作は激しい攻撃にも晒された。奴隷州の南部アラバマ州のある町では、『アンクル・トムの小屋』を店に置いていた本屋が町から追い出され、ヴァージニア大学では、学生たちが本を公の場で焼却するといった事件まで勃発している。主に南部の奴隷制擁護派からの批判は、同作で描かれているような残酷な奴隷制は実際には存在しないというものであった。

連載中からあったこういった批判に対し、ハリエットは『アンクル・トムの小屋』の最終章できっぱりと述べている。「ほぼすべてが実在の事例であり、多くは著者の目の前で実際に起こったできごと、あるいは著者の親しい人々が実際に目撃したできごとである」（下巻五二七頁）。さらに出版の翌年、一八五三年には「物語が依拠した事実や証拠資料」との副題がつけられた反論の書 *A Key to Uncle Tom's Cabin* をハリエットは著し、同書の内容が事実に基づいたものであることを示すのである。

それでも同作への批判は止まず、『アンクル・トムの小屋』出版後約十年の間に、主に南部出身者の手によって三十編近くの「反アンクル・トム小説」なるものが書かれている。それらの小説の多くは、奴隷制を神が認めた制度であることを主張し、親切な奴隷主の下で幸せな生活を送る奴隷たちの姿を描いたものであった。

そういった主に南部を中心にした国内からの批判とは対照的に、海外での『アンクル・トムの小屋』に対する評価は高かった。イギリスのトーマス・マコーレー、フランスのジョルジュ・サンド、ドイツのハイネ、ロシアのトルストイといった各国を代表する作家や歴史家がこぞって同作に高い評価を与えている。著名なアメリカの哲学者エマソンは『アンクル・トムの小屋』は「地球を一周した」と述べたが、わずか八年間で同作は二十二カ国語に訳されている。ただし、当時は、国際版権の制度が確立しておらず、海外での売り上げが印税となって著者の利益となることはあまり期待できなかった。そこで、その埋め合わせも兼ね、出版の翌年、ハリエットはイギリスでの講演旅行を実施、大成功を収めている。

神話化されたリンカーンとの出会い

このように、アメリカ国内のみならず国際的な成功も収めた『アンクル・トムの小屋』だが、何より注目すべきは、アメリカの歴史を動かす一助として同作が果たした役割である。『アンクル・トムの小屋』が単行本として出版されてからちょうど十年後、南北戦争の最中リンカーン大統領は奴隷解放宣言を行う。その直後、大統領官邸に招かれたハリエットを目の前にして、リンカーンは次のように述べたという。

では、この小さなご婦人が、この大戦争を引き起こした本を書いたのですね。

あまりにも有名なこの言葉、リンカーンが本当に口にしたかは分からない。確かに一八六二年秋にハリエットがワシントンを訪れたことは確かだが、そこで大統領に会ったかどうかも定かではない。しかも、右の言葉は、大分後になって伝記などで家族たちが伝えた言葉であり、リンカーン側や第三者の記録としては残っていない。要するに全体がかなり眉唾物のエピソードなのだ。

とはいえ、雲を衝くような長身の偉大な大統領が、一人の小柄な女性を見下ろしながら、彼女の果たした役割に驚きの言葉を発する光景はなかなか魅力的だ。一介の無名の女性作家が、ペンの力を通してアメリカの歴史を大きく動かしていく姿に、アメリカの民主主義の理想をみた者も多かったろう。

もしリンカーンが南北戦争に敗北していれば、この神話化された言葉がその後も生き延びたとは思われない。しかし、未曽有の犠牲を出しながらもリンカーンは勝利し、アメリカ全土で奴隷は公式に解放される。非道な奴隷制に対するアメリカ民主主義の勝利。これも多分に理想化されたイメージではあるが、奴隷制を告発するアメリカ最大の物語『アンクル・トムの小屋』を紡ぎ上げたハリエットは、リンカーンとともに自由と平等を標榜するアメリカの神話に組み込まれ、その後も長く記憶されることとなる。

ハリエットの創作活動

『アンクル・トムの小屋』が本として出版された一八五二年、夫カルヴィンがアメリカ北東部のマサチューセッツ州アンドーヴァーにあるアンドーヴァー神学校に職を得たことから、ハリエットの一家は同地に移住する。因みに、同神学校はアメリカを代表する名門だ。カルヴィンは既に退職してしまっていたが、幕末にアメリカに密航し、後に同志社大学を開校する新島襄も一八七四年に同校を卒業している。

『アンクル・トムの小屋』の成功で著名作家となったハリエットは、続く二十五年の間に三十冊以上もの著作を世に問うている。ヨーロッパ旅行の思い出を綴った『諸外国での明るい思い出』（一八五四年）、『アンクル・トムの小屋』に続く二作目の反奴隷制小説『ドレッド』（一八五六年）といった作品を次々と発表。しかし、順風満帆に見えた矢先の一八五七年、長男のヘンリーを川の事故でわずか十九歳という若さで失っている。子を失う悲しみとそれに伴う信仰上の苦しみの問題は、次作となる恋愛小説『牧師の求婚』（一八五九年）の登場人物が経験する同様の苦しみを通して作品に昇華されている。

反奴隷制小説や家庭小説に加え、ハリエットの文学活動において注目すべきは、故郷であるアメリカ北東部ニューイングランドの風土や生活を活写した地方色文学の先駆的作品を著したことであろう。メイン州の漁村を舞台にした『オー島の真珠』（一八六二年）や、独立戦争後のマサチューセッツ州の古い町の人々の生き様を描いた

『オールドタウンの人々』（一八六九年）といった作品が有名だ。特に『オー島の真珠』は、ハリエットより一世代後の十九世紀後半のニューイングランド地方色文学を代表するセアラ・オーン・ジュウェットに大きな影響を与えたことでも知られている。

筆禍問題と家族の悲劇

一八六四年、健康上の問題から夫カルヴィンはアンドーヴァー神学校を退職。ハリエットら家族はコネチカット州ハートフォードに購入した邸宅に移り住む。以降、ハリエットの創作による収入が一家を支える主な収入源となる。しかし、ときは男性中心の十九世紀。『アンクル・トムの小屋』で未曽有の成功を収めたハリエットでさえ、筆一本で家族の生活を支えることはたやすいことではなかった。女性作家に対する偏見を回避すべく、当時、女性作家が男性名のペンネームを用いることは珍しいことではなかったが、ハリエットも一八六〇年代に、クリストファー・クロウフィールドという男性名を用いて著名な文壇誌に作品を発表している。

そのような中、一八六九年に文壇誌『アトランティック・マンスリー』に掲載したハリエットのある文章が彼女を窮地に陥れる。その文章とは、イギリスの詩人バイロン卿の元妻で悪妻というレッテルを貼られていたレディ・バイロンの名誉挽回を意図した記事で、死の直前に彼女から直接聞いた話に基づいて、バイロン卿の近親相姦の問題がレディ・バイロンを苦しめていたことを明らかにしていた。ハリエットの記事は、既に死去していたとはいえ、偉大な詩人に対する下品な中傷とみなされ、激しい攻撃の対象となってしまう。ハリエットは自らの主張をさらに補強したレディ・バイロン擁護本を翌七〇年に発表するも批判は収まらず、遠く離れた南東部フロリダ州ジャクソンビルに購入していた別荘に当面の間、退くこととなる。

元々、このフロリダの家は、病気がちなカルヴィンの健康を考え、北東部の厳しい冬の寒さから避難する目的で手に入れた家であった。加えて、南北戦争で負傷して以来、アルコール依存症に苦しんでいた次男フレデリックをフロリダの地で更生させる目的も有していた。しかし、その甲斐空しく、フレデリックは一八七〇年にカリフォルニアに旅立ったまま消息を絶っている。カリフォルニアに到着後、間をおかずして亡くなった可能性が高いといわれている。こうしてハリエットは、三男サミュエル、長男ヘンリー、次男フレデリックの三人の息子を失うという悲劇を経験するのである。

ハートフォードでの晩年

　ハリエットにとってハートフォードの家は、自らの努力で勝ち取った夢の邸宅であった。しかし、高い維持費が家計を圧迫していたこともあり、一八七〇年にやむなく手放すこととなる。一八七三年、同じハートフォードで、異母妹のイザベラが居を構えていたヌック・ファームと呼ばれる地に建つ比較的質素な家を購入。そこで残りの二十年あまりの人生を過ごすことになる。因みに、このヌック・ファームは、文人村ともいえるコミュニティで、十九世紀に活躍したアメリカの著名な文人たちが多く住む場所でもあった。その代表が、十九世紀アメリカ最大の文豪マーク・トウェインで、ハリエット一家が引っ越した翌年、隣の敷地に建てた大邸宅に移り住んでいる。

　しかし、アメリカ随一の著名な説教師となっていた弟ヘンリーの姦通疑惑が持ち上がっていたこともあり、新居に落ち着く間もなく、世間から身を隠すようにしてハリエットたちは再びフロリダの別荘にしばらく居を移している。

　このように身辺も落ち着かない中、一八七〇年代後半以降は長編小説を完成させることはなく、筆力の衰えは如何ともしがたかった。それでもハリエットは、ハートフォードの美術館や芸術学校を献身的に支援するなど、地元の文化教育に力を尽くしている。しかし、認知症を発症したこともあり、次第に作家活動もままならなくなる。特に、夫カルヴィンが一八八六年に他界した後は自身の健康状態も次第に悪化。一八九六年、身辺の世話をしていた双子の娘と異母妹のイザベラが見守る中、ハートフォードの自宅で八十五年にわたる生涯を閉じるのである。

目的を語る作者

ここからは、ハリエット・ビーチャー・ストウの代表作『アンクル・トムの小屋』の特徴について、当時のアメリカの文化や歴史、文学の状況に目を配りつつ考えてみたい。主に作品内容に関する話になるので、ここからは著者をハリエットではなく、ストウと呼ぶことにする。

政治運動や社会運動を促すパンフレットの類いならいざ知らず、ふつう小説というジャンルでは、著者自ら作品の目的を読者に明示することは少ない。あえて著者は物語のみを語ることで、多様な解釈へと作品を開いておくことが一般的だ。言ってしまえば、著者自ら作品の種明かしをするなど、野暮以外のなにものでもない。

しかし、ようやく自前の小説が出始めたばかりの十八世紀末から十九世紀前半頃のアメリカでは、小説それ自体に芸術的価値を認めるというより、社会の改善や道徳的向上といった何らかの効能を小説に求める向きが強かった。当時アメリカで流行った、若い女性たちの婚外の性関係を戒める誘惑小説や、飲酒の害を説く禁酒小説などがそのよい例であろう。

反奴隷制小説の『アンクル・トムの小屋』も、基本的には奴隷制という非人道的制度を道徳的観点から告発する道徳小説の延長線上にある作品といえる。結果、今日の小説とは異なり、著者ストウは小説の冒頭から、読者に向かって堂々と作品の目的を次のように宣言する。

本書の目的は、わたしたちの社会で現に生きているアフリカ人種に対する共感や思いやりを呼びさますこと、そして、アフリカ人種のために善を為そうとする良き友人たちの努力をことごとく踏みにじる残酷で不正きわまりない奴隷制度のもとでアフリカ人種が被ってきた不当な扱いや悲しみを読者の眼前に示すこと、である。(上巻一〇頁)。

つまり、ストウにとって『アンクル・トムの小屋』という小説の価値は、奴隷制の非道さを理解してもらえるよう読者をどれだけ感化できるか、という一点にかかっていた。アメリカの読者の「共感」を呼びさますという明確な目的を達成するために、ストウは三つの手段で奴隷制度の非道を明らかにする。

自由を与えよ、然らずんば死を！

一つ目の手法は、奴隷の解放をアメリカ独立の文脈から語り直すこと。その役割を担わされる人物が、妻イライザとともにカナダを目指して逃亡する奴隷のジョージである。主人より貸し出されて働いていた工場で発明の才を発揮し、周囲からも高く評価され、仕事にやりがいを感じていたジョージ。にもかかわらず、主人の一存で工場を辞めさせられ、農場での力仕事に強制的に従事させられる。

このような扱いに対して、自由を求めて逃亡し、勇気をもって追手と戦うジョージの行動は、アメリカ独立革命の物語と見事に符合する。逃亡計画を妻のイライザに伝えた際、ジョージは「自由か、死か、どちらかだ！」と叫ぶ（上巻五五頁）。実はこの言葉、アメリカ独立の指導者であったパトリック・ヘンリーが、イギリスの支配に異議を唱えた演説での有名な結び「自由を与えよ、然らずんば死を！」（Give me liberty, or give me death!）を、ほぼそのままなぞったものである。その後、同様の言葉がフランス革命のモットーになったことからも分かるように、圧制からの独立を鼓舞する象徴的な言葉として人々に広く共有されていた。

加えて第17章で、迫る追手を目の前に決してひるむことなく「自由のために命を賭して戦う」と述べ、岩の上で堂々と「自らの独立を宣言」し、敵を弾丸で打ち倒す「戦う奴隷」ジョージの姿は、まさに独立革命の闘士そのものだ。よく指摘されることではあるが、彼の名が、アメリカ独立革命の最大の指導者にして初代大統領のジョージ・ワシントンと同名であることは、あながち偶然とは言い切れまい。

黒いキリスト

二つ目の手法として挙げられるのは、キリスト教の信仰を基盤にして奴隷制度の悪を告発していることだ。確かに奴隷制を擁護する教会や牧師の存在にも目配りはしている。しかし、物語全体としては、奴隷商人や逃亡奴隷の追跡者、残酷な奴隷主人たちは、ことごとく信仰を失っているか薄っぺらな信仰心しか持ち合わせていない人物たちで、逆に奴隷制度にあらがうのはその多くが敬虔で慈悲深いキリスト教徒である。その最大の象徴が「エヴァンジェリン」、つまりキリストによる救い「エヴァンジェル（福音）」を思わせる名を付けられた慈愛に満ちた少女、エヴァである。虐げられる奴隷たちのために自分の命を捧げることもいとわないと述べた上で命を落とすエヴァは、人間の罪をあがなって死を迎えるキリストをも想起させる。

既に確認したとおり、著名な神学者の父をもち、姉が開校した女子神学校にも生徒および教師として深く関わり、夫も聖書学の学者であったストウにとって、聖書は彼女の血肉ともいえる書物であった。本書にみられる膨大な数の聖書からの引用をみても明らかなように、『アンクル・トムの小屋』は、聖書という確固たる基盤の上に築かれた物語であった。実際、重要な登場人物たちの行動には、まるで聖書の物語を再現するかのような仕掛けが施されている。

例えば、敬虔なキリスト教徒の奴隷イライザ。彼女の逃避行は、明らかに旧約聖書の物語を意識したものだ。奴隷に貶められたエジプトから逃れて「約束の地」カナンを目指すイスラエルの民の物語『出エジプト記』をなぞるかのように、イライザは南部という「奴隷の地」から逃れて、カナンならぬ「自由の地」カナダを目指す。中でも最大のクライマックスは、追手の魔の手がいまにも迫る中、オハイオ川を目の前にして、決死の祈りとともに、飛び石状になった浮氷伝いに対岸までたどり着く第7章の奇跡のシーンだ。この場面は、明らかに『出エジプト記』の最大の山場「葦の海の奇跡」を思い起こさせる。追手のエジプト軍が背後に迫る中、預言者モーセの祈りに応えて二つに裂けた海を無事に渡り切るイスラエルの民の姿は、オハイオ川を渡り切るイライザの姿と見事なまでに符合する。

そして、奴隷アンクル・トムに至っては、ある批評家が「黒いキリスト」と評したように、人間の罪を一身に背負って磔刑に処されるキリストのイメージそのものだ。聖書と信仰を拠り所に、残虐な奴隷主リグリーの苛烈な暴力を耐え忍んだ上、処刑に近い暴行を受けて最期を迎えるトムの運命は、奴隷制という人間の罪をあがなって死ぬ救世主のようだ。聖書の寓話としても読める『アンクル・トムの小屋』が、福音主義の浸透したキリスト教国アメリカで多くの人の心をとらえたことは、何ら不思議なことではない。

聖なる家庭と女性たち

そして三つ目の手法として指摘できるのが、主に女性の登場人物たちが中心となって、「聖なる家庭」という視点から奴隷制度の残酷さを眼前に示していくことである。子どもを売り払われた悲しみに耐えきれず、自らの命を絶つ名も無き奴隷の母の姿。子どもを守るために決死の逃避行を続けるイライザ。所有する奴隷の家族が売り払われて離散しないよう夫に強く訴えかけるシェルビー夫人。南部に売られた夫トムを買い戻すために、別の町に働きに出るアント・クロウィの夫婦愛。そして何よりも、全ての奴隷に対して家族のごとき深い愛情を注ぐ少女エヴァ。同作には、他者への共感と家族愛に満ちあふれた女性たちの心の声が、無慈悲な奴隷制とぶつかり合う場面が幾度となく登場する。

特に印象深いのが第9章だ。逃亡奴隷を助けることを禁じる法律を守ろうとする政治家の夫に対し、愛情深いバード夫人は、普段の控えめさを打ち破って、そのような無慈悲な法律など守る必要はないと決然と言い放つ。そして、実際に助けを求めてきたイライザを目の前にして、バード夫人の感情に根ざした言葉の方が、法律を守るという夫の理性の言葉よりもはるかに正しいことが証明される。その際言及されるのが、当時多くの母親が経験していた子を失う悲しみだ。ストウは読者に次のように呼びかける。「おお、これを読んでおられる世の母親の皆さん！　あなたがたのお宅にも、開けてみることさえつらい思い出の詰まった引き出しがないだろうか？」（上巻二一四頁）。イライザとその息子のハリーが一緒に逃げられるようにと、バード夫人は引き出しに閉まっておいた今は亡き我が子の形見の衣服を与えて、イライザ親子の逃亡を助けるのである。

既に様々な歴史家が指摘しているように、十九世紀のアメリカで多くの女性に期待されたのは、聖化された家庭を道徳面から守るという役割であった。『アンクル・トムの小屋』でも再三描かれているように、主人の都合によって奴隷の家族はバラバラに売り払われ、リグリーの慰み者になっているキャシーのように、奴隷の女性たちは奴隷主人の性的搾取の犠牲となることが多かった。奴隷制は、家庭を根底から破壊する制度に他ならなかったのである。ストウは、女性たちの感情豊かな言葉を通してその点を突き、聖なる家庭を守るためには奴隷制度は許すべからざる制度であることを、説得力をもって読者に示してみせたのである。

黒人側からの批判

しかし、『アンクル・トムの小屋』に対する批判も様々な方面からなされた。本書が、主に南部の奴隷制擁護派からの激しい攻撃に晒されたことは既に述べた。同時に、奴隷制反対派に属する一部の人々からも批判が寄せられた。特に、自由を獲得したジョージ一家がアフリカ移住を決断する展開は、反奴隷制の立場を取りながらも解放奴隷のアフリカ植民に反対する反植民地派の人々をも憤慨させた。

実際にアメリカはアフリカ西岸に植民地（のちのリベリア）を建設し、アメリカ植民地協会の支援の下、一八一七年から一八四二年にかけて四千五百名程の入植者を同地に送り込んでいた。しかし、アメリカが抱える奴隷全体の規模からすれば極僅かな数に過ぎず、充分な資金も集まらない中、計画は頓挫。入植者たちも多くがマラリアなどの病気で命を落としている。つまりこのアフリカ植民計画とは、解放された黒人とアメリカで共存する道を避け、アフリカへと彼らを厄介払いする政策に他ならなかった。

ジョージ一家のアフリカ移住という展開は、この身勝手なアフリカ植民計画を正当化する内容と受け取られたのである。反奴隷制運動の中心的存在であった元奴隷のフレデリック・ダグラスも、この筋書きを厳しく批判している。当のストウも出版後にこの展開のまずさを意識していたようで、このような筋書きにしたことを後悔する旨の手紙をダグラスに書き送っている。

また、もう一つの代表的な批判は、主人の非道な暴力に晒されながら、抵抗せずに甘受し続けるアンクル・トムの姿に対して向けられたものであった。トムの徹底した非暴力の姿勢が黒人への侮辱ととらえられたのである。ご存じの方も多いと思うが、「アンクル・トム」という言葉は、今日の英語ではいわばタブー語に近い。なぜなら、トムの非暴力の姿勢が白人に対する無抵抗の服従と受け取られたことから、この言葉が「白人に屈従する黒人」という意味をもつようになったからだ。

確かに『アンクル・トムの小屋』においては、追手を弾丸で撃ち倒すジョージに象徴されるように、勇気を持って逃亡したり抵抗したりする奴隷の多くは、白人の血が優勢な混血の奴隷たちである。一方、多くの「黒人」の奴隷たちは、正面切って白人に抵抗することはしない。例えば、イライザの逃亡を助けたシェルビー家のひときわ肌の黒い奴隷ブラック・サムにしても、面従腹背の巧妙なやり方で奴隷商人の白人の追跡を遅らせるといった体の抵抗で、正面切っての反抗ではない。唯一の例外は、教育役のオフィーリアを困らせる奴隷の少女トプシーぐらいであろうか。

しかし、アンクル・トムの非暴力の姿勢については、深い信仰に支えられた強力な抵抗の形と解釈することも充分可能であろう。残虐な主人リグリーは肉体としてのトムを破壊することはできても、彼の信仰を打ち砕いて精神を支配することには失敗している。つまり、究極の勝者は自らの信仰のために殉教したトムであり、無抵抗の服従とはまったく逆の姿勢を彼が貫いたことは明らかである。アンクル・トムに卑屈な意味しかみないとしたら、信仰の問題を度外視したあまりにも偏った理解といわざるを得まい。

ゆるぎなき名作として

未曽有の成功にもかかわらず、『アンクル・トムの小屋』は長い間アメリカ文学史の中で主要な地位を与えられてこなかった。多くの読者を獲得しながら、文学史的には不遇を託った同時代作品は『アンクル・トムの小屋』だけではない。実際、同作が出版された一八五〇年代は「女性たちの五〇年代」と後に呼ばれるほど女性作家たちがアメリカで活躍し家庭小説を中心に多くの読者を獲得した時代であった。にもかかわらず、彼女たちの作品は、長い間、浅薄な感傷小説として軽視され続けた。

しかし、一九八〇年代にジェーン・トムキンズというアメリカの有力な文学研究者が、『アンクル・トムの小屋』を積極的に評価したことで風向きががらりと変わる。トムキンズは、同作で描かれるような、女性たちが中心的役割を果たす家庭における深い信仰と母性に根ざした世界観にこそ、個々人の心情の変化をもたらす「感傷の力」が宿っていることに注目する。そして、そういった力が奴隷制のような国家的制度を根底から変える力にも成り得ることを示した作品として、『アンクル・トムの小屋』を高く評価するのである。トムキンズの再評価から既に相当な年月が経過しているが、このストウの代表作を批判する声は近年ではほとんど聞かれない。今日、『アンクル・トムの小屋』はアメリカ文学の揺るぎない古典の地位を獲得し、主要なアメリカ文学選集にも収録され、必読書として多くの教室で読まれ続けている。

「情」の力の物語

では、より広く今の時代に『アンクル・トムの小屋』を読む意味とは一体何だろうか。つきつめればそれは、「情」の伴った「知」の力ということだろうか。既に触れたように、ストウは「物語が依拠した事実や証拠資料」という副題を付けた『アンクル・トムの小屋』の手引き書を書くほど、奴隷制の実態に関する知識の獲得に余念がなかった。しかし、その「知」は乾いた知識として終わるのではなく、虐げられた奴隷たちへの深い共感という温かい「情」をもって『アンクル・トムの小屋』という小説に昇華された。本書を読めば明らかだが、著者ストウは、苦悩する人々のために本気で祈り、悲しみ、そして時に涙するほどの思いを寄せている。そして、そういった「情」の力がなければ、奴隷制のような社会に深く根を張った大問題の解決のために他の人の心を動かすことなど到底できなかったに違いない。

先に紹介した、「では、この小さなご婦人が、この大戦争を引き起こした本を書いたのですね」というリンカーンの言葉が、その真偽にかかわらず今も語り継がれているのは、一冊の本によってもたらされる共感の波が社会を動かし得ることへの期待が人々にあってのことだろう。奴隷制はアメリカからなくなったとはいえ、今なお地球上には、多くの人々を苦しめながら、社会に深く根を張って変えられない問題が山積している。そのような中、『アンクル・トムの小屋』は、時空を超えて、苦しむ人々の物語に真摯に耳を傾けることの大切さを我々に教えてくれる。

参考文献

高野フミ編『「アンクル・トムの小屋」を読む』(彩流社、二〇〇七年)

Jane Tompkins, *Sensational Designs: The Cultural Work of American Fiction, 1790-1860* (Oxford University Press, 1985)

ハリエット・ビーチャー・ストウ年譜

一八一一年

六月一四日、アメリカ北東部コネチカット州、リッチフィールドにて、著名な神学者の父ライマン・ビーチャーと教養人の母ロクサーナとの間に六番目の子どもとして生まれる。

一八一六年　五歳

母ロクサーナが死去。その後、一年近くを母方の祖母の家で暮らす。

一八二四年　一三歳

長姉キャサリンがコネチカット州ハートフォードに開校したハートフォード女子神学校に入学。数学や古典を学ぶ傍ら、教師としても学校を手伝う。

一八三二年　二一歳

父ライマンが、中西部オハイオ州シンシナチに開校されたばかりのレーン神学校の学長に就任したため、同地に移住。

一八三三年　二二歳

雑誌に文章を発表し始めると同時に、最初の本となる子ども向けの地理の教科書を執筆。この頃、地元の創作クラブに招かれて賞を受賞。

一八三六年　二五歳

参加していた創作クラブの会員で、父が学長を務めるレーン神学校で聖書学を教えていたカルヴィン・ストウと結婚。双子の娘、ハリエットとイライザを授かる。

一八四三年　三二歳
最初の短編集となる『ザ・メイフラワー』を発表。

一八四九年　三八歳
三男サミュエルをわずか一歳半で失う。

一八五〇年　三九歳
夫カルヴィンが彼の母校ボードウィン大学に職を得たため、家族とともにアメリカ北東部メイン州ブランズウィックに移る。九月一八日、自由州に逃亡した奴隷の返還を規定した逃亡奴隷法が成立。

一八五一年　四〇歳
六月五日、ワシントンの反奴隷制の立場の週刊新聞『ナショナル・エラ』で「アンクル・トムの小屋」の連載開始。好評を博し、連載は翌五二年四月一日まで続く。

一八五二年　四一歳
二巻本として『アンクル・トムの小屋』を出版。一年間で三〇万部を記録するアメリカ最大のベストセラー小説となる。夫カルヴィンが、アメリカ北東部マサチューセッツ州アンドーヴァーにある神学校に職を得たため、家族とともに同地に移住。

一八五七年　四六歳
一九歳になっていた長男ヘンリーを川の事故で亡くす。その経験は二年後に出版された『牧師の求婚』に生かされる。

一八六二年　五一歳
ニューイングランド地方色文学の先駆的作品『オー島の真珠』を発表。九月二二日、リンカーン大統領が奴隷解放宣言（第一部）を発布。同年秋、ハリエットは家族を伴ってワシントンに滞在。リンカーン大統領に会ったとされる。

一八六四年　五三歳
夫カルヴィンがアンドーヴァー神学校を退職。コネチカット州ハートフォードに購入した邸宅に引っ越す。この頃、男性名の筆名を使って文壇誌に作品を発表。

一八六九年　五八歳
九月、イギリスの詩人バイロン卿の元妻を擁護し、詩人の近親相姦の問題を暴露した記事を『アトランティック・マンスリー』誌に発表。ふしだらな記事として厳しい批判を受ける。

一八七〇年　五九歳
アルコール依存症に苦しんでいた次男フレデリックがカリフォルニアに旅立ち、以後、行方不明となる。維持費のかかるハートフォードの邸宅を手放し、この頃から、フロリダの別荘に長期滞在するようになる。

一八七二年　六一歳
著名な牧師の弟、ヘンリー・ウォード・ビーチャーの姦通疑惑を巡るスキャンダルが勃発。ハリエットの一家も騒ぎの影響を受ける。

一八七三年　六二歳

ハートフォードのヌック・ファームに購入した家に引っ越す。翌年には、文豪マーク・トウェインが隣に邸宅を構える。以後、ハートフォードの美術館や芸術学校を献身的に支援。

一八七八年　六七歳

幼い頃から強い影響を受けた姉、キャサリンが脳卒中で死去。

一八八六年　七五歳

夫カルヴィンが病死。以後、健康状態が徐々に悪化。認知症も進行する。

一八九〇年　七九歳

モルヒネ依存症に陥っていた三女ジョルジアーナが病死。

一八九六年　八五歳

七月一日、双子の娘と異母妹のイザベラに看取られる中、ハートフォードの自宅にて世を去る。

訳者あとがき

『アンクル・トムの小屋』は、じつは、こんなに難解な作品なのである。子供向けの抄訳でこの作品を「読んだことがある」読者の皆さんは、原作の全訳である本書に接して、ずいぶん趣の異なる作品を読んだような印象を抱かれたかもしれない。

原作は、文章表現そのものの難解さもさることながら、奴隷制度についていろいろな側面から考察する内容が概念としてかなり複雑なのである。物語に登場するオーガスティン・サンクレア氏の懊悩のように、奴隷制度を単純に悪と決めつけるだけでは問題の解決につながらないという厄介な現実を前にして、当時のアメリカ市民は、知識人や宗教家から卑しい奴隷所有者にいたるまで、それぞれの立場でさまざまな矛盾を抱えて魂の迷路をさまよっていた。抄訳ではそうした難解な部分は大部分がカットされて、「善人で信心深い黒人奴隷トムが極悪非道な奴隷所有者の手で残虐な殺され方をしました、だから奴隷制度はまちがっています」という単純な内容だけが記憶に残りがちだが、『アンクル・トムの小屋』が伝えようとするメッセージはそれよりはるかに幅広く、奥行き深く、内容のニュアンスも複雑で、何度も繰り返すが、難解なのである。

十九世紀なかばに書かれた文章なので、構文や語彙が古いのは当然だし、表現は大仰で抽象に走りすぎるきらいがあり、文章がくどくてセンチメンタルな印象もたしかにある。しかし、この作品は、黒人を言葉の通じる家畜とみなして酷使し虐待した奴隷制度が受益者たち（奴隷所有者もキリスト教会も等しく）から支持され、法的にも合法な制度として裏付けられ、世論も奴隷制度を強硬に批判することを躊躇するような南北戦争直前のアメリカ社会の中で、勇敢にもペン一本でもって奴隷制度の非人道性を訴えようとした著者ハリエット・ビーチャー・ストウの魂が発した渾身の叫びであり、作品の持つまぎれもない力は、本書が刊行直後からアメリカ初の世界的ベストセラーとなったという事実が何よりも雄弁に物語っている。

『アンクル・トムの小屋』は、奴隷制度反対を掲げる新聞 *The National Era* に一八五一年六月から一八五二年四月にかけて連載された小説を、一八五二年三月に上下巻の体裁にまとめてボストンおよびクリーブランドの出版社から出版したものである。発売直後から世界的ベストセラーとなり、アメリカ国内では発売から一週間で一万部、一年で三〇万部を売り上げた。南北戦争直前の一八六一年までに、全米で四五〇万部が売れている。当時のアメリカの人口は三二〇〇万人、そのうち五〇〇万人くらいは字の読めない奴隷たちであり、また、南部諸州では強烈な反感を呼んでほぼ全域で禁書同然の扱いを受けたにもかかわらず、これだけの部数が読まれたのである。子供の人口を差し引くと、本を読む人間の四〜五人に一人がこの作品を読んでいたことになるという（*Uncle Tom's Cabin*, Wordsworth Classics 版の解説より）。著者のハリエット・ビーチャー・ストウと面会したリンカーン大統領が、「では、この小さなご婦人が、この大戦争［南北戦争のこと］を引き起こした本を書いたというのですね」と冗談めかして言ったと伝えられている。それほど、『アンクル・トムの小屋』は全米に賛否両論の渦を巻き起こした問題作だったのである。

この作品の内容は、本書が出版された翌年に追って出版された *A Key to Uncle Tom's Cabin* で明らかにされたような圧倒的事実の裏付けをもって書かれたもので、フィクションの形態をとってはいるが、ほぼノンフィクションに近い。

ハリエット・ビーチャー・ストウはアメリカ北部のコネチカット州リッチフィール

ドで生まれ育ち、二一歳のときオハイオ州シンシナチに移り住んだ。シンシナチはオハイオ川をはさんで奴隷州である南側のケンタッキー州と隣り合わせの都市で、逃亡奴隷の姿や逃亡奴隷の追跡劇を日常的に目にしないではいられない環境だった。『アンクル・トムの小屋』は、そうした環境で黒人奴隷たちの実態を見て世の中の矛盾や不正に黙っていられなくなったストウが自らの良心をペンに込めて世に問うた作品であり、難解な部分を削った抄訳で読めば足りるというような作品ではない。本稿では、著者の魂の叫びを現代の読み手に伝えるために、長く複雑な構文も、大仰な言葉づかいも、読みやすさに深刻な打撃を与えない範囲で訳文に活かした。ぜひ、原作の強烈な主張を生に近い形で味わってほしい。

一九世紀のアメリカ、自由平等の高邁な理念をかかげて独立してからわずか七〇余年しか経ていないアメリカで、アフリカ大陸からさらってきた黒人たちを家畜扱いする奴隷制度が実際におこなわれていたのである。現代アメリカ社会がいまだに克服することのできない人種問題の根底に横たわる圧倒的に不当で忌まわしい歴史を理解するうえでも、また、建国の理念とあきらかに矛盾する奴隷制度を法的に無理やり継続させたために後世にどれほどの禍根を残すことになったかを考えるためにも、読者の皆さんには、この作品に表された複雑な思索の跡をたどってアメリカ社会と奴隷制度の本質に近づいていただきたいと思う。

現代アメリカに、なぜ、いまだにこれほどの人種差別が根深く残っているのか。アメリカという国を理解しようとする者にとって、本書は避けて通ることのできない基礎知識であろう。

本書に数多く引用されている聖書の語句については、原則として、『聖書　聖書協会共同訳』（日本聖書協会）を使用した。古典新訳にふさわしい聖書の現代語訳として、この版が最適であろうと考えたからである。

日本語の聖書は、従来、カトリックやプロテスタントなどの各教派によって異なる翻訳や表記のものが使われていたが、近年になって教派の違いを乗り越えてすべての日本人が共通に使える聖書を翻訳しようとする試みがおこなわれ、カトリックやプロテスタントの諸教会に属する研究者たちが協力して翻訳にあたった結果、一九八七年に日本初の聖書の共同訳として『聖書　新共同訳』（日本聖書協会）が完成した。その後、さらに翻訳の完成度を高めた『聖書　聖書協会共同訳』が二〇一八年一二月に刊行された。本書で引用に使用しているのは、原則として、この最新版の『聖書　聖書協会共同訳』である。

ただし、例外的に、日常会話においても古風な英語を使っている（たとえば二人称 you の代わりに thee を使う）クエーカー教徒が引用する聖書の語句については、古い文体の聖書を用いるほうが自然であろうと考え、『舊新約聖書　文語訳』（日本聖書協会）より引用した。

聖書から引用した部分は、総ルビとした。日本語の聖書は、誰にでも読めるよう、すべての漢字にルビがふられているからである。

作品の中にたびたび登場する讃美歌や黒人霊歌については、日本語訳はほとんど見つからなかった。『アンクル・トムの小屋』が刊行されたのは一八五二年であり、日本では嘉永五年にあたるので、キリスト教は御法度の時代、作品中に採用されている讃美歌（当然ながら、原書が刊行された一八五二年よりも前に発表された古い作品ばかり）の日本語訳があろうはずもない。そのため、ほとんどの歌詞は今回の翻訳に合わせて土屋が訳詞をした。長く歌いつがれたおかげで後年になって日本語訳がつけられた数少ない聖歌については、訳注で出典を示しておいた。

作品が書かれた当時のアメリカ社会の実情や思潮に関しては、作品の内容を深く正確に理解する助けとなるよう、たくさんの訳注をつけた。訳注については、訳者が調べた内容もあるが、*Uncle Tom's Cabin*（Wordsworth Classics）、*Uncle Tom's Cabin*（Oxford World's Classics）、*Harriet Beecher Stowe*（The Library of America）の三冊の巻末注を参考にした部分も多い。右の三冊に *Uncle Tom's Cabin*（Dover Thrift Editions）を加えた四冊を、今回の翻訳の底本として使用した。

作品に登場する黒人たちや下層白人たちの会話は、それぞれの立場によってさまざまな訛りを用いて書かれている。実際にアメリカの南部英語に接したことのある訳者にとっては、登場人物の話しぶりが生き生きと浮かんでくるような描写であるが、下層白人の訛りや黒人奴隷の訛りをそっくり日本語に置き換えることはとうてい不可能である。そもそも訛りとは音韻的な標準逸脱と文法的な標準逸脱から成り立っているもので、音韻的標準逸脱の側面は翻訳において文字で表わすことはほぼ不可能と考える。そこで、文法的標準逸脱の側面をさまざまなタイプや程度に書き分けることによって、いろいろな登場人物のしゃべり方を再現することにした。

主人公アンクル・トムのしゃべり方は、原文ではなかなか複雑に工夫して書かれている。アンクル・トムは黒人奴隷といってもまるっきり無学ではなく、聖書をよく読む人間なので、標準語に近いしゃべり方もしようと思えばできる。実際、上流社会の白人とほぼ対等の立場で話すときは、アンクル・トムは標準語に近い黒人英語で話す。しかし、下層の黒人仲間と話すときや、白人の支配者に対して自分を卑下した立場でものを言うときは、わざと黒人訛りを強く出すしゃべり方をしている。そうすることによって、黒人仲間に親近感を抱いてもらったり、白人の怒りを買うことを避けようとしているのだ。アンクル・トムのしゃべり方ひとつを見ても、黒人がけっして家畜に近い愚かな存在などではなく、機転がきき状況を見て取れる人々であることがわかる。

あとひとつ、非常にテクニカルな話になるが、重要な点なので、ここに記すことをご容赦願いたい。

作品冒頭の「はじめに」の第二パラグラフは、原文では次のように書かれている。

But, another and better day is dawning; every influence of literature, of poetry and of art, in our times, is becoming more and more in unison with the great master chord of Christianity, "good will to man."

この"good will to man"という表現について、ほとんどの原書の編注には、この部分が「ルカによる福音書」第二章第一四節に言及している、と書いてある。聖書のこの部分は、天使が羊飼いたちにキリストの生誕を告げる有名な場面で、天使の告知に続いて天の大軍が現れ、神を賛美して、"Glory to God in the highest, and on earth peace, good will toward men!" [下線は訳者] と言った、というふうに、英語圏で最もスタンダードであるとされる King James Version（欽定訳聖書）や 21st Century King James Version などでは訳されている。King James Version の英文をそのまま素直に和訳すれば、「いと高き所には栄光、神にあれ／地には平和と人々への善意あれ」となる。しかし、この部分はギリシア語の原典が転記され英訳される過程でいくつか問題があったと指摘されており、King James Version 以外の大多数の英文聖書は、この部分を"Glory to God in the highest, And on earth peace among men in whom he is well pleased."（American Standard Version）

［下線は訳者］のように解釈して英訳している。日本語の聖書も後者の解釈をとっていて、「いと高き所には栄光、神にあれ／地には平和、御心に適う人にあれ。」と訳されている（『聖書　聖書協会共同訳』）。つまり、「ルカによる福音書」第二章第一四節には、King James Version 系統の聖書以外では、“good will toward men”という表現はほぼ存在しないのである。

したがって、本書冒頭で使われている“good will to man”を訳すにあたって日本語の聖書の「ルカによる福音書」第二章第一四節を引用すると、意味が通じなくなってしまう。しかも、ストウが作品冒頭の「はじめに」に記した語句は“good will to man”であり、そもそも King James Version における「ルカによる福音書」の表現“good will towards men”とも微妙に異なっている。ストウは、本書の中で、聖書をところどころ自在に書き換えて引用したりしている例もあるので、この問題の部分について厳密な聖書の引用をするつもりで書いたのか、そうでないのかも、断定しかねるところである。

このようにいろいろ悩んだあげく、訳者はこの部分をストウが「ルカによる福音書」第二章第一四節の引用ではなく、一般的な概念における「キリスト教の大原則たる友愛の精神」を表したものであろうと解釈して、「われわれの時代の文学や詩歌や芸術の及ぼす力が、ことごとく、キリスト教信仰の大原則たる〈人への善意〉を具現しつつあるからだ」と訳すことにした。この点について、識者の方々のご教示を賜る機会があれば幸甚である。

それにしても、難しい翻訳だった。三〇年以上にわたって翻訳の仕事をしてきたが、これほど難解な文章に出会ったのは初めてである。一読しただけでは意味の取れない文章が次々と出てきて、もしや自分は英語読解力を突然失ったのではないか、とおのれの頭脳の急激な老化を疑ったりもしたくらいだった。ようやく訳文の体をなすようになったのは、「読書百遍意自ずから通ず」と念じて原文と格闘を続けた成果である。全力で訳した。読者の皆さまにも、難解ながらも作品の意図を汲んで内容を味わっていただけるよう願っている。

最後になったが、この作品を翻訳する機会を与えてくださり、「この作品はとても長くて難解です。作品とじっくり取り組みたいので、すみませんが、締め切りを決めずに翻訳させてください」という訳者のわがままな願いを快く受け入れ、脱稿まで一年以上も待ってくださった光文社古典新訳文庫の編集長代理、小都一郎さんにお礼を申しあげる。おかげで、悔いのない訳文を完成させることができた。また、いつもながら正確で行き届いた仕事をしてくださる校閲の方々にも、心から感謝を申しあげたい。

二〇二二年一二月

土屋京子

本書は、十九世紀半ばのアメリカにおける黒人奴隷制度の問題を告発する書として書かれ、当時の世論を喚起し、その後の奴隷解放の実現に大きな影響を与えたことで知られています。このように歴史的・社会的に大きな役割を果たした作品ではありますが、黒人の肌の色や外見的な特徴をあげつらい、劣った人種として啓蒙すべき対象とみるような、現代の観点からは容認しえない不快・不適切な表現が多く用いられています。また、本書の主人公の呼称である「アンクル・トム」は、現在では主に黒人の間で、白人に媚びを売る黒人への蔑称として使われることの多い言葉でもあります。

さらに、ハイチ人を「けがらわしい、見下げはてた連中」などとする記載もなされています。

これらは本作が成立した当時のアメリカの社会状況と未成熟な人権意識に基づくものですが、こうした時代背景とその中で成立した物語を深く理解するために、編集部ではこれらの表現についても、原文に忠実に翻訳することを心がけました。差別の助長を意図するものではないことをご理解ください。

黒人差別については近年ブラック・ライブズ・マター（ＢＬＭ）運動が世界的広がりを見せるなど、二〇二三年現在においても決して過去の問題ではないということを、読者の皆様と共有したいと思います。

編集部

アンクル・トムの小屋（こや）（下）

著者　ハリエット・ビーチャー・ストウ
訳者　土屋京子（つちやきょうこ）

2023年2月20日　初版第1刷発行

発行者　三宅貴久
印刷　萩原印刷
製本　ナショナル製本

発行所　株式会社光文社
〒112-8011東京都文京区音羽1-16-6
電話　03（5395）8162（編集部）
03（5395）8116（書籍販売部）
03（5395）8125（業務部）
www.kobunsha.com

ISBN978-4-334-75476-1 Printed in Japan

いま、息をしている言葉で、もういちど古典を

長い年月をかけて世界中で読み継がれてきたのが古典です。奥の深い味わいある作品ばかりがそろっており、この「古典の森」に分け入ることは人生のもっとも大きな喜びであることに異論のある人はいないはずです。しかしながら、こんなに豊饒で魅力に満ちた古典を、なぜわたしたちはこれほどまで疎んじてきたのでしょうか。

ひとつには古臭い教養主義からの逃走だったのかもしれません。真面目に文学や思想を論じることは、ある種の権威化であるという思いから、その呪縛から逃れるために、教養そのものを否定しすぎてしまったのではないでしょうか。

いま、時代は大きな転換期を迎えています。まれに見るスピードで歴史が動いていくのを多くの人々が実感していると思います。

こんな時わたしたちを支え、導いてくれるものが古典なのです。「いま、息をしている言葉で」――光文社の古典新訳文庫は、さまよえる現代人の心の奥底まで届くような言葉で、古典を現代に蘇らせることを意図して創刊されました。気取らず、自由に、心の赴くままに、気軽に手に取って楽しめる古典作品を、新訳という光のもとに読者に届けていくこと。それがこの文庫の使命だとわたしたちは考えています。

このシリーズについてのご意見、ご感想、ご要望をハガキ、手紙、メール等で翻訳編集部までお寄せください。今後の企画の参考にさせていただきます。
メール　info@kotensinyaku.jp

光文社古典新訳文庫　好評既刊

ハックルベリー・フィンの冒険（上・下）

トウェイン
土屋　京子　訳

トム・ソーヤーとの冒険後、学校に通い、まっとうで退屈な生活を送るハック。そこに飲んだくれの父親が現れ、ハックは筏で川へ逃げ出す……。アメリカの魂といえる名作、決定訳。（解説・石原剛）

トム・ソーヤーの冒険

トウェイン
土屋　京子　訳

悪さと遊びの天才トムは、ある日親友ハックと夜の墓地に出かけ、偶然に殺人現場を目撃してしまう……。小さな英雄の活躍を瑞々しく描くアメリカ文学の金字塔。（解説・都甲幸治）

小公女

バーネット
土屋　京子　訳

誰もがうらやむ「お姫様」から突然の大転落！　セーラは持ち前の聡明さと空想力、そしてプリンセスの気位で、過酷ないじめに立ち向かうが……。格調高い新訳。（解説・安達まみ）

小公子

バーネット
土屋　京子　訳

ニューヨークで母と暮らす七歳のセドリックは、ある日自分が英国の伯爵の唯一の跡継ぎであることを知らされる。渡英して祖父のそばで領主修業に臨むが……。（解説・安達まみ）

秘密の花園

バーネット
土屋　京子　訳

両親を亡くしたメアリは叔父に引き取られる。従兄弟のコリンや動物と会話するディコンと出会い、屋敷内の秘密の庭園に出入し、次第に快活さを取りもどす。（解説・松本　朗）

光文社古典新訳文庫　好評既刊

あしながおじさん
ウェブスター
土屋京子 訳
匿名の人物の援助で大学に進学した孤児ジェルーシャ。学業や日々の生活の報告をする手紙を書くうち、謎の人物への興味は募り……世界中の少女が愛読した名作を、大人も楽しめる新訳で。

仔鹿物語（上・下）『鹿と少年』改題
ローリングズ
土屋京子 訳
厳しい開墾生活を送るバクスター一家。父ペニーがとっさに撃ち殺した雌ジカの近くにいた仔ジカに、息子ジョディは魅了される。しかし、厳しい決断を迫られることに……。（解説・松本朗）

魔術師のおい　ナルニア国物語①
C・S・ルイス
土屋京子 訳
異世界に迷い込んだディゴリーとポリーの運命は？　悪の女王の復活、そしてアスランの登場……。ナルニアのすべてがいま始まる！ナルニア創世を描く第1巻（解説・松本朗）

ライオンと魔女と衣装だんす　ナルニア国物語②
C・S・ルイス
土屋京子 訳
魔法の衣装だんすから真冬の異世界へ――四人きょうだいの活躍と成長、そしてアスランと魔女ジェイディスの対決を描く、ナルニアで最も有名な冒険譚。（解説・芦田川祐子）

馬と少年　ナルニア国物語③
C・S・ルイス
土屋京子 訳
カロールメン国の漁師の子シャスタと、ナルニア出身の〈もの言う馬〉との奇妙な逃避行！隣国同士の争いと少年の冒険が絡み合う「勇気」と「運命」の物語。（解説・安達まみ）

光文社古典新訳文庫　好評既刊

カスピアン王子　ナルニア国物語④
C・S・ルイス　土屋京子 訳

ナルニアはテルマール人の治世。邪悪なミラーズ王の暗殺の手を逃れたカスピアン王子は、ナルニア再興の希望を胸に、伝説の角笛を吹き鳴らすが……。（解説・井辻朱美）

ドーン・トレッダー号の航海　ナルニア国物語⑤
C・S・ルイス　土屋京子 訳

いとこのユースティスとともにナルニアに呼び戻されたエドマンドとルーシー。カスピアンやリーピチープと再会し、未知なる〈東の海〉へと冒険に出るが……。（解説・立原透耶）

銀の椅子　ナルニア国物語⑥
C・S・ルイス　土屋京子 訳

ユースティスとジルは、アスランから行方不明の王子を探す任務を与えられ、〈ヌマヒョロリ〉族のパドルグラムとともに北を目指すが、行く手には思わぬ罠が待ち受けていた！

最後の戦い　ナルニア国物語⑦
C・S・ルイス　土屋京子 訳

偽アスランの登場、隣国の侵攻、そしてティリアン王は囚われの身に……。絶体絶命の状況で、物語は思わぬ方向へと動き出す。衝撃的ラストを迎える最終巻！（解説・山尾悠子）

若草物語
オルコット　麻生九美 訳

メグ、ジョー、ベス、エイミー。感性豊かで個性的な四姉妹と南北戦争に従軍中の父に代わり家を守る母親との1年間の物語。刊行以来、今も全世界で愛される不朽の名作。

光文社古典新訳文庫　好評既刊

八月の光
フォークナー
黒原 敏行 訳

米国南部の町ジェファソンで、それぞれの「血」に呪われたように生きる人々の生は、やがて一連の壮絶な事件へと収斂していく。ノーベル賞受賞作家の代表作。(解説・中野学而)

人間のしがらみ(上・下)
モーム
河合祥一郎 訳

才能のなさに苦悩したり、愛してくれない人に執着したりと、ままならない人生を送る主人公フィリップ。だが、ある一家との交際のなかで人生の「真実」に気づき……。

アルハンブラ物語
W・アーヴィング
齊藤 昇 訳

アルハンブラ宮殿の美しさに魅了された作家アーヴィングが、ムーアの王族の栄光と悲嘆の歴史に彩られた宮殿に纏わる伝承と、スケッチ風の紀行をもとに紡いだ歴史ロマン。

オズの魔法使い
ライマン・フランク・ボーム
麻生 九美 訳

少女ドロシーと犬のトト、そしてかかし、ブリキの木こり、ライオンの一行は、それぞれの願いをかなえるために、エメラルドの都を目指す！　世界中で愛される米国児童文学の傑作。

郵便局
チャールズ・ブコウスキー
都甲 幸治 訳

配達や仕分けの仕事はつらいけど、それでも働き、飲んだくれ、女性と過ごす……日本でも90年代に絶大な人気を誇った作家が自らの無頼生活時代をモデルに描いたデビュー長篇。

★続刊

転落　カミュ／前山 悠・訳

アムステルダムのいかがわしいバーで、馴れ馴れしく話しかけてくるフランス人の男。元は順風満帆な人生を送る弁護士だったらしいが、いまではみすぼらしい格好で酒場に入り浸っている。五日にわたって一人称で語られる彼の半生とは？

好色一代男　井原西鶴／中嶋 隆・訳

江戸時代を代表する俳諧師西鶴による大ベストセラー読み物、「浮世草子」。上方で生まれた世之介。七歳にして恋を知り、島原、新町、吉原に長崎、宮島の廓へと、数々の恋愛（男も女も）を重ね、色道を極めようとする五十四年間を描いた一代記。

ヴェーロチカ／六号室　チェーホフ傑作選　チェーホフ／浦 雅春・訳

世話になった屋敷の娘に告白されるもどうも心が動かない青年を描く「ヴェーロチカ」、精神科病棟の患者とおしゃべりを続けるうちに周囲との折り合いが悪くなる医師を描く「六号室」など、人間の内面を覗き込んだチェーホフ短篇小説の傑作選。